살인의 이유

Original Japanese title: RAISON D'ÊTRE

copyright © Mikito Chinen 2019
Original Japanese edition published by Jitsugyo no Nihon Sha, Ltd.
Korean translation rights arranged with Jitsugyo no Nihon Sha, Ltd.
through The English Agency (Japan) Ltd. and Eric Yang Agency, Inc

일러두기
본문의 각주는 모두 옮긴이 주입니다.

목차

프롤로그

제1장
부인

제2장
분노

제3장
타협

제4장
우울

제5장
수용

에필로그

프롤로그

사카모토 미츠오

"얼른 가라니까!"

사카모토 미츠오가 목줄을 세게 당기자, 전봇대 냄새를 맡던 작은 흑갈색 개는 가냘픈 비명을 지르며 옆으로 쓰러졌다. 혀를 차며 발끝으로 가볍게 찌르자, 개는 힘없이 일어나 주인 발치에 다가붙었다.

처음부터 그럴 것이지. 사카모토는 오래된 상처가 쑤시는 왼쪽 다리를 질질 끌며 걸었다. 차가운 밤바람이 몸에 스몄다. 오른 다리 엄지발가락이 간지러웠다. 통풍 발작이 일어날 전조다.

"술을 줄이고 균형 잡힌 식사를 하세요." 설교하던 동네 의사의 얼굴이 머릿속에 떠오르자, 사카모토는 더 짜증이 났다.

균형 잡힌 식사는 무슨. 문득 시선을 내린 사카모토는 발치에서 자신을 올려다보는 작은 생물의 머리를 짓뭉개고 싶다는 어두운 충동에 휩싸였다. 오른발을 살짝 들어 올리자, 개는 의아한 듯 크고 검은 눈으로 사카모토를 올려다보았다.

시선이 얽혔다. 사카모토는 혀를 차면서, 들어 올린 발을 천천히 땅에 내렸다. 엄지발가락에 가벼운 통증이 스쳤다. 통풍의 기색이 더 짙어졌다.

이 개를 죽일 순 없다. 그런 짓을 하면 나는 고독에 빠지고 만다. 사람들과 단절되어 살아가는 고통은 60년 넘는 인생 내내 맛봐왔다.

"이런 빌어먹을!" 사카모토는 발치에 있던 돌을 찼다.

가슴에서 끊임없이 솟아오르는 막을 길 없는 강한 분노. 그 원천이 무엇인지, 사카모토 자신도 알 수 없었다. 자신을 받아들이지 않는 사회를 향한 분노, 자신을 이렇게 키운 부모를 향한 분노, 그리고 인생 대부분을 허투루 낭비해 버린 자기 자신을 향한 분노. 그것들이 얽히고설켜서 사카모토를 좀먹었다.

30년 전쯤, 사카모토는 딱 한 번, 그 몸에서 배어 나올 정도로 커다란 증오를 한 대상에게 쏟아부었다. 하지만 그 결과로 얻은 것은 더 큰 공포뿐이었다. 그날, 사카모토는 모든 것을 견디며 살아갈 수밖에 없음을 깨닫고 체념했다.

가로등조차 드문 골목길에는 어둠이 제 세상인 양 활개 치고 있었다.

어서 집에 가자. 사카모토는 몸을 떨며 엄지발가락이 욱신거리는 오른발을 뗐다.

"사카모토 미츠오 씨…."

누군가 부르는 소리에 사카모토는 귀찮다는 듯 뒤돌아보았다. 가로등과 가로등 사이, 어둠이 일렁이는 공간에 한 남자가 서 있었다.

"뭐야, 넌?" 사카모토는 위협하듯 말했다.

또 귀찮은 기자 놈인가?

반년쯤 전부터 언론에서 툭하면 사카모토를 찾아오기 시작했다. 계기는 사카모토가 건 전화 한 통이었다. 지금의 생활이, 내 인생이 뭔가 변하지 않을까? 질식해 버릴 것 같은 일상에서 무언가 조금이라도 변화가 생기지 않을까? 그런 일념으로 한 행동이었건만, 그 결과는 상상을 초월했다.

요즘 들어 좀 조용해졌나 싶더니. 엄지발가락이 한층 더 아파 왔다.

"언제까지 이렇게 따라다닐 거야? 이건 사생활 침해야. 경찰 부른다."

바싹 다가붙었지만, 남자는 반응이 없었다. 기분이 점차 고조되었다. 혼란스러운 분노를 쏟아낼 배출구가 지금 눈앞에 있다. 사카모토가 충동에 기대어 손을 뻗은 순간, 가로등 빛이 번뜩였다. 남자의 옷깃을 붙잡으려던 손이 허공을 갈랐다.

사카모토는 "어?"라고 얼빠진 소리를 내며 방금 헛손질한 손을 얼굴 앞으로 가져왔다. 오른손 집게손가락부터 새끼손가락까지가 잘려있었다. 어떻게 된 일인지 파악하기도 전에 따뜻한 액체가 오른손 전체를 적셨다. 동시에 극심한 통증이 정수리까지 꿰뚫고 지나갔다. 아픔과 공포가 목구멍 안쪽에서 비명을 뽑아냈다. 하지만 그 비명은 입에서 나오지 못했다.

가로등 빛이 다시 흔들렸다. 사카모토의 목 높이에서 일직선으로.

크게 갈라진 목구멍에서 고장 난 나팔 소리 같은 비명이 새어 나왔다. 분수처럼 목에서 피가 뿜어져 나오자, 사카모토는 실이 끊어진 꼭두각시 인형처럼 바닥에 무너졌다. 쓰러진 몸 밑에서 붉은 피가 아스팔트로 퍼져 나갔다.

 빛을 잃어 가는 사카모토의 눈에, 슬픈 표정으로 얼굴을 열심히 핥는 작은 개가 비쳤다.

 아아, 역시 항상 너만 내 곁에 있어 주는구나. 얼른 집에 가자. 오늘은 맛있는 먹이를 주마.

 막이 내려가듯 의식에 검은 안개가 덮이는가 싶더니, 불현듯 모든 것이 어둠 속으로 낙하했다.

1
미사키 유우키

하얀, 끝없이 하얀 점. 그 작은 점이 미사키 유우키의 시선을 블랙홀처럼 빨아들였다. 윗니와 아랫니가 부딪쳐 딱딱 소리를 냈다.

엑스레이 필름 판독기의 무감정한 흰 빛에 반사된 CT 필름. 방사선으로 찍은 상복부의 둥그런 단면에서 거의 오른쪽 절반을 차지하는 거대한 장기, 간의 표면 근처에 그 '점'이 있었다. 마치 거대한 고래 뱃속에 들러붙은 작은 빨판상어처럼.

"…간으로 전이됐어."

시바타 마코토는 붉은 립스틱을 엷게 칠한 입술을 깨물고 길쭉한 눈을 다른 데로 돌렸다.

병동 구석에 있는 진료 상담실. 살풍경한 작은 방에 납처럼 무거운 침묵이 내렸다.

숨 쉬는 것조차 꺼려지는 침묵을 먼저 깬 사람은 유우키였다.

"여, 영상의학과에서는 뭐래? 전이가 아니라 다른 걸 수도…"

열심히, 그저 열심히 이 잔혹한 현실을 부정하고 싶어서 유우키는 헐떡이듯 말했다. 시야에서 원근감이 사라지고 흑백 CT 영상이 덮쳐오는 듯했다.
"영상의학과 교수님 몇 분한테도 확인했어. 그런데 다들…, 전이가 맞대."
시원스러워서 좋아하던 마코토의 목소리가 지금은 지옥 밑바닥에서 울리는 것 같았다. 마코토의 입에서 나온 말은 그야말로 사형 선고였다. 재판관이 아니라, 그보다 더 사람이 어찌할 수 없는 존재, '운명' 또는 '신'으로 불리는 존재가 내리는 사형 선고.
"마, 말도 안 돼. 나는 아직 서른두 살이야. 근데 어째서…. 그럴 리가 없잖아. 내 말 좀 들어봐. 그냥 속이 좀 안 좋은 게 다인데, 어째서…."
떨리는 목소리를 쥐어짰지만, 마코토는 대답 없이 고개만 푹 숙였다. 과거의 연인이 고통을 참는 표정을 바라보며, 유우키는 열흘 전 일을 떠올렸다.

오전 수술을 마친 유우키는 수술복 위에 흰 가운을 걸치고 내시경실로 향했다.
"저기, 시바타 마코토 선생님 아직 있어?"
내시경실 문을 열고 간호사에게 말을 걸자, 간호사는 "저쪽에서 기록하고 있어요" 하며 방 안쪽 칸막이를 가리켰다.
"어, 유우키? 어쩐 일이야? 오늘 검사에 네 환자가 있었나?"
목소리를 들었는지, 칸막이에서 마코토가 얼굴을 내밀었다.
"아, 아니. 내 환자의 검사 결과를 들으러 온 건 아니야."
"응? 그럼 무슨 일이야? 조언이 필요한 증례라도 있어?"

"아니, 시간 있으면 나 위내시경 좀 해줘."

한 달쯤 전부터 그 부분에 가벼운 통증이 있었다. 약을 먹어도 통증이 천천히, 하지만 확실하게 더 심해졌다.

"웬일이래? 예전에는 무턱대고 먹어도 멀쩡했으면서. 그러고도 우리 검도부의 전직 주장이야?"

"몇 년 전 얘기를 하는 거야? 요즘은 운동도 거의 안 해. 어쩔 수 없잖아."

"하긴. 너도 꽤 배가 나왔어. 동일본 의대생 종합체육대회에서 우승했을 때는 멋있었는데, 시간이 참 잔인하다."

마코토는 연극을 하듯 과장되게 고개를 좌우로 흔들었다.

"그렇게까지 배가 나오지는 않았어. 너도 불규칙하게 생활하잖아. 피부가 푸석한데 괜찮아?"

"쓸데없는 오지랖이야. 외과 의사보다는 건강하게 사니까 걱정 마. 위내시경이랬지? 좋아. 살펴보는 정도는 금방 끝나니까. 이거 다 적고 바로 해줄게."

"어, 고마워." 유우키는 흰 가운을 벗고 검사용 침대에 누웠다.

검사 결과를 다 적은 마코토는 "좋았어. 끝" 하며 의자에서 일어나 크게 기지개를 켜더니, 보관고 안에 늘어선 내시경을 적당히 골랐다.

"경비내시경으로 해볼래? 평판이 좋아. 2주 전에 갓 들어온 최신 기기야."

마코토는 일반적인 내시경보다 줄이 훨씬 얇은 내시경을 손에 들었다. 경비내시경은 환자가 느끼는 부담이 적고 검사 중에 대화도 할 수 있다.

"뭐야, 나를 실험에 쓰는 거야? 뭐, 무리하게 부탁한 건 나니까 그러든가."

"오케이, 모르모트. 아직 일 남았지? 진정제는 안 쓸게. 조금 힘들어도 참아. 미안한데, 잠깐 보조해 줄 수 있어?"

마코토는 간호사에게 말을 걸며 내시경 줄에 마취 젤을 바르더니, 라텍스 장갑을 낀 손으로 줄을 들고 유우키의 얼굴 가까이 가져왔다.

비강에 얇은 줄이 들어온 순간, 가벼운 불쾌감에 유우키는 얼굴을 찌푸렸다. 코로 흘러들어온 마취제의 불쾌감이 입안에 퍼졌다.

마코토는 콧노래를 흥얼거리며 두 손을 복잡하게 움직여 내시경을 다뤘다.

"분문 지났어. 위가 제법 깨끗…."

장난처럼 떠들던 마코토의 말이 갑자기 끊겼다. 마코토 옆에 조수로 있던 간호사의 목에서 작게 비명 같은 소리가 새어 나왔다.

"왜 그래?"

내시경을 삽입한 상태라서 말이 조금 어눌하게 나왔다.

"아니…. 궤양이 좀…. 생체 검사해 볼게."

"생검? 귀찮게 뭐 하러. 암도 아닌데."

방 안 공기가 경직되었다. 마코토와 간호사가 마치 얼음 조각상으로 변한 듯 굳었다. 유우키는 가볍게 고개를 돌렸다. 뒤에 놓인 모니터 화면을 보기 위해서.

"안 돼!" 하며 제지하는 마코토의 목소리가 울린 순간, 유우키의 망막에 그 영상이 새겨졌다.

거대한 궤양. 십이지장으로 이어지는 유문을 중심으로 군데군데 검붉은 출혈을 보이며 넓게 퍼져 있는 그것은 마치 용암이 흐르는 분화구 같았다.

진행성 위암. 아마도 가장 예후가 나쁜 보만 4형. 외과 의사인 유우키의 경험이 순식간에 진단을 내렸다.

뭐지, 이 화면은? 이전 환자의 자료가 남아 있었나? 따져 물으려고 유우키가 몸을 움직였을 때, 그 움직임에 맞춰 모니터 영상이 흔들렸다.

유우키의 입에서 "어?"라고 얼빠진 소리가 흘러나왔다. 방금 일어난 현상이 의미하는 바를 뇌가 이해한 순간, 극심한 구역질과 호흡 곤란이 밀려왔다.

패닉에 빠진 유우키는 코에서 뻗어 나온 내시경 줄을 두 손으로 잡고 다짜고짜 몸 밖으로 빼내려고 했다. 하지만 크실로카인 젤로 마찰 계수가 낮아진 줄은 반쯤 녹은 얼음처럼 미끄러워서 제대로 붙잡히지 않았다.

"진정해! 지금 빼줄 테니까!"

마코토가 외치고는 허둥지둥 내시경을 조작했다. 얇은 줄이 뱀처럼 부드럽게 코에서 빠져나왔다. 유우키는 침대 위에서 몸을 말고 몇 번이나 콜록거렸다.

"바, 방금 그건?"

거친 숨을 끊어 쉬며 유우키가 쥐어짜듯 말했다.

"…우선 생체 검사부터. 그다음에 CT랑 PET로 전신 검사야."

눈을 내린 마코토는 질문에 대답하지 않고 딱딱한 목소리로 중얼거렸다.

"생체 검사 병리 결과도 나왔어. …여기."

마코토는 여전히 딱딱한 말투로 CT를 빤히 응시하는 유우키 앞에 종이 한 장을 내밀었다.

'크로마틴 증대 발견. 이형성이 매우 강한 미분화 세포가 보임. 저분화 선암.'

저분화 선암. 종양의 악성도가 매우 높다는 뜻이다. 하지만 간으로 전이됐다는 충격으로 마비된 뇌에는 종이에 적힌 진단이 뜻하는 바가 제대로 들어오지 않았다.

"저…분화…." 갈라진 목소리가 목구멍에서 새어 나왔다.

"…경성암이야."

"경성암…."

반고리관이 반란을 일으킨 듯 눈앞의 풍경이 빙빙 돈다.

"수, 수술은…."

그렇게 말한 순간, 마코토의 얼굴이 일그러졌다. 그 표정을 보고, 조금이나마 이성을 되찾았다. 내가 지금 무슨 바보 같은 소리를 한 건가.

"가능할 리가… 없구나. 4기…. 수술은 불가능하지."

자신의 전문 영역에서 이런 초보적인 판단조차 못 하다니. 수치심으로 뺨이 뜨거워졌다.

위암이 여러 장기로 전이되었다. 병세가 가장 심각한 4기까지 진행되었다는 뜻이다. 이 상태에서 수술로 완전히 제거하는 건 불가능하다. 수술하더라도 이미 혈류를 타고 전신으로 퍼져 나간 암세포를 없앨 수는 없으니, 무의미하게 몸에 상처를 내고 체력과 남은 시간을 낭비하는 것이나 다름없다.

"앞으로 1년…, 아니, 반년쯤 되려나?"

자신의 목소리인데 다른 누군가가 떠드는 것처럼 멀게 느껴졌다.

"수술은 힘들어도 화학요법 정도는…" 마코토가 일그러진 표정 그대로 목소리를 쥐어짰다.

"화학요법? 어떤 항암제를 쓰려고? 선암이야. 어차피 대부분 효과가 없어."

"…뭔가 새로운 항암제 조합이 없는지 문헌을 찾아볼게."

"그래서 효과가 있다면 얼마나 살 수 있는데?"

"약이 들으면 몇 개월은 연명 효과가…" 마코토는 다시 아랫입술을 세게 물었다.

"그런 교과서 같은 대답은 필요 없어. 어차피 대단한 효과도 없겠지. 제거 수술을 못 하는 시점에서 이미 끝이야!"

유우키는 두 손으로 얼굴을 감쌌다. 방에 갑갑한 침묵이 찼다. 몇십 초 후, 유우키는 "미안해"라고 목소리를 쥐어짰다.

"아니야…. 괜찮아."

마코토가 작게 말했다. 방 안에 다시 침묵이 찼다.

"친척은?" 마코토가 조용히 한마디를 던졌다.

"친척?"

"응. 이 일을 전해야 할 사람 없어?"

"그런 거…, 없어."

부모님은 8년 전 대학생이던 외아들 유우키를 남겨두고 교통사고로 세상을 떠났다. 그 이후 친척들과 전혀 연락을 주고받지 않았다.

"그럼 너한테만 설명하면 되는 거지? 일단 입원 절차를 밟자. 화학요법은 일찍 시작할수록 좋으니까."

"잠깐만. 갑자기 그러면 당황스러워. 잠깐 생각할 시간을 줘. 앞으로 어떻게 할지, …치료를 어떻게 할지, 지금은…, 뭐가 뭔지 모르겠으니까 잠깐 차분히 생각해 봐야겠어. …그래도 되잖아. 아직 증상도 거의 없어. 그렇게 급하게 치료하지 않아도 괜찮잖아."

유우키는 두 손으로 머리를 감싸며 책상에 엎드렸다. 어떻게든 이 현실에서 도망치고 싶었다.

"미안해. 네 말이 맞아. …시간이 얼마나 필요해?"

"일주일…. 아니, 2주 줘. 부탁해." 고개를 푹 숙인 채 유우키가 목소리를 쥐어짰다.

"…그럼 2주 후에 내 외래로 예약해 놓을게. 그때 논의해서…. 괜찮지?"

"응. 그러자."

의자를 밀며 힘이 들어가지 않는 다리로 일어섰다. 순간 휘청거리는 유우키를 마코토가 허둥지둥 지탱했다. 유우키는 멍한 눈으로 마코토를 보았다.

"힘들거나, 어려운 일이 있으면, 언제든지 연락해. 내가 할 수 있는 일은 뭐든 할 테니까."

조금 허스키한 목소리. 한때 침대에서 듣던 그 목소리에도 지금은 아무것도 느낄 수 없었다.

사신이 시한폭탄 스위치를 켜는 소리가 들리는 듯했다.

2
난바 사야

"이제 치마를 좀 올려보자. 그래, 그래. 좋아. 표정은 도발하는 느낌으로."

카메라 셔터가 눌리자, 플래시가 망막을 새하얗게 물들였다.

한심하다. 분홍색 소파 위에서 부자연스럽게 짧은 치맛자락을 신경 쓰면서 난바 사야는 렌즈 너머에서 끈적한 시선을 보내는 이 지저분한 방의 주인 사가와 요스케를 노려보았다.

"좋다, 그 표정. 그리고 다리를 조금 더 벌려야 팬티가 보여."

팬티 같은 소리 하네, 저 변태 아재가. 사야는 엷은 분홍색 입술 사이로 작은 한숨을 흘렸다. 이런 데서 뭘 하는 걸까, 나는.

"자자, 제대로 카메라 봐야지. 시선은 이쪽이야, 이쪽." 사가와가 항의의 목소리를 높였다.

"충분히 찍었잖아요. 이제 그만해요."

사야는 소파에서 내려와서 치마를 입은 채로 아래에 바지를 입었다.

"아, 잠깐만, 사야. 이제부터가 진짠데. 잠깐만 있어 봐. 응? 이제 걸리적거리는 그 마지막 천도 치우고…. 응? 조금만 더."

중년 남자의 간사스러운 목소리에 소름이 돋았다. 사야는 말없이 셔츠 위에 티셔츠를 입었다.

"사야, 못 들은 척하지 말고. 자, 치마 벗어버리자. 제발. 팬티는 조금만 찍을게."

"그만해요. 안 벗는다고 처음부터 말했잖아요!"

"에이, 정 없게 그러지 말고. 응? 만 엔 더 얹어줄게. 괜찮아. 잡지 같은 데 실을 때는 절대로 얼굴 못 알아보게 수정할게."

사가와의 목소리가 더 끈적해졌다. 명치 언저리가 메슥거렸다.

"적당히 해. 사야가 싫어하잖아. 잡지가 문제가 아니라 당신 같은 사람한테 보여주기 싫은 거야. 선 넘지 말고 얼른 알바비나 줘."

사야가 사가와에게 역정을 내려는 순간, 카펫 위에 책상다리로 앉아서 만화를 읽던 우에마츠 에미가 일어나서 사야의 마음을 대변했다. 깔끔하게 염색한 금발 히피펌. 붉은색으로 맞춘 노출도 높은 민소매에 미니스커트. 거의 170센티에 달하는 키. 아이섀도를 짙게 바른 눈이 사가와를 노려보았다.

"너무 화내지 마, 에미. 알았어, 알았어. 오늘은 여기까지 하겠습니다. 하지만 사야, 고민해 봐. 알바비 만 엔 올려줄게."

"적당히 하라니까. 얼른 알바비 줘. 두 명에 4만 엔. 그리고 나는 벗었잖아. 나한테는 더 안 얹어줘?"

"에미는 벌써 스물셋이잖아. 사야는 아직 열아홉이고. 아무래도 어린 쪽이 더 가치 있으니까. 그리고 사야는 시골 티가 난다고 할까, 아직 도쿄에 오염되지 않았다고 할까, 뭔가 마니아들의 마음을 자극한단 말이지."

사가와는 지갑에서 지폐를 꺼내며 음흉하게 웃었다. '시골 티가 난다'고 평가받은 사야의 짜증은 더 강해졌다.

어차피 나는 에미처럼 예쁘지 않지.

"이 범죄자가." 에미는 지폐를 낚아채듯 받고는 내뱉었다.

"아이고, 무서워라. 다음에는 에미 없이 둘이서만 촬영하자. 응? 사야."

사가와는 몸을 움츠리면서, 청바지를 입은 사야를 아쉬운 듯 돌아보았다.

"절대 안 해!"

사야는 쌍꺼풀진 큰 눈을 가늘게 뜨며 음식물 쓰레기를 보듯 사가와를 쳐다보았다.

"꿍꿍이 다 보여, 이 등신아."

에미가 뒤에서 사가와의 엉덩이를 가볍게 찼다. 몸집이 작은 사가와는 겨우 그 정도에도 균형을 잃고 휘청거리다가 바닥에 무릎을 꿇었다.

"뭐 하는 거야? 너무하네."

"에로 잡지에 투고할 사진밖에 못 찍는 카메라맨이 사야를 꼬시려고 하다니, 백 년은 일러. 가서 거울 좀 봐."

"백 년이 지나도 싫어."

"너희도 그 잡지에 실려서 돈 벌고 있잖아. 상부상조하는 거지."

사가와가 토라진 아이처럼 입을 삐죽이자, 에미는 크게 혀를 찼다.

"조용히 해. 당신 같은 루저 아재랑 똑같이 취급하지 마."

"루저 아재? 나도 평생 이럴 생각은 없어. 돈이 들어오면 내 스튜디오를 차려서…."
"당신이 그런 돈을 어떻게 모아? 뜬구름 잡는 소리."
"아하하하하. 그럴 것 같지?"
사가와는 갑자기 어깨를 흔들며 새된 웃음소리를 냈다. 그 목소리를 듣기만 해도 분노에 가까운 감정이 가슴에서 올라왔다.
"뭘 웃어? 기분 나빠."
"돈줄이 있어, 돈줄이. 이번에 엄청 큰일을 맡았어. 그것만 잘 끝내면 당장이라도 개업 자금이 손에 들어올걸. 이런 일이랑도 안녕이야."
"아, 그래? 그거 잘됐네. 그렇게 잘 나가시면 모델료도 올려줘."
"모델료는 처음부터 인당 2만 엔으로 약속했잖아. 계약은 계약이야."
"참 나, 애초에 기대도 안 했어. 큰일을 맡았다는 것도 거짓말이지? 당신이 그렇게 대단한 사람이 아니라는 건 이미 알아."
"거짓말 아니야!" 사가와의 창백한 얼굴이 붉어졌다.
"그럼 그 증거로 우리 알바비 정도는 올려줄 수 있잖아."
에미가 도발하자, 사가와는 여전히 붉은 얼굴로 팔짱을 꼈다. 1분 정도 곰곰이 생각하다가 "그래, 알았어" 하며 고개를 들었다.
"뭐야, 알바비 올려주는 거야?" 에미는 입술 끝을 올렸다.
"알바비는 못 올려. 약속했으니까. 그 대신 다른 일을 줄게. 다른 애한테 맡기려고 했는데, 너희한테 맡기지, 뭐."
"다른 일? 야동 같은 이상한 일 말하는 거 아니지?"
"아니야, 아니야. 맡아줬으면 하는 물건이 있어. 잠깐 기다려 봐."

사가와는 잠시 안쪽 방에 들어갔다가 금방 돌아왔다.
"이거야, 이거. 이걸 맡아줘."
사가와가 내민 오른손에는 펜던트가 들려 있었다. 은 체인에 직경 5센티 정도 되는 마노가 연결 부품에 끼워진 채 늘어져 있었다.
"뭐야, 이거? 펜던트? 이걸 갖고 있으면 된다고?"
펜던트를 받아 든 에미는 여러 각도에서 빤히 들여다보았다.
"그래, 그래. 중요한 물건이니까 절대 잃어버리지 마. 2, 3주 후에 연락해서 돌려받을 거니까. 그러면 3, 아니, 5만 엔 줄게."
"…그게 무슨 소리야? 이걸 갖고 있기만 하면 5만 엔을 준다고? 그렇게 군침 도는 얘기가 있을 리가 없잖아. 뭔가 위험한 일 아니야? 어디서 훔친 거라든가."
"돈 주고 산 거야. 예전에 여자한테 선물하려고 샀어. 사정이 있어서 당분간은 그걸 내 수중에 두고 싶지 않아. 에미라면 일단 믿을 만하니까 잠깐 맡아 줘. 5만 엔이라고, 5만 엔. 좋은 일거리잖아?"
눈웃음을 지으며 캐묻는 에미에게 사가와는 태연한 얼굴로 대답했다.
"정말 위험한 물건은 아닌 거지?" 에미는 사가와를 의심스럽게 노려보았다.
"괜찮다니까. 그냥 마노잖아. 진짜 별거 아니야. 그래, 그거 그냥 너 가져. 나중에 나한테 잠깐 빌려주기만 하면 돼."
"뭐? 무슨 소리를 하는 거야?"
"별로 귀중한 펜던트가 아니라는 말이야. 딱히 좋은 추억도 없고. …힘들게 산 선물이었는데, 그 여자가 받아주지 않았거든."

"그러니까 더 이상하잖아. 별거 아닌데 왜 5만 엔이나 준다는 거야?"

"말했잖아. 좀 복잡한 사정이 있어. 그걸 묻지 않는 것도 알바비에 포함돼 있어. 그렇게 싫으면 됐어. 다른 애한테 맡기면 돼."

사가와는 에미의 손에서 펜던트를 가져가려고 손을 뻗었다. 에미는 그 손을 잽싸게 피하며 펜던트를 쥔 손을 머리 위로 들어 올렸다.

"뭐야? 안 하는 거 아니었어?"

"안 한다고는 안 했어."

"그럼 어쩌겠다고? 할 거야, 말 거야?"

"…알았어. 할게. 5만 엔, 꼭 약속대로 줘야 해."

"당연하지. 그럼 계약 성립이야. 절대 잃어버리지 마. 가능하면 계속 차고 다녀. 약속했다."

"알았다고. 사야, 가자."

"어어? 사야, 벌써 가려고? 섭섭하다아."

어미를 길게 늘이는 사가와의 기분 나쁜 목소리를 못 들은 체하며 사야는 에미와 함께 현관으로 향했다. 최대한 빨리 사가와의 얼굴이 보이지 않는 곳으로 가고 싶었다.

사야는 자신이 이렇게 사가와를 혐오하는 이유를 오래전부터 알고 있었다. 사가와는 그 남자를 닮았다. 사가와를 볼 때마다, 그 불쾌한 시선을 받을 때마다, 고향을 버린 계기가 된 그 남자가 희미하게 떠올랐다.

얼른 잊어버리고 싶은데. 사야는 세차게 고개를 흔들고 현관문을 열었다.

"자, 사야 몫, 2만 엔."

아파트를 나와 역으로 이어지는 길에 접어들자, 에미가 주머니에서 지폐를 꺼내더니 그중 두 장을 사야에게 내밀었다.

"에미, 역시 내가 절반을 받는 건 안 되겠어. 이것만 받을게."

사야는 내밀어진 지폐 중에서 한 장만 가져오고 나머지를 에미의 손에 남겼다.

"뭐? 무슨 소리를 하는 거야?"

"에미 덕분에 번 돈이고, 심지어 나는 조금 야한 옷을 입고 허벅지를 내놓은 게 다지만, 에미는…, 벗었잖아. 역시 절반을 받는 건 좀…."

"무슨 소리야? 처음부터 절반 받기로 약속했잖아."

"그래도…."

"그래도는 무슨 그래도? 그래, 네 말대로 나는 벗었지만, 그 등신도 말했듯이 나처럼 요란한 여자보다 너처럼 청순한 애가 더 가치 있어. 그걸 생각하면 그게 그거야. 그런데도 필요 없다고 하면 이 만 엔은 그냥 버릴 거야. 우리 둘 다 살기 팍팍하니까 그런 아까운 짓 하게 하지 마."

"…응. 고마워."

사야는 미소 지으며 에미의 손에서 지폐를 가져갔다.

"딱히 감사받을 일도 아닌데. 사야, 여러 번 말했지만, 너는 조금 더 뻔뻔해져야 해. 너 이대로면 그냥 호구 돼."

"아무렴 어때? 그때는 에미가 지켜주겠지." 사야는 에미의 팔에 자신의 두 팔을 감았다.

"뭐어? 내가 왜? 그런 건 남자친구한테나 부탁해."

에미는 웃으면서 남아 있는 손으로 사야를 가볍게 쿡 찔렀다.

"남자친구 같은 거 없어. 게다가 에미가 더 든든한걸."
"나는 여자 안 좋아해. 아, 그러고 보니 이거 말인데."
에미는 주머니에서 사가와가 맡긴 펜던트를 꺼냈다.
"미안하지만, 이거 네가 맡아줄래?"
"어? 내가?"
"응. 괜찮잖아? 나는 칠칠치 못하니까 어디서 잃어버릴까 봐 무서워. 이렇게 귀여운 액세서리는 나랑 안 어울리기도 하고."
"응. 괜찮기는 한데…."
"고마워. 덕분에 살았다. 알바비는 사야가 다 가져도 돼."
"응? 아니, 그럴 수는 없지. 이것도 반씩 나누자."
"왜? 나는 아무것도 안 하잖아. 사야가 다 가지는 게 당연하지. 호랑이 굴에 들어가야 호랑이 새끼를 잡는다는 말도 있잖아."
 그제야 에미의 진의를 깨달았다. 에미는 사야가 허리띠를 졸라매고 필사적으로 돈을 모으는 것을 안다. 그래서 이렇게 짭짤한 일거리를 맡겨서 도와주려는 것이다.
 이 일이 정말 위험하지 않냐고 사가와에게 끈질기게 물어본 것도 나를 위해서였을 것이다.
"에미, 그 격언, 원래 의미랑 좀 다르게 쓰인 것 같아."
"몰라. 잔소리는 사양이야."
 사야는 미소 지으며 다시 한번 에미의 팔에 매달렸다.

 사야가 에미를 만난 것은 약 1년 전, 가출하듯 도쿄로 뛰쳐나온 지 얼마 되지 않았을 때였다.
 그 당시 사야는 얼마 안 되는 돈으로 PC방 같은 곳에서 묵으며 당일 아르바이트를 되풀이했다. 하지만 그걸로 얻을 수 있는 자금은 이 도시에서 살아가기에는 너무나도 부족했고, 그래서 하루하루 먹고 자는 데에도 어려움을 겪었다.

이러다가는 정말로 몸까지 팔게 될지도 모른다는 위기감이 슬슬 밀려올 때쯤, 운 좋게 백화점 지하 식품매장 아르바이트를 구했다. 점심시간, 편의점에서 산 빵을 가방에서 꺼내려는데 빈틈없이 염색한 금발 머리를 찰랑거리는 키 큰 여자가 말을 걸었다. 사야처럼 식품매장 아르바이트를 하는 사람이었다.

"거기, 너."

꿰뚫는 듯한 시선, 미인이지만 어딘가 험상궂은 얼굴, 그리고 금색으로 선명하게 빛나는 머리칼. 나도 모르게 저 여자의 심기를 건드리는 짓이라도 했나? 사야는 무의식적으로 몸을 움츠렸다. 하지만 립글로스로 반짝이는 여자의 얇은 입술에서 나온 말은 사야가 예상한 내용이 아니었다.

"너 혼자야? 그럼 밥 같이 먹을래?"

도쿄에 온 뒤로 다른 사람과 연결고리가 거의 없던 사야는 다소 위압감이 강한 외모에 압도되면서도 자기도 모르게 고개를 끄덕였다. 그것이 에미와의 첫 만남이었다.

다가가기 어려운 분위기와는 딴판으로, 에미는 식사 시간인 것을 잊었나 싶을 만큼 쉴 새 없이 떠들었다. 사야는 그 이야기에 맞장구만 치는데도 빵을 베어 물 틈을 찾기 힘들 정도였다. 그 몇십 분 동안 에미와 나눈 대화는 사야가 도쿄에 와서 다른 사람과 나눈 모든 대화를 합친 것보다 훨씬 분량이 많았고, 거기에는 사야가 오랜만에 맛보는 따뜻함이 있었다.

쉬는 시간이 끝나기 전, 사야는 어느샌가 지금 자기가 처한 상황을 에미에게 털어놓고 있었다. 에미는 고개를 끄덕이며 그 이야기를 진지하게 들어 주었다.

저녁에 아르바이트가 끝난 뒤, 생활용품이 전부 들어 있는 숄더백을 어깨에 메고 묵을 곳을 찾아 떠나려던 사야에게 에미가 말을 걸었다.

"너, 속옷은 많아?"

에미는 영문을 몰라서 굳어 버린 사야의 손을 잡아끌고 전철에 태우더니, 아무 설명도 없이 잡다한 상가 건물들이 늘어선 가부키초의 한 변두리로 데려갔다.

에미는 오래된 빌딩 지하로 이어지는 어스레한 계단을 "이 안쪽이야" 하며 가리켰다. 분위기가 너무 수상해서 틈을 봐서 도망가야 하나 고민했지만, 그럴 겨를도 없이 에미가 손을 잡아끌었다. 어둑한 계단을 내려가서 낡은 문을 지나 안으로 들어간 순간, 사야의 공포는 극에 달했다.

그리 넓지 않은 그 공간에는 마치 아치를 그리듯 세일러복과 교복 재킷이 천장 근처까지 걸려 있었고, 좌우에 배치된 상품 진열대에는 명백히 미성년자로 보이는 소녀의 사진이 붙은 속옷과 로리콘 취향의 성인용 비디오 같은 저속한 물건들이 빽빽하게 진열돼 있었다.

여기서 도망쳐야 해. 사야의 본능이 엄청 크게 사이렌을 울려댔다.

"에미, 오랜만이야. 어, 걔는 누구야?"

뛰쳐나가려고 다리에 힘을 준 순간, 갑자기 가게 안쪽에서 목소리가 들렸다. 사야는 반사적으로 목소리가 난 방향을 보았다. 머리를 갈색으로 물들인 조금 뚱뚱한 남자가 살갑다고 표현하기에는 너무 느끼한 미소로 이쪽을 바라보았다.

"오랜만이야. 손님이 한 명도 없는데 괜찮아?"

"요즘은 이래. 이제는 다들 인터넷으로 사니까. 가게에 팔러 오는 여자애들이 더 많을 정도야."

"그래, 그래. 우리도 팔러 왔어. 이 아이 속옷, 비싸게 사줘. 꽤 귀엽잖아, 얘. 사진에서 눈은 가리는 거지?"

에미가 갑자기 가리키자, 사야는 도망치는 것도 잊고 멍하니 에미의 얼굴을 쳐다보았다. 그제야 사야는 자신이 끌려온 가게가 어떤 곳인지 이해했다.

일단 몸이 위험하지는 않을 것 같아 안심하면서도 속옷을 파는 행위에 혐오감을 느껴 얼굴 근육을 일그러뜨리고 있던 사야에게 에미가 속삭였다.

"너 돈 없잖아? 이 정도는 참아. 몸 파는 것보단 나아."

결국 사야는 에미에게 등 떠밀려 속옷을 거의 다 팔고 5만 엔을 얻어서 당분간 지낼 생활비 걱정을 덜었다. 그리고 그날부터 사야는 에미와 자주 연락하게 되었다.

"주소가 없으면 제대로 된 알바를 못 구하잖아."

에미는 그렇게 말하며 사야를 자기 집 근처에 있는 보증인 없이도 들어갈 수 있는 원룸촌으로 데려가 월세방을 계약하게 했다. 에미 말대로 이력서에 주소를 적자, 단기 아르바이트가 아닌 제대로 된 아르바이트도 구할 수 있었다. 패밀리 레스토랑에서 일하게 되면서 생활에 훨씬 안정감이 생겼다.

사야와 에미는 서로의 집을 오가며 지내다가 어느새 절친이라고 부를 수 있을 만한 존재가 되었다.

"사야는 왜 도쿄에 왔어? 뭔가 하고 싶은 일이 있어? 뭐랄까…. '꿈' 같은 거."

어느 날, 엄청난 양의 술과 함께 사야의 방을 찾아온 에미가 술 냄새 나는 숨을 뱉으며 그런 질문을 했다.
"…노래."
사야는 몇 초 주저하다가 조용히 중얼거렸다. 에미가 억지로 먹인 술 때문이 아닌 다른 이유로 뺨이 붉어졌다.
"노래? 뭐야, 뭐야, 아이돌?"
"아니, 아니. 그게 아니라…."
"뭐야, 아니야? 사야는 본판이 꽤 좋으니까 제대로 화장하고 변신하면 아이돌 정도는 될 수 있을 것 같은데."
"항상 노래를 좋아했어. 제대로 공부하고 직접 곡을 만들어서 사람들 앞에서 노래하고 싶어. 도쿄에는 그런 학교도 많잖아."
"흐음. …뭔가 좋다, 그런 거." 에미의 말투에서 놀리는 기색이 사라졌다.
"하지만 역시 안 될 것 같아…."
"왜? 꿈이잖아. 안 될 것 없지."
"그런 학교는 입학금이랑 등록금이 엄청 비싸. 이렇게 생활해서는 저축도 못 하는데."
"돈…이라." 에미는 무언가 곰곰이 생각하듯 입을 다물었다.
"왜 그래?"
"…내가 효율 좋은 알바를 알아."
그렇게 사야는 에미와 함께 투고 잡지 모델 일을 시작했고, 꿈을 위해 서서히 돈을 모았다. 저속한 일이지만, 위험하지는 않을 것이다. 그렇게 믿어 왔다. 아무런 근거도 없이….

3
마츠다 코조

"계속 허탕이네요."

마츠다 코조는 옆에 선 이시카와 료타의 말을 못 들은 체하며 담장에 기댄 채 입에 문 담배를 아스팔트 위에 뱉었다. 전부 마음에 들지 않았다. 아무런 수확도 없는 탐문 수사, 그런 자신을 비웃듯 주요 증언을 차곡차곡 모으고 있는 라이벌 동료, 툭하면 우는소리나 하는 젊은 관할서 형사, 바로 며칠 전에 결심한 금연을 벌써 포기한 자기 자신, 그리고 무엇보다 사람들에게 '잭'인지 뭔지 웃기지도 않는 이름으로 불리는 역겨운 살인마가.

잭이 첫 살인을 저지른 뒤로 벌써 반년 가까운 시간이 지났다. 그동안 열 명 넘는 사람이 그 흉악한 칼날에 목숨을 빼앗겼다. 피해자들 사이에 연결고리는 없다. 딱 하나를 빼면.

연쇄 무차별 살인사건이라고 해도 될 만한 비열한 범죄. 하지만 일각에서는 그 범죄자를 영웅시하는 목소리도 나온다. 잭에게 목숨을 빼앗긴 피해자들의 유일한 공통점, 그것은 모두가 죄를 지었다는 점이다.

마약 딜러, 같은 반 아이를 가혹하게 괴롭혀서 자살로 내몬 소년, 젖먹이를 돌보지 않아서 굶겨 죽인 엄마, 다수의 뇌물 혐의로 재판 중인 전직 국회의원, 나아가 야쿠자 조직의 간부까지. 대부분 증거불충분으로 풀려났거나, 심신미약이거나 미성년자라는 이유로 가벼운 처벌만 받았다.

세상 사람들이 느끼는 모순, 그것을 칼날에 실어 잭은 정의를 실행한다.

인터넷상에서는 자주 보이는 말이다. 차마 입 밖에 내지 않을 뿐 비슷하게 생각하는 국민이 적지 않을 것이다.

멍청한 놈들. 마츠다는 거칠게 담배 한 개비를 뽑아 물고 불을 붙였다. 뭐가 정의의 사도냐. 애니메이션을 너무 많이 봤어. 악인이니까 죽여도 된다고? 웃기는 소리.

담배 연기를 허파 가득 빨아들였다. 폐포의 모세혈관에서 핏속으로 녹아든 니코틴이 뇌세포의 과민성을 조금이나마 누그러뜨려 주었다.

세이부 신주쿠선 나카이역에서 상점가를 지나 10분 정도 걸으면 나오는 주택가. 단독주택이 밀집되어 있고 좁은 도로가 미로처럼 뒤얽혀 있다.

사흘 전 밤 열 시경, 이 장소에서 마흔두 살 남자가 살해되었다. 중학교 체육 교사로, 2년 전 지도교사로 있던 유도부 연습 중에 일어난 사건 때문에 최근 언론에서 논란이 되었다.

남자는 한여름 합숙 중에 피로로 주저앉은 부원을 보고 "농땡이 친다"고 불같이 화를 내며 억지로 일으켜 세워서 바닥에 여러 번 내동댕이쳤다. 의식이 혼미한 상태였던 부원은 제대로 낙법을 쓰지 못해서 정수리부터 낙하했고, 경추가 탈구되어 호흡이 멈췄다. 그 이후 다른 학생이 이상함을 느끼고 구급차로 옮겼지만, 피해를 당한 부원은 저산소로 인한 뇌손상으로 혼수상태에 빠졌고 아직도 의식이 돌아오지 않았다.

처음에는 학교 측이 동아리 활동 중에 일어난 사고라며 통상적인 연습을 하다가 벌어진 일이라고 설명했기에 경찰도 움직이지 않았다. 하지만 부원으로 추측되는 익명의 누군가가 제보한 정보로 사고가 일어난 당시 상황을 알게 된 피해자의 부모가 경찰과 언론에 호소하면서 세간에서 큰 관심을 불러일으켰다.

살인사건의 최초 발견자는 귀가하던 회사원이었다. 한잔 걸치고 기분 좋게 집으로 돌아가다가 피바다 속에 근육질 남자가 쓰러져 있는 광경을 맞닥뜨렸다. 핏속에 있던 알코올이 한순간에 증발해 버렸으리라.

곧바로 기동수사대가 도착해서 확인해 보니, 시신의 목이, 경추가 노출될 정도로 깊이 베여 있었다. 그때 수사에 임한 경찰 관계자는 모두 잭의 그림자를 느꼈다. 그 느낌이 옳았음이 곧 증명되었다. 시신 옆에 있던 산울타리에서 스페이드 잭이 그려진 트럼프 카드가 발견되었고, 그 표면에는 개성 강한 필체로 선명하고 붉은 'R'이라는 글자가 굵게 적혀 있었다. 그 트럼프 카드는 지금껏 모든 범죄 현장에서 발견된, 말하자면 잭의 시그니처였다.

잭과 R. 말하고자 하는 바가 명확했다.

잭 더 리퍼(Jack the Ripper), 19세기 말 런던에 나타난 전설적인 살인마.

수사본부에서는 누가 먼저랄 것 없이 그 연쇄 살인 사건의 범인을 '잭'이라고 불렀고, 언론을 통해 어느새 세간에까지 그 명칭

이 퍼졌다.

마츠다는 '잭'이라고 부르는 게 싫었다. 그런 식으로 불러 주면 자기 과시욕이 강한 이 범인은 기뻐할 것이 분명했다. 기뻐서 신바람이 나 다음 사냥감을 물색할 것이다.

왜 이 미친 살인자를 밝혀내지 못할까? 마츠다는 머리숱이 줄고 있는 머리를 벅벅 긁었다.

열 명 넘는 사람이 처참하게 죽어 나가는 동안 경찰은 아직도 범인의 꼬리조차 잡지 못했다. 아무리 신중한 범인이어도 몇 건이나 범행을 거듭하다 보면 막강한 경찰력 앞에 그 모습이 서서히 드러나기 마련이다. 하지만 잭의 모습은 아직도 깊은 안개 속에 있어서 그 실루엣조차 보이지 않는다.

"이시카와!" 마츠다는 멀뚱히 옆에 서 있는 관할서 형사에게 호통을 쳤다.

"아, 네!"

"뭘 멍하니 있어? 탐문 계속해. 수사 회의가 시작될 때까지 보고할 만한 정보를 조금은 찾아야지."

"네, 알겠습니다!"

어디 사는 누구인지는 모르지만, 반드시 잡아서 교수대로 보내 주겠다. 주먹을 꽉 쥔 마츠다는 성큼성큼 걸어 나갔다.

4
미사키 유우키

지금 몇 시지? 유우키는 안개가 낀 것 같은 머리를 가볍게 흔들며 벽시계를 보았다. 시곗바늘은 한 시를 가리켰지만, 오전 한 시인지 오후 한 시인지조차 알 수 없었다. 커튼 사이로 보이는 바깥에 암흑이 깔린 것을 알아차리고 그제야 오전 한 시임을 알았다.

아무렴 어떤가. 유우키는 카펫 위에 책상다리로 앉으며 맥주캔에 손을 뻗었다. 유리로 된 낮은 테이블 위에는 다양한 알코올음료 용기가 놓여 있었다.

유우키는 들어 올린 캔이 가벼워서 얼굴을 찌푸리면서도 맥주를 단숨에 목구멍으로 흘려보냈다. 미지근하고 탄산이 빠진 액체가 끈적한 쓴맛을 남기며 위 속에 떨어졌다. 하지만 구강에 달라붙듯 남는 쓴맛도 전혀 신경 쓰이지 않았다. 맛 따위 아무래도 상관없다. 그냥 술이 필요했다. 머리를 마비시킬 술이.

술기운이 사라지면 또다시 '그것'이 찾아온다. 마음을 썩이는 칠흑 같은 감정. 자신의 존재가 머지않아 '무'가 된다는 사실을 향한 본능적인 거부. 그저 '공포'라는 말로 표현되는 단순한 것이 아니었다.

약 2주 전, 마코토에게 선고를 받은 그날, 진료 상담실을 뒤로한 유우키는 몸의 중심이 흔들리는 기분 그대로 의국장을 찾아가서 사정을 설명하고 휴직했다. 그리고 병원을 나와 곧바로 오오츠카에 있는 아파트로 돌아와서 냉장고에 넣어둔 차가운 맥주를 닥치는 대로 배 속에 흘려 넣었다.

그 이후에는 술을 마시고 잠들었다가 눈을 뜨면 다시 술을 마시는 생활을 반복했다. 식사도 제대로 하지 않았고, 외출하는 순간은 집에 사둔 술이 떨어져서 근처 편의점에 술을 보충하러 갈 때뿐이었다.

이게 현실인가? 지난 2주 동안 머릿속에서 되풀이되는 의문을 곱씹었다.

엑스레이 필름 판독기의 인공적인 흰 빛에 비친 CT 필름을 본 뒤로 세상이 하얗게 흐려졌다. 술 탓이 아니다. 술기운이 없어도 백내장이라도 걸린 것처럼 세상이 뿌옇게 보였다.

내 생명이 앞으로 몇 개월 후에 끝난다. 그 사실을 뇌가, 마음이 거부해서 현실과 유우키 사이에 얇은 막을 만들었다.

빈 맥주캔을 테이블 위에 눕혀서 놓았다. 이제 사둔 술은 전부 마셔서 없다. 초점 없는 눈으로 빈 캔을 바라보는데, 갑자기 강한 구역질이 올라왔다.

화장실에 가려고 허둥지둥 일어섰지만, 눈앞이 일렁여서 엉덩방아를 찧고 말았다. 기어서 어찌어찌 화장실에 도착한 유우키는 변기에 얼굴을 처박았다.

입을 열자, 둑이 터지듯 연노란 액체가 목구멍에서 터져 나왔다. 목이 타들어 가는 아픔과 비슷한 쓴맛이 입안에 퍼졌다.
 유우키는 위 속이 비었는데도 변기와 얼굴을 맞대고 몇 번 헛구역질했다. 전부 토해냈건만 구역질은 잦아들지 않는다. 거친 숨을 쉬며 변기 안에 퍼진 토사물을 보던 유우키는 노란 액체 안에 섞여 있는 작고 검붉은 덩어리를 발견했다.
 얼음으로 된 손이 심장을 움켜쥐었다. 암세포에 잠식된 궤양부의 출혈. 배 속에 나를 죽이는 괴물이 둥지를 틀고 있다. 그 명백한 사실이 눈앞에 닥쳐왔다.
 "제기랄!"
 유우키는 주먹을 꽉 쥐고 벽을 세게 때렸다. 그것 말고는 갈 곳 없는 분노를 풀어낼 방법이 없었다. 둔탁한 소리와 함께 벽이 흔들렸다. 주먹 끝의 피부가 찢어져 피가 배어 나왔다. 통증 덕에 머리에 낀 안개가 걷히기 시작했다.
 후회되지만 이미 늦었다. 가슴속에 작게 싹튼 공포가 배에 둥지를 튼 암세포처럼 세포 분열을 거듭해 폭발적으로 증식해 갔다.
 어쩌다 이렇게 됐을까? 유우키는 무릎을 끌어안고 화장실 바닥에 주저앉아서, 온몸을 덜덜 떨기 시작했다. 내 인생은 순조롭게 흘러갈 예정이었다. 외과의로서 경력은 7년을 넘었고, 수술 실력도 점점 좋아졌다.
 유우키는 주저앉아서 허공을 응시했다. 지금까지 살아온 자신의 인생이 머릿속을 지나갔다.
 중학교와 고등학교 모두 진학률이 높은 명문 학교에 합격했고, 그 이후 후쿠시마에서 작은 외과 병원을 운영하던 아버지의 기대에 부응해 도쿄 세이료 의대에 들어갔다. 초기 연수를 마치고 전공을 선택할 때, 일이 힘들어서 요즘 의대생들이 꺼리는 외과를 고른 것도 지금은 다른 의사에게 맡겨둔 아버지의 병원을 나중에 잇게 될 수도 있다고 생각해서였다.

더 나은 미래를 위해서. 인생의 선택은 항상 '미래의 행복' 쪽으로 방향이 잡혀 있었다. 그런데 그 '미래'가 사라지고 말았다. 마치 선로가 중간에 끊어져 버린 것처럼. 자신이 원하던 종착점, 거기에 도달하는 것은 이미 불가능하다.

"내 인생은 대체 뭐였던 거야!"

유우키는 소리쳤다. 말 끝부분에 오열이 섞여서 크게 기침이 나왔다. 하염없이 눈물이 흐르고 콧물이 목구멍 안쪽으로 흘러들어 왔다. 이제 곧 '무'가 될 것이다. 학생 시절부터 검도로 단련한 몸도, 열심히 익힌 의술도, 그리고 자신의 존재 자체도.

발밑이 무너져서 공중에 내던져진 것 같은 감각에 휩싸였다.

술이 부족하다. 술이다. 술로 사고를 마비시켜야 한다. 유우키는 화장실 벽에 손을 짚고 일어섰다.

혈관 안에 수은이 흐르는 것처럼 몸이 무거웠다.

티셔츠와 청바지 차림으로 밖에 나간 유우키는 아직 8월인데도 가을 느낌이 감도는 밤바람에 몸을 떨었다. 찬 공기에 머리가 더 또렷해졌다. 한시라도 빨리 술을 마셔야 한다.

편의점은 걸어서 10분 정도 거리에 있다. 주차장에는 애차인 대형 바이크, 혼다 CBR1000이 주차돼 있었지만, 이 상태로 바이크를 탈 수는 없다고 판단할 정도의 이성은 남아 있었다.

유우키는 추위에 몸을 웅크리며 터벅터벅 걸어 나갔다.

"어서 오세요."

외국인으로 보이는 점원이 의욕 없는 목소리로 말했다. 편의점에 도착한 유우키는 장바구니를 들고 술을 찾아 안쪽으로 들어갔다.

냉장 상품 진열대의 유리문을 열고 안에 놓인 맥주와 하이볼 캔을 손에 잡히는 대로 장바구니에 던져 넣었다. 옆에서 음료수를 고르던 젊은 커플이 노골적으로 얼굴을 찌푸리며 잽싸게 멀어졌다.

지난 2주 동안 수염도 깎지 않았을뿐더러 목욕도 제대로 하지 않았다. 옆에서 보면 노숙자 같을 것이다. 하지만 다른 사람의 눈을 신경 쓸 여유 따위 없었다. 유우키는 냉장 상품 진열대를 벗어나 위스키와 와인 병을 찾기 시작했다.

"그래서 네가 안 되는 거야!"

고래고래 외치는 큰 목소리와 함께 자동문이 열렸다. 위스키 병을 들고 있던 유우키는 목소리가 나는 쪽으로 잠깐 시선을 던졌다.

라이더 슈트로 몸을 감싼 젊은 두 남자가 큰 소리로 웃으며 가게 안에 들어왔다. 앞서 걷는 덩치 큰 남자는 빨갛게 염색한 짧은 머리였고 주변을 위협하듯 가슴을 펴며 소리 내 웃었다. 나이는 스무 살 안팎으로 보였다.

그 뒤를 따르는 자그마한 남자는 알랑거리는 웃음을 띠며 빨간 머리 남자와 이야기를 나눴다. 머리는 은발을 의도한 것 같은데, 염색한 지 꽤 됐는지 칙칙해서 그저 백발로 보였다.

"형씨, 세븐스타 두 갑."

빨간 머리 남자가 협박하듯 카운터에 팔꿈치를 올렸다. 점원은 무표정하게 카운터 안쪽 선반에서 담배를 두 갑 꺼내고 금전 출납기 버튼을 두드렸다. 빨간 머리 남자가 갑자기 점원의 멱살을 잡아당겼다. 몸집이 작은 점원은 완력에 저항하지 못하고 상체를 카운터 위로 내민 자세가 되었다.

"손님한테는 더 공손하게 해야지, 이 새끼야!"

빨간 머리는 이마가 닿을 정도로 점원에게 얼굴을 가까이 들이밀며 위협했다. 점원은 입을 뻐끔거렸지만, 목소리는 나오지 않았다.

"뭐야, 이 새끼 일본어 못해?"

침이라도 뱉듯 거칠게 말하더니, 빨간 머리 남자는 점원의 멱살을 놓고 카운터 위에 놓인 담배를 손에 들었다.

"위자료야. 가져간다. 불만 없지?"

빨간 머리는 큰 소리로 웃으며 가게 밖으로 유유히 걸어갔다. 그 뒤를 은발 남자가 따라갔다. 점원은 아무 말도 하지 못하고 고개만 푹 숙였다.

유우키는 일련의 소동이 끝나는 것을 지켜보고는 다시 술을 찾으러 돌아갔다. 2주 전이었다면 불의에 분노했을지도 모른다. 하지만 지금은 그럴 기력도 여유도 없었다. 유우키는 장바구니가 가득 찰 때까지 무심히 술을 뒤졌다.

"형씨, 대단하네, 그거."

계산을 끝내고 양손에 술로 가득 찬 비닐봉지를 들고나오자, 바로 방금 가게에서 소란을 피운 빨간 머리 남자가 말을 걸었다. 대형 오토바이 옆에서 아스팔트 바닥에 쪼그려 앉아서 방금 강탈한 담배를 피우고 있었다.

유우키는 남자를 힐끗 보고 다시 걸음을 뗐다. 쓸데없는 일에 엮일 여유가 없었다. 가슴속에서는 마음을 좀먹는 검은 감정이 서서히 몸집을 불리고 있었다.

"귀가 먹었냐!"

유우키의 반응이 거슬렸는지 빨간 머리 남자가 언성을 높이며 일어나 다가왔다.

크다. 유우키는 눈앞을 막아선 남자를 올려다보았다. 키가 190센티는 될 것 같다. 체중은 세 자릿수일지도 모른다. 하지만 공포는 느껴지지 않았다. 이미 2주 동안 죽음의 공포에 시달린 마음은 새삼스레 공포를 느낄 여력이 없었다. 다만 자신의 행동을 방해하는 남자들을 향한 짜증만 가슴에서 솟구쳤다.

"비켜." 유우키는 감정이 담기지 않은 모래 같은 목소리로 말했다.

"뭐? 이 새끼가, 뭐야, 그 태도는!"

격분한 빨간 머리 남자는 유우키의 멱살을 붙들었다. 잡힌 티셔츠가 비명 같은 소리를 내며 목덜미에서 조금 찢어졌다. 유우키는 그 순간 가슴에서 엄청난 분노를 느꼈다.

이런 인간은 앞으로 몇십 년이나 이 세상에 존재할 텐데, 나는 곧 이 세상에서 사라질 것이다. 열심히 노력을 거듭해 의사로서 여러 사람의 목숨을 구해 온 내가.

"왜 내가…." 유우키는 티셔츠를 움켜쥔 남자의 손을 거칠게 뿌리쳤다.

"이 새끼가!"

빨간 머리 남자가 뿌리쳐진 오른손으로 주먹을 쥐더니 유우키의 안면에 휘둘렀다.

검도로 단련된 동체 시력이 다가오는 주먹을 포착했다. 너무 쉽게 폭력을 행사하는 남자의 행동에 놀라는 한편, 피하는 자세를 취하려고 했다. 하지만 술에 절어 버린 신경계는 뇌의 명령을 민첩하게 근육에 전달하지 못했다. 우두커니 선 유우키의 망막에 한가득 주먹이 비쳤다.

왼쪽 관자놀이에 강한 충격을 느끼고 한순간 의식을 잃었다. 처음부터 균형 감각이 무너져 있던 몸은 기세 좋게 아스팔트 위에 쓰러졌다. 비닐봉지에서 술병이 쏟아졌고 그중 몇 개가 깨져서 주변에 술 냄새를 잔뜩 풍겼다.

욱신거리는 두통을 느끼면서 유우키는 일어서려고 했다. 그 배에 빨간 머리의 발끝이 박혔다. 무방비한 복부에 전달된 충격으로 위가 눌려 쓰디쓴 위액이 입안으로 역류했다. 고통으로 숨이 제대로 쉬어지지 않았다. 유우키는 고개를 들고 빨간 머리 남자를 노려보았다.

"뭐 불만 있어?"

"…왜 나야. 왜…, 너 같은 놈이 아니라 나냐고."

더듬더듬 말을 뱉었다. 억누를 수 없는 분노가, 증오가, 말이 되어 성대를 흔들었다.

칼날 같은 유우키의 시선에 빨간 머리 남자가 잠깐 움찔하며 움직임을 멈췄다.

"내 알 바야? 뭔 헛소리를 하고 있어!"

빨간 머리는 기가 꺾인 자신을 고무하듯 더 크게 포효하며 유우키의 턱을 걷어찼다. 유우키의 입에서 쇠 맛이 퍼졌다.

"뭘 넋 놓고 보고 있어? 너도 와!"

빨간 머리는 은발 남자에게 호통을 쳤다. 빨간 머리가 어지간히도 무서운지 은발은 감전된 것처럼 전신을 굳히더니 쓰러진 유우키의 옆으로 허둥지둥 와서 발차기를 했다. 얼굴, 목, 가슴, 배, 그리고 사지를, 두 사람의 폭력이 짓밟았다.

유우키는 흐릿해지는 의식 속에서 당혹감을 느꼈다. 어느새 가슴속에서 분노나 증오와는 완전히 다른 감정이 생겨나기 시작했다.

왜? 너무나도 이 상황에 어울리지 않는 감정이 몸을 지배해 갔다. 그 증식은 이미 걷잡을 수 없었다. 감정이 소리가 되어 목구멍을 뚫고 나왔다.

"하하, 하하하하하! 아하하하하하하!"

유우키는 웃었다. 입에서 한없이 웃음이 터져 나왔다. 걷어차인 배가 욱신거렸지만, 그래도 발작 같은 웃음은 억누를 수 없었다.

"…뭐, 뭐야, 이 새끼."

남자들은 이해할 수 없는 유우키의 행동에 발차기 세례를 멈추고 눈을 휘둥그레 떴다.

유우키는 숨쉬기 힘들 정도로 자지러지게 웃으며, 부어서 반이 감긴 눈으로 자신을 축구공인 양 차대던 남자들의 얼굴을 바라보았다.

절대 그 얼굴들을 잊지 않도록 뇌 주름 사이에 영상을 새겨 넣었다.

"이 새끼…, 돌았어. 야, 가자."

빨간 머리 남자는 바이크까지 뒷걸음질 치다가 거기에 올라탔다. 은발 남자도 빨간 머리를 따라갔다.

마음속에서 증오의 불길이 타오르는 것을 느낌과 동시에 유우키는 두 사람에게 고마운 감정마저 들었다. 폭음을 내며 바이크를 타고 사라지는 두 사람의 등에 대고 유우키는 속으로 말했다.
고마워. 정말 고마워. 살 이유를 줘서.
유우키는 여기저기 쑤시고 비명을 지르는 몸을 일으키더니, 술병이 든 비닐봉지에 눈길도 주지 않고 어기적어기적 걸어갔다. 이제 술은 필요 없다. 몸의 아픔과 밤의 찬 공기 덕분에 안개가 걷힌 머리에서 공포는 어느새 사라진 상태였다.

5
시바타 마코토

 다리가 무겁다…. 마코토는 가로등이 켜지기 시작한 거리를 족 쇄라도 찬 듯한 걸음걸이로 걸었다. 습도 높은 공기가 피부에 치덕치덕 달라붙었다.
 유우키에게 암을 선고한 뒤 벌써 한 달 반이라는 시간이 흘렀다.
 예약해둔 외래에 유우키는 나타나지 않았다. 그 이후 몇 번이나, 그야말로 셀 수 없을 정도로 연락했지만, 유우키는 전화에도 메시지에도 답하지 않았다.
 환자가 외래에 나타나지 않는 것은 자주 있는 일이다. 치료를 받지 않으면 목숨에 지장이 가는 환자에게도 예외는 없다. 그렇다 해도 당연히 의사는 환자에게 치료를 강제할 수 없다. 환자에게는 치료를 받을 권리도 있지만, 반대로 치료를 받지 않을 권리도 있다. 최종적으로 환자의 건강에 책임을 지는 사람은 의사가 아니라 환자 자신이다. 의사는 거들 뿐이다. 마코토는 그 사실을 잘 이해했다. 아니, 이해하는 줄 알았다. 그런데 유우키가 외래에 나타나지 않았을 때, 도무지 방관할 수가 없었다.

마코토는 고개를 푹 숙이고 아스팔트 보도를 보면서 학생 시절을 회상했다.

중고등학교 때도 검도부였던 마코토는 도쿄 대회에서 상위권을 차지했다. 그래서 세이료 의대에 입학해 검도부에 들어갔을 때도 확신했다. 상대가 남자라 해도 의학부에 자신보다 실력이 뛰어난 사람은 없을 것이라고. 그런 자신감을 무너뜨린 사람이 미사키 유우키라는 남자였다.

검도부에 들어가서 다른 사람들과 몇 번 연습한 뒤 처음으로 유우키와 대련한 마코토는 마치 쇠사슬에 묶인 것처럼 움직일 수 없었다. 아무리 공격하려고 해도 유우키가 선수의 선수를 쳐 버렸다. 아무렇게나 움직였다가는 역공을 당할 것이 뻔했다. 그전까지 대전한 어떤 상대에게서도 느껴보지 못한 위압감이었다.

"너는 검도 몇 년이나 했어?"

연습이 끝나고 머리 보호대를 벗으며 마코토가 유우키에게 물었다.

"응? 3년쯤 됐나? 고등학교에서 추천받아서 시작했어."

수건으로 땀을 닦으면서 아무렇지 않게 꺼낸 유우키의 대답에 마코토는 충격을 받았다. 그런 경지를 겨우 3년 만에 도달했다니 도저히 믿기지 않았다.

천부적인 재능. 자신이 갖지 못한 것을 가진 남자를 마주하자, 마코토는 분함과 동시에 기분이 고조되는 것을 느꼈다.

그로부터 약 1년, 동급생이자 동아리 친구로 지내는 사이에 자기도 모르게 유우키를 눈으로 좇게 되었다. 그러던 어느 날, 연습을 마치고 집으로 돌아가는 길에 유우키와 둘이서 걷던 마코토는 자신도 놀랄 만큼 아주 자연스럽게 인생 첫 고백을 했다.

"저기, …우리 사귈래?"

유우키는 처음에는 그 고백에 조금 놀란 표정을 지으며 몇 초 동안 눈을 끔뻑거렸지만, 이내 쑥스러운 듯 손을 내밀며 말했다. "나로 괜찮다면, 잘 부탁해"라고.

학생일 때 두 사람의 교제는 순조롭게 흘러갔다. 하지만 의사 국가시험에 합격하고 서로 다른 과를 목표로 삼았을 즈음부터 관계가 점차 벌어지기 시작했다.

수련의로 24시간 밤낮 구별 없이 소처럼 일하는 매일. 학생이라는 아무 책임도 없는 마음 편한 위치에서 갑자기 환자의 목숨을 책임지는 위치에 내몰리자 상대를 배려할 여유를 잃어버린 두 사람은 사소한 일로 싸움을 거듭했다.

학생 때도 자주 싸우기는 했지만, 매일 얼굴을 보고 이야기하다 보면 그런 것들은 자연스레 해결됐다. 하지만 수련의라는, 의료 시스템 최하층에서 수습생처럼 생활하는 두 사람에게는 천천히 대화할 시간조차 없었다. 결국 1년 차 수련이 끝났을 즈음, 두 사람은 상의해서 더 교제를 이어가기는 힘들다는 결론을 내렸다.

그로부터 약 6년. 유우키는 이제 속을 터놓고 이야기할 수 있는 몇 없는 절친이 되었다. 이별이 잘못된 선택이었다고 생각하지는 않는다. 그때 만약 헤어지지 않았다면, 두 사람 사이에는 돌이킬 수 없는 골이 생겼을 테고, 친구로 관계를 이어가는 것조차 불가능해졌을 것이다. 하지만 마코토는 유우키를 마주칠 때면 여전히 미련을 느끼는 자신을 알고 있었다. 다만 그 사실을 입 밖으로 꺼내기에는 친구로 지낸 시간이 너무 길었다.

이대로가 좋다. 마코토는 그렇게 자신을 타이르며 유우키와 미묘한, 하지만 안정적인 거리를 유지했다.

유우키에게 암을 선고한 그날까지는.

아파트 입구를 빠져나가 엘리베이터를 타고 5층으로 올라갔다. 여기에 오는 것은 유우키와 헤어진 이후 처음이었다.

무슨 이야기를 하면 좋을까? 유우키가 사는 집 앞까지 와서 마코토는 멈춰 섰다.

무언가 하고 싶어서 여기까지 오기는 했는데, 대체 뭘 할 수 있을까?

4기 경성 위암. 젊은 층의 암은 진행이 빠른 경우가 많다. 아마 유우키의 종양은 어떤 치료를 받아도 그 탐욕스러운 성장을 멈추지 않을 것이다.

아무것도 할 수 없다. 의사로서 할 수 있는 일은 아무것도 없다. 하지만…

마코토는 망설임을 떨쳐버리듯 고개를 흔들고, 약간 떨리는 손으로 초인종을 눌렀다. 땡동 하는 가벼운 소리가 형광등에 하얗게 밝혀진 복도에 울렸다.

십몇 초 후, 문 너머에서 다가오는 발소리가 들렸다. 심장 박동이 빨라졌다. 건네야 할 말을 머릿속에서 몇 번이나 시뮬레이션했다.

"네, 네. 잠깐 기다리세요."

방 안에서 들려온 목소리에 긴장이 탁 풀렸다. 상상하던 어둡고 침울한 분위기는 그 목소리에서 털끝만큼도 느껴지지 않았다. 시원스레 문이 열렸다. 집 안에서 유우키의 얼굴과 함께 아주 시끄러운 록 음악이 날아왔다.
"어, 마코토네. 어쩐 일이야, 여기까지?"
"응…. 잠깐 너 보러. 유우키, 내 외래에 안 왔잖아."
부자연스럽게 밝은 목소리에 압도되어 마코토는 변명하듯 대답했다.
"외래? 아아, 외래. 미안. 깜빡했다."
"깜빡했다고?" 너무 가벼운 대답에 마코토의 목소리가 높아졌다.
"너무 화내지 마. 미안해. 그보다 들어올래? 모처럼 왔는데."
유우키는 말하자마자 대답도 듣지 않고 등을 돌렸다. 티셔츠에 감싸인 등을 보고 마코토는 위화감을 느꼈다. 하얀 티셔츠에 지도처럼 커다란 땀 자국이 있었다.
마코토는 큰 소리로 가득한 거실에 들어가서 눈을 동그랗게 떴다.
"커피 타줄 테니까 소파에 앉아 있어."
오디오 소리를 줄이는 유우키의 발치에 덤벨이 놓여 있었다. 그뿐만이 아니었다. 7.5평 정도 되는 거실 곳곳에 운동 기구가 흩어져 있었다. 고무 밴드, 연습용 목검, 심지어 러닝머신까지 있었다.
"뭐야? 이 운동 기구들은?"
"뭐냐니? 보이는 그대로야. 몸을 움직이고 있었어. 땀이 좀 났네."
유우키는 젖은 티셔츠를 잡더니 훌렁 벗었다. 드러난 맨몸 상반신에 마코토의 시선이 붙박였다.
어깨에서 목까지 솟아오른 승모근, 혈관이 불끈거리는 통나무처럼 굵은 위팔, 거대한 광배근은 역삼각형 실루엣을 만들었다. 피부 위에 근섬유가 드러날 정도로 지방이 빠진 몸. 매일같이 검도를 연습하던 대학생 때도 유우키의 몸은 이 정도가 아니었다.

"뭐야…, 그 몸."

"아, 단련했어. 지난 한 달 동안." 유우키는 과하게 들떠서 말했다.

"단련했다고…?" 혼란스러워서 무엇을 물어봐야 할지 알 수 없었다.

유우키는 새로운 티셔츠로 갈아입더니, 아무렇지 않게 연습용 목검을 들었다. 죽도를 흔들듯 가뿐하게 무거운 목검을 휘둘렀다. 공기를 가르는 소리가 마코토의 귀에 닿았다.

"겨우 한 달 만에 몸이 그렇게 되는 게 말이 돼? 그리고 뭘 위해서…."

"커피."

"어?"

"커피 말이야. 인스턴트인데 괜찮지? 지금 만들 테니까 기다려."

유우키는 마코토의 질문에 답하지 않고 목검을 내던지더니 부엌으로 사라졌다. 목검이 바닥 위에서 튀었다.

마코토는 쓰러지듯 소파에 앉았다. 뭐지, 저 텐션은? 애써 밝은 척하는 것과는 다르다. 암 선고를 받은 뒤에 억지로 밝은 척하는 환자는 많이 봐왔다. 하지만 유우키의 태도는 그런 사람들과는 확실히 달랐다. 억지가 아니다. 하지만 어딘가 공허한 냄새를 풍겼다.

부엌에서 음이 이상한 콧노래 소리가 들려왔다. 문득 마코토는 테이블에서 약이 든 PTP 포장재가 여러 개 놓인 것을 발견하고 손을 뻗었다.

강력한 항불안제였다. 효과 지속시간은 짧지만, 강한 항불안작용을 하는 약이다.

역시 약이 필요하구나. 그렇다면 저 태도도 약 때문인가? 약을 테이블 위에 돌려놓으려던 마코토의 손이 멈췄다. 마코토는 몇 번 눈을 끔뻑거리다가 몸을 앞으로 내밀며 두 손으로 바쁘게 약 더미를 헤집었다.

간 보호제, 갑상선 호르몬제, 단백 동화 스테로이드, 정신 흥분제.

그것들은 모두 PTP 포장재가 몇 개 비어 있어 사용된 흔적이 있었다. 하지만 그 어느 것도 지금의 유우키에게 필요한 약은 아니었다.

마코토의 뇌리에 지방이 빠지고 근육이 부푼 유우키의 몸이 떠올랐다.

갑상선 호르몬으로 대사를 올리고 단백 동화 스테로이드로 근육 성장을 촉진했을 것이다. 간 보호제는 스테로이드에 의한 간 장애를 막기 위해서. 그리고 묘하게 쾌활한 분위기, 그것이 항불안제가 아니라 정신 흥분제의 효과라면….

"뭐 봐?"

불쑥 목소리가 들려서 마코토는 몸을 움찔했다. 어느 틈엔가 두 손에 커피잔을 든 유우키가 뒤에 서 있었다.

"이거…, 설마 먹고 있어?" 마코토는 약 더미를 가리켰다.

"아아, 맞아." 유우키는 커피잔을 테이블 위에 놓았다.

"맞다고? 이걸…. 대체 무슨 생각이야?"

"몸을 좀 키우려고."

유우키의 말투는 한없이 가벼웠다. 정신 흥분제 중에는 각성제

와 비슷한 작용을 하는 것도 있다. 그런 약을 먹으면 피로를 느끼기 힘들고 감정도 들뜬다. 마코토는 유우키의 뜬금없는, 그러면서도 어딘가 공허한 밝음이 약 때문이라고 확신했다.

"정신 흥분제를 먹다니, 게다가 단백 동화 스테로이드까지…."

"냉장고 안에 성장 호르몬도 있어. 꽤 비쌌지만."

"대체 뭘 하는 거야? …왜 이러는 거야?"

"해야 할 일이 있어." 유우키의 목소리 톤이 조금 낮아졌다.

"해야 할 일?" 떨리는 목소리로 마코토가 물었다.

"너랑은 상관없어."

유우키는 바닥에 있는 목검을 주워서 다시 연습을 시작했다. 공기가 떨렸다.

"자세가 제법 괜찮지? 현역일 때랑 비교해도 손색없지 않아?"

"그런 소리 할 때가 아니잖아. 이런 약을 먹으면 큰일…."

"그래서?"

유우키의 말투가 돌변했다. 방 안의 온도가 순식간에 낮아진 느낌이었다. 뒤돌아본 유우키의 얼굴에서는 얄팍한 미소가 벗겨졌고 어두운 두 눈동자는 끝없는 늪 같았다.

"그래서라니…."

"부작용이 생기면 뭐? 심방세동을 일으키든 호르몬 균형이 무너지든 상관없잖아. 나는 어차피 곧… 사라질 테니까."

유우키는 마코토에게 등을 돌리고 손에 든 목검을 거칠게 바닥에 내던졌다. 나무와 나무가 부딪치는 둔탁한 소리가 울려 퍼졌다.

마코토는 힘이 제대로 들어가지 않는 다리로 힘겹게 일어나서 등 돌린 유우키에게 다가갔다. 무슨 말을 하면 좋을지 모르면서도 유우키의 어깨에 손을 올렸다.

"그런 말 하지 마. 제발 제대로 치료 받아. 내가 할 수 있는 건 뭐든 할게. …제발."

이렇게 가까이 있는데 저 멀리에 호소하는 느낌이었다.

유우키는 뒤돌아서 그대로 마코토의 손을 잡았다. 바이스로 조이는 듯한 아픔에 마코토의 표정이 일그러졌다.

"뭐든 하겠다고? 그럼, …그냥 내버려 둬!"

유우키는 앙다문 치아 사이로 쥐어짜듯 목소리를 높였다.

"내가 원하는 대로 하게 내버려 둬! 이렇게라도 안 하면 어떻게 해야 할지 모르겠으니까. 내 인생은 뭐였냐고! 정말 뭐가 뭔지…."

마지막 말은 작게 갈라져서 마코토의 귀에 닿지 않게 되었다. 방금까지 크게만 느껴지던 유우키의 어깨가 무척이나 작게 쪼그라든 듯 보였다. 유우키는 마코토의 손을 놓더니 작게 "집에 가"라고 중얼거렸다.

"알았어. 갈게. …미안해."

마코토는 고개를 숙이고는 유우키에게 등을 돌리고 힘없는 발걸음으로 현관을 향해 갔다.

"혹시." 돌아보지도 않고 마코토는 입을 열었다. "혹시 뭔가 내가 할 수 있는 일이 있으면, …언제든지 연락해."

유우키는 대답하지 않았다. 마코토는 느릿한 걸음걸이로 문을 열고 밖으로 나갔다.

이른 가을의 차가운 밤바람이 가슴에서 열을 빼앗아 갔다.

6
마스다 츠토무

게임센터의 스피커에서 흘러나오는 BGM이 내장을 울렸다.
"제기랄!"
마스다 츠토무는 짜증스럽게 게임기를 두 손으로 때리더니, 빨갛게 염색한 머리를 마구 헝클었다. 화면에는 'GAME OVER'라는 글자가 날뛰었다.
"동전 좀 바꿔 와."
마스다는 옆에 앉은 칙칙한 은발 머리 남자 마나베 후미야에게 지갑에서 꺼낸 천 엔 지폐를 들이밀었다. 마나베는 늘 그렇듯 알랑거리는 미소를 지으며 지폐를 받아들고 게임센터 안을 잰걸음으로 달렸다.
떠나는 마나베를 지켜보면서 마스다는 담배를 한 개비 꺼내 불을 붙이고 가게 안을 둘러보았다. 마스다와 눈이 마주친 몇 명이 허둥지둥 시선을 피했다. 익숙한 광경이었다. 프로레슬러로 오해할 만한 마스다의 체구를 보면 사람들은 대부분 비슷한 반응을 보인다.
 며칠 전부터 귀에 들어오던 소문이 마스다를 짜증 나게 했다. 듣기로는 대형 바이크를 탄 젊은 남자가 이케부쿠로역 주변에서 양아치 사냥을 한다고 했다. 그 자체는 딱히 특이할 것도 없는 이야기다. 양아치끼리 싸우는 일은 이 거리에서는 흔하다. 문제는 상대를 때려눕히고 나서 그 남자가 한 행동이었다. 습격받은 놈들의 이야기에 따르면, 그 남자는 돈을 뺏지도 않고 딱 한 가지 질문을 했다고 한다.
 "스즈키 바이크를 타는 빨간 머리 거구랑 칙칙한 은발에 왜소한 놈 알아?"라고. 마스다와 마나베를 가리키는 것은 분명했다.
 "그놈 위험해, 마스다. 당분간 이 근처에 안 오는 게 좋겠어."
 어제 파친코 가게에서 나온 마스다에게 그렇게 충고한 놈이 있어서 마스다는 체중을 실은 펀치를 배에 꽂아줌으로써 화답했다.
 "지랄하지 마. …쪽팔리게."
 이 일대에서 마스다는 제법 이름을 날렸다. 마스다의 축복받은 체격에서 나오는 강한 완력 덕분이었다.
 자신에게는 학벌도 인망도 근성도 없다. 고등학교는 중퇴했고, 기껏 들어간 직장은 몇 개월 만에 때려치운 마스다에게 하늘이 유일하게 내려 준 것, 그것은 비범한 체격과 완력이었다.
 자신을 찾아다니는 남자가 있다는 소문은 이미 퍼졌다. 여기서 모습을 감추면 도망친 것처럼 보일 것이다. 폭력으로 존경을 모은 자신에게는 치명타다. 이 거리에서 얻은 자아를 잃는다. 직장에서도 학교에서도 심지어 가정에서도 발붙일 곳을 찾지 못한 마스다에게 그것은 거의 '죽음'이나 다름없었다.
 제기랄, 대체 누구야? 마스다는 주먹을 꽉 쥐고 게임기를 내리쳤다. 자신을 노리는 정체불명의 남자를 향한 살의가 가슴속에서 부풀어 올랐다.

마스다는 재킷 위에서 주머니를 만졌다. 합성피혁 너머에서 딱딱한 감촉이 손바닥에 전해졌다. 일어난 보풀처럼 바짝 곤두섰던 신경이 약간 가라앉았다. 자신을 노리는 남자가 있음을 안 뒤로 마스다는 항상 품에 어떤 물건을 지니고 다녔다.

숨을 뱉으며 흥분한 마음을 진정시켰다. 이 물건은 신중하게 써야 한다. 만약 이걸 사용하게 된다면, 반드시 남의 눈이 없는 곳에서 써야 한다.

"마스다, 바꿔 왔어."

생색내듯 숨을 헐떡이며 돌아온 마나베의 목소리에 현실로 돌아온 마스다는 고개를 들었다. 몸이 크게 떨렸다.

움직임이 멈춘 마스다를 마나베가 "마스다?" 하며 의아하게 쳐다보았다. 하지만 마스다는 마나베에게 눈길도 주지 않고 그 어깨 너머로 게임센터 출입구에 선 남자를 응시했다. 얇은 가죽점퍼를 입은 그 남자는 게임센터 안이 어둑한데도 선글라스를 낀 채 이쪽으로 다가왔다. 마스다는 살기를 담은 눈으로 남자를 노려보았다. 남자는 전혀 고개를 움직이지 않고 그 시선을 받아냈다.

저놈이다. 몇 번이나 겪은 지옥에서 갈고닦은 후각이 남자가 적이라는 사실을 알렸다.

남자는 희미하게 입가에 미소를 띠더니, 천천히 뒤돌아서 밖과 이어지는 계단으로 향했다. 마스다는 의자를 빼고 일어섰다.

"어? 마스다? 왜 그래? 애써 바꿔 왔는데…."

마나베의 목소리를 뒤로한 채 마스다는 소란스러움 속에서 큰 보폭으로 걸어 나갔다.

7
미사키 유우키

"어디서 만난 적 있었나?" 빨간 머리 남자가 말을 붙였다.
 게임센터 뒤편 어둡고 인적 드문 좁은 길에서 유우키는 두 남자와 대치했다. 빨간 머리와 은발 2인조. 한 달 넘게 꿈에까지 나온 놈들이었다.
 자신을 보고 쫓아온 두 사람을 이 골목으로 데려온 유우키는 입을 열지 않고 선글라스 너머로 차가운 시선을 보냈다.
 "이 자식! 어디서 개폼이야!" 빨간 머리 뒤에 선 은발이 위협했다. "네가 요즘 우리를 찾아다녔다는 놈이지? 어? 뭐라고 지껄여 봐, 이 새끼야!"
 은발이 소리치는 동안 빨간 머리는 말없이 관찰하는 눈으로 유우키를 보았다.
 …이런 상황에 익숙하구나. 유우키는 건조한 입술을 핥았다.
 "네가 가."
 뒤에 있는 은발에게 빨간 머리 남자가 조용히 말했다. 은발은

"어?"라고 얼빠진 소리를 냈다.

"네가 가. 뭐든 좋으니까 저놈한테 한 방 먹이고 와. 알았지?"

"뭐? 마스다, 그게 무슨…."

"가." 빨간 머리는 은발을 쳐다보지도 않고 반복했다.

은발을 먼저 보내서 이쪽의 힘을 가늠할 심산인가.

그렇게 궁금하면 보여주지. 지난 한 달 동안 오로지 너희를 위해 단련해 온 성과를. 유우키는 입술에 희미한 미소를 띠며 가죽 점퍼 주머니에 오른손을 감췄다.

"난 못해. 싸움은 마스다 전문이잖아. 이건 너무해…."

"…됐으니까 얼른 가. 아니면 나한테 먼저 맞고 갈래?"

은발은 목구멍 안쪽에서 작은 비명을 질렀다. 허둥지둥 빨간 머리에게 등을 돌리고 잔뜩 긴장한 기색으로 허리를 빼면서 유우키와 대치했다. 유우키는 주머니에 손을 쑤셔 넣은 채 미동도 하지 않았다.

빨간 머리가 다시 "가"라고 명령했다. 각오를 다졌는지 은발은 살짝 떨리는 손을 청바지 주머니에 쑤셔 넣고 안에서 작은 칼을 꺼내서 엉성한 손놀림으로 접혀 있는 칼을 폈다.

"이 자식, 해보자는 거냐, 어?! 찌른다. 진짜 찌를 거야."

은발 남자는 큰소리로 으르렁거렸다. 명백히 허세인 티가 나는 목소리로. 그 등에 "얼른 가"라는 빨간 머리의 비정한 외침이 날아왔다. 은발은 칼을 들고 달렸다.

당장이라도 넘어질 것 같은 발놀림으로 다가오는 은발이 일정 거리 안에 들어온 순간, 유우키는 주머니에서 그것을 뽑았다. 은색 궤적이 칼을 쥔 은발의 오른손을 치고 곧바로 측두부로 내달렸다.

칼이, 그리고 이어서 힘 빠진 은발 남자의 몸이 아스팔트에 부딪혀 튀어 올랐다.

유우키는 뚜두둑 하며 목을 꺾더니, 입을 반쯤 열고 자신을 보는 빨간 머리 남자에게로 몸을 돌렸다. 빨간 머리의 시선은 유우키의 오른손에 쏠렸다. 길이가 조절되는 강철제 경찰봉을 쥔 오른손에.

간편하게 보관할 수 있고 가벼운 데다 충분한 공격력도 있다. 서바이벌 숍에서 발견한 이 경찰봉은 검도인인 유우키에게 안성맞춤인 무기였다.

유우키가 오른팔을 축 늘어뜨리고 한 걸음을 떼자, 빨간 머리의 몸이 크게 떨렸다.

자, 그럼 시작해 볼까. 솟아오르는 흥분을 억누르며 빨간 머리에게 달려가려고 한 순간, 유우키는 허리에 충격을 느꼈다. 허리와 엉덩이에 무언가가 엉겨 붙었다.

시선을 내리자, 경찰봉 한 방에 쓰러졌던 은발이 일시적인 뇌진탕에서 회복됐는지 멍한 표정으로 유우키의 허리에 매달렸다.

뿌리치려고 했지만, 생각보다 은발의 힘이 세서 떼어내지 못했다.

"잘했어. 그대로 놓지 마." 빨간 머리의 목소리가 골목에 부딪혀 울렸다.

큰일이다. 이 상태에서 공격받으면 위험하다. 유우키는 당황해서 고개를 들었다. 하지만 유우키의 예상과 달리 빨간 머리는 몸을 돌려 잽싸게 달아났다.

"이케부쿠로랑 오오츠카 사이에 있는 선로 옆 공원이다. 거기서 기다리마!"

빨간 머리가 소리치면서 골목에서 모습을 감췄다.

굳이 장소를 새로 정한다고? 도망칠 생각이 아니었나? 유우키는 빨간 머리의 행동에 당황하면서도 경찰봉 손잡이를 은발의 정수리에 내리꽂았다. 둔탁한 소리가 어두운 골목을 울렸다.

갓길에 세운 혼다 CBR1000에서 내린 유우키는 주변을 경계하며 천천히 공원 입구로 나아갔다. 골목에서 은발을 패서 쓰러뜨린 지 20분쯤 지났다. 날짜도 바뀌려고 하는 시각. 주변에 인적은 거의 없다.

공원 안에 들어가자, 약한 빛을 발하는 가로등 아래, 거대한 그림자가 보였다. 유우키는 손을 주머니에 넣고 산책하는 걸음걸이로 나아갔다.

"늦었네." 유우키에게 빨간 머리가 말했다. "안 오는 줄 알았어."

빨간 머리의 도발에 대답하지 않고 유우키는 재빠르게 주변을 둘러보았다. 공원에 둘 말고 다른 사람은 보이지 않았다.

유우키는 김이 샜다. 동료를 불러다가 같이 매복하려고 이 장소를 정한 줄 알았다. 그런데 주위를 둘러보니 기우였나 보다.

공원은 키 큰 정원수들로 인도와 구분되어 있었고 다른 한쪽에는 펜스를 끼고 야마노테선 선로가 펼쳐져 있었다. 밖에서는 공원 안이 보이지 않는다. 조금 전 그 골목보다 훨씬 남의 눈에 띄지 않는 장소였다.

왜 굳이 여기로 이동했을까? 유우키는 경계하면서 손목에 스냅을 넣어 오른손을 흔들었다. 경쾌한 소리와 함께 경찰봉이 50센티 정도로 늘어났다.

아무렴 어떤가. 앞에 있는 놈이 무슨 생각이든 쓰러뜨리면 그만이다.

몰매를 맞은 그날 이후로 가슴속 깊은 곳에서 내내 끓어올라 살아갈 원동력까지 되어준 분노의 불꽃이 더욱 강하게 타올랐다. 무려 한 달 동안 숙성시켜 온 감정을 이제 풀어낼 수 있다. 남자의 두개골에 경찰봉의 일격을 꽂아 넣을 수 있다. 달콤한 예감이 유우키의 뇌를 마비시켰다.

"너 이 새끼, 누구야?" 빨간 머리가 낮은 목소리로 물었다.

"…기억 안 나? 그래, 기억 안 나겠지."

"뭐? 뭐라고 지껄이는 거야?"

유우키는 선글라스를 벗고 민낯을 보였지만, 빨간 머리는 미간에 주름을 잡을 뿐이었다.

"…편의점." 유우키는 작게 중얼거렸다.

"어? 뭐라고?"

"그런 건 아무래도 상관없어. 그보다…, 시작하자."

유우키는 선글라스를 끼고 큰 보폭으로 간격을 좁혔다. 하지만 서로 공격이 닿을 만큼 가까워지기 직전, 빨간 머리가 갑자기 등을 돌리고 뛰었다.

이제 와서 도망치려는 건가? 유우키는 땅을 차고 달려갔다. 거대한 등이 금세 가까워졌다.

바로 등 뒤까지 다가간 유우키가 남자의 뒤통수에 경찰봉을 치켜든 순간, 빨간 머리 남자가 갑자기 뒤를 돌아 유우키의 얼굴 앞에 손을 내밀었다. 손에 작은 스프레이 캔을 쥐고 있었다. '호신용 방범 스프레이'. 캔에 인쇄된 그 글자가 망막에 크게 비치자마자, 노즐에서 안개 형태의 물질이 강하게 뿜어져 나왔다.

소리 없는 비명을 지르며 손을 얼굴로 가져갔다. 다리가 엉켜서 세차게 넘어졌다. 눈과 코를 자극하는 엄청난 고통에 낙법을 칠 여유도 없었다. 땅에 측두부를 강하게 부딪쳤다.

쓰러진 유우키는 얼굴을 가린 채 바닥을 구르며 괴로워했다. 눈, 코, 입, 얼굴의 모든 점막이 타들어 가는 듯했다. 눈물과 콧물이 목구멍 안쪽으로 흘러들어와서 숨쉬기도 힘들었다.

"효과 좋지? 고추 진액이야."

머리 위에서 목소리가 내려왔다. 고개를 들었지만, 눈물 때문에 시야가 뿌예서 거대한 그림자가 흐릿하게 보일 뿐이었다.

턱에 충격이 왔다. 나자빠지며 드러누워서야 유우키는 자신이 방금 걷어차였음을 알았다. 쓰러진 유우키에게 추가로 공격이 퍼부어졌다. 시력을 빼앗긴 유우키는 그저 몸을 둥글게 말고 쏟아지는 발차기를 견딜 수밖에 없었다. 굴욕적인 한 달 전 기억이 되살아났다.

1분쯤 지나자 공격은 멈췄고, 거친 숨소리가 들려왔다.

"스프레이 같은 걸 쓰는 건 좀 쪽팔리지만…."

실루엣만 흐릿하게 보이는 빨간 머리 남자가 혼자 중얼거렸다.

"네놈 잘못이야. 이런 걸 쓰게 하다니. 네놈만 없어지면, …아무도 이 스프레이를 모를 거야."

남자의 목소리가 수상한 열기를 띠기 시작하자, 흐릿하던 시야가 서서히 윤곽을 되찾았다. 빨간 머리 남자가 오른손을 번쩍 치켜들었다. 남자의 손에서 은색 빛이 번뜩였다. 그 의미를 이해하기도 전에 몸이 움직였다.

휘두른 물체가 목덜미에 닿기 직전, 유우키는 오른손에 쥔 경찰봉으로 그것을 튕겨냈다. 귀에 거슬리는 금속음이 공원 안에 울려 퍼졌다. 궤도가 어긋난 은색 물체가 손바닥을 스쳤다. 날카로운 통증이 번졌다. 아직 선명하지 않은 시야에 살짝 찢어져서 피가 배어난 손이 비쳤다.

유우키는 숨을 삼켰다. 눈앞에 있는 거대한 남자는 겨우 스프레이를 썼다는 사실을 감추려고 유우키를 죽이려고 한다.

"얌전히 죽어!"

빨간 머리 남자가 포효하면서 다시 칼을 휘두르는 모습을 유우키의 눈이 꽤 선명하게 포착했다. 아직 콧속이 아팠지만, 선글라스 덕분에 직격타를 면한 눈은 회복되고 있었다.

유우키는 일어서면서 동시에 몸을 열고 상대의 품에 파고들어서 재차 내려오는 칼끝을 피했다. 힘껏 내리꽂은 공격이 빗나가자, 빨간 머리는 균형을 잃었다. 당황하며 뒤돌아보는 빨간 머리의 콧등에 유우키는 경찰봉으로 혼신의 일격을 가했다.

뼈와 강철이 부딪치는 둔탁한 소리가 고막을 흔들었다. 빨간 머리는 코에서 피를 뿜으며 거대한 몸을 기울였다. 유우키는 추가로 공격하려고 한 발을 내디뎠다. 그런데 빨간 머리는 휘청거리면서도 유우키를 보지도 않고 아무렇게나 오른손을 휘둘렀다.

공격하려고 앞쪽에 체중을 싣던 유우키는 예상 밖의 공격을 피하지 못했다. 칼날이 가죽점퍼와 함께 유우키의 오른팔을 벴다. 날카로운 통증이 스치자, 유우키는 반사적으로 오른팔을 눌렀다. 경찰봉이 손에서 떨어져 지면에서 가벼운 소리를 내며 튀었다.

그 소리를 신호 삼아 쓰러질 뻔하던 빨간 머리가 균형을 되찾고 칼을 위협적으로 쳐들었다.

경찰봉을 주울 여유가 없었다. 또다시 칼을 내리치기 직전에 유우키는 필사적으로 빨간 머리의 오른쪽 손목을 두 손으로 붙잡아 공격을 막으려고 했다. 하지만 빨간 머리는 개의치 않고 체중을 실었다. 거구의 체중을 정면으로 받아내느라 유우키는 균형을 잃었다. 두 사람은 뒤엉키며 쓰러졌다.

빨간 머리는 땅에 등을 댄 유우키 위에 올라타서 칼을 쥔 손에 체중을 실었다. 유우키는 빨간 머리의 오른손을 쥔 두 손에 필사적으로 힘을 주었다. 그런데 한 달 동안 단련했다고는 하나 완력은 상대가 훨씬 위였다. 칼날이 조금씩, 그러나 확실하게, 허덕이는 유우키의 목에 다가왔다.

빨간 머리의 얼굴에 사디스트적인 미소가 번졌다. 유우키는 어두운 욕망이 타오르는 그 두 눈에 자신의 모습이 비치는 것을 보았다. 전신에 차가운 전율이 흘렀다.

'죽음'. 지난 한 달 동안 앞에 있는 이놈을 향한 분노를 불태우면서 필사적으로 외면해 온 괴물이, 다시 모습을 드러냈다.

죽고 싶지 않다. 생명체가 품는 가장 근원적인 욕구가 온몸을 지배했다.

빨간 머리는 하반신을 높이 들어 팔에 체중을 더 실었다. 칼날이 목 피부에 닿을 정도로 가까워졌다. 빨간 머리의 하반신과 유우키의 다리 사이에 공간이 생겼다. 칼날이 목을 꿰뚫을 것만 같던 순간, 유우키는 그 공간에 힘껏 무릎을 박아 넣었다.

무릎 관절에 부드럽고 불쾌한 감촉이 느껴짐과 동시에 낮게 신음하는 빨간 머리의 팔에서 힘이 빠졌다. 유우키는 배대뒤치기로 남자를 머리 너머로 던졌다. 거대한 몸이 호를 그리며 회전했다. 등부터 격렬하게 땅에 부딪힌 빨간 머리는 고통스럽게 몇 번 콜록거렸다.

"이 새끼가…! 죽여주마."

공기를 흔드는 호통을 치며 빨간 머리 남자가 몸을 일으키다가, 아무것도 쥐지 않은 자신의 손을 보고 얼굴을 찌푸렸다. 유우키와 빨간 머리가 동시에 3미터쯤 앞에 떨어진 칼을 발견했다. 두 사람은 기듯이 달려가서 몸싸움하며 칼로 손을 뻗었다.

빨간 머리가 칼을 잡기 직전에 유우키의 손이 칼자루를 쥐었다. 하지만 다음 순간, 빨간 머리는 두 손으로 유우키의 목을 움켜쥐고 몸을 들어 올리려고 했다. 엄청난 힘이 목을 조였다. 유우키의 두 다리가 땅에서 떨어졌다.

"죽어, 죽어, 죽어, 죽어…."

눈에 핏발이 선 빨간 머리가 주문처럼 중얼거리면서 두 손에 힘을 더 주었다. 유우키의 시야가 하얗게 물들었다. '죽음'의 기척을 바로 등 뒤에서 느꼈다. 유우키는 필사적으로 칼을 쥔 손을 치켜들었다. 이제 시야에는 아무것도 비치지 않았다.

가늘게 신음하면서 유우키는 어깨부터 손끝까지를 휘두르며 힘껏 칼을 내리찍었다. 가벼운, 뭔가 끈적한 느낌이 팔에 전해졌다. 그와 동시에 목에 가해지던 압력이 풀렸다. 그 자리에 쓰러진 유우키는 열심히 산소를 탐했다.

머리 위에서 따뜻한 액체가 쏟아져 내려서 유우키는 고개를 들었다.

빨간 머리 남자가 멍하게 눈을 뜬 채 앞에 서 있었다. 목덜미를 붙잡은 두 손 사이에서 검붉은 액체가 쉴 새 없이 흘러나왔다.

베여서 쓰러진 거목처럼 남자의 거구가 기우뚱하더니 얼굴부터 땅에 충돌했다. 쓰러진 남자의 몸 밑으로 액체가 땅 위에 퍼져 나갔다.

유우키는 얼굴에 튄 피를 닦는 것도 잊은 채 기겁하며 남자에게서 떨어졌다. 유우키는 거친 숨을 몰아쉬며 시선을 천천히, 이제는 꿈쩍도 하지 않는 빨간 머리 남자에게서 자신의 오른손으로 옮겼다.

거기에는 피에 젖은 칼날이 가로등 빛에 붉고 불길하게 반사되고 있었다.

1
J

 한 치의 흐트러짐도 없이 정장을 입고 얇은 가죽 장갑을 낀 남자는 걸음을 옮겼다. 바로 옆 공원에는 제복 경찰과 사복 경찰 여럿이 마구 섞여 있었다.
 어젯밤 이 공원에서 한 양아치가 살해되었다. 예리한 날붙이에 목을 베여서.
 이상적이다. 남자는 칼날처럼 얇은 입술에 미소를 머금었다.
 남자는 장갑을 낀 손으로 정장 안 주머니를 뒤져서 알루미늄으로 된 카드 케이스를 꺼냈다. 남자의 얼굴에서 미소가 사라졌다. 뒤에 사람이 없음을 확인하며 케이스 안에 있는 물건을 한 장 뽑았다.
 구경꾼인 척 공원에 시선을 던지며 주변에 둘린 진입 금지 테이프보다 약간 바깥쪽을 걸었다. 공원 끝까지 왔을 때 남자는 아주 자연스럽게 웅크려 앉아서 한쪽 무릎을 세우고 구두끈을 고쳐 묶는 척했다. 몇십 센티 앞에는 차도와 공원을 가르는 키 큰 정원수가 늘어서 있었다. 제대로 손질되지 않아서 잎이 무성한 덕분에 공원 안에서는 남자의 모습이 전혀 보이지 않았다.

남자는 재빠르게 손목에 스냅을 넣어 손에 있던 카드 한 장을 정원수 안쪽으로 날렸다. 카드는 나뭇가지 사이를 뚫고 날아가서 수풀 안쪽에 착지했다. 남자는 그 모습을 지켜보다가 일어나서 천천히 걸음을 뗐다.

여기서 할 일은 끝났다. 이제 저 카드를 눈에 불을 켠 경찰들이 찾아낼 것이다. 아직 할 일이 남아 있다. 서둘러야 한다.

이제부터 가야 할 곳은 거리에서 어슬렁거리는 젊은이들에게도 물어보고 독자적인 정보망도 이용해서 이미 알아냈다. 이제 경찰보다 먼저 움직이면 끝이다. 남자는 골목으로 모습을 감췄다.

수풀에는 붉은색으로 'R'이라고 적힌 클로버 잭이 무표정하게 누워 있었다.

헤이와다이역에서 20분은 족히 걸어야 나오는 좁은 골목 안쪽에서 30년은 더 된 2층짜리 목조 건물이 초라한 모습을 드러냈다.

남자는 정장 안 주머니에서 선글라스와 마스크를 꺼내 쓰고 녹슨 철제 계단을 올라갔다. 한 층 올라갈 때마다 귀에 거슬리는 소리가 발밑에서 울렸다.

쓰레기봉투가 아무렇게나 흩어진 복도를 지나 목적지인 방 앞에 서서 짙은 갈색으로 변색된 초인종을 눌렀지만, 벨소리는 들리지 않았다. 남자는 표정을 바꾸지도 않고 가죽 장갑을 낀 오른손을 들어서 힘껏 문을 두드렸다. 쾅쾅 하는 소리가 복도에 울렸.

족히 1분 동안 거친 노크를 이어가자, 그제야 문손잡이가 돌아갔다.

"시끄럽게, 누구야?"

작게 열린 문틈에서 머리를 칙칙한 은색으로 물들인 젊은 남자가 얼굴을 내밀었다. 자고 있었는지 머리는 까치집이었고 왼쪽 눈 위에는 검푸른 멍이 퍼져 있었다. "마나베 후미야 씨죠?" 문틈에 구두를 밀어 넣고 얼굴에서 마스크를 벗었다.

"맞는데…, 누구야, 당신?"

불쾌함을 감추지도 않는 마나베 앞에서 남자는 가슴 주머니에서 신분증을 꺼냈다.

"경시청에서 나왔습니다. 실례지만 잠시 여쭙고 싶은 게 있습니다."

"겨, 경찰…." 마나베는 경찰 신분증이 진짜인지 확인하지도 않고 눈을 휘둥그레 떴다.

너무 쉽게 자신을 경찰이라고 믿는 마나베에게 남자는 선글라스 안쪽에서 차가운 시선을 퍼부었다.

"마스다 츠토무 씨를 아시죠?"

"마스다…?"

"어제도 같이 계셨죠?"

"왜…, 그런 걸 물어? 무슨 상관이야?"

"어제도 같이 계셨죠?" 남자는 같은 질문을 반복했다.

"뭐야, 누가 그런 소리를 해? 몰라. 당신이랑은 상관없잖아!"

남자는 문을 잡고 완력으로 열더니, 마나베의 가슴을 밀치며 안으로 들어갔다. 비쩍 마른 마나베는 가볍게 미는 힘에도 휘청거리며 엉덩방아를 찧었다. 깜짝 놀라 올려다보는 마나베의 눈에는 허세가 조금도 남아 있지 않았다.

"조용히 해주시겠습니까?" 남자는 마나베를 노려보면서 목소리를 낮췄다.
"다, 당신 진짜 경찰 맞아? 그렇게 이상한 선글라스를 낀 경찰은 한 번도…."
"조용히 해주시겠습니까?"
새된 목소리로 소란을 피우는 마나베에게 남자는 재차 말했다. 마나베의 표정이 공포로 일그러졌다.
"이, 있었어. 같이 있었어. 하지만 중간에 헤어져서 그 뒤로는 몰라. 마스다가 뭘 했는지 모르지만, 나랑은 관련 없어."
"마스다 츠토무 씨는 돌아가셨습니다."
"…뭐?" 마나베의 입이 떡 벌어졌다.
"이케부쿠로 공원에서 시체가 발견됐습니다."
"거, 거짓말…. 말도 안 돼…."
"당신은 어제 마스다 씨와 둘이 있었습니다. 유력한 용의자죠."
"무, 무슨 소리야? 잠깐만. 난 아니야. 나는 아무것도 안 했어."
마나베는 남자의 다리에 매달렸다. 남자는 가볍게 다리를 흔들어 마나베를 떼어냈다.
그 시체는 일격에 목을 베였다. 마나베 같은 인간이 쓸 수 있는 기술이 아님을 남자는 누구보다 잘 알았다.
"그럼 누가 그랬단 말입니까?"
"웬 검은 옷을 입고 밤인데도 선글라스를 낀 놈일 거야. 당신 같은 선글라스. 어젯밤에 게임센터에서 시비를 걸더라고. 최근에 우리를 노리던 놈이야. 확실해. 골목에 들어갔는데 그놈이 갑자기 경찰봉으로 나를 때렸어. 이거 좀 봐봐."
마나베는 왼손으로 머리카락을 쓸어올려서 이마부터 측두부까지 퍼져 있는 멍을 가리켰다.

"게다가 그놈, 머리를 때리기 전에 내 손목을 세게 쳤어. 손이 전혀 안 움직이고 어제부터 욱신거려서 잠도 못 잤어."

마나베가 들어 올린 오른손은 손목이 크게 부어올라서 굵기가 왼손의 두 배쯤 됐다.

훌륭하다. 남자는 가슴속에서 칭찬의 목소리를 높였다. 부어오른 정도로 보아 척골이 부러진 것 같다. 상당한 위력과 각도로 쳐야만 저렇게 된다.

"그 남자가 마스다 씨를 죽였다는 말씀이십니까?"

"맞아. 틀림없어."

"남자의 특징을 뭔가 기억하십니까?"

"그런 건 필요 없어." 마나베는 입술 끝을 올렸다.

"무슨 말씀이시죠?"

"그놈이 누군지 당장 알 수 있다는 말이야. 그놈 지갑을 내가 갖고 있거든. 그놈이 지갑을…, 떨어뜨려서, 그래, 떨어뜨리고 갔어. 멍청한 놈."

"…살펴봐도 될까요?"

"아, …그래."

마나베는 잽싸게 방 안으로 들어가더니 바로 검은 가죽 지갑을 들고 나왔다.

남자는 받은 지갑을 아무렇게나 열었다. 지폐 몇 장, 영수증 다발, 현금카드, 스마트폰 번호까지 적혀 있는 명함…. 내용물을 하나하나 확인하더니, 카드 한 장을 꺼냈다. 운전면허증. 남자가 참지 못하고 작게 웃음을 지었다. 이렇게 쉽게 닿을 줄이야. 일반 자동차와 대형 이륜차가 허가된 그 면허증에는 이목구비가 뚜렷하고 조금 처진 눈이 인상적인 남자의 얼굴이 담겨 있었다.
미사키 유우키 32세. 주소는 도쿄 토시마구. 여기서 그리 멀지 않다.
"어때, 다 나와 있지? 이놈이야. 이놈이 츠토무를 죽였어."
마나베는 마치 시험에서 만점을 받은 아이처럼 의기양양하게 떠들었다.
"이 일을 또 누구한테 말했습니까?" 남자는 조용히 물었다.
"어?"
"이 지갑에 관해서 저 말고 다른 누구한테 말한 건 아니겠죠?"
"아, 응. 아무한테도 말 안 했어." 마나베는 겁먹은 표정으로 여러 번 고개를 끄덕였다.
"그렇군요…."
남자는 면허증을 왼손에 들고 정장 주머니에 오른손을 넣었다. 부드럽게, 거기에 있는 물건을 쥐고 힘껏 허리를 비틀었다. 허리의 속도가 팔과 손목으로 전해졌다.
은빛 궤적이 번뜩이면서 마나베의 왼쪽 목덜미를 통과했다.
남자는 재빨리 마나베의 오른편으로 이동했다.
"그렇다면 당신한테는 이제 용건이 없습니다. 수고하셨습니다."
마나베는 넋을 잃고 남자를 쳐다보았다. 그 순간 목덜미에서 분수처럼 진홍빛 선혈이 뿜어져 나왔다. 칙칙한 노란색으로 얼룩덜룩 바랜 현관 벽이, 터져 나온 동맥혈에 심홍색으로 물들었다.
마나베는 자신의 몸에 무슨 일이 일어났는지 정확히 이해한 기색도 없이 멍한 눈으로 남자를 바라보며 무릎부터 무너져 내렸다.
남자는 오른손에 쥔 칼을 가볍게 흔들어 피를 털어내고 옷 속에 다시 집어넣은 뒤, 허리를 굽혀 왼손에 든 면허증을 발치에 있는 피 웅덩이에 담갔다. 면허증 사진이 붉게 물들었다.

피에 젖은 면허증을 손수건으로 싸고, 그 대신 주머니에서 카드를 꺼내 쓰러진 마나베 옆에 던졌다. 'R'이라는 글자가 붉게 적힌 다이아몬드 잭 카드가 낙하하는 벚꽃잎처럼 팔랑팔랑 춤추며 떨어졌다.

이제 슬슬 돌아가야 저녁 회의 시간에 늦지 않는다.

남자는 뭔가 흘린 물건이 없는지 주변을 살펴보았다.

이미 생명의 빛이 꺼진 마나베의 몸 위에 남자의 시선은 잠시도 머무르지 않았다.

2
미사키 유우키

속이 좋지 않다…. 위가 작게 경련하는 것 같은, 손쓸 수 없는 구역질이 유우키를 괴롭혔다.

어제부터 계속 콧속에 남은 불쾌한 냄새와 입안의 쇠 맛이 사라지지 않는다.

거대한 남자가 목덜미에서 피를 뿜으며 쓰러지는 광경이 몇 번이고 뇌리에서 되살아났다. 부드러운 버터에 나이프를 댄 것처럼 끈적하고, 그러면서도 검도인의 심금 어딘가를 아슬아슬하게 울리던 감각이 오른손에 남았다.

사람을 죽였다. 한 사람의 인생에 마침표를 찍었다.

의사로 산 몇 년 동안 네 자릿수에 달하는 사람의 죽음을 접했다. 외과 의사로서 셀 수 없을 만큼 많은 사람의 배를 메스로 열었다. 하지만 그런 경험은 아무 상관도 없었다. 자신의 몸을 지키기 위해서였다고는 하나, 사람을 죽이고 말았다.

몸을 지키기 위해서? 정말 그런가? 사실은 그냥 그 사람을 죽이고 싶었던 것이 아닌가?

살인자…. 또다시 위의 경련이 심해져서 강한 구역질이 배 속에서 올라왔다. 유우키는 두 손으로 입을 힘껏 막았다.

"어떡하지…."

유우키는 시선을 책상으로 던졌다. 잠긴 서랍에 어젯밤 남자의 목을 벤 큼지막한 서바이벌 나이프가 들어 있었다. 버릴 수 없어서 집에 들고 와 버렸다. 범행의 결정적인 증거. 그것이 집 안에 있다. 하지만 그것을 어떻게 처분하면 좋을지 도무지 알 수 없었다.

자수하면…. 그 남자가 먼저 칼을 휘둘렀다. 게다가 자신은 목을 졸려서 의식을 잃을 뻔했다. 정당방위가 될지도 모른다.

그렇게 생각한 순간, 잠시 잊었던 잔혹한 현실이 유우키를 나락 밑바닥으로 떨어뜨렸다.

말기 암. 자수해서 체포되면, 그 뒤에는 어떻게 되지? 수사와 재판은 얼마나 걸릴까? 자신에게 남은 시간은 그것을 기다릴 수 있을 만큼 길지 않다. 재판이 끝나기도 전에 암으로 죽을 것이다. 마지막 시간을 구치소에 갇혀서 보낼 수는 없다.

잡힐 수는 없다. 끝까지 도망쳐야 한다. 하지만 성공적으로 도망칠 가능성이 거의 없다는 자각이 있었다. 어젯밤 자기도 모르는 새에 지갑을 잃어버렸다.

언제? 뻔하다. 그때다. 은발 남자가 매달렸을 때. 우연인지 아니면 노렸는지 모르겠지만 그때 지갑을 빼앗긴 것이 분명하다. 당장이라도 수사의 손길이 닿을 것이다. 도망칠 곳은 어디에도 없다.

갑자기 스마트폰에서 록 음악으로 설정된 벨 소리가 크게 흘러나왔다. 뇌리에 '경찰'이라는 단어가 스치자 몸이 굳었다. 쭈뼛거리며 액정 화면을 보니 거기에 '공중전화'라는 글자가 깜빡였다.

공중전화로 연락하는 경찰이 있나? 있을 수 있다는 생각도 들고, 애초에 전화를 걸 리가 없다는 생각도 들었다. 연산 능력이 떨어진 뇌세포는 제대로 판단을 내리지 못했다.
 록 음악이 유우키를 몰아붙였다. 유우키는 머뭇머뭇 스마트폰을 들고 잠깐 주저하다가 통화 버튼을 눌렀다.
 "미사키 유우키 씨죠?"
 낮은 남자 목소리가 이름을 불렀다. 중년 남자의 목소리 같다. 역시 경찰인가?
 "네…, 그런데요. 누구시죠?"
 "안심하십시오. 경찰은 당신이 범인이라고 생각하지 않습니다."
 마음속을 읽은 것처럼 남자가 말했다. 그런데 그 말은 유우키를 안심시키기는커녕 심박수를 한계까지 끌어올렸다. 이 남자는 내가 무슨 짓을 했는지 알고 있다.
 "누구야, 너?" 목소리가 뒤집혔다.
 "흥분하지 마십시오. 좋은 제안이 있습니다."
 "좋은…, 제안…?"
 "문을 열고 복도를 보십시오."
 "복도? 무슨 소리야?"
 "빨리 움직이십시오."
 체온이 전혀 느껴지지 않는 플라스틱 같은 목소리. 유우키는 최면술에 걸린 것처럼 스마트폰을 들고 흐느적흐느적 현관으로 향했다. 문을 열어 보니, 한 변이 30센티쯤 되는 골판지 상자가 버려진 것처럼 덩그러니 놓여 있었다.
 "상자를 찾으셨습니까?" 남자가 꿰뚫어 본 듯 말했다.
 "…어."

"방 안에 가지고 가서 열어 보십시오."

"아, …응."

시키는 대로 상자를 들고 방 안으로 가져와서 열려고 했지만, 테이프가 단단히 붙어 있어서 맨손으로는 열 수 없었다. 유우키는 부엌으로 가서 거기에 있는 과도를 챙겼다. 순간 목에서 피를 뿜으며 쓰러지는 남자의 영상이 또다시 되살아났다. 유우키는 구역질을 참으며 거실로 돌아갔다.

"여셨습니까?" 전화기에서 남자 목소리가 재차 물었다.

"기다려 봐. 테이프가 많이 붙어 있어서."

"신중하게 여십시오."

완전히 주도권을 빼앗겼다. 남자는 자신이 어젯밤에 한 일을 안다. 그저 꼭두각시 인형처럼 남자의 말을 따르는 수밖에 없었다.

시키는 대로 상자 이음매를 따라 신중하게 칼날을 미끄러뜨렸다. 상자를 굳게 닫고 있던 테이프가 갈라지며 상자가 열렸다. 유우키의 눈이 휘둥그레졌다.

상자 안에는 익숙한 물건이 놓여 있었다. 손때 묻은 검은 소가죽 지갑. 대학생 때 마코토가 선물해 준 것이다. 손을 뻗어서 지갑을 집어 보니, 그 아래에 작은 금속제 카드 케이스와 갈색 봉투가 놓여 있었다. 지갑 속 내용물을 확인했다. 지폐, 현금카드, 신용카드, 명함, 병원 직원증. 잃어버렸을 때와 똑같은 상태로 들어 있었다.

"안을 보셨습니까?" 남자가 다시 전화로 물었다.

"내 지갑이야. 돈도 그대로고…"

"면허증은 제가 챙겼습니다. 재발급받으십시오."

유우키는 "뭐?"라고 목소리를 높이며 확인했다. 정말 운전면허증만 없다.

"왜 면허증을…."

"카드 케이스 내용물은 보셨습니까?" 단조로운 목소리가 유우키의 질문을 잘랐다.

"아니…."

"그럼 열어보십시오."

유우키는 떨리는 손을 검은 카드 케이스로 뻗고 뚜껑을 열었다.

"트럼프 카드?"

거기에는 트럼프 카드 몇 장이 들어 있었다. 가장 위에는 스페이드 잭. 그 표면에는 검붉은, 마치 정맥혈 같은 꺼림칙한 색으로 'R'이라고 크게 적혀 있었다.

"…이건 뭐야?"

목소리가 갈라졌다. 알파벳이 적힌 카드. 그저 그뿐인 물건인데, 그 카드는 뭐라 형언하기 힘든 불길한 기운을 풍겼다.

"인터넷은 쓸 수 있습니까? 인터넷 뉴스를 보십시오."

"인터넷 뉴스?"

유우키는 혼란스러운 상태로 조종당하듯 창가에 놓인 책상에 다가가서 노트북 전원을 켜고 마우스를 움직여 인터넷 뉴스 페이지를 열었다.

"'잭 더 리퍼 또다시?'라는 기사를 열어보십시오."

유우키는 액정 화면으로 시선을 내렸다. 뉴스 항목에 남자가 말한 제목이 있었다.

잭 더 리퍼? 반년 가까이 자경단을 자처하며 범죄자를 죽여 온 연쇄 살인마와 무슨 연관이? 커서를 그 제목 위에 대고 클릭했다.

곧 화면이 자세한 기사 내용으로 바뀌었다.

연쇄 살인마 '잭' 또다시?

오늘 새벽, 토시마구 공원에서 사망한 젊은 남성을 지나가던 행인이 발견했다. 시신은 소지품을 통해 스기나미구에 사는 마스다 츠토무 씨(21)라는 사실이 확인되었다. 경시청은 시신의 목 부위가 예리한 날붙이로 깊이 베여 있어 살인사건으로 판단했다. 올해 들어 도쿄에서 전과자나 야쿠자 등을 칼로 살해하는, 일명「잭」이라고 불리는 범죄자의 범행과 수법이 매우 비슷하다는 점에서 이번 사건이 해당 사건과 연관돼 있는지 고려하며 신중하게 수사하고 있다.

화면에 비친 기사를 읽던 유우키의 마우스 위 손가락 끝이 가늘게 떨렸다. 그리고 그 떨림은 시선이 글자를 쫓을수록 수면에 파문이 일 듯 서서히 손가락에서 팔, 몸통, 전신으로 퍼졌다.
"어, 어째서…?"
"제가 잭입니다." 남자는 아무렇지 않게 말했다.
"거, 거짓말…."
"제가 당신을 구했습니다."
"무슨 소리를…."
"상자에 들어 있는 트럼프 카드. 저는 살해 현장에 그 카드를 둡니다. 경찰은 아직 발표하지 않았습니다. 자신이 범인이라고 주장하는 사람이 나왔을 때 진짜를 가려내기 위해서겠죠."
유우키는 책상 위에 놓인 트럼프 카드에 시선을 떨어뜨렸다. 무표정한 잭의 옆얼굴이 더없이 기분 나쁘게 비쳤다.

"오늘 아침, 사건 현장인 공원에 한 장 두고 왔습니다. 그러니 경찰은 제 범행이라고 생각할 겁니다."

이건 누군가의 장난이 아닐까? 극심한 현기증이 밀어닥쳤다. 이 전화 너머에 있는 자는 일본 전역을 뒤흔드는 연쇄 살인마다. 이런 일이 실제로 일어날 리가 없다.

"마지막입니다. 봉투를 열어보십시오."

남자의 말에 저항할 기력은 없었다. 시키는 대로 힘없이 상자로 다가가서 봉투를 꺼냈다.

A4 크기의 갈색 봉투. 유우키는 맨손으로 거칠게 위쪽을 찢고 책상 위에서 거꾸로 흔들었다. 안에서 사진 몇 장과 스테이플러로 철해진 종이 묶음이 쏟아져 나왔다.

종이 묶음을 들고 넘겨 보았다. 무슨 자료 같았다. 중간에 지도와 누군가의 경력으로 보이는 내용이 섞여 있었다. 다음으로 유우키는 사진을 들고 살펴보았다.

"…누구야, 이건?" 유우키는 손에 든 젊은 남자의 사진을 보면서 중얼거렸다.

"당신은 저의 파트너가 돼 주셔야겠습니다."

무감정하던 남자의 목소리에 처음으로 감정의 움직임이 섞였다.

"나한테…, 무슨 짓을 시킬 셈이야?"

"사진에 있는 자를 죽이십시오."

남자가 담백한 목소리로 말했다. 마치 '파리를 죽이라'고 말하는 것처럼 가볍게.

"자, 자…, 장난하지 마!" 혀가 굳어서 말이 제대로 나오지 않았다.

"장난이 아닙니다."

"장난치지 마! 장난치지 말라고! 그런 짓을 어떻게 해!"
맨몸으로 영하의 날씨에 내던져진 것 같은 한기에 휩싸였다. 윗니와 아랫니가 부딪쳐 딱딱 소리를 냈다.
"…당신은 이미 사람을 죽였습니다."
조용한 말이 유우키를 찔렀다. 마음에 금이 가는 소리가 들리는 듯했다.
"이제 돌아갈 수 없습니다. 사람을 죽이는 건 그런 일입니다."
남자는 조용히, 비정하게, 사실을 말했다. 바닥없는 늪에 서서히 잠기는 듯한 기분을 맛보면서 유우키는 경직된 혀를 억지로 움직였다.
"…거절하면…, 어떻게 되지?"
"당신은 살인범으로 체포됩니다. 잘하면 무기징역, 상황에 따라서는 사형."
"…싸우다가 한 명을 죽인 걸로는…, 사형되지 않아."
"은발 남자도 처리했습니다. 당신의 지갑에서 빼 온 면허증에 그 남자의 혈액을 묻혀 뒀습니다. 만약 거절하면 이걸 경찰에 보내겠습니다."
이제 놀랍지도 않았다. 허구의 세상에서 길을 잃고 만 것처럼 현실감이 사라졌다.
"왜…, 왜 나야…? 살인사건이라면 이 사건 말고도 얼마든지 있잖아. 왜 나를…? 나는 죽일 생각 없었어. 그냥 어쩌다 보니…."
"우선 범인이 특정되기 전에 제가 한발 먼저 현장에 가서 수사를 교란한 다음 범인을 알아낼 수 있어야 했습니다. 그게 꽤 어렵더군요. 그런 점에서, 당신을 고른 이유는 우연 때문이라고 할 수 있습니다."

남자는 마치 수학 문제를 풀 듯이 논리정연하게 이야기했다.
"수사를 교란하려면 저와 똑같은 방법으로 살인할 수 있는 사람이어야 했습니다. 검도 경험이 없으면 힘들죠. 그리고 냉정하게, 확실하게 일을 처리할 수 있는 지성도 필요했습니다. 이런 조건에 들어맞는 사람은 극히 드물었습니다."
유우키는 모든 신경을 청각에 집중시키며 남자의 이야기를 들었다.
"그리고 무엇보다 사리사욕을 위해서 사람을 죽이는 자는 제 파트너가 될 수 없습니다."
"…내가 사리사욕으로 죽인 게 아니라고 어떻게 확신해? 나는 그놈들한테…, 그냥 갚아 주고 싶었어. 복수를 위해서 죽인 거라고!"
"사욕과 복수는 다릅니다."
남자의 말투가 순간 세진 듯했다. 하지만 찰나였고, 곧바로 감정 없는 담백한 목소리가 이어졌다.
"당신은 저와 닮았습니다."
"나는 의사야. 너 같은 살인마랑 똑같이 취급하지 마!"
"똑같습니다." 남자는 유우키의 분노한 목소리에 반응하지 않고 조용히 말했다. "제가 살인을 한 이유, 그건 의사가 환자를 고치는 것과 다르지 않습니다."
"무, 무슨 소리를…."
"제가 죽여 온 자들이 어떤 놈들이었는지 아십니까?"
"…아니, 자세히는…."
'잭 더 리퍼'에 대해 아는 것은 범죄자를 칼로 살해하는 연쇄살인마라는 사실 정도였다.

"해충. 자신의 욕망을 위해서 남에게 아무렇지 않게 위해를 가하는 놈들이었죠."

"그렇다고…, 죽이다니…." 유우키는 떨리는 목소리로 말했다.

"그럼 어떻게 합니까?"

"그건 경찰이…."

"경찰? 그들은 무력합니다. 일본 전역에 야쿠자가 존재하고 번화가에서는 중고등학생이 마약을 합니다. 한 번 체포된 사람도 몇 년 교도소에서 지내고 나면 다시 사회에 나와서 더 교묘하게 범죄를 저지릅니다. 경찰은 규칙에 얽매여서 그놈들을 박멸할 수 없습니다. 그리고 피해를 보는 사람들은 선량한 시민입니다."

유우키는 말이 막혔다. 남자가 하는 말은 명백히 틀렸다. 그렇게 생각하면서도 반박할 말이 떠오르지 않았다.

"한 인간을 죽여서 열 명을 구할 수 있다면, 그 한 사람을 죽이겠습니까?"

"그, 그런…."

그런 질문은 의미가 없다. 그렇게 대답하려고 했다. 이 질문이 다른 상황에서 나왔다면, 멍청한 질문이라고 웃어넘겼을 것이다. 하지만 대충 넘길 수 없었다. 마른 스펀지가 물을 빨아들이듯 남자의 말이 가슴에 스며들었다.

살아갈 의미를 앞으로 잃은 가슴에.

"저는 죽이겠습니다." 남자는 확실히 단언했다. "기꺼이 제 손을 더럽힐 겁니다. 그 행동으로 구할 수 있는 사람이 있다면 그럴 가치가 있습니다. 선량한 시민을 위해 해충들을 죽이는 것. 그것이 제 정의이자 존재의 이유입니다."

"존재의 이유…."

유우키는 앵무새처럼 그 말을 되뇌었다. 그 단어가 마음을 거세게 흔들었다. 지금 무엇보다도 필요한 것. 살아갈 의미. 이 세상에 존재할 의의.

"그래서, 대답을 들려주시겠습니까?"

"너는 왜…, 이런 짓을 하는 거야?"

유우키는 시간을 벌 듯 남자에게 질문했다.

"대답할 필요 없는 질문이군요. 대답을 들려주십시오. 살인자로 교수대에 오를지, 아니면 저와 함께 '정의'를 집행할지."

유우키는 한 손으로 전화를 꽉 쥔 채 다른 손으로 얼굴에 손톱을 세웠다. 손톱이 관자놀이 피부를 찢었다. 날카로운 통증이 당장이라도 미쳐 날뛸 것 같은 정신의 폭주를 가까스로 막았다.

선택지는 없다. 남자의 제안을 거부하면, 구치소에서 옥사할 수밖에 없다. 하지만 그렇다고 사람을 죽일 수는….

몸을 태울 듯한 갈등이 유우키를 몰아세웠다.

'정의', '존재의 이유'…. 남자의 말이 계속해서 머릿속에서 메아리치며 사고를 마비시켰다.

유우키는 눈을 감고 입을 다문 채 곰곰이 생각했다. 시곗바늘이 시간을 새기는 소리만 방을 울렸다.

1분, 2분, 3분…. 그동안 남자도 아무 말 없이 대답을 기다렸다.

영원처럼 느껴지는 침묵이 끝난 뒤, 유우키는 중얼거리듯 말을 꺼냈다.

"…사진 속 남자를…, 죽이면 되는 거지?"

전화 너머에서 남자가 웃는 듯한 기척이 느껴졌다.

"자세한 사항은 같이 보낸 서류에 적혀 있습니다. 2주 이내에 처리하십시오. 안 그러면 면허증을 경찰에 넘기겠습니다."

그 말을 남기고 전화가 끊겼다. 유우키는 스마트폰을 귀에 댄 채 초점이 맞지 않는 시선을 책상 위에 널브러진 트럼프 카드에 쏟았다.

무표정한 옆얼굴을 드러낸 잭이 한순간 추악한 미소를 지은 것 같았다.

3
마츠다 코조

"그 녀석의 특징은 기억하나?"

몸에 쇠사슬과 고리 같은 것들을 주렁주렁 단 남자에게 마츠다 코조는 질문했다. 남자는 스무 살 안팎일 것 같다. 대체 무슨 생각인지, 입술과 코에도 피어싱을 했다. 마츠다가 아는 한 코걸이를 하는 것은 인간이 아니라 가축이다.

"어두워서 확실하지는 않은데 젊었어. 뭐, 나보다는 나이가 많아 보였지만."

혀를 굴리는 듯한 알아듣기 힘든 말투로 남자가 대답했다. 옷도 그렇고 태도도 그렇고 말투도 그렇고, 모든 것이 거슬린다. 마츠다는 혐오감을 얼굴에 드러내지 않으려고 최선을 다했다. 드디어 잡은 귀중한 정보원을 여기서 놓칠 수는 없었다.

사흘 전, 이케부쿠로 공원에서 잭의 범행으로 추측되는 젊은 남자의 시신이 발견됐다. 다른 사건들처럼 목덜미를 베였고 현장에서는 트럼프 카드가 나왔다. 추가로 이틀 후, 다시 말해 어제는 피해자의 친구가 자택에서 살해된 채 발견되었다.

살해된 두 사람이 이케부쿠로역 주변 번화가를 어슬렁거리던 양아치들이었다는 사실을 알고 마츠다와 이시카와는 어제부터 번화가에 모여 있는 젊은이들에게 탐문을 했다.

마츠다는 이 탐문에 의욕적이지 않았다. 지금까지 몇백 명, 아니, 못해도 네 자릿수에 달하는 이들에게 탐문을 했지만, 잭에 관한 유력한 정보는 무엇 하나 얻지 못했다. 이번에도 어차피 헛수고일 게 뻔하다고 생각했다. 그런데 열 명쯤에게 탐문했을 무렵 이시카와가 붙잡은 이 쇠사슬남은 질문을 듣더니 의기양양한 얼굴로 "그거 마스다랑 마나베 얘기지? 나 범인 알아"라고 말했다. 헛소리라고 생각했지만, 남자가 두 피해자의 이름을 아는 것이 신경 쓰여서 마츠다는 이시카와를 밀쳐내고 이야기를 들었다.

쇠사슬남이 말하기를, 사건이 일어나기 일주일쯤 전부터 이케부쿠로 주변에서 양아치 여러 명이 한 남자에게 공격당했다고 했다.

"혼다 CBR1000을 타는 놈이었어. 나도 당했어."

쇠사슬남이 왠지 뽐내듯 가리킨 측두부는 보라색이었고 크게 부어 있었다.

"맞아서 못 움직이는 나한테 그놈이 물어봤어. 스즈키 바이크를 타는 빨간 머리 거구랑 왜소한 은발을 아냐고. 나는 바로 마스다랑 마나베라는 걸 알았지. 그래서 그놈들이 자주 가는 게임센터를 알려줬어."

"키랑 체격은 어땠는데?" 마츠다는 질문을 이어갔다.

"나랑 비슷했으니까 175센티쯤 되려나? 그렇게 큰 느낌은 아니었지만, 몸이 엄청났어."

"몸이 엄청났다고?"
"뭔가 근육이 탄탄했어. 처음 보자마자 아, 이놈 위험하다 싶더라니까."
"그 남자는 혼자였어? 맨손으로 때렸나?"
"혼자였어. 맨손? 아니야. 봉을 갖고 있었어, 봉. 뭐라고 하더라? 금속인데 죽 길어지는 거."
"경찰봉이었구나. 그래, 그걸로 맞았어?"
"맞아. 그놈 움직임이 엄청 빨라. 움직이는구나 했는데 이미 맞은 뒤였어. 봉을 휘두르는 것도 전혀 안 보였고."

마츠다는 그 뒤에도 쇠사슬남에게 세세하게 질문했지만 더 많은 정보는 얻지 못했고, 그 대신 얼토당토않은 허풍이 뒤범벅된 무용담을 들어야 했다.

"마츠다 씨, 방금 저놈 얘기 어떻게 생각하세요?"

연락처를 받아두고 쇠사슬남을 놓아주자마자 이시카와가 물었다.

"어떻게 생각하냐니, 무슨 소리야? 질문하기 전에 자기 의견을 말해."

"아니, 저는 별로 중요한 정보가 아니라고 생각했어요. 그 무식해 보이는 놈이 아무렇게나 나불대는 거라고…."

"그러니까 그 쇠사슬 놈이 하는 말은 전부 지어낸 거다?"

"그렇지는 않겠지만요. 근데 그놈이 얘기를 부풀려서 그렇지, 사실 그냥 애송이들끼리 싸운 게 아닌가 싶어서요."

그 가능성은 당연히 생각했다. 하지만 감이 이를 부정했다.

"저놈이 얘기한 건 잭의 이미지와 거리가 너무 멀어요. 지금까지 트럼프 말고는 아무런 유류품도 남기지 않은, 목격 정보도 전혀 없는 신출귀몰한 살인마가 그렇게 눈에 띄는 짓을 했을 리가 없어요. 그 쇠사슬남이 말한 놈이 정말 있다고 해도 그건 잭이 아닌 별도의 범죄자일 거예요."

마츠다는 덥수룩한 수염에 덮인 턱을 가볍게 당겼다. 논리에는 맞는 말이다. 이시카와의 말은 거의 틀리지 않았다. 하지만 조금 아쉽다. 이시카와는 형사의 경험이 압도적으로 부족하다. 오랫동안 현장에서 구른 형사만이 체득하는 동물적인 후각이 아직 발달하지 않았다.

"이시카와…." 마츠다는 낮은 목소리로 중얼거렸다. "이번 살인, 정말 잭이 한 짓일까?"

"네? 무슨 말씀이세요?"

대전제를 뒤집는 질문에 이시카와의 얼굴에 의문의 빛이 떠올랐다.

"한번 들어봐. 보통은 말이지, 이런 사건의 범인은 중간에 방식을 크게 바꾸지 않아. 예를 들면 잭은 악인, 그러니까 놈이 멋대로 악인이라고 판단한 사람을 칼로 죽이지. 그리고 현장에 허세 가득한 카드를 놓고 흡족해하는 거야."

"네, 그러니까 이번에도…." 이시카와가 반론하려고 했다.

"끝까지 들어. 우선 이상한 점은 피해자야. 지금까지 잭이 죽인 사람은 조직 폭력배 간부, 사람을 죽여 놓고 소년법이나 심신미약으로 이렇다 할 처벌을 받지 않은 놈, 아니면 피해자가 어쩔 수 없이 불기소한 강간범, 노인을 희생양으로 삼은 사기단의 리더. 어떤 의미에서 거물들이었어. 그런데 이번 사건의 피해자는 어떠냐? 그래, 성가신 놈들이기는 하지만 밤거리에는 발에 차이게 흔한 잔챙이들이야."

이케부쿠로에서 발견된 마스다와 그의 친구 마나베는 몇 년 전에 상해 사건으로 잡힌 적이 있지만, 그것 말고는 이렇다 할 전과가 없었다. 그들의 악행을 굳이 꼽자면 거의 매일 밤 시끄럽게 바이크를 타서 동네 주민들에게 폐를 끼친 것 정도였다.

"네, 그건 그렇네요…." 말끝을 흐리며 이시카와가 맞장구쳤다.

"게다가 헤이와다이 사건, 그것도 이상해. 이전 사건은 전부 야외에서 일어났는데, 갑자기 피해자의 집 안에서 죽였어."

"네, 뭐…, 하지만 트럼프 카드가 있었잖아요?"

이시카와는 이제 의심 어린 눈빛을 숨기려고도 하지 않았다. 마츠다가 방금 꺼낸 주제는 당연히 수사 회의에서도 이야기가 나왔다. 하지만 그런 의문을 날려버리듯 이번 사건을 잭의 범행으로 확정 짓는 물건이 현장에 남아 있었다. 'R'이라고 적힌 트럼프 잭이다. 감식반의 과학 수사로 그 카드 겉에 적힌 'R'이 이전 사건에서 발견된 카드들과 마찬가지로 한 인물이 적은 글자라는 사실이 확인되었다.

"그 쇠사슬남이 말한 내용 기억해?" 마츠다는 화제를 돌렸다.

"네? 무슨 말이요?"

"그놈을 공격했다는 남자가 사용한 무기 말이야. 경찰봉이라고, 경찰봉."

"네. 그렇게 말했죠. 그게 왜요?"

"마스다랑 마나베 해부 결과가 어땠는지 잊어버렸어? 마나베는 측두부 타박상, 오른팔 골절. 마스다도 안면에 강한 타박상. 둘 다 봉으로 맞은 흔적이 있었잖아."

"네? 그럼…, 그 골절은 아까 그놈이 말한 남자가?"

마츠다의 말에 이시카와가 그제야 눈을 치켜떴다.

"그럴지도 모르지."

"그럼 역시 그 쇠사슬남이 본 게 잭…."

"무슨 소리야? 그럴 리가 없잖아."

"네? 그럼 어떻게 된 건데요?" 마츠다는 혼란스러운 표정을 짓는 이시카와에게 시선을 던졌다.

"나는 말이다, 초장부터 이번 사건이 잭 그놈이 한 짓이 맞나 의심스러웠어. 그래, 지금까지 일어난 사건이랑 수법이 비슷하기는 하지만, 본질은 완전히 달라."

"하지만 그럼 그 트럼프가…."

"그러게. 그놈이 잭과 어떤 관련이 있는지는 붙잡고 나서 천천히 물어보자고."

볕에 그을린 마츠다의 얼굴에 육식 동물 같은 미소가 서서히 퍼져 나갔다.

4
미사키 유우키

 막차 시간은 진작에 지났건만, 가부키초의 혼란스럽고 피부에 들러붙듯 요사스러운 공기는 눈곱만큼도 옅어지지 않았다.
 유우키는 손님을 기다리며 줄을 만든 택시 사이를 빠져나가서 갓길에 바이크를 대고 키를 뽑았다. 둔부에 전해지던 엔진의 숨결이 사라졌다.
 바이크에서 내려 풀페이스 헬멧의 실드 너머로 주변을 바라보았다. 가드레일 너머에서 원색 네온이 깜빡였다.
 유우키는 헬멧을 쓴 채 천천히 가드레일을 넘어서 예전에 코마 극장이 있던 광장과 연결된 도로로 나아갔다. 밤바람이 서늘하다. 두꺼운 청바지와 가죽점퍼를 입고 얼굴 전체를 가리는 헬멧을 쓰고 가죽 장갑까지 꼈는데 왜인지 뼛속까지 추위가 스며들었다. 윗니와 아랫니가 딱딱 부딪치는 소리가 밀폐된 헬멧 안에서 크게 울렸다.
 "이제 돌아갈 수 없습니다." 잭의 말이 귓가에 되살아났다. 그렇다. 이미 돌아갈 수 없는 곳까지 와 버렸다. 유우키는 거듭 자신을 타이르면서 환락가 중심부로 걸음을 옮겼다.

가부키초 안쪽으로 이어지는 메인 거리. 길 양옆에는 유흥업소와 음식점이 있는 상가 건물이 늘어섰다. 이미 자정을 넘긴 시간이라 호객하는 사람은 적었지만, 그래도 거리에는 아직 인적이 많았다.

접대부로 보이는 여자, 그 여자를 옆에 끼고 헤실거리는 중년 남자, 술에 취해 정신을 못 차리는 친구를 돌보는 대학생 무리, 검은 정장을 입은 호스트로 보이는 남자들. 어딘가 수상하고 비현실적이고, 그러면서도 어쩐지 매력적인 희한한 분위기가 감돌았다.

풀페이스 헬멧을 쓴 채 활보하는 모습은 평범한 장소에서는 기이해 보일 것이다. 하지만 좋은 의미에서도 나쁜 의미에서도 아량이 넓은 이 거리에서는 돌멩이처럼 눈에 띄지 않았다.

가부키초 중심가를 가로지른 유우키는 골목으로 들어갔다. 몇 분 걸으니 눈부시던 네온 빛도 거의 보이지 않았고, 사람도 적어졌다. 목적지가 가까워진다. 심박수는 올라가고, 다리는 무거워진다. 식은땀이 등을 타고 흐른다.

거친 숨을 몰아쉬며 복잡한 골목을 빠져나갔다. 지도로 미리 길을 확인해 뒀다. 5분 정도 걸으니 2차선 도로가 있는 넓은 거리가 나왔다.

목적지다. 유우키는 헬멧 실드 너머로 좌우를 살펴보았다.

찾았다. 20미터쯤 앞에 있는 갓길에 하얀 경차가 멈춰 있었다. 저게 분명하다. 가슴에 손을 얹어 미친 듯이 뛰는 심장을 진정시키고 유우키는 얕고 짧은 호흡을 되풀이하며 차로 다가갔다.
 숨쉬기가 힘들다. 답답한 헬멧을 벗고 싶다는 충동에 휩싸였지만, 유우키는 입술을 깨물어 그 충동을 억눌렀다. 어디서 누가 볼지 모른다.
 차 옆까지 다가간 유우키는 안을 들여다보았다. 운전석 시트를 뒤로 넘긴 채 한 남자가 눈을 감고 있었다. 지난 며칠 동안 사진에서 몇 번이고 몇 번이고 거듭해서 본 얼굴이었다.
 미나모토 노부히코, 33세. 이 부근에서 마약을 팔아대는 딜러들의 총괄자로, 이곳에서 주로 가부키초에서 성매매를 하는 중고등학생을 상대로 장사한다고 잭에게 받은 자료에 적혀 있었다.
 처음에는 헐값에 약을 팔아서 중독되게 한 다음 가격을 올린다. 돈을 내지 못하는 사람이 있으면, 남자에게는 범죄를, 여자에게는 매춘을 알선한다. 어떤 의미에서는 잘 짜인 사업 계획이다. 그만큼 피해자도 많을 것이다.
 유우키는 차에 다가가서 얇은 가죽제 라이더 장갑을 낀 손으로 머뭇머뭇 운전석 창문을 두드렸다. 미나모토는 살짝 눈을 뜨고 유우키를 보았다. 차창이 열렸다.
 "무슨 용건 있으세요?"
 미나모토의 말투는 마치 어설픈 연기자가 국어책 읽듯 대사를 읊는 것 같았다.
 "이런 데서…, 자면 감기 걸려요."
 유우키도 비슷하게 국어책 읽는 말투로 대답했다.
 "누가 그런 말을 했습니까?"
 "사토 씨가 그랬습니다."
 유우키가 말을 마치자, 미나모토는 씨익 미소 지으며 차 문을 열고 내렸다. 잭에게 받은 자료에 실려 있던, 이 우스꽝스러운 암호가 정답이었나 보다.
"너 처음이지? 어디서 듣고 왔어?"
"어디든 상관없잖아."
"맞아, 상관없지. 돈만 주면. 이쪽이야. 따라와."
미나모토는 손짓하고 큰 보폭으로 걸어 나갔다. 미나모토의 뒤를 걸으며 그 등을 보던 유우키는 가죽점퍼 주머니에 손을 슬며시 넣었다. 장갑 너머 손바닥 안에 딱 들어오는 단단한 물체가 느껴졌다. 현기증이 일 것 같은 긴장감에 요사스러운 기대감이 어렴풋이 섞여 있음을 깨닫고 유우키는 두세 번 세차게 고개를 흔들었다.
두 사람은 함께 좁은 골목으로 들어갔다. 미나모토가 이따금 미행이 있는지 확인하듯 뒤를 돌아보았다. 걷는 동안, 미나모토는 유우키가 왜 풀페이스 헬멧을 쓰고 있는지 신경 쓰는 낌새를 보이지 않았다. 아마 얼굴을 가리고 사러 오는 사람이 많을 것이다. 약은 경찰에게 불심검문을 당해도 증거가 남지 않도록 다른 장소에 숨겨 둔다. 그 점도 잭이 준 자료에서 본 대로였다. 그물코 같은 골목을 조금 걸어가다가 미나모토는 건물과 건물 사이에 있는 작은 틈으로 미끄러져 들어갔다. 유우키도 뒤를 따랐다. 둘이 나란히 걷기 어려울 정도로 좁은 공간. 골판지 상자와 폐지 따위가 흩어져 있고 길을 밝히는 가로등 빛은 거의 닿지 않는다. 유우키는 헬멧의 아이 실드를 올렸다.
"그래서, 뭘 원해?"
골판지 상자 앞에 쪼그려 앉아서 그 틈을 뒤지며 미나모토가 물었다.

"아, 어어…. 대마, 있나?"

거기까지 생각하지 못한 유우키는 말을 더듬으며 대답했다.

"대마야? 풋내기인 티 내? 남자면 더 제대로 된 걸 해야지. 추천할 만한 게 있어. 이 녀석 하면 천국행이야. 좋아. 오늘은 서비스다. 이 녀석 1회분을 덤으로 얹어줄게. 이 녀석 먹고 여자랑 해봐. 그거 못 끊는다."

미나모토는 일어서더니 유우키의 눈앞에 블랙 라이트에 반사된 듯 선명한 청색 알약이 든 작은 비닐봉지를 들어 올렸다.

"…요즘 애들 사이에서 유행하는 건가?"

"오, 잘 아네. 내가 독점 판매하는 특제야. 긴말 말고 한번 시험해 봐."

미나모토는 기분 좋게 알약이 든 봉지를 흔들었다.

"…필요 없어."

"뭐야? 재미 볼 상대가 없어? 그럼 그쪽도 알아봐 줄까? 싸게 쳐줄게. 아니면 가격은 좀 붙지만, 여고생이라도 불러 줄까?"

"…그런 것까지 해?"

"그 녀석들이 돈은 없으면서 이 약을 원하니까 어쩔 수 없이 내가 일하는 거야. 나는 돈을 벌고, 녀석들은 약을 받고. 너 같은 소아 성애자는 만족해. 모두에게 좋은 일이지."

거기까지 말하더니, 미나모토는 추악한 미소를 얼굴에 그리며 어깨를 흔들었다.

"이 약만 받을 수 있으면 그 녀석들은 무슨 짓이든 해."

유우키는 말없이 미나모토를 노려보았다. 그 시선을 알아차렸는지 미나모토는 겸연쩍게 어깨를 으쓱했다.

"…뭐, 관심 없으면 됐어. 그래서 잎은 얼마나 사?"

미나모토가 다시 쪼그려 앉는 모습을 보고 유우키는 재킷 안쪽에 손을 넣었다. 딱딱한 감촉이 장갑을 통해 전해졌다. 유우키는 미나모토에게 들키지 않도록 천천히, 재킷 안감을 주머니 형태로 만들어서 거기에 철사로 고정한 칼집에서 칼을 뽑았다.

"이봐, 얼마나 필요하냐고."

미나모토는 뒤돌아서 물었다. 그 눈이 크게 뜨였다. 유우키는 서바이벌 나이프로 무방비한 미나모토의 목덜미를 그었다.

"흐억."

미나모토가 지른 새된 비명에 유우키의 손이 조금 흔들렸다. 날카롭게 갈린 강철 칼날은 미나모토의 목덜미에 닿았지만, 마음에서 피어난 동요 때문에 그 예리함을 빼앗긴 공격은 경동맥을 베지 못했다.

미나모토는 말이 되지 못한 소리를 지르며 그 자리에 엉덩방아를 찧었다. 그 목덜미에서는 정맥 특유의 줄줄 쏟아지는 출혈이 보였다.

유우키는 거친 숨을 쉬면서, 비에 맞은 강아지처럼 온몸을 덜덜 떠는 미나모토를 내려다보았다. 미나모토가 각성제 중독자로 만든 아이들에 관해 무용담처럼 뽐내듯 이야기했을 때 분노와 혐오감이 섞여 화학 반응을 일으키더니 강한 살의가 가슴을 채웠다. 하지만 미나모토가 동정심을 부르는 비명을 지른 순간, 살의는 순식간에 사라졌다.

떠는 미나모토를 내려다보면서 유우키는 쇠사슬에 묶인 듯 움직일 수 없었다.

잭과 접촉한 뒤로 계속해서 외면해 온 '사람을 죽였다'는 현실이 정신을 좀먹어 갔다.

귓가에서 목소리가 들리는 듯했다. 잭 같기도, 자기 자신 같기도 한 목소리가.
'죽여. 죽이지 않으면 너는 남은 인생을 좁은 구치소에서 보내게 될 거야.'
유우키는 풀페이스 헬멧을 쓴 머리를 세차게 흔들었다.
아니, 아니다. 나는 나를 위해서 이 사람을 죽이려는 것이 아니다.
이 사람을 죽이면 앞으로 희생될 아이들을 구할 수 있다. 그러니 이 사람은 죽어야 한다. 그래. 이건…, 정의다.
정의, 정의, 정의, 정의, 정의, 정의, 정의….
'정의'라는 실체 없는 말이 머릿속에서 반복될 때마다 과열된 뇌에 다시 마취가 걸렸다. 살의보다 깊고 어딘가 편안한 고양감을 동반한 마취가. 망설임이, 죄책감이 조금씩 옅어졌다. 유우키는 칼을 쥔 손에 힘을 줬다.
미나모토가 재킷 주머니에 피로 물든 손을 넣었다. 금속 돌기가 달린 TV 리모컨 같은 물체를 꺼내서 유우키를 향해 들었다.
미나모토의 엄지손가락이 그 물체 중간에 있는 버튼을 눌렀다. 다음 순간, 끝에 달린 두 금속 사이에 아주 작은 번개가 지나갔다. 눈 부신 빛이 어두운 골목을 한순간 하얗게 물들였다.
전기충격기인가. 유우키는 입꼬리를 올렸다. 상대가 반격해 줘서 고마웠다. 아무 저항 없이 목숨을 구걸하는 사람을 베기보다 훨씬 쉬웠다. 무릎을 가볍게 굽히고 싸움에 임할 태세를 취했다.
미나모토는 자기 자신을 북돋우듯 괴성을 지르더니 두 손에 쥔 전기충격기를 앞으로 내밀며 달려들었다. 하지만 열심히 단련한 유우키의 동체 시력에는 쓸모없는 움직임이 많은 미나모토의 동

작은 멈춰 있는 것처럼 보였다.

유우키는 몸을 열어서 다가오는 전극을 오른쪽으로 피하고, 빼어 허리 기술을 쓰듯 미나모토를 스쳐 지나가며 칼을 흔들었다. 검도를 시작한 뒤로 몇만 번이나 반복한 동작. 소녀에 각인된 그 동작에 이번에는 잡념이 섞이지 않았다. 칼날이 닿는 순간, 손목 스냅을 줘서 검에 더 속도를 붙였다. 거의 저항 없이 칼날은 미나모토의 왼쪽 목덜미를 통과했다.

미나모토는 달려들던 기세 그대로 얼굴부터 땅에 엎어졌다. 목덜미에서 뿜어져 나온 혈액이 건물 측면 벽에 거세게 튀었다. 힘없이 배를 깔고 누운 미나모토는 한두 번 작게 경련하다가 곧 움직이지 않게 되었다.

유우키는 뒤돌아서 생명의 빛이 꺼져 가는 미나모토를 보았다. 심장 박동에 맞춰 힘차게 뿜어져 나오던 출혈의 기세가 약해지더니 결국 뚝뚝 방울져 떨어지는 정도에 머물렀다.

유우키는 손을 얼굴 높이까지 올렸다. 손가락에, 손바닥에, 팔에, 어깨에, 그리고 가슴에, 사람의 목숨을 빼앗은 감각이 새겨졌다. 정신을 썩게 하는 감각. 하지만 한편 검도인으로서는 요사스럽게 마음을 간질이는 감각.

어둠에 순응한 눈이 칼날에 묻은 혈액을 인지한 순간, 전신에 소름이 돋았다.

빨간 머리 남자 때처럼, 엉겁결에 한 행동이 아니었다. 순전한 살의로 미나모토의 목덜미를 칼로 베었다. 선을 넘어 버렸다. 진짜 의미에서 살인자가 되어 버렸다.

"이제 돌아갈 수 없습니다." 전화로 들은 잭의 목소리가 거듭 뇌리에서 되살아났다.

나는 옳은 일을 한 것이다. 그렇다. 옳은 일을 했다. 당연히 그렇다.

주문처럼 마음속에서 반복하며 이성에 마취를 걸었다. 그러지 않으면 정신이 썩어 버릴 것 같았다.

유우키는 거친 숨을 내쉬며 서바이벌 나이프를 흔들어 피를 털어낸 뒤 재빨리 칼집에 넣고 청바지에 쑤셔 넣었다. 가죽점퍼 가슴 주머니에서 잭 카드를 꺼내서 버리듯 미나모토 옆에 내던졌다. 몸에 피가 튄 자국도 거의 없었다. 이 장소면 시신도 아마 아침까지 발견되지 않을 것이다.

무언가 유류품을 남기지 않았는지 확인한 뒤 휘청이는 걸음걸이로 어기적어기적 골목을 뒤로했다.

"이걸로…, 된 거야."

반쯤 벌어진 입술에서 흘러나온 힘없는 독백은 가을바람에 공허하게 쓸려 사라졌다.

5.
J

 어스름한 방 안, 철제 의자에 앉아서 책상 스탠드에 비친 석간 지면을 바라보며 남자는 칼날처럼 얇은 입술에 희미한 미소를 띠었다. 기사에는 '신주쿠 거리에 남성 시신, 연쇄 살인인가?'라는 제목이 달려 있었다.
 미사키 유우키. 그가 어젯밤 지시대로 '일'을 해냈다. 그리고 의도대로 경찰은 잭의 범행으로 간주하고 수사에 들어갔다. 예상대로 그는 쓸 만하다. 그를 잘 조종하면 앞으로 경찰 수사를 혼란시킬 수 있을 것이다.
 남자는 흐트러짐 없이 신문을 접어서 책상 위에 놓고는 좁은 방 안을 둘러보았다. 싱글 침대에 책상과 의자 말고는 가구다운 가구가 보이지 않는, 기이할 정도로 살풍경한 방.
 남자는 책상 위에 놓인 가죽 장갑을 끼더니 책상 서랍을 열고 안에서 A4 사이즈의 갈색 봉투를 꺼냈다. 봉투에는 자로 잰 듯 네모난 글씨체로 주소와 '미사키 유우키 귀하'라는 수신자 이름이 적혀 있었다.

그가 쓸 만하다는 것을 안 이상, 최대한 활용해야 한다. 그리고 마지막에는….

남자는 문득 시선 끝에서 이변을 느끼고 천장을 올려다보았다. 눈앞에 빛으로 된 선 몇 개가 반짝거렸다. 눈앞에서 알록달록한 레이저가 지나가는 환상적인 광경. 하지만 남자에게는 달갑지 않은 광경이었다.

1년에 몇 번 일어나는 편두통, 그 전조 증상. 남자의 한쪽 볼이 일그러졌다. 어금니에 힘을 준 순간, 오른쪽 측두부를 중심으로 뇌수를 칼로 도려내는 듯한 엄청난 통증이 일었다.

어릴 때부터 시달려 온 두통. 하지만 남자가 정말 꺼리는 것은 머리가 깨질 듯한 이 고통이 아니라 이 이후에 반드시 찾아오는 수반 증상이었다.

예상대로 그것은 곧바로 일어났다. 눈앞에 거대한 스크린이 나타난 것처럼 과거의 기억이 현실의 광경과 겹쳐서 선명하게 되살아났다.

음울하고 사디스트적인 미소를 지은 중년 남자가 주먹을 휘둘렀다. 두통과 맞물려서 남자는 실제로 맞은 듯한 느낌을 받았다.

망막에 비치는 이 방보다도 뇌리에 비치는 과거의 광경이 남자에게는 더 현실처럼 느껴졌다. 꽉 깨문 어금니가 뿌드득거렸다.

기억 속 남자는 또다시 주먹을 휘둘렀다. 추악한 미소를 띤 중년 남자의 얼굴이 낯익었다. 그렇다. 이 남자는 닮았다. 매일 거울 속에서 보는 얼굴과.

극심한 통증을 참으며 남자는 목구멍 안에서 소리 죽여 웃음을 흘렸다. 당연히 닮았겠지. 친아버지니까. 남자는 가늘게 숨을 뱉으며 정신을 다잡았다. 그러는 동안에도 기억 속 남자는 계속 주먹을 휘둘렀다.

아주 어릴 때부터 툭하면 아버지에게 맞았다. 항상 늦은 밤까지 술을 마시던 아버지는 울며 제지하는 어머니를 떼어내고 어린 아들에게 폭력을 행사했다. 자신의 유희를 위해서.

남자는 아버지를 무서워했다. 항상 아버지의 기분을 해치지 않도록 눈치를 보며 살았다. 그런데 시간이 흐를수록 남자는 자신의 가슴속에서 공포를 양분 삼아 '살의'라는 기괴한 거목이 자라고 있음을 느꼈다.

고등학교에 들어가서 키가 아버지를 뛰어넘을 즈음, 남자는 매일같이 아버지를 잔인하게 살해하는 망상에 빠졌고, 절실히 느꼈다. 자신의 안에 아버지에게 물려받은 역겨운 피가 흐르고 있음을.

그즈음, 아버지는 자신보다 체격이 커진 아들에게 손을 올리지 않게 되었다. 그 대신 아버지의 파괴 충동은 어머니를 향하기 시작했다.

어머니는 온몸에 멍이 들었으면서 아들이 맞지 않게 됐다고 기뻐했다. 눈 주변이 피하 출혈로 물든 가여운 얼굴로 미소 짓는 어머니를 매일매일 보는 사이에, 남자의 머릿속에서 반복되던 아버지 살해 장면은 점점 더 현실성을 띠었고, 가슴속 살의는 자칫하면 피부를 뚫고 몸 밖으로 튀어나올 것처럼 부풀어 올랐다.

아버지를 살해하는 그 장면을 몇 번이나 현실로 만들려고 했다. 그런 의지를 막은 것은 옆에 있어 준 소녀였다. 해바라기처럼 해맑게 웃는 얼굴이 뇌리에 떠오른 순간, 칼로 도려내는 것 같던 두통이 눈 녹듯 사라졌다. 하지만 그 대신 흉골 안쪽에 날카로운 아픔이 스쳤다.

소녀가 있었기에 남자는 자신의 가슴에 또아리를 튼 어둠을 밀어낼 수 있었다.

남자는 믿었다. 소녀와 있으면, 언젠가 가슴속 어둠도 사라질 것이라고.

하지만 그녀는 어느 날 갑자기 사라져 버렸다. 마치 그 존재가 환상이었다는 듯. 그래서….

"그래서…, 나는 아버지를 죽였어…."

남자는 기억 속 아버지와 판박이인 미소를 지으며 봉투를 서랍 안에 넣었다.

6
난바 사야

사야는 무거운 한숨을 뱉고, 오래된 전자 피아노 건반 위에서 흰 손가락을 물렸다.

오늘은 오랜만에 아르바이트도 없었다. 하루 종일 작곡에 시간을 쏟을 수 있을 것 같아서 아침부터 피아노 앞에 앉았지만, 아무런 영감도 떠오르지 않았다. 일어선 사야는 쓰러지듯 침대에 몸을 던졌다. 시곗바늘은 오후 일곱 시에 가까워지고 있었다.

"몸이 안 좋네."

사야는 중얼거리며 베개에 얼굴을 묻었다. 모처럼 쉬는 날인데, 허무하게 하루를 보내 버렸다. 오늘 몇 번째인지 모를 한숨이 부드러운 베갯잇에 스며들었다. 별생각 없이 머리맡에 놓인 리모컨을 잡고 오래된 TV 전원을 켰다.

'다음 소식입니다. 중동에서 활발해지는…'

정장을 입은 아나운서가 억양 없는 말투로 뉴스를 읽었다. 사야는 리모컨을 조작해서 채널을 넘겼지만, 딱히 볼만한 방송이 없었다. 리모컨을 머리맡에 돌려놓고 화면에서 눈을 뗀 뒤 다시 베개에 얼굴을 묻었다. 피곤했는지 잠기운이 몰려왔다.

'오늘 오후… 남성 시신이… 권총에 맞아… 묶인 흔적이 있어… 경찰은 살인사건으로… 자칭 카메라맨이던 사가와 요스케 씨…'

순식간에 잠기운이 달아났다. 사야는 고개를 번쩍 들었다. '사가와 요스케'. 뉴스에서 그 이름이 흘러나온 것 같았다. 잘못 들었나?

'이어서 다음 소식입니다.'

화면 속 아나운서는 무표정하게 다음 뉴스를 읽었다. 사야는 리모컨을 쥐고 서둘러 채널을 돌렸다. 몇 번 화면이 바뀌었을 때, 뉴스에서 화면 아래에 '사이타마 산림에서 사살된 남성 시신 발견'이라는 자막이 나왔다.

'오늘 아침 여덟 시경 사이타마현 아게오시 산림에서 산책하던 주민이 남성 시신을 발견해 경찰에 신고했습니다. 시신은 권총에 맞았으며 줄에 묶인 흔적도 있었습니다. 사망한 남성은 도쿄 세타가야구에 사는 자칭 카메라맨, 42세 사가와 요스케 씨였습니다. 경찰은 이를 살인사건으로 보고 사가와 씨가 어떤 문제에 휘말리지 않았는지 신중하게 수사하고 있습니다.'

화면 오른쪽 아래에 흑백으로 작게 얼굴 사진이 떴다. 부은 눈에 뚱뚱한 남자. 늘 추잡한 미소를 흘리며 자신을 촬영하던 남자가 분명했다.

사가와가 죽었다. 살해당했다. 놀라기는 했지만, 한편으로 묘하게 수긍이 됐다. 어쩐지 수상한 사람이었다. 저속한 잡지 촬영 말고도 어두운 일에 손을 댔을지 모른다. 그러고 보니 마지막에 만났을 때, 큰일을 맡았다는 소리를 했다.

TV 화면은 어느새 일기 예보로 바뀌어 있었다.

사야는 기상 예보관이 '지금부터 밤늦게까지 국지적으로 많은 양의 눈이…'라고 말하는 모습을 멍하니 바라보았다. 아는 사람이 죽었다는데도 아무런 감정도 들지 않는 자신이 당황스러웠다.

확실히 사가와를 싫어했다. 무의식적인 혐오를 느꼈다. 하지만 적어도 말을 섞어 본 사람이 죽었으면 조금 더 어떤 감정을 느껴도 되지 않나. 그러나 사야는 아무것도 느낄 수 없었다. 화면 너머 전달되는 정보는 현실감도 없고 무색무취여서 마치 드라마 속에서 일어난 일 같았다.

사가와에게서 그 남자의 그림자를 느끼지 않았다면, 조금 더 슬펐을까?

그랬을지도 모른다. 그 남자와 닮은 것은 사가와의 잘못이 아닌데.

어쩐지 차갑다, 나. 가슴속이 답답했다. 기분이 찜찜했다.

그러고 보니 에미는 이 사실을 알까? 모른다면 알려주는 게 좋을지도 모른다. 사야는 핸드백에서 분홍색 스마트폰을 꺼냈지만, 친구의 번호를 화면에 띄웠을 때 손을 멈췄다.

그래, 에미의 집에 가서 직접 말하자. 가는 길에 마트에서 장을 봐서 저녁을 만들어 주면서 이야기하자. 저녁으로 항상 늦은 시간에 편의점 도시락을 먹는 에미는 가끔 식사를 만들어 주면 무척 기뻐했다. 그래, 그게 좋겠다.

사야는 TV 전원을 끄고 침대에서 힘차게 내려가 옷을 갈아입었다.

너무 많이 샀나. 사야는 마트 비닐봉지가 무거워서 얼굴을 찌푸리며 걸었다.

카레 재료만 살 생각이었는데, 자기도 모르게 에미를 위한 맥주와 자신이 먹을 과자까지 장바구니에 넣고 말았다. 재정이 넉넉하지 않은데, 예상보다 지출이 컸다.

가로등 빛으로 희미하게 보이는 하늘은 두꺼운 구름에 덮여 있었다. 예보대로 당장이라도 한바탕 비가 올 것 같다. 우산은 없다.

에미네 집까지 5분 정도 남았는데, 그때까지 괜찮으려나? 사야는 걸음을 재촉했다.

청바지 주머니에서 스마트폰이 소리를 냈다. 계약한 지 얼마 되지 않은 전화번호를 아는 사람은 얼마 없다. 아마 에미일 것이다. 사야는 스마트폰을 꺼내서 상대를 확인하지도 않고 통화 버튼을 눌렀다.

스마트폰에서는 예상대로 "사야…"라는 에미의 목소리가 들려왔다.

"에미. 마침 잘됐다. 지금 전화하려고 했어. 아르바이트 끝났어?"

"응…. 저기, 사야. 지금 집이야?" 에미는 떠보듯 말했다.

"사실 에미네 집에 가고 있어. 에미, 밥 아직 안 먹었지? 오랜만에 만들어 줄게. 카레라이스 좋아했지? 에미는 지금 어디 있어? 이미 집이야?"

"어? 아, …응. 집. 집에 있어." 에미의 목소리는 변함없이 불안하게 들렸다.

"왜 그래? 뭔가 기운이 없는 것 같은데."

"아니야. 그래…, 지금 우리 집으로 오는 거지? 저기…, 미안하지만 요전에 사가와한테 받은 펜던트 갖고 와줄 수 있어?"

"펜던트? 지금 차고 있어. 이게 필요했어?"
사야는 목에 걸린 마노 펜던트를 만졌다.
"응. 그냥, …사가와한테 돌려달라고 아까 연락이 와서."
에미의 말에 사야는 미간을 찌푸렸다. 사가와? 방금 뉴스에서 사가와는 죽었다고 했다. 그런 사가와가? '아까'라면, 언제 이야기일까?
"저기, 뉴스에서…, 사가와가 죽었다고 하던데, 에미, 알았어?"
"아…, 아니, 몰랐어."
잠깐의 침묵이 흐른 뒤, 에미는 목소리 톤을 바꾸지도 않고 대답했다. 역시 뭔가 이상하다. 아무리 싫어하는 사람이었어도 갑자기 죽었다는 이야기를 들으면 조금 더 놀랄 법도 한데.
"에미, 몸이 안 좋아? 뭔가 목소리에 힘이 없는데…."
"일이 좀 바빠서…."
에미가 가냘프게 대답했을 때, 전화 너머에서 희미하게 남자 목소리가 들리는 것 같았다.
"어? 집에 누가 있어?"
"아니야. 나밖에 없어."
"정말? 혹시 남자친구나 누가 왔어? 방해되면 오늘은 안 갈게."
"아니야. 남자 없다니까. 아마 TV, TV 소리일 거야."
에미가 재빠르게 말했다. 역시 무언가 상태가 이상하다.
"그래, 일단 에미네 집에 갈게. 5분 정도면 도착해."
"응. 기다릴게. …얼른 와."
"그럼 뛰어갈 테니까 3분 정도면 도착할 것 같아. 최선을 다해서 맛있는 거 만들어 줄게. 기다려."
대답은 없었다.

"에미, 들려?"

"사야…." 그제야 대답한 에미의 목소리는 강한 결의를 담고 있었다.

"응? 왜 그래?"

"사야 도망쳐! 우리 집에 오면 안 돼! 사야까지 죽을 거야! 얼른 도망…."

갑자기 외치는 소리가 들리나 싶더니 그 소리를 잘라내듯, 귀가 먹을 것 같은 엄청난 작열음이 울렸다. 반사적으로 사야는 귀에서 스마트폰을 뗐다.

뭐지, 방금 그 소리…? 머뭇거리며 스마트폰을 다시 귀에 댔다. 통화는 아직 끊기지 않았다. 에미의 목소리 대신 남자의 목소리가 멀리서 들려 왔다.

"아, 진짜 …잖아요. …괜찮은 여자였는데 …깝다."

"나가서 …를 잡는다. 그 전… 끊어."

중간중간 끊기는 목소리를 끝으로 통화가 끊겼다. 뚜뚜 하는 가벼운 전자음이 들렸다.

장난인가? 뭐지? 사야는 혼란스러워서 주변을 두리번거렸다.

어떻게 하지? 경찰에 신고할까? 아니, 그럴 필요 없다. 에미가 장난치는 것이 분명하다. 경찰에 전화했다가는 엄청나게 놀림당할 것이다. 게다가 경찰과는 별로 엮이고 싶지 않다.

일단…, 집에 돌아가자. 사야는 방금 지나온 길을 빠른 걸음으로 돌아갔다. 심장 박동이 빨라졌다. 코끝에 작은 물방울이 떨어졌다.

굵은 비가 아스팔트 위에 작은 얼룩을 만들었다. 집까지는 여기서 5분 정도 걸린다. 사야는 장 본 비닐봉지를 길가 쓰레기통에 내던지고 달렸다.

빨리 집에 돌아가야 한다. 빨리, 빨리, 빨리….

몇 번이나 다리가 꼬여 넘어질 뻔하면서 사야는 달렸다. 오랜만에 전력으로 달린 탓에 두 다리가 아팠다. 숨쉬기가 힘들었다. 굵은 빗방울이 사야의 온몸을 사정없이 때렸다.

좁은 골목을 빠져나가자, 드디어 집이 보였다.

조금만, 조금만 있으면 도착한다. 그렇게 생각했을 때, 하얀 밴이 앞에서 달려왔다. 갓길에 붙어서 차를 먼저 보내려고 한 사야의 몇 미터 앞에서 그 밴이 급정거했다. 운전석 문과 뒤쪽 슬라이드 도어가 벌컥 열리더니 차에서 두 남자가 내렸다. 남자들의 모습을 본 순간, 사야의 몸은 천적을 만난 작은 동물처럼 몸이 굳어 버렸다.

스무 살 안팎으로 보이는 한 명은 청바지에 셔츠를 입은 편안한 차림이었고, 머리는 상스러운 금색이었다. 다른 한 명은 30대 후반쯤으로 키는 190센티가 넘는 듯했다. 썩 어울리지 않는 회색 정장이 근육 때문에 부풀어 보였다. 머리는 면도칼로 밀었는지 완전한 빡빡머리였다. 그들이 풍기는 분위기는 아무리 호의적으로 보려고 해도 멀쩡한 세계에서 지내는 사람 같지 않았다. 금발 남자가 핥는 듯한 시선으로 사야를 보았다. 마치 누군가가 몸을 마구 만진 것 같은 불쾌감에 사야는 몸을 움츠렸다.

"아, 쟤네. 확실해."

금발 남자가 청바지 주머니에서 사진 한 장을 꺼내더니 큰 보폭으로 다가왔다.

"야, 네가 사야지? 이거, 너지?"

금발 남자가 사야에게 다가와서 눈앞에 사진을 들이밀었다. 거기에는 웃는 얼굴로 브이를 그린 사야와 에미가 찍혀 있었다. 에미의 집에 있던 액자에 들어 있던 사진이다.
"형님, 찾았습니다. 얘예요."
금발은 뒤를 돌아보았다. 빡빡머리 남자에게 말한 줄 알았는데, 그게 아님을 바로 알았다. 문 열린 밴에서 호리호리한 남자가 천천히 내렸다. 나이는 30대 초반일까. 주름 하나 없는 검은 정장을 깔끔하게 차려입었다. 검은 정장 남자는 느릿한 동작으로 사야에게 얼굴을 향했다.
무섭다. 남자의 행동거지는 다른 두 사람보다 훨씬 세련됐지만, 그 시선이 자신을 꿰뚫는 순간, 사야는 뒷걸음질 칠 정도로 공포를 느꼈다.
장난이 아니었다. 에미의 말은 장난이 아니었다. 필사적으로 부정해 온 현실이 눈앞에 들이닥쳤다. 눈에서 눈물이 차올랐다.
"…가져와." 검은 정장 남자가 나직이 중얼거렸다.
"네, 네." 금발은 역겨운 미소를 지으며 사야의 손목을 잡았다.
"안 돼!" 사야는 반사적으로 몸을 비틀었다.
금발은 저항을 즐기듯 미소 지었다. 손목을 붙잡은 힘이 더 강해졌다.
큰소리로 도움을 청하려고 숨을 들이마신 순간, 거대한 손바닥이 사야의 얼굴을 붙잡았다. 비명은 목구멍 안에서 흩어졌다. 어느 틈엔가 빡빡머리 남자가 바로 옆에 와서 아무렇게나 사야의 얼굴을 움켜쥐고 있었다. 뼈가 비명을 지를 정도로 강한 힘이 얼굴 양쪽에서 가해졌다. 입과 코가 덮여서 숨을 쉴 수 없었다. 의식이 흐릿해진다. 이제 저항할 기력도 남아 있지 않았다. 사야는 두 남자의 손에 밴으로 끌려갔다.

어쩌다 이렇게 됐지? 이대로 죽는 건가?

"도망쳐!" 에미의 비통한 목소리가 머릿속에서 울렸다. 에미는 나를 불러내라고 협박을 받았다. 하지만 목숨을 걸고 나를 도망치게 했다. 그랬는데….

흐릿해지는 의식 속에서 에미의 웃는 얼굴이 머리를 스쳤다. 사야는 마지막 힘을 짜내서 두 팔다리를 마구 내저었다.

"아, 이년이."

축 늘어져 있던 소녀가 갑자기 날뛰자 허를 찔렸는지 사야를 붙잡은 남자들의 손에서 순간 힘이 빠졌다. 사지를 내저어서 남자들에게서 도망친 사야는 온힘을 다해 달렸다. 하지만 그게 한계였다. 곧 다리가 꼬여서 물웅덩이에 엎어졌다. 일어서려고 할 때, 쫓아온 금발이 목덜미를 붙잡고 얼굴을 물웅덩이 안에 처박았다.

"어디서 장난질이야, 이 쥐새끼가!"

얼굴 절반이 물에 잠겼다. 입과 코에 빗물이 들어왔다. 죽음의 공포가 몰려왔다.

갑자기 얼굴을 누르던 힘이 빠졌다. 사야는 고개를 들고 몇 번 기침했다.

"뭘 봐, 새끼야."

금발이 말했다. 시선을 올리니 어느 틈엔가 눈앞에 대형 바이크가 와서 서 있었다. 사야는 바이크를 탄 남자를 보았다. 보통 키에 보통 체격. 가죽점퍼를 입고 풀페이스 헬멧을 썼다.

"뭘 꼬나보냐니까!"

금발이 다시 호통쳤지만, 남자는 동요하는 기색 없이 엔진을 켜 둔 채 바이크에서 내렸다.

"…도와줄까?" 헬멧 너머에서 흐릿한 목소리가 들려왔다.

"네?"

"도와주냐고." 바이크를 타고 온 남자는 같은 질문을 반복했다.

"네, 네. 도와주세요." 사야는 떨리는 목소리로 필사적으로 애원했다.

"이 새끼가 무슨 소리를 하는 거야! 얼른 안 꺼지면 죽여 버린다!"

금발이 악을 썼다. 어느새 그 옆에 빡빡머리가 섰고, 심지어 바로 뒤에 검은 정장 남자가 다가왔다. 절망이 사야의 마음을 잠식해 갔다.

세 사람을 상대로 이길 리가 없다. 게다가 빡빡머리 남자는 바이크 남자보다 훨씬 덩치가 크다. 일대일로 싸워도 도저히 상대가 되지 않을 것 같았다.

바이크 남자가 시간을 벌어주는 동안 어딘가에 도망쳐 숨어야 한다. 사야가 도망치려고 일어서려는 순간, 바이크 남자가 움직였다. 멀리뛰기라도 하듯 금발 남자에게 달려들었다.

다음 순간, 금발 남자는 실이 끊어진 꼭두각시 인형처럼 힘없이 쓰러져서 움직이지 않게 되었다. 사야는 무슨 일이 일어났는지 이해하지 못하고 몸을 일으키려던 자세 그대로 굳었다.

다시 보니 바이크 남자의 오른손에 은색 봉 같은 것이 있었다.

저걸로 때렸나? 하지만 때리는 순간이 전혀 보이지 않았다.

순식간에 동료가 쓰러지자 더 경계심을 느꼈는지 빡빡머리는 바이크 남자에게서 조금 거리를 벌리고 두 손을 얼굴 앞으로 가져와서 주먹을 쥐었다. 바이크 남자는 경찰봉을 쥔 오른손을 툭 떨어뜨리고 준비 자세다운 자세를 취하지 않았다. 헬멧 때문에 상대를 보는지 아닌지도 확실치 않았다.

빡빡머리가 달려들며 동시에 왼쪽 주먹을 휘둘렀다. 그 덩치에 상상도 못 한 재빠른 움직임이었다. 바이크 남자는 상체를 기울여 종이 한 장만 한 간격으로 펀치를 피했다. 그 움직임을 예상한 듯 빡빡머리는 체중을 실은 오른쪽 주먹을 남자의 얼굴을 향해 내리꽂았다. 헬멧째로 머리를 부술 것 같은 일격이었다.

주먹이 머리를 강타하기 직전, 바이크 남자는 마치 자기가 나서서 펀치를 맞으러 가듯 체중을 앞으로 옮기며 미끄러지듯 몸을 열었다.

주먹과 헬멧이 스치는 소리가 빗소리 속에서도 사야의 귀에 들렸다.

혼신의 일격이 아슬아슬한 간격으로 빗나가자, 빡빡머리는 몸의 균형을 잃었다. 몸을 가누지 못하고 두세 번 발을 헛디디다가 허둥지둥 자세를 고치면서 바이크 남자 쪽을 돌아보려고 했다. 하지만 이미 늦었다.

돌아보는 빡빡머리의 측두부에 바이크 남자의 인정사정없는 일격이 날아왔다. 뼈와 무거운 금속이 충돌하는 둔탁한 소리가 거리에 울려 퍼졌다.

두 무릎을 꿇은 빡빡머리. 하지만 금발과 달리 완전히 의식을 잃지는 않았다. 뻗은 오른손으로 어느새 경찰봉을 쥐고 있었다. 하지만 바이크 남자는 경찰봉이 붙잡힌 데에 반응하지 않았다. 그대로 경찰봉에서 손을 떼더니 무릎을 꿇은 빡빡머리의 턱을 가차 없이 걷어찼다. 빡빡머리가 입에서 타액과 혈액을 튀기면서 쓰러지는 모습이 사야에게 슬로모션으로 보였다.

1분도 되지 않아서 두 동료가 쓰러지는 모습을 목격했으면서도 검은 정장 남자는 거의 표정을 바꾸지 않았다. 명함을 꺼내려는 회사원처럼 침착한 동작으로 바이크 남자의 뒤로 다가가서 정장 속에 오른손을 넣었다.

검고 투박한 쇳덩이가 품에서 모습을 드러냈다. 권총.

"위험해! 뒤!"

사야가 외쳤다. 그 목소리에 아스팔트 위에 떨어진 경찰봉을 주우려고 하던 바이크 남자는 재빨리 뒤를 돌아보았다. 총성이 울리는 것과 은색 빛이 번쩍이는 것은 거의 동시에 일어난 일이었다. 공중에 붉은 비말이 튀었다.

맞았다. 그렇게 생각하며 눈을 감자, 딱딱하고 무거운 것이 땅에 떨어지는 소리가 났다.

사야는 조심스레 눈을 떴다. 눈에 들어온 광경은 상상과 전혀 달랐다. 검은 정장 남자가 오른팔을 붙잡은 채 무릎을 꿇고 있었다. 팔을 누르는 손 틈에서 새빨간 피가 비와 섞여 떨어졌다. 그리고 검은 정장 남자를 내려다보며 선 바이크 남자, 그 손에는 빗속에서도 불길하게 빛나는 커다란 칼이 쥐어 있었다.

바이크 남자는 발치에서 구르는 권총을 재빨리 차냈다. 아스팔트 위에서 권총이 미끄러졌다. 약간의 거리를 둔 채 두 남자는 시선을 맞부딪쳤다.

"어쩌려고? 죽일 거야?" 검은 정장 남자가 담담하게 말했다. "죽일 거면 빨리 끝내."

"아니, …그만할래."

그렇게 말하며 바이크 남자는 빡빡머리에게 했듯 검은 정장의 턱을 걷어찼다. 검은 정장 남자는 물웅덩이에 세차게 쓰러졌다.

움직이지 않는 세 사람을 잠깐 보던 바이크 남자는 손에 든 칼을 익숙하게 가죽점퍼 안에 넣고 경찰봉을 줍더니 바이크에 올라타려고 했다. 그 순간, 굳었던 사야의 몸이 풀렸다. 바이크로 달려가서 매달리듯 남자의 가죽점퍼 자락을 붙잡았다.

"부탁이에요! 나도 태워줘요."

혼자 남으면 남자들에게 잡힐 것이다. 잡혀서 살해될 것이다.

아이실드 안쪽에서 남자의 시선이 사야를 꿰뚫었다.

몇 초의 침묵. 하지만 사야는 그 시간이 마치 영원처럼 느껴졌다.

"…타." 귀를 기울이지 않으면 들리지 않을 만큼 작은 목소리로 바이크 남자가 말했다.

사야는 달려들 듯 바이크 뒤에 올라타서 남자의 몸에 두 손을 감고 매달렸다. 엔진이 포효하더니 튕겨 나갈 것처럼 가속하며 바이크가 출발했다. 사야는 필사적으로 두 손에 힘을 주었다.

살았다. 이제 괜찮다. 긴장이 풀리자마자 콧속이 뜨거워졌다. 눈에서 눈물이 하염없이 흘렀다. 목소리를 죽일 수 없었다. 사야는 매달린 등에 얼굴을 묻었다.

비에 젖었지만 따뜻하고 넓은 등이었다.

7
미사키 유우키

나는 대체 뭘 하는 걸까? 목욕 수건으로 머리를 닦는 소녀를 보면서 유우키는 카펫에 정좌한 채 자신에게 물었다.

조금 전까지만 해도 포니테일이던 부드러운 밤색 머리는 풀려서 어깨높이에서 흔들렸다. 큰 눈이 인상적인 얼굴은 자세히 보니 꽤 예쁘장했지만, 그 이상으로 어딘가 촌스러운 인상을 풍겼다.

대학생이려나? 유우키는 눈 사이를 거칠게 비볐다.

잭의 공범으로 두 번째 '일'을 마치고 집에 돌아오는 길이었다.

이번에 잭이 지시한 타깃은 코시가야시에 사는 60대 남자였다. 그 남자는 20년쯤 전부터 지적 장애아를 위한 개인 학원을 운영했는데, 작년에 그 학생들에게 성적 폭행을 가한 혐의로 체포되었다. 하지만 피해자인 아동들의 증언이 모호한 점, 남자가 피해 아동들의 부모와 합의한 점 때문에 사법 재판소는 그가 상습범일 가능성이 높은데도 집행 유예 판결을 내릴 수밖에 없었다.

유우키는 남자가 매일 규칙적으로 산책할 때 들러서 쉰다는 한

산한 공원의 공중화장실 뒤에 숨어서 기다렸다. 공원으로 다가온 남자가 벤치에 앉는 것을 확인하고 몰래 다가가서 뒤에서 껴안으며 갈비뼈 사이로 심장을 단번에 찔렀다.

두 번째 '일'은 첫 번째보다 훨씬 수월했다. 그런데 대로를 피해 샛길을 지나는 도중에 남자들에게 납치될 것 같은 소녀를 발견해서 거의 아무 생각 없이 도와주고 말았다. 직전에 '일'에서 쓴 칼까지 사용했다.

안전을 생각하면 그때 보고도 못 본 척하는 게 나았을지도 모른다. 하지만 그럴 수 없었다. '정의를 위해서'라고 자기 자신을 타일러 사람을 죽이면서, 눈앞에서 범죄를 목격하고도 못 본 척하는 자기모순을 용납할 수는 없었다.

유우키는 세게 머리를 긁었다. 도와주는 것까지는 좋았다. 문제는 그 이후에 한 행동이다.

나는 왜 이 소녀를 데리고 와 버렸을까? 그 야쿠자 같은 남자들을 때려눕히는 것만으로 충분했을 텐데. 그런데 가죽점퍼 자락을 붙잡는 소녀의 비애에 찬 눈빛을 보고 무심코 뒷좌석에 태우고 말았다.

"저…." 소녀는 머리카락을 닦으며 쭈뼛쭈뼛 입을 열었다.

"뭐?" 유우키는 무뚝뚝하게 대답했다.

"감사합니다. 도와주셔서…."

"신경 쓰지 마. 그냥 변덕으로 그런 거니까."

"사야." 소녀는 작은 목소리로 중얼거렸다. "이름요. 저는 사야라고 해요. 난바 사야."

"그래…."

유우키는 그 이상 아무 말도 하지 않았다. 소녀가 무엇을 바라는지 알면서.

"저기, 이름이…."

"왜 알아야 돼?"

차갑게 내뱉었다. 소녀의 얼굴이 슬프게 일그러졌다.

"옷이 마르면 나가. 우산이랑 교통비 정도는 줄게."

유우키의 말에 소녀는 입술을 세게 깨물었다가 조심스럽게 입을 열었다.

"저기, 부탁드려요. 잠깐만…, 여기에서 지낼 수 있을까요?"

"안 돼."

유우키는 고민도 하지 않고 대답했다. 이 이상 귀찮은 일을 떠안는 것은 사양이다.

"제발요. 그놈들이 저를 노리고 납치하려고 했어요. 저희 집에서도 기다리고 있을지 몰라요."

소녀는 버려진 강아지 같은 눈으로 유우키를 보았다.

"그럼 경찰서에 가. 보호해주겠지."

유우키는 소녀의 눈빛에 마음이 조금 흔들리면서도 일부러 말의 온도를 낮췄다.

"경찰은… 안 돼요."

"왜 안 되는데?"

"니가타로…, 고향으로 다시 끌려갈 거예요…." 소녀가 기어들어가는 목소리로 말했다.

"뭐야, 가출했어? 좋은 기회네. 부모님한테 사과하고 집에 돌아가서…."

"부모님 없어요!"

소녀는 갑자기 소리쳤다. 하지만 풍선에서 바람이 빠지듯 곧 목소리가 작아졌다.
"부모 같은 거… 없어요."
"…그런 부모는 부모도 아니다, 뭐 그런 거야?"
소녀는 힘없이 고개를 가로저었다.
"아빠는 태어나서 한 번도 못 봤고, 엄마는 계속 같이 살다가 3년 전에…"
"돌아가셨어?" 유우키의 목소리가 조금 부드러워졌다.
"네…. 암으로요. 난소암…. 엄마가 점점 말라 가다가, 그러다가…"
'암'이라는 말에 유우키의 가슴이 거세게 요동쳤다.
"그 뒤로 엄마의 여동생이라는 사람 집에 맡겨졌는데, 거기 사람들은 저를 엄청 귀찮아했고, 엄마 욕만 해댔어요. 여러모로 견디지 못할 일이 있어서…"
"도쿄에 왔구나?"
"…네." 소녀는 카펫 위에 정좌한 채 가냘프게 고개를 끄덕였다.
"그래도… 도쿄에 있는 것보다 돌아가는 게 나아. 무슨 일이 있었는지 모르겠지만, 누가 너를 노리는 거잖아?"
"싫어요! 거기만은 절대 안 돼! 그 사람들은 내 이름도 알고 있었어요. 어쩌면 고향 주소도 알지 몰라요. 내가 에미한테 말해줬으니까…"
소녀는 고개를 숙인 채 머리카락을 마구 흩뜨리듯 세차게 고개를 흔들었다. 예상보다 격한 반응에 유우키는 살짝 미간을 찌푸렸다.
"무슨 일이 있었는지 모르겠지만, 아무리 그래도 그렇게까지는 안 하겠지."

살인의 이유 127

"그 사람들이 에미를…, 제 친구를 죽였어요!"

소녀는 고개를 번쩍 들었다. 쌍꺼풀 진 큰 눈에서 굵은 눈물이 떨어졌다.

"죽였다고? 뭔가 오해한 거 아니야?"

"오해 아니에요. 에미는 저랑 통화하다가 살해당했어요. 너까지 죽으니까 도망치라고 하면서…."

소녀는 다시 고개를 숙이더니 소리 죽여 오열을 흘렸다. 유우키는 우는 소녀를 어떻게 다뤄야 할지 몰라서 당황하며 머리를 긁었다.

"경찰은… 도저히 안 되겠어?"

"어차피 그 사람들은 나를 지켜주지 않을 거예요." 소녀는 말하다가 목이 메었다.

유우키는 팔짱을 끼고 생각에 잠겼다. 소녀가 하는 말에도 일리가 있었다. 확실히 경찰이 24시간 소녀를 지켜주지는 못할 것이다. 이대로 숨는 편이 더 안전할 가능성은 충분히 있다. 하지만 소녀를 보호하면 '일'을 들킬 가능성도 있다. 소녀는 고개를 숙인 채 시선만 올려서 고민하는 유우키를 바라보았다.

점도 높은 시간이 흘러갔다. 몇 분의 침묵 후, 유우키는 입을 열었다.

"고향에 돌아가는 건 도저히 싫어? 그래도 가장 안전한 건 아마 고향일 텐데."

"싫어! 절대 싫어요!"

강한 거절에 살짝 위화감을 느끼며 유우키는 천장을 올려다보고 한숨을 쉬었다.

"요리는 할 줄 알아?"

"네? 요리요? 네. 요리는 꽤 자신 있는데…."
"그럼 밥 만들어 줘."
"네? 그게 무슨…."
"그 대신 당분간은 집에 있어도 돼. 안쪽에 안 쓰는 작은 방이 있어. 그 방을 써. 문도 잠겨. 이불은 손님용이 있으니까 그거 써."
 유우키는 창고로 변한 안쪽 방을 가리키며 무뚝뚝하게 말했다. 이미 돕고 말았다. 여기서 내칠 것이었으면 애초에 돕지 말았어야 했다.
 유우키는 자신을 타일렀다. 이 대도시에 혼자 남아 몸을 숨겨야 하는 소녀와, 암으로 죽어가는 몸으로 살인마의 공범이 되어 세상의 눈을 피해 어둠 속에 사는 자신의 고독을 겹쳐 봤음을 필사적으로 모른 체하면서.
"네. 감사합니다. 정말 감사합니다."
 소녀는, 사야는 처음으로 미소를 지었다. 나무 사이로 비쳐 드는 봄볕 같은 미소였다.

8
난바 사야

"저기…." 사야는 눈앞에서 햄버그 스테이크를 입에 넣는 남자에게 말을 걸었다.
 미사키 유우키는 입안에 넣은 햄버그 스테이크를 씹으며 사야를 보았다.
 "밥…, 맛있어요?"
 "…응, 맛있어."
 유우키는 그 말만 하고 복잡한 표정을 지으며 저작 운동을 이어갔다.
 입에 안 맞나? 아니면 원래 이런 사람인가? 미간에 주름을 잡으며 식사하는 유우키의 모습은 도무지 맛있는 것을 먹는 사람으로 보이지 않았다.
 사야는 불편함을 느끼며 눈치 보듯 유우키를 보았다.
 어제 이 집에서 지내도 된다는 허락을 받았을 때, 도움을 받아서 마냥 기뻤다. 하지만 배정받은 방에 혼자 남자마자 공포가 엄습했다. 자신처럼 어린 여자가 남자 집에 들어오는 것이 어떤 의미인지 사야는 깨달았다. 유우키가 몸을 요구할 것이라고 겁을 먹으며 어젯밤 이불에 들어갔다. 긴장 탓에 잠이 오지 않아서 거의 자지 못했다. 하지만 예상과 달리 그는 방에 침입하지 않았다.

아침이 되어 수면 부족인 머리를 흔들며 쭈뼛쭈뼛 방에서 나온 사야는 "따라와"라고 말하는 유우키의 바이크 뒤에 태워져 이케부쿠로 백화점으로 끌려갔다. 외출하기 무서웠지만, 같은 도쿄여도 사야가 살던 아다치구와 이케부쿠로 사이에는 거리가 꽤 있다. 게다가 사람으로 북적이는 도쿄에서 어디 있는지 모를 사람을 찾기는 불가능할 것이라고 자신을 타이르며 사야는 얌전히 유우키를 따라갔다.

백화점에 도착하자, 유우키는 갑자기 지갑에서 만 엔짜리 지폐 열 장을 꺼내서 "이걸로 필요한 걸 사" 하며 등을 떠밀었다. 사야는 놀라서 거절하려고 했지만, "혹시 모르니까 은행 카드는 쓰지 마. 쫓기고 있잖아?"라는 말을 듣고 그대로 등을 떠밀렸다.

받은 십만 엔으로 필요한 최소한의 옷과 생필품, 약속대로 요리를 만들기 위한 식재료를 샀다. 스마트폰도 지금까지 쓰던 것은 위험하다며, 점심을 먹은 뒤 유우키가 자기 명의로 새로 계약해주었다. 유우키의 집으로 돌아온 사야는 도움받은 고마움을 최대한 드러내려고 저녁 식사로 가장 자신 있는 요리를 만들었는데….

오늘 하루를 같이 보냈지만, 이 미사키 유우키라는 남자가 어떤 사람인지 아직 알 수 없었다.

"저기, …그, 유우키 씨는 뭐 하는 사람이에요?"

사야는 일단 화제를 찾으려고 눈앞에 있는 과묵한 남자에게 말을 걸었다.

"뭐 하는 사람이냐?" 유우키는 햄버그 스테이크를 씹으면서 중얼거렸다.

"그, 일이나 그런 거요. …어떤 일 하시는지 궁금해서."

무뚝뚝한 대답에 사야는 순간 기가 죽었지만, 마음을 다잡고 대화의 실마리를 찾았다.

"일, 일이라…." 유우키는 입술 한쪽 끝을 올렸다. "지금은 무직이야. 뭐, 니트족 같은 거지."

어두운 말투가 더는 이 이야기를 이어가지 않는 것이 좋다는 것을 사야에게 알려주었다.

"어제 보니까…, 대단하던데, 무슨 스포츠라도 하셨어요?"

사야는 대화가 끊기지 않도록 필사적으로 머리를 굴렸다.

"…검도 했어."

"검도. 역시. 몇 년 정도 하셨어요?"

"10년 정도."

"그렇구나…. 대단하네요. 그 칼, 너무 커서 깜짝 놀랐어요. 그리고 그 은색 봉은 뭐예요?"

순간 고명으로 올린 당근을 입으로 가져가던 유우키의 젓가락이 멈췄다.

"…칼은 바이크를 수리할 때 필요해. 경찰봉은 폭주족한테 휘말렸을 때를 대비해서."

그렇구나. 바이크 관련 지식이 없는 사야는 수긍했다.

"그렇군요. 아, 맞다. 유우키 씨 음악 좋아해요? 저는 오랫동안 싱어송라이터가 꿈이었거든요. 그래서 그런 공부를 하고 싶어서 도쿄에 왔어요. 도쿄에는 음악 학교가 많잖아요. 아직은 멀었지만, 돈을 모으면 꼭 학교에 들어가서 제대로 음악 공부를 할 거예요."

햄버그 스테이크를 자르며 "그렇구나"라고 반응한 유우키 앞에서 사야는 어깨를 늘어뜨렸다.

안 되겠다. 아무리 애써도 대화가 이어지지 않는다.

"저기, …TV 켜도 돼요?"

유우키는 "그래…" 하며 테이블에 놓인 리모컨을 건넸다. 사야는 그것을 받아서 TV 전원을 켰다. 화면에 비친 풍경을 본 순간, 심장이 크게 날뛰었다.

젓가락이 손에서 미끄러져 접시에 부딪히며 가벼운 소리를 울렸다.

TV에 나오는 것은 사야가 잘 아는 장소였다. 몇 번이나 놀러 간 장소. 친구가 사는 조금 낡은 공동주택. 에미의 집이 그 화면 속에 있었다.

사야의 시선은 화면에 붙박였다. 보고 싶지 않았다. 그런데도 시선을 뗄 수 없었다. 머리가 욱신욱신 아파왔다.

공동주택을 멀리서 찍은 화면 속에 화장이 진한 여자 리포터가 마이크를 한 손에 들고 서 있었다. 스튜디오에서 말을 걸었는지 여자는 원고에 시선을 떨어뜨리며 입을 열었다.

'네. 여기는 사건 현장입니다. 오늘 오후 이 공동주택 2층에서 음식점 종업원인 23세 우에마츠 에미 씨가 사망했습니다. 우에마츠 에미 씨는 사후 하루나 이틀이 지난 상태였으며, 의자에 묶인 채로 얼굴에 타박상 흔적이 보였고 흉부에는 권총 두 발을 맞은 상처가 있었다고 합니다. 경찰은 살인사건으로 보고 수사본부를 설치했으며 우에마츠 에미 씨의 지인을 중심으로 수사하고 있습니다. 동네 주민에 따르면 어젯밤 일곱 시경 방에서 다투는 소음

과 총성을 들었다는 증언도 있어….'

사야는 테이블 위에 놓인 리모컨을 집어 TV 전원을 껐다.

에미, 에미, 에미…. 도쿄에서 처음 사귄 친구. 사야는 어제부터 의식적으로 에미를 생각하지 않으려고 애썼다. 생각하지 않으면, 어딘가에 에미가 아직 건강하게 살아 있는 것 같았다. 이 얼마나 이기적인가. 사야는 피가 배어 나올 정도로 세게 입술을 깨물었다.

"…어제 말한 친구야?" 유우키가 말을 걸었다.

"…네."

조용히 고개를 끄덕이자, 머리 위에 크고 따뜻한 감촉이 부드럽게 내려왔다. 고개를 들었다. 눈물로 뿌예진 시야 안에서 유우키가 조금 난처하다는 듯, 그러면서도 다정함을 품은 표정으로 사야를 보고 있었다.

뭐야, 그런 다정한 표정도 지을 줄 알잖아. 그런 건 조금 더 빨리 보여주지. 이럴 때 갑자기 다정하게 굴다니 치사하다. 참으려던 눈물이 걷잡을 수 없이 흘렀다. 흐느끼는 듯한 오열이 멈추지 않았다.

나는 이 사람 앞에서 계속 울기만 하네. 그런 생각을 하면서 사야는 소리를 죽이려는 노력을 포기했다.

"진정됐어?"

유우키가 부드럽게 물었다. 사야는 고개를 숙인 채 작게 끄덕였다.

몇 분이나 울었을까. 적어도 15분은 울었다. 그러는 동안 유우키는 계속 말없이 머리를 쓰다듬어 주었다.

사야는 테이블 위에 놓인 휴지를 갑에서 몇 장 뽑아 눈 주변을 닦고 코를 풀었다. 슬픔이 약해지지는 않았다. 하지만 기분은 조금 차분해졌다.

"…감사합니다."

사야는 고개를 들지도 않고 코멘소리로 말했다. 울어서 부은 얼굴을 보여주고 싶지 않았다.

유우키는 "신경 안 써도 돼"라고 무뚝뚝하게 말했다. 방금까지는 그 태도가 꺼림칙했지만, 왠지 지금은 전혀 마음에 걸리지 않았다. 과묵하기는 해도, 기본적으로는 좋은 사람이다. 잘하면 앞으로 친하게 지낼 수 있을지도 모른다. '인간관계는 시작이 중요해.' 에미가 자주 하던 말이 귓가를 맴돌았다.

그렇다. 나는 도쿄에 왔을 때의 내가 아니다. 에미와 함께 지내며 나는 성장했다. 지금 여기에서 성장한 모습을 보여줘야 한다.

사야는 두 손으로 가볍게 자신의 뺨을 치고 "저기요!" 하며 얼굴을 번쩍 들었다. 예전에 에미에게 배운 '허세도 기세다'라는 조언을 마음속에서 곱씹었다.

"뭐, 뭐야?" 사야의 태도가 돌변하자 놀랐는지 유우키는 몸을 조금 뒤로 물렸다.

"유우키 씨는 몇 살이에요?"

"…몇 살이든 상관없잖아."

"상관있어요. 유우키 씨한테는 민폐일지도 모르지만, 앞으로 같이 살 테니까 서로 잘 알아야죠. 기왕 이렇게 됐으니까 친하게 지내요. 참고로 저는 열아홉 살, 생일은 11월 8일이에요. 혈액형은 A형."

침울해하던 소녀가 갑자기 분위기를 띄우며 말하자 의아했는지 유우키가 눈썹을 찌푸렸다. 하지만 사야는 개의치 않고 떠들었다.
"그럼 제가 나이를 맞혀 볼게요. 맞으면 알려주세요. 겉으로는 젊어 보이는데, 뭔가 분위기가 젊은 느낌이 아니라서 알고 보면 꽤 될 것 같은데…."
유우키의 미간 주름이 깊어졌다.
"대충 서른다섯 살? 제법 근접하죠?"
사야는 일부러 자신의 예상보다 높게 말했다.
"…그렇게 많지 않아." 유우키는 떫은 감을 먹은 것 같은 표정을 지었다.
"네? 정말요? 그럼 몇 살이에요?"
"서른둘." 유우키가 토라진 아이 같은 말투로 말했다.
"정말요? 수상한데. 조금 낮춘 거 아니에요? 증거 있어요?"
"…면허증 있어."
"어? 보여줘요, 보여줘."
과할 정도로 밝은 목소리에 유우키는 마지못해 청바지 주머니에 든 지갑에서 운전면허증을 꺼내 사야에게 내밀었다.
"뭐야, 사진이 다른 게 없잖아. 지금이랑 똑같네요. 재미없게."
"얼마 전에 촬영한 거야. 당연히 똑같지."
유우키는 사야의 손에서 면허증을 뺏어 왔다. 퉁명스러운 말투는 변함없었지만, 말수가 조금씩 늘어났다. 좋은 흐름이다. 사야는 대화 주제를 더 찾았다.
"저기, 조금 궁금했는데, 유우키 씨는 여자한테 관심 없어요?"
"뭐? 무슨 소리야?" 유우키의 표정이 복잡하게 일그러졌다.
"네? 아니…. 나한테 전혀 관심이 없는 것 같다고 할까, …손대려고 하지 않았으니까."

"당연하지. 어디 할 짓이 없어서 촌스러운 꼬맹이한테 손을 댈까!"

"촌스러운 꼬맹이?!"

자신이 항상 신경 쓰는 점을 지적당하자, 사야는 눈을 치켜떴다.

"뭐야, 이 서른 넘은 아재가!"

"아, 아재…."

두 사람은 몇 초간 서로 노려보다가 미리 짠 것처럼 시선을 뗐다. 거실에 다시 침묵이 내려앉았지만, 그 무게감은 왠지 모르게 조금 전보다 훨씬 가벼웠다. 사야는 곁눈으로 유우키를 보며 침묵을 깼다.

"그럼 유우키 씨는 여자친구 있어요?"

"…상관없잖아."

"상관있어요. 왜냐면 여기 얹혀사는데 여자친구가 있으면 미안하잖아요. 이상한 오해를 받을걸요. 그런 일로 원한을 사기는 싫어요."

"여자친구 같은 거 없어."

"그렇구나. 자세히 보니까 꽤 멋있는 것 같기도 한데."

유우키는 뭐라 형용하기 힘든 복잡한 표정을 지었다.

"아, 그리고 니트족이라는 건 거짓말이죠?"

사야가 몰아붙이듯 물었다. 시시한 말다툼이 어느새 원활한 대화가 되었다. 이제 이 기세로 밀어붙여야겠다.

"왜 그렇게 생각해?"

"니트족이 어떻게 이런 집에 살아요? 그리고 외모도 꽤 멀끔하잖아요. 자, 가르쳐줘요. 실제로는 뭐 하는 사람이에요?"

"…의사야. 외과 의사. 세이료 대학병원에서 일해."
유우키는 사야에게서 눈을 돌리며 말했다.
"네? …거짓말. 의사라고요? 그럼 바쁘지 않아요?"
"지금은 휴직 중이야. …사정이 좀 있어서."
유우키의 얼굴에 어두운 그림자가 드리웠다. 아무래도 그 '사정'은 묻지 않는 것이 좋겠다. 사야는 유우키의 표정을 읽고 화제를 바꿨다.
"그리고 저 유우키 씨 편하게 불러도 돼요? '씨'를 붙이면 너무 멀게 느껴지잖아요. 앞으로 같이 살 거니까 친구처럼 지내고 싶어요."
"마음대로 해."
유우키는 무언가 체념한 듯 한숨을 쉬며 어깨를 으쓱했다.
"그럼 잘 부탁해, 유우키. 나도 이름으로 '사야'라고 불러줘."
사야는 연극처럼 과장된 동작으로 유우키에게 손을 내밀었다. 유우키는 일부러 대놓고 크게 한숨을 쉬고 엷은 쓴웃음을 지으며 그 손을 잡았다. 상상 이상으로 두껍고 단단하고, 따뜻한 손의 감촉에 작은 가슴속에서 심장이 쿵 소리를 냈다.
에미, 나 이 사람이랑 잘 지낼 수 있을 것 같아.
사야는 힘을 주어 유우키의 손을 꽉 잡았다.

9
마츠다 코조

"…찾았어요. 이거 맞죠?"

주차장에 세워진 혼다 CBR1000 앞에서 이시카와가 지칠 대로 지친 목소리로 말했다.

이케부쿠로에서 만난 쇠사슬남의 증언에 따라, 지난 며칠간 마츠다와 이시카와는 이케부쿠로 주변에서 혼다 CBR1000를 소유한 사람을 이 잡듯 찾았다. 그런데 인기 있는 모델인지 소유주가 많아서 한 명 한 명 만나려니 상상 이상으로 힘들었다. 지금까지 만난 소유주들은 쇠사슬남의 증언과는 매우 거리가 먼 이들뿐이었다.

"이 녀석 주인은?"

"이 아파트에 사는 남자인데, 미사키 유우키라고 서른두 살이에요. 딱히 전과는 없습니다."

"직업은?"

"거기까지는 정보가 없어요. 죄송합니다."

"일일이 사과할 필요 없어. 가자!"

마츠다는 밑창이 닳은 가죽 구두를 또각거리며 아파트 입구로 들어갔다. 5층까지 엘리베이터로 올라가서 두 사람은 목적지인 호실까지 복도를 걸었다.

자료와 문패를 비교하던 이시카와가 "여기네요" 하며 문을 가리켰다. 마츠다가 말없이 턱을 치켜들자, 이시카와는 인터폰으로 손가락을 뻗었다. 딩동 하는 가벼운 소리가 울렸다. 두 사람은 인터폰을 바라보며 기다렸다. 하지만 반응이 없었다.

"평일 낮이니까 없을 만하죠. 어떡할까요, 나중에 다시 올까요?"

마츠다는 이시카와의 질문을 못 들은 체하며 눈을 가늘게 뜨고 문 중앙에 있는 도어 스코프에 시선을 쏟았다. 한순간 어안 렌즈 표면에서 빛이 흔들렸다.

"실례합니다. 경시청에서 왔습니다. 수사에 협조해 주십시오."

문 너머에서 인기척을 느낀 마츠다는 곧바로 단전에서 탁성을 끌어올렸다.

"…잠깐 기다리세요. 옷을 갈아입고 오겠습니다." 문 안쪽에서 젊은 남자 목소리가 들렸다.

"네, 네. 기다리겠습니다. 천천히 하세요."

마츠다는 빈정거리듯 입꼬리를 올렸다.

몇 분 후, 성질 급한 마츠다가 짜증을 내기 시작할 즈음, 마침내 문이 열렸다. 조금 처진 눈에 날카로운 눈빛을 뿜어내는 젊은 남자가 거기에 서 있었다.

"미사키 유우키 씨죠?"

"네." 남자는 경계심을 드러내며 턱을 당겼다.

"방해해서 죄송합니다."

마츠다는 앞으로 나가더니, 열린 문이 닫히는 데 방해가 될 위치에 발끝을 자연스레 놓았다.

"그래서 무슨 일이시죠?" 미사키 유우키는 노골적으로 귀찮다는 듯 말했다.

"아래 주차장에 있는 혼다 CBR1000 주인이시죠?"

"네. 제 바이크예요. 무슨 문제 있나요?"

"아니, 그게, 지금 쫓는 사건에서 해당 모델의 바이크를 목격했다는 정보가 있어서 소유주 분들께 이야기를 좀 들으러 돌아다니고 있거든요."

마츠다는 넉살 좋게 말하면서 미사키 유우키에게 끈질긴 시선을 쏟았다.

"흔한 바이크예요."

"네, 그래서 이게 상당히 힘든 작업이에요. 시간 뺏지 않도록 잽싸게 할 테니까 협조 부탁드립니다. 실례지만 9월 27일 밤 열한 시부터 자정까지 어디 계셨습니까?"

마츠다는 미사키 유우키에게 아무런 서두 없이 불쑥 질문을 던져서 허를 찔렀다.

"갑작스러워서 잘…. 그날 무슨 일이 있었나요?"

미사키 유우키는 가볍게 고개를 비틀면서 역으로 마츠다에게 되물었다. 그 반응은 아주 자연스러웠다. 너무 자연스러운 반응에 마츠다는 눈을 가늘게 떴다.

"이케부쿠로에서 청년이 칼에 베여 죽었습니다. 목을 싹 하고."

마츠다는 엄지손가락을 목에 가져가서 단숨에 자르듯 옆으로 움직였다.
"아, 그 사건이군요. 뉴스에서 봤습니다."
"그런데 실례지만, 오늘 일은?" 마츠다는 갑자기 화제를 바꿨다.
"…당직 다음 날이라서요. 오늘은 아침까지 일했고, 그걸로 끝이에요."
"당직이면, 경비 같은 일을 하시나요?"
"아니요, 의사입니다."
"의사…, 의사요?"
"네." 여전히 불쾌감을 숨기지 않는 표정으로 미사키 유우키가 대답했다.
"의사 선생님이라는 건 병원은…."
"세이료 대학병원 본원이에요. 외과 교실에서 조수로 있습니다."
"외과의…시군요. 으음, 세이료 대학병원이라고요?"
마츠다는 주머니에서 꺼낸 수첩에 글자를 휘갈겨 썼다.
"이제 됐나요? 방금 말한 대로 당직해서 피곤하거든요."
미사키 유우키는 문을 닫으려고 했다. 하지만 앞에 놓인 마츠다의 발이 문의 움직임을 막았다. 미사키 유우키의 시선이 날카로워졌지만, 눈치채지 못한 척하며 마츠다는 그의 어깨너머로 방 안을 들여다보았다.
조금 전부터 신경 쓰이던 것이 있었다. 복도 안쪽에서 몸을 숨기며 이쪽을 살피는 형체가 있었다. 마츠다는 눈을 가늘게 뜨고 그 형체에 초점을 맞췄다.
여자. 그것도 꽤 어리다. 소녀라고 해도 될 나이대다.
"방 안에 있는 여자 분은 누구십니까? 사모님치고는 상당히 어려 보이는데요."

"…사촌 동생입니다. 외가 쪽. 재수 중이라 이 근처 입시 학원에 다녀서 저희 집에서 남는 방을 쓰고 있습니다."

"아아, 그렇군요. 사촌이요. 실례했습니다."

"아직 하실 질문이 남았나요?" 미사키 유우키는 문손잡이를 잡았다.

"아니요. 아주 큰 도움이 됐습니다. 아, 혹시 모르니 아까 말한 9월 27일에 뭘 하셨는지 기억나시면 이쪽으로 연락 주십시오."

마츠다는 명함 지갑을 꺼내서 명함 한 장을 떠넘기듯 건네고 오른손을 내밀었다. 미사키 유우키는 잠시 망설이다가 마지못해 그 손을 잡았다.

"협조해주셔서 감사합니다."

문이 닫히자, 마츠다는 얼굴에 달라붙어 있던 미소를 지우고 엘리베이터로 향했다. 열린 엘리베이터 문 안으로 들어가는 마츠다의 뒤를 이사카와가 허둥지둥 쫓아왔다.

"…이번에도 허탕 쳤네요. 의사면 좀 거리가 멀죠."

엘리베이터를 타고 1층까지 내려가자, 이시카와가 말을 걸었다.

"네 눈은 장식이냐?"

"네? 저 남자한테 뭔가 이상한 점이 있었나요?"

"저놈, 너무 차분해. 딱히 뒤가 구린 게 없는 사람도 경시청 형사가 찾아오면 보통 어느 정도는 동요하거든. 근데 저놈은 아무 반응도 없어. 우리가 올 걸 예상한 것처럼 말이야."

"네에…." 이시카와는 건성으로 대답했다.

"특히 살인사건 수사라고 했을 때도 아무 반응이 없었잖아. 처음부터 그 사실을 알고 있었을지도 몰라."

"하지만 사건 관계자면 형사가 찾아왔을 때 동요하지 않나요?"

"보통 놈이면 그렇지. 하지만 끔찍한 지옥을 헤쳐 나온 놈들은 감정을 완전히 숨길 수 있게 되거든."
"지옥…이요?"
"그래. 자기가 죽을 뻔했거나…, 아니면 사람을 죽였거나."
"아무리 그래도 의사가 살인자라니…."
"야, 이시카와. 요즘 외과 의사라는 놈들은 메스로 검술 연습이라도 한다냐?"
"네?" 의아한 표정으로 이시카와가 되물었다.
"저놈 손, 검으로 생긴 굳은살투성이였어. 일상적으로 목검을 휘두르지 않는 이상 저렇게는 안 돼."
마츠다는 미사키 유우키와 악수한 오른손을 꽉 쥐며 두꺼운 입술 끝을 올렸다.
"그러고 보니 진짜 잭 더 리퍼도 외과 의사였다는 설이 있지."

10
미사키 유우키

 벌써, 세 번째인가…. 겨드랑이에 풀페이스 헬멧을 끼고 어둑한 가로등 밑에서 걸음을 옮겼다.
 도심에서 전철로 한 시간 이상, 추가로 역에서 걸어서 20분, 작은 단독주택이 수십 미터에 하나씩 있는, 어딘가 '고스트 타운'이라는 말이 떠오르는 쇠퇴한 마을이었다. 여기가 세 번째 '일'을 처리할 장소였다.
 약 30미터 앞에 등이 구부정한 음울한 중년 남자가 주름진 정장에 몸을 감싼 채 뒤뚝뒤뚝 걷고 있었다. 탁 트인 이곳이라면 놓칠 일은 없다. 유우키는 충분히 거리를 두면서 남자의 뒤를 쫓아갔다.
 바이크는 가까운 공터에 세워 뒀다. 걸어가는 사람을 미행하는 데 대형 바이크는 너무 눈에 띈다. 유우키는 표적인 남자가 매일 이용하는 역 근처에서 잠복하다가 남자를 미행했다. 남자는 유우키를 전혀 알아차리지 못하고 길을 나아갔다. 역시 사람은 겉모습으로 판단할 수 없구나. 유우키는 남자를 관찰하면서 잭에게 우편으로 받은 자료를 떠올렸다.

카마타 사다오, 42세. 기껏해야 무기력한 중간 관리직 회사원으로 보이는 남자. 하지만 잭이 알려준 그 정체는 질 나쁜 불법 금융업체의 수장이었다.

스마트폰을 창구 삼아 전화를 걸면 바로 어디든 달려가서 돈을 빌려준다. 그리고 과도한 금리를 붙여서 무지한 희생자들을 골수까지 뽑아먹는다. 상환하라고 재촉할 때는 서슴없이 폭력을 쓰고 뒷배에는 당연히 야쿠자가 있다.

두 번째와 세 번째 때 잭에게 받은 '지령'은 도쿄 시나가와구 소인이 찍힌 소포로 발송됐다. 소포 안에는 전처럼 타깃의 사진과 이름, 주소, 경력, 자세한 범죄 관련 사항, 일상생활 패턴, 몇 시에 출근해서 몇 시에 귀가하는지, 유우키가 언제까지 '일'을 마쳐야 하는지, 심지어는 어디에서 습격하는 것이 가장 바람직한지까지 상세히 기재된 자료가 들어 있었다. 그야말로 빈틈이 없다.

유우키는 그 '지령'에서 잭으로 이어지는 단서가 없는지 찾았지만, 무엇 하나 나오는 것이 없었다. 경시청이 위신을 걸고 쫓으면서도 아직까지 정체를 파악하지 못한 살인마. 전문가도 아닌 유우키가 그리 쉽게 꼬리를 잡을 수는 없었다.

밤바람이 찼지만, 그래도 몸 구석구석까지 뜨거운 혈액이 흐르듯 체내는 따뜻한 느낌이었다. '일'도 벌써 세 번째. 지금껏 느끼던 공포와 망설임을 익숙함이 희석하고, 그 대신 고양감이 몸 안을 채웠다.

유우키는 '일'에 적극적인 자기 자신을 깨달았다. 어느샌가 '일'에 사명감을 느끼게 되었다.

매일 반복된 자기 합리화가 스멀스멀 죄책감을 낮추고 거기에 반비례하게 도취감을 키웠다. 악인을 죽여서 사람들을 구한다. 그것은 남겨진 얼마 안 되는 시간을 들이기에 충분한, 고상한 행위라는 생각까지 들었다.

어쩌면 지금도 매일같이 복용하는 강력한 항불안제 때문에 자기 암시에 걸리기 쉬운 상태라서 이렇게 됐는지도 모른다. 하지만 유우키는 그 상태가 반갑기까지 했다. 지금은 떠올리고 싶지 않은 것들로부터 눈을 돌리고 고양감의 바다에 푹 빠질 수 있다.

이제 곧 카마타가 집에 도착한다. 주변에 다른 집이 없어서 고립된 것처럼 홀로 선 단독주택. '일'을 하기에는 최적의 장소다.

유우키는 카마타에게 들키지 않도록 신중하게 풀페이스 헬멧을 쓰고 천천히, 하지만 확실하게 거리를 좁혔다. 두 사람의 거리가 10미터 정도로 줄어들었다.

언제 카마타가 미행을 눈치채도 이상하지 않다. 들키면 바로 움직인다. 유우키는 품에 손을 넣어 서바이벌 나이프 손잡이를 꽉 쥐었다. 손의 땀샘에서 땀이 터져 나왔다. 가죽제 라이더 장갑이 땀을 흡수해서 손이 미끄러지는 것을 막아 주었다.

카마타는 돌아보지 않고 계속 걸어서 마침내 집 대문에 도착했다.

땅이 싼 덕분에 집 자체는 상당히 컸다. 유우키에게 유리하게도 담장이 높아서 도로에서는 집 안쪽이 보이지 않았다. 담장 안에서 '일'을 하면 시신이 늦게 발견될 것이고, 그만큼 안전하게 도망칠 수 있을 것이다.

카마타가 문 안에 들어간 순간, 곧바로 뒤에 다가간 유우키는 닫히는 대문 틈으로 몸을 욱여넣었다. 대문을 닫으려고 하는 카마타를 들이받았다. 카마타는 휘청거리며 두세 걸음 뒷걸음질 쳤다.

갑자기 자신을 들이받고 대문 안으로 침입한 풀페이스 헬멧을 쓴 남자를 보고 카마타는 "으응?"이라고 얼빠진 소리를 냈다. 동시에 유우키는 상의 안에서 오른손을 뺐다.

이아이라는 검도 기술대로 칼집에서 칼을 뽑고 그 기세를 유지하며 카마타의 목덜미에 휘두른 뒤, 곧바로 몸을 돌려서 뿜어져 나오는 피가 닿지 않을 위치로 이동했다.

카마타는 상황을 이해할 겨를도 없이 중력에 몸을 맡기고 쓰러졌다. 벌어진 상처에서 선혈이 심장 박동에 맞춰 일정한 박자로 분수처럼 뿜어져 나왔다. 주름진 정장이 붉게 물들었다.

풀페이스 헬멧 안에서 유우키는 가늘게 숨을 뱉었다. 이걸로 빨간 머리 남자부터 총 네 명째. 모든 동작이 마치 강물처럼 부드럽게 막힘 없이 흘러갔다.

실제로 사람을 베니, 뜻밖에도 검술 실력이 늘었다. 그 실감이 야릇하게 가슴을 간질였다.

유우키는 카마타를 내려다보았다. 상처에서 나오는 혈액량은 이미 적어졌다. 유우키는 피 묻은 서바이벌 나이프를 칼집에 넣고 가슴 주머니에서 카드 케이스를 꺼냈다. 세 번째 잭 카드. 이번에는 하트였다. 유우키는 공중을 가르며 그 카드를 던졌다. 카드는 피 웅덩이 위에 떨어졌다. 이제 '일'은 끝났다.

유우키는 뭔가 흘린 물건이 없는지 가볍게 주변을 확인하고 대문을 잡았다. 그 순간, 열쇠를 돌리는 소리가 고막을 흔들었다. 심장이 크게 뛰어올랐다.

"아빠?"

현관문이 열렸다. 고등학생으로 보이는 소녀가 문에서 얼굴을 내밀었다. 현관 등이 비춘 소녀의 가느다란 눈과 둥근 코에서 카마타의 얼굴이 보였다. 딸인 것 같았다.

"…어?"

소녀의 반쯤 벌어진 입에서 얼빠진 소리가 새어 나왔다. 휘둥그레진 눈을, 우선 쓰러진 아버지에게로 돌렸다가, 곧 풀페이스 헬멧을 쓰고 우두커니 선 유우키에게로 옮겼다. 소녀는 비틀거리며 현관 앞에 쓰러진 아버지에게 다가갔다.

카마타 옆에 무릎을 꿇은 소녀는 "…아빠?" 하며 카마타에게 손을 뻗었다. 다음 순간, 소녀는 뜨거운 물을 만진 것처럼 손을 확 뺐다. 새하얀 현관 등 빛이 소녀의 손바닥에 묻은 선혈을, 부자연스러울 정도로 선명한 주홍색으로 밝혔다.

소녀는 이해되지 않는다는 듯 흉악한 색으로 물든 자신의 손바닥을 바라보았다. 이윽고 그녀의 얼굴 근육이 경련을 일으키듯 꿈틀거렸다. 비명을 지르려고 입을 크게 벌린다.

고개를 든 소녀의 눈이 유우키를 바라보았다. 소녀의 몸이 경직되었다. 크게 열린 입에서는 절규 대신 "헉" 하고 공기를 마시는 소리가 났다.

소녀는 유우키를 바라본 채 그 자리에 엉덩방아를 찧더니 두 손에 얼굴을 묻었다.

"안 돼! 그만! 죽이지 마!"

죽인다고? 무슨 소리를 하는 거지? 멍하니 선 채 소녀의 언행에 미간을 찌푸린 유우키의 시선 오른쪽 위에서 붉은 빛이 흔들렸다.

유우키는 그 광원으로 시선을 옮겼다. 높이 들린 피 묻은 칼이 형광등 빛을 붉게 난반사시키고 있었다. 심장이 고통스러울 만큼 크게 뛰었다. 척추가 얼어붙었다.

내가 무슨 짓을 하려고 한 거지? 유우키는 허겁지겁 칼을 내렸다.

소녀는 유우키에게 등을 보이며 기어서 집으로 향했다. 현관문 손잡이를 잡으려고 했지만, 아빠의 피가 묻어서 손이 미끄러운지 좀처럼 문을 열지 못했다.

"엄마, 엄마…."

소녀는 잠꼬대처럼 엄마를 부르며 드디어 열린 문 안으로 사라졌다. 그 순간, 유우키는 정신을 차렸다. 칼을 품에 넣고 두 다리에 힘을 주어 전력으로 땅을 찼다.

바이크를 세워둔 장소까지는 약 500미터. 금방 도착한다. 거기에서 바이크로 내달리면 경찰이 검문소를 설치하기 전에 도주할 수 있을 것이다. 유우키는 필사적으로 두 다리를 움직였다.

2분 정도 전력질주해서 바이크에 도착한 유우키는 거친 숨을 쉬었다. 심장 박동이 한계를 알리듯 안쪽에서 가슴뼈를 때렸다. 답답한 풀페이스 헬멧을 벗고 차가운 공기를 한껏 들이켜고 싶다. 하지만 어딘가에 목격자나 CCTV가 있을지도 모른다는 생각에 그럴 수도 없었다.

유우키는 떨리는 손으로 주머니에서 열쇠를 꺼내고 바이크에 올라타려고 했다. 그 순간, 공포로 얼굴을 일그러뜨리던 카마타의 딸이 뇌리에 되살아났다.

유우키는 이를 꽉 물고 헬멧 위에서 자신의 측두부를 때렸다. 헬멧 안에서 둔탁한 소리가 울리고 주먹이 욱신거렸다.

그때 나는 뭘 하려고 한 거지? 답은 명확했다.

무의식적으로 그 소녀를 베려고 했다. 죽이려고 했다. 소녀가 비명을 지르려고 한다는 이유만으로.

무의식? 정말 그런가? 소녀가 비명을 지르면 주변에 있는 주민이 이상함을 눈치챘을지도 모른다. 그렇게 되면 발각될 위험이 매우 커진다.

그렇다. 나는 자신의 안전을 위해서 소녀를 죽이려고 했다.

'정의를 위해', '미래의 피해자들을 위해'….

잭과 접촉한 이후 계속 되뇌던 대의명분이 마음속에서 맥없이 무너져 내렸다.

아직 어린 소녀를 죽이려고 했다. 그때 제정신이 들지 않았다면, 나는 아버지의 피가 묻은 칼날로 아무 죄 없는 소녀를 베었을지도 모른다.

살인마…. 자신을 향한 혐오와 공포가 순식간에 부풀어 올랐다.

두개골 안에서는 잭에게 지시를 받아서 자신이 지금껏 저지른 세 살인사건의 광경이 뒤섞여 유우키의 정신을 갉아먹었다.

잭의 공범이 된 뒤로, 아니, 암을 선고받은 뒤로 잔혹한 진실로부터 정신을 지키기 위해 현실 세계와 자기 자신 사이에 몇 겹이나 둘렀던 막이 한꺼번에 벗겨졌다.

내가 무슨 짓을 한 거지? 세 사람, 아니, 빨간 머리 남자까지 치면 네 사람의 목숨을 빼앗았다. 그리고 그 사실을 자랑스럽게 여기기까지 했다. 엄청난 떨림이 전신을 덮쳤다.

오랜만에 직접 마주한 현실은 줄칼처럼 마음을 긁어 상처를 냈다.

갑자기 극심한 통증이 명치에 퍼졌다. 목구멍 안쪽에서 뜨거운 것이 솟아올랐다.
아프다. 마치 달군 돌을 삼킨 것처럼.
유우키는 통증이 강한 부분을 무의식중에 옷 위에서 눌렀다. 손끝에 딱딱한 것이 닿았다. 오른쪽 갈비뼈 밑, 간보다 조금 아래에 있는 작은 덩어리. 이런 위치에 딱딱하게 만져질 장기는 없다. 또다시 등줄기에 오한이 스쳤다.
암종. 암세포 덩어리가 피부 위에서 만져질 정도로 성장했다.
지난 몇 개월 동안 계속 잊고 있던, 아니, 외면하던 공포가 다시 전신을 지배하려고 했다.
안 돼. 지금은 안 돼. 지금은 도망쳐야 해. 유우키는 뿌드득 소리가 날 정도로 어금니를 꽉 깨물고 바이크에 올라탔다.

시간이 이러니 사야는 자고 있을 것이다. 유우키는 소리가 나지 않게 조심하면서 현관문을 열고 비틀거리며 집에 들어갔다.
오늘은 지방 학회에 얼굴을 비쳐야 해서 늦은 밤에나 집에 들어온다고 사야에게 미리 말해 두었다. 조용히 거실을 가로질러 자기 방으로 들어갔다.
가죽점퍼를 벗고 폐 속에 들어찬 공기를 크게 토해냈다. 이번이 사야와 동거를 시작한 이후 첫 '일'이었다. 뿜어져 나오는 피를 맞지는 않았지만, 그래도 '일'이 끝나자마자 사야와 얼굴을 마주하는 상황은 피하고 싶었다.
바이크로 내달리는 동안 배의 통증은 꽤 약해졌다. 하지만 그것은 어디까지나 몸을 가누지 못할 정도가 아닐 뿐, 아픔은 계속 이어졌다. 이 통증이 일반 진통제로 잡힐 것 같지는 않았다. 유우키는 침대 옆 책상 서랍을 열었다. 안에는 약이 난잡하게 차 있었다. 유우키는 헤집으며 필요한 약을 꺼냈다.

펜타조신. 마약에 가까운 강력한 진통제.

알약을 포장재에서 한 알 꺼내 입안에 던져 넣었다. 타액과 함께 목구멍 안으로 밀어 넣고 유우키는 침대에 앉았다. 약이 듣기까지 30분 정도는 필요하다. 적어도 그때까지는 이 아픔을 견뎌야 한다. 입술을 깨물며 상체를 둥글게 말았다.

암은 천천히, 하지만 확실하게 몸 안에서 자라고 있다. 그 사실을 똑똑히 깨달았다. 적어도 두세 달 전에는 몸 밖에서 만져지는 종양 덩어리가 없었다. 이대로 암세포가 성장해 가면 이 통증도 더 강해질 것이다.

필사적으로 눈을 돌려온, 죽음을 향한 공포. 그리고 지난 몇 주간 자신이 저지른 짓에 대한 회한이 유우키를 몰아세웠다. 배의 통증보다 훨씬 강한 고통이 유우키를 엄습했다.

전부 잊어버리고 싶다. 잊고 도망치고 싶다.

유우키는 무릎을 끌어안듯 몸을 둥글게 말고 이를 꽉 물며 눈을 감았다.

얼마나 시간이 흘렀을까? 배의 통증은 제법 나아졌다. 유우키는 손목시계를 보았다. 밤 두 시가 넘었다. 약을 먹은 지 40분쯤 됐다. 유우키는 침대에서 일어나 불안정한 걸음걸이로 방을 나갔다.

목이 말랐다. 입안이 타액으로 끈적거렸다.

거실을 가로질러서 부엌으로 향했다. 사야가 온 뒤로 부엌은 몰라보게 달라졌다. 예전에는 어지럽게 흩어져 있던 식기가 지금은 모델하우스처럼 정리되어 있다.

냉장고를 열고 안에 든 녹차 음료를 꺼내서 직접 입을 대고 목구멍으로 흘려 넣었다. 건조한 지면에 비가 스며들 듯 몸에 수분이 침투해 간다.

문득 냉장고에서 새어 나오는 하얀 빛이 카마타의 집 현관 앞에 있던 형광등 빛과 겹쳐 보였다. 순간 "죽이지 마!"라고 외치던 소녀의 얼굴이 두개골 안에서 터져 나왔다.

유우키는 페트병을 떨어뜨리고 머리를 감싸 안았다. 피가 날 정도로 강하게, 두피에 손톱을 세웠다. 어떻게든 이 기억을 머리에서 도려내고 싶었다. 네 명이나 되는 사람의 목숨을 빼앗은 자신에게 그것이 얼마나 이기적인 바람인지 알면서도.

얼른 자자. 자면 아무것도 생각하지 않아도 된다. 유우키는 고개를 떨구고 내용물이 쏟아진 페트병을 내버려둔 채 냉장고를 닫고 방으로 향했다.

어둑한 거실을 가로질렀을 때, 다이닝 테이블에 무언가가 놓여 있음을 알아차렸다. 다가가 보니, 테이블 위에 랩으로 싼 카레라이스가 놓여 있었고, 개성 있는 둥근 글씨체로 적힌 메모가 붙어 있었다. 유우키는 손을 뻗어서 메모를 집었다.

'늦는다고 해서 먼저 잘게요. 전자레인지에 돌려 먹어요.'

"…신경 안 써도 된다고 했는데."

중얼거린 순간, 잊고 있던 허기를 배가 갑자기 호소했다. 조금 전까지 느끼던 복통을 생각하면 식사하지 않는 편이 나을지도 모른다. 하지만 유우키는 솟구치는 배고픔에 저항할 수 없었다.

접시를 손에 들고 녹차로 바닥이 젖은 부엌으로 가서 카레를 전자레인지로 데웠다. 전자레인지가 돌아가자 식욕을 부르는 냄새가 주변을 떠돌며 콧속을 자극했다.

다 데워지자, 유우키는 거실로 돌아가 김이 피어오르는 카레라이스를 숟가락으로 떠서 입에 넣었다. 향신료 맛이 센 따뜻한 맛이 입안에 퍼졌다. 복통 따위 진작에 머릿속에서 지워졌다. 유우키는 정신없이 카레를 먹었다. 한 입 먹을 때마다 카레의 온기가 차갑게 굳어서 피를 흘리던 가슴을 녹여서 치유했다.
왠지 시야가 뿌예져서 눈앞에 있는 카레가 흐릿하게 보였다.

자신도 놀랄 만한 속도로 그 많은 카레를 먹어치운 유우키는 빵빵하게 부푼 배를 문지르며 한숨을 돌리고 밥 한 톨 남지 않는 접시를 설거지통으로 가져가서 깨끗하게 설거지했다.
유우키는 얼마 전까지 창고로 쓰이던 방을 곁눈으로 보았다. 혼자 산 기간이 길어서 그런지 처음에는 동거인이 있는 것이 이상하게 느껴졌다. 다른 사람과 함께 생활하기가 귀찮았다. 하지만 지금은 이 집에 다른 사람이 있다는 사실에 고마움마저 들었다.
마치 십년지기처럼 스스럼없이 말을 걸어오는 사야의 페이스에 휘말려 어느새 자신도 허물없는 친구를 대하듯 말문을 떼게 되었다.
그녀와 시시껄렁한 대화를 하는 동안은 착각이라 해도 자신이 완전히 고독하지는 않다는 느낌을 받을 수 있었다. 이 세상에서 거부당한 자들끼리 서로 상처를 핥아주는 데에 지나지 않을지도 모르지만, 그래도 상관없었다.
자연스레 쓴웃음이 지어졌다. 태풍처럼 아무 예고 없이 삶을 휘젓는 소녀에게 지난 2주 내내 휘둘렸다. 얹혀산 지 사흘이 지난 아침, 아침밥을 다 먹은 사야는 두리번거리며 거실을 훑어보더니 갑자기 "역시 여기는 뭔가 더러워" 하며 대대적인 대청소를 시작했다. 최근에 입지 않은 옷, 사용하지 않는 전자기기, 먼지를 뒤집어쓴 잡지, 이제 쓰지 않는 온갖 물건을, 사야는 유우키에게 허락도 받지 않고 가차 없이 버렸다. 그 과정이 일단락되자, 어안이 벙벙한 유우키를 채근해서 가구를 움직이더니 그 뒤쪽에 걸레질까지 했다. 소파 밑에 들어가 있던 성인 남성용 잡지를 발견한 사야에게 눈총을 받으며, 유우키는 익숙한 생활 공간이 유린되어 가는 것을 멍하니 지켜볼 수밖에 없었다. 게다가 사야는 단추가 떨어진 유우키의 옷을 모조리 고친 다음 "이걸 항상 지니고 다니면서 단추가 떨어지면 바로 다시 달아" 하며 손에 쏙 들어오는 크기의 반짇고리까지 억지로 쥐어 주었다.

유우키는 크게 한숨을 쉬었다. 요즘 암을 떠올리지 않을 수 있었던 이유는 사야에게 휘둘리느라 깊이 생각할 여유가 없었기 때문일지도 모른다.

사야가 과하게 밝은 척하는 것을 유우키는 알고 있었다. 아직 친구가 죽었다는 충격에서 회복되지 못한 듯했다. 가끔 무언가 떠오른 듯 어두운 표정을 지었다. 하지만 그래도 씩씩하게 밝게 행동하는 소녀에게 자기도 모르는 사이에 위로를 받았는지도 모른다.

갑자기 주머니에서 스마트폰이 진동했다. 바로 꺼내 든 스마트폰 액정 화면에 '발신자 표시 제한'이라는 글자가 떴다. 불길한 예감이 들었다.

"…여보세요." 유우키는 목소리를 낮추며 전화를 받았다.

"오랜만입니다." 전화에서 온도를 느낄 수 없는 목소리가 들려왔다.

독특한 말투가 목소리 주인을 알렸다. 유우키는 재빨리 거실을 가로질러 방에 들어가서 안에서 문을 잠갔다. 이제 사야의 방까지 목소리가 들릴 일은 없을 것이다.
"…잭? 무슨 용건이야?"
유우키는 경계심을 숨기지 않고 말했다. 처음에 통화한 이후 잭에게 전화로 연락을 받은 적은 처음이었다.
"공지할 게 있습니다."
"공지?"
"네. 닷새 후인 수요일 낮에 알리바이를 만드십시오."
"…알리바이?"
"어떤 방법이든 상관없습니다. 아무 지인과 낮에 만나십시오. 열두 시부터 오후 세 시 사이 정도면 될 겁니다."
"…그건 그사이에 당신이 '일'을 하겠다는 뜻이야?"
"그렇게 생각하셔도 됩니다."
"왜 나한테 가르쳐주지? 내가 알리바이를 만들게 해서 당신한테 무슨 이득이 있다고?"
"당신은 유능합니다."
"뭐…?" 갑작스러운 잭의 칭찬에 유우키는 혼란스러웠다.
"카마타를 처리하셨죠. 수법도 훌륭했습니다. 당신 덕분에 경찰 수사가 혼란을 겪어서 저도 일이 수월해졌습니다."
잭의 말투에 열기가 배어 있었다. 진심으로 하는 말이다. 유우키는 그렇게 직감했다.
"나는…, 카마타의 딸에게 발각됐어…."
"문제없습니다. 얼굴은 가린 상태였죠? 어린아이가 극한의 상태에서 당신의 특징을 자세히 기억했을 리 없습니다. 그런 사소한 사고에도 잘 대처했습니다."

유우키는 놀랐다. 카마타를 죽인 지 아직 몇 시간밖에 지나지 않았다. 그런데 잭은 이미 사건의 전말을 안다. 대체 어떻게?
"유능한 파트너라서…, 경찰 수사로부터 지켜준다는 뜻인가?"
"네, 바로 그겁니다."
"왜 그렇게까지 하지? 나는 그냥 입맛에 맞게 쓰기 좋은 말 아니었어?"
"여러 번 말했듯이 당신은 제 파트너입니다."
"…진심이야?"
"네. 당신의 일 처리는 훌륭했습니다. 단순히 약점을 잡혀서 움직이는 말은 그렇게까지 해내지 못합니다."
 잭의 말은 옳았다. 유우키는 협박을 받아서 잭의 공범으로 움직이다가 결국 적극적으로 '일'을 하게 되었다. '악인을 죽여서 사람들을 구한다'는 잭의 말을 되뇌는 사이에 그 파괴적인 사상은 살아갈 목적을 잃은 유우키의 마음에 들어와 조각날 것 같은 정신을 지탱하는 버팀목이 되어 버렸다.
 열 명을 구하기 위해 자신의 손을 더럽혀서 악인 한 명을 죽인다. 잭은 그것이 '정의'라고 말했다. 유우키의 무너진 정신도 그 말을 받아들이고 말았다. 하지만 그 한 사람이 죽어야 할 악인이라는 것은 누가 결정할까?
 마치 제삼자의 눈으로 본 것처럼 머릿속에 카마타의 딸에게 칼을 들던 자신의 모습이 비쳤다. 피에 젖은 칼을 드는 자신의, 아이실드가 올라간 풀페이스 헬멧 사이로 보이는 얼굴에는 눈을 돌리고 싶을 만큼 추악한 미소가 걸려 있었다.
 카마타는 확실히 악인이었다. 하지만 그 악인에게도 가족이 있었다. 나는 카마타의 딸에게서 아빠를 빼앗았고, 마음에 평생 씻을 수 없는 상처를 줬고, 심지어 그녀까지 처리하려고 했다.
이것이 정의인가? 아니다. 이런 것은 그냥…, 쾌락 살인이다.
"당신은…, 왜 이런 짓을 하는 거야?"
유우키는 잠깐 침묵하다가 가장 묻고 싶었던 질문을 잭에게 던졌다. 지난번에는 이 질문에 잭이 대답하지 않았다. 하지만 지금이라면, 유우키가 '일'을 세 번이나 해치우고 신뢰를 얻은 지금이라면 답을 들을 수 있을지도 모른다.
"…이유가 필요합니까?"
숨죽인 목소리에 엄청난 분노가 배어 있었다.
거의 감정 기복을 보이지 않던 잭의 변화에 유우키는 당황했다.
"진드기들을 죽이는데 이유가 필요합니까?"
"아니…." 유우키는 어정쩡하게 말을 흐렸다.
"놈들에게 살 권리는 없습니다. 공소시효도, 소년법도, 심신미약도, 증거불충분도, 다 상관없습니다. 진드기들은 그 죄를 목숨으로 갚아야 합니다. 그게 정의입니다."
잭의 말투가 변한 것을 알아차렸다. 억누를 수 없는 도취를 품은 말투.
가슴속이 식어갔다. 사람들을 위해서라고, 정의라고 대의명분을 내세웠지만, 사실 이놈은 살인을 즐긴다. 사람을 죽이면서 유희를 느낀다. 그것을 듣기 좋은 말로 포장해서 아주 옳은 일을 하는 것처럼 자기 자신을 속인다. 미친 쾌락살인자, 그것이 잭의 정체.
"우리가…, 죽인 놈들한테도 가족이 있었을지 몰라."
"그래서 어떻다는 거죠? 그런 건 아무 상관없잖아요?"
"그래. 상관없지…."

유우키는 중얼거렸다. 카마타의 딸이 지르던 비명이 귓가에서 들리는 듯했다.
"닷새 후 낮입니다. 잊지 마십시오. 다음 사냥감에 관해서는 다시 우편 보내겠습니다."
"그래, 알았어."
유우키는 대충 대답했다. 이제 더는 잭과 대화할 마음이 없었다. 통화가 끊겼다. 유우키는 침대에 앉아서 눈을 감았다.
나는 뭘 하고 있던 걸까? 잭의 말에 휩쓸려서 사람을 셋이나 죽였다. 그것도 고양감을 느끼면서. 나도 잭과 똑같다.
전부 나쁜 꿈이면 얼마나 좋을까. 무의식적으로 오른손이 명치로 갔다. 손끝이 배 속에 있는 딱딱한 덩어리를 만졌다. 꿈이 아니다. 전부 현실이다. 암도, 자신이 저지른 살인도.
다른 사람에게 위해를 가하던 놈들과, 그들을 죽인 나 자신. 거기에 무슨 차이가 있단 말인가. 놈들을 죽임으로써 똑같은 곳으로 추락하고 말았다.
유우키는 침대에 엎드려서 베개에 얼굴을 묻었다.
앞으로 어떻게 해야 하지? 자신의 행동을 객관적으로 보고 말았다. 이제 '일'은 할 수 없다. 하지만 '일'을 거부하면 곧바로 잭은 자신을 희생양으로 삼을 것이다. 그리고 자신의 욕망대로 사람을 계속 죽일 것이다.
파트너라고 했지만, 사실은 자신이 쓰다 버릴 말에 지나지 않는다는 사실을 유우키는 알고 있었다. 유우키는 몸을 뒤집어 천장을 바라보았다. 답은 하나밖에 없었다.
잭의 정체를 밝혀내는 것.
그렇게 하면 이 막다른 골목 같은 상황을 타개하고 잭을 막을 수 있을지도 모른다.

경찰 조직도 아직 수수께끼를 풀지 못한 잭의 정체. 하지만 유우키는 그 단서를 잡았다. 방금 잭과 나눈 대화 속에서.

그 살인마를 막을 수 있는 사람은 자기 자신뿐이다. 그것이 속죄가 될 수 없다는 것은 안다. 머지않아 자신은 고통스러워하며 암으로 죽을 것이다. 아니, 그 전에 잭의 흉악한 칼날에 쓰러질 가능성도 있다. 어느 쪽이든 곧 목숨을 잃는다. 자업자득이다. 하지만 그때까지 잭을 막을 것이다. 그것이 자신에게 주어진 의무가 분명하다. 살인마에게 협조해 버린 자신의 의무.

유우키는 천장을 바라보며 결의를 굳혔다. 그것마저도 죽음의 공포에서 눈을 돌리기 위한 속임수임을 어렴풋이 자각하면서.

11
난바 사야

 생일은 싫다. 파스타가 익은 정도를 확인하며 사야는 생각했다. 11월 8일, 오늘은 사야의 스무 번째 생일이다.
 스무 살. 평범한 사람이었으면 고대했을 이날, 그러나 사야는 아무에게도 축하받지 못하고 여기서 대량의 파스타를 삶고 있다.
 그렇다. 아무에게도 축하받지 못했다…. 작년에도, 재작년에도, 그전에도….
 생일은 사야에게 그저 덧없는 행사였다. 사야를 탐탁지 않게 여기던 이모네 가족, 툭하면 학교를 쉬던 사야를 왕따 취급하던 동급생들. 누구 하나 사야의 생일을 알아주지 않았다. 그저 나이가 한 살 늘어나는 날. 엄마가 돌아가신 뒤로 생일에는 그런 의미밖에 없었다.
 에미였으면 축하해줬을 텐데. 하지만 그 친구도 죽고 말았다.
 아직도 밤에 이불에 들어가면 에미의 얼굴이 눈꺼풀 뒤편에 어른거려서 눈물이 쏟아진다. 슬픔에는 시간이 약이라고 한다. 언젠가는 잊을 수 있다고 한다. 하지만 이렇게 가슴이 찢어질 듯한 슬픔을 계속 맛보는 것보다 에미와의 소중한 추억을 잊는 것이 더 괴로웠다.

수심에 빠져 있던 사야는 냄비가 넘치는 소리에 정신을 차렸다. 허둥지둥 불을 줄이고 파스타 하나를 냄비에서 꺼내 깨물어 보았다. 알덴테로 삶을 생각이었는데, 어느새 흐물흐물해졌다.

아아, 너무 익혔다. 사야는 한숨을 쉬며 파스타를 물에서 건지고 미리 만들어둔 미트소스와 섞었다. 완성도는 그저 그렇지만, 이제 와서 다시 만들 마음은 없었다. 사야는 접시에 파스타를 올리고 자기 방에 있는 유우키를 불렀다.

"맛있어?"

사야가 묻자, 유우키는 "응. 맛있어"라고 건성으로 대답했다.

"…그럼 좀 더 맛있게 먹지."

"무슨 말 했어?"

"아무것도 아니야!" 사야는 유우키에게서 시선을 돌리고 샐러드를 우물거렸다.

유우키는 겨우 몇 분 만에 파스타를 먹어치우고 접시를 설거지통으로 가져갔다. 접시를 씻는 소리가 부엌에서 들려왔다. 모처럼 열심히 만들었는데 조금 더 음미하면서 먹어주면 얼마나 좋아? 사야는 파스타를 입에 욱여넣었다.

안 되겠다. 오늘은 자꾸 쉽게 짜증이 난다. 얼른 다 먹고 방에 들어가야지.

사야는 문득 접시를 다 씻은 유우키가 좀처럼 부엌에서 나가지 않는 것을 깨달았다. 냉장고를 열고 안을 뒤지는 기척을 느꼈다.

뭐 하는 거지? 사야는 목을 빼고 부엌 쪽을 보았다. 유우키는 오른손에 작은 상자를, 왼손에 접시와 포크를 들고 나왔다.

"뭐야, 그거?"

"됐으니까 얼른 먹어. 준비해둘 테니까."

유우키가 상자를 열었다. 안에서 딸기가 올라간 작은 홀케이크가 모습을 드러냈다.

"어디서 난 거야, 이거?"

"사왔어. 생일이잖아."

"말도 안 돼!"

"뭐야? 일부러 신경 써서 사왔는데, 필요 없어?"

유우키의 불만스러운 말에 사야는 고개를 좌우로 마구 흔들었다.

"자, 다 먹으면 촛불 켤 테니까 얼른 먹어."

유우키는 주머니에서 라이터를 꺼냈다. 사야는 남은 파스타를 허둥지둥 입에 밀어 넣고는 "다 먹었어" 하며 선서하듯 오른손을 들고 접시를 옆으로 치웠다.

"보면 알아. 그럼 불붙인다."

유우키는 케이크 위 초에 불을 붙이고 전등을 껐다. 따뜻한 주황색 빛이 두 사람의 얼굴을 비추었다.

사야는 어둠 속에서 흔들리는 빛을 바라보며 어린 시절을 떠올렸다. 엄마와 둘이서 축하하던 생일날을. 촛불이 보석처럼 반짝였다.

"자, 불어."

"노래는?" 사야는 촛불에 비친 유우키의 얼굴을 들여다보았다.

"노래?"

"그래. 생일 축하 노래. 불러줘."

"노래는 잘 못해." 유우키는 진심으로 싫은 표정을 지었다.

"못하면 어때? 그럼 내가 부를 테니까 같이 불러줘. 자, 해피 버스데이 투 미이."

사야는 강제로 노래를 시작했다. 유우키는 마지못해 작게 듀엣을 불렀다. 유우키의 노래는 정말로 잘한다고 말하기 어려웠다. 그래도 사야의 귀에는 더할 나위 없이 듣기 좋았다.

노래가 끝났다. 사야는 입을 모아서 힘껏 숨을 불었다. 주황색 보석이 날아가 사라졌다.

사야의 망막에 천 개의 조각으로 흩어지는 불꽃이 반짝반짝 잔상을 남겼다.

"선물이야."

자른 케이크를 다 먹자, 유우키는 방에서 가져온 큰 꾸러미를 아무렇게나 사야에게 내밀었다.

"어? 정말? 열어봐도 돼?"

포장지를 조심스레 뜯으려니 답답했다. 사야는 찢듯이 선물 포장을 열었다. 상자가 열리고 내용물이 드러나자, 사야는 "우아"라고 목소리를 높였다. 작고 하얀 전자 피아노가 상자 안에 들어 있었다.

"음악을 좋아한대서 그걸로 했어."

"고마워. 진짜 마음에 들어. 정말 고마워. 소중히 여길게."

"그래. 마음에 들어해서 다행이다." 유우키는 살짝 쑥스러워했다.

"나 이런 생일은 처음이야. 엄마가 돌아가시고 나서 한 번도 축하받은 적이 없었거든. 그래서 엄청 기뻐."

"그래?"

유우키는 사야의 머리를 가볍게 쓰다듬었다. 사야는 머리 위에 있는 유우키의 손에 자신의 손을 포갰다. 따뜻한 손이었다. 유우키가 처음 머리를 만졌을 때처럼 몸이 굳지는 않았다.

"저기…."

사야는 유우키를 살짝 올려다보았다.

"내가 도움도 받고 얹혀사는 데다 이렇게 축하도 받았는데…. 아무것도 못 해줘서 미안해."

"갑자기 무슨 소리야? 밥해주잖아. 그걸로 충분해."

사야는 유우키의 얼굴을 보았다. 두 사람의 눈이 마주쳤다. 어쩐지 부끄러워서 사야는 눈을 돌렸다. 처음으로 가슴속에 움튼 감정이 당황스러웠다.

남자는 싫은데….

품 안에 있는 전자 피아노가 살짝 따뜻하게 느껴졌다. 유우키에게 선물을 받아서 자기 자신도 신기할 만큼 기뻤다.

유우키는 목숨을 구해준 데다 이렇게까지 잘해준다. 나는 유우키에게 뭘 해주면 좋을까?

심장 박동이 빨라졌다.

사야는 꿀꺽 소리가 나도록 침을 삼키고 작게 입을 열었다.

"저기, 혹시, 유우키가 나를, 그…, 안고 싶다든가 그러면…. 나는 그…, 괜찮아. 딱히 처음도 아니고. 나는 그 정도밖에 못 해주니까."

사야는 말을 마치고 얼굴이 불타오르는 것을 느꼈다. 유우키의 얼굴을 똑바로 볼 수 없었다.

사야는 고개를 푹 숙인 채 몸을 경직시키며 유우키의 말을 기다렸다.

"…그런 목적으로 도와준 거 아니야."

"아, 미안. 그런 의도로 한 말은…." 사야는 당황했다.

"일일이 사과할 필요 없어. 화난 거 아니니까."

유심히 관찰해 보니 유우키의 표정은 불쾌하다기보다 난처해 보였다. 사야는 안도하면서도 마음 한구석에 남몰래 아쉬워하는 자신이 있는 것 같아서 얼굴이 더 뜨거워졌다.

"…어쨌든 선물을 마음에 들어 해서 다행이다. 처음에는 펜던트 같은 걸 살까 했는데, 생각해 보니까 항상 차고 다니는 펜던트가 있길래."

유우키는 어색한 분위기를 떨치려는 듯 사야의 가슴께에서 빛나는 마노 펜던트를 가리켰다.

"아, 이거? 이거, 뭐라고 해야 하나, 에미의 유품 같은 거야."

"에미라면, 살해당했다는 친구?"

"응." 사야는 펜던트를 손에 들고 바라보았다.

"사가와라는 사람이 에미한테 맡겼거든. 그러고 보니 사가와도 살해당했네."

"…살해당했다고?" 유우키의 목소리가 낮아졌다.

"응. 알고 지내던 이상한 카메라맨이야. 수상한 냄새가 난다 싶었는데, 뭔가 위험한 일을 했던 것 같아. 그날 에미네 집에 가기 전에 그런 뉴스를 봤어."

"…그 사람이랑 친구, 둘 다 살해당했다는 거야?"

"으, 응." 사야는 어깨를 움츠리며 고개를 끄덕였다.

"잠깐 그것 좀 보여줘." 유우키는 사야의 손에서 펜던트를 가져가 관찰했다.

"아, 소중한 거니까 너무 거칠게 다루지 마."

"여기에 흠집이 있어." 유우키는 마노 측면에 있는 작은 흠집을 가리켰다.

"응. 새것도 아니니까 흠집 정도는 있을 만하지."

"아니, 이렇게 딱딱한 물건에 흠집이 생기기는 쉽지 않아. 아마 일부러…."

유우키는 중얼거리다가 테이블 접시 위에 놓인 포크를 들고 그 끝을 망설임 없이 마노와 연결부 사이에 쑤셔 넣었다.

"자, 잠깐만!"

사야는 당황해서 막으려고 했지만, 그보다 먼저 유우키의 손목이 돌아가서 마노와 연결부가 가차 없이 분리됐다. 튕겨 나간 마노가 바닥 위를 데굴데굴 굴렀다. 사야는 얼른 달려가서 잡았다.

"무슨 짓이야!" 사야는 바닥에서 네발로 기는 자세로 유우키를 노려보았다.

사야의 항의를 신경 쓰는 기색도 없이 유우키는 펜던트 연결부를 보며 "찾았다…"라고 중얼거렸다. 사야는 일어나서 유우키의 손 쪽을 들여다보았다. 작은 연결부 가운데에 파랗고 네모나고 얇은 카드가 끼워져 있었다.

"그거, SD카드야?"

"그놈들…, 이걸 노린 거 아니야?"

"어? 무슨 말이야?"

"쉽게 말해서 너의 지인 두 명은 같은 놈들한테 살해당했을지도 몰라."

유우키는 낮은 목소리로 중얼거리며 연결부 가운데에서 SD카드를 꺼냈다.

컴퓨터를 조작하는 유우키 옆에서 사야는 혼란스러운 머리를 필사적으로 정리했다.

지금까지 에미와 사가와의 죽음을 연결 지어서 생각해본 적이 없었다. 사가와의 죽음은 TV 화면이라는 필터를 거친 현실감 없는 사건이었고, 반대로 에미의 죽음은 무척이나 현실적이어서 두 사건을 같은 선상에 둘 생각조차 못 해봤다.

에미가 살해된 이유는 괜히 허세를 부리며 재미로 암흑가를 기웃거리다가 알면 안 되는 정보를 알아 버렸기 때문이라고 생각했다. 그래서 친구에게도 정보가 새어 나갔을까 봐 그놈들이 자신을 납치하려는 줄 알았다. 하지만 유우키는 사가와가 맡긴 펜던트에 숨겨진 기억 장치가 그들의 목적이라고 말했다. 그러고 보니 마지막 통화에서 에미는 펜던트를 가져오라고 했다.

"넣는다."

유우키가 컴퓨터에 SD카드를 연결했다. '내 컴퓨터'에서 'SD카드'를 열고 그 안에 있는 폴더를 살펴보았다. 화면에는 '1', '2'라고만 적힌 폴더 두 개가 표시됐다. 유우키는 마우스를 조작해서 '1'이라는 폴더를 열었다.

"…이미지인 것 같네. 사진 몇 장이 기록돼 있어."

"사가와는 카메라맨…, 자칭 카메라맨이었거든. 뭐가 찍혀 있어?"

"순서대로 보자."

유우키는 컴퓨터 화면 전체에 사진을 띄웠다. 첫 사진은 서류를 가까이서 찍은 것 같았다. 사진 중심에 글자 한 열이 늘어서 있다.
'A32 A69 B8 DR13 DR16.'
"이게 뭐지? 무슨 암호인가?"
사야는 사진에 보이는 글자를 읽으며 의심스럽다는 듯 말했다.
"글쎄. 나도 모르겠어. 암호…. 그럴지도."
유우키는 다음 사진을 클릭했다.
"뭐야, 이거?"
유우키는 화면에 나타난 사진을 보고 목소리를 높였다. 철제 의자에 앉은 중년 남자가 찍혀 있었다. 술을 마셨는지 얼굴이 벌겋고 눈은 졸음을 참는 듯 멍했다. 장소는 콘크리트가 드러나 보이는 살풍경한 방이었고, 초점은 나갔지만 남자 뒤쪽에도 남자들 몇 명이 의자에 앉아서 같은 방향을 보는 것 같았다. 몰래 찍었는지 사진은 발치에서 올려다보는 각도였다.
"아는 사람이야?"
유우키는 사야에게 물었다. 사야는 고개를 좌우로 흔들었다. 구멍이 뚫릴 정도로 화면을 응시했지만, 기억 속에서 떠오르는 것은 없었다.
"어디지, 여기?" 사야는 눈을 가늘게 뜨고 사진을 보았다.
"음식점치고는 살풍경한데. 전부 남자들뿐이고…. 유흥업소 같은 곳인가?"
"저기에 벽보가 있어. 읽을 수 없을까?"
사야는 화면에서 오른쪽 뒤에 있는 벽을 가리켰다. 담배와 댓진 때문에 갈색으로 변한 종이에 작은 글자가 적혀 있었다. 유우키가 확대하자 글자가 보였다.
'만남 카페 시스템에 대해.'

벽보 맨 위에는 그렇게 크게 적혀 있었다.

"만남 카페가 뭐지?" 사야는 벽보 글자를 보면서 말했다.

"원조 교제 알선소 같은 곳 아닐까? 이놈들이 보고 있는 방향에 여자 방이 있겠지."

"흐음, 잘 아네."

"…전에 뉴스에서 특집 방송을 하더라고. 그걸 봤을 뿐이야."

습도 높은 사야의 시선을 받으며 유우키는 사진을 다음으로 넘겼다. 이번 사진은 야외인 것 같았다. 사야도 화면을 열심히 들여다보았다.

앞 사진에 나온 중년 남자가 여자와 팔짱을 끼고 네온사인이 빛나는 밤길을 걸었다. 심지어 같이 있는 검은 장발 여자의 옷은 명백히 세일러복이었고, 그 옆얼굴은 조금 성숙하지만 그래도 애티가 남아 있는 소녀의 얼굴이었다. 누가 봐도 여고생과 중년 남자의 원조교제를 연상시키는 광경이었다.

"이케부쿠로네." 유우키가 중얼거렸다.

"이케부쿠로?"

"이 사진 속 장소 말이야. 이 거리를 본 적이 있어. 이케부쿠로 역 서쪽 출구 근처 번화가야."

유우키는 차례로 사진을 클릭했다. 그 뒤로는 모두 중년 남자와 세일러복을 입은 소녀의 사진이었다. 번화가를 빠져나가 호텔가에 들어간 뒤, 결국에는 둘이 함께 부티크 호텔 안으로 들어가는 광경까지 선명하게 찍혀 있었다.

"이 폴더 안에 든 데이터는 이게 끝이야."

"이게 뭐야? 이건 그냥 원조교제하는 모습을 몰래 찍은 거 아니야?"

"그런 것 같아. 처음에 나온 암호의 의미는 잘 모르겠지만."
"그놈들이 이런 걸 그렇게 열심히 빼앗으려고 했다고? 이런 것 때문에 에미가 살해당한 거야?"
"흥분하지 마. 그것도 한 가지 가능성일 뿐이야. 그래, 이 중년 남자가 원조 교제를 빌미로 협박을 받아서 그걸 숨기기 위해 야쿠자를 고용해 펜던트를 찾으려고…. 아니, 말이 안 되나. 원조 교제한 걸 숨기려고 사람을 둘이나 죽이다니."
"다른 하나는? 이쪽에는 뭐가 들어 있어?"
사야는 마우스를 낚아챌 기세로 '2'라는 폴더를 가리켰다.
"이쪽도 볼까."
유우키는 마우스를 움직여 '2'를 열려고 했다. 그 손이 멈췄다.
"…잠겨 있어. 비밀번호가 필요한가 봐."
화면 위에 폴더를 열기 위한 비밀번호를 요구하는 창이 떴다.
"비밀번호? 여기에만?"
"여기에 꽤 중요한 정보라도 들었나 본데."
유우키는 컴퓨터에서 SD카드를 빼서 다시 펜던트 연결부 안에 넣더니 "그래서 어떡할래?" 하며 마노가 빠진 펜던트를 사야에게 돌려주었다.
"어떡하냐니?" 사야는 받아든 펜던트 연결부에 마노를 다시 끼웠다.
"그 SD카드 말이야. 경찰에 가져갈 거야? 살인사건의 중요한 증거잖아. 경찰은 비밀번호를 풀 수 있을지도 몰라. 그 암호도."
"경찰에 이걸 우편으로 보내면 안 되려나?"
"글쎄. 직접 가져가서 사정을 설명하면 모르겠지만, 우편으로 보내면 장난인 줄 알고 확인도 안 할 가능성이 높지 않을까."

"…그렇겠지?"

"서두를 일은 아니야. 잘 생각해 봐. 근데 절대 직접 조사할 생각은 마. 어떤 위험이 있을지 모르니까."

"…응."

사야는 고개를 끄덕이면서도 가슴속에서 전혀 다른 생각을 했다.

마노를 꽉 쥐면서, 사야는 체온이 올라가는 것을 느꼈다.

12
시바타 마코토

"그럼 실례하겠습니다. 선생님, 감사합니다."
"네, 푹 쉬세요."
오전 외래 마지막 환자인 노부인에게 말을 건넨 마코토는 진찰실 문이 닫히자 "끝났다아" 하며 크게 기지개를 켰다.
어제는 당직이었다. 운 나쁘게도 병동에서 돌발 사고가 계속 터져서 벌써 30시간 넘게 거의 자지 못했다. 일단 점심을 먹고 의국에서 잠깐 눈을 붙여야겠다.
"저기, 마코토 선생님…." 젊은 간호사가 쭈뼛거리며 말을 걸었다. "환자 한 분이 꼭 선생님께 진찰받고 싶다고 하는데…."
"뭐어?" 마코토는 자기도 모르게 아이 같은 목소리를 내고 얼굴이 빨개졌다. "예약 환자 아니지? 나 이제 병동도 돌아야 하고 당직 다음 날이라 너무 피곤해. 미안하지만 오후 예약 외 담당 선생님께 보내."
"아니, 근데 마코토 선생님을 콕 집어서…."

"안 돼. 미안하지만 그렇게 다 받아주면 점점 요구가 많아져. 규칙이라 그렇다고 잘 이해시켜."

"선생님, 선생님."

한숨을 쉬는 마코토 뒤에서 외래 간호사장이 말을 걸었다. 마코토가 "네, 왜요?" 하며 고개를 비틀자, 간호사장은 귀에 입을 가까이 댔다.

"뭐예요? 비밀 얘기?"

"미사키 유우키 선생님이에요." 간호사장은 소리죽여 말했다. 예상도 못한 말에 잠이 완전히 달아났다.

"선생님께 진찰받고 싶다고 한 환자, 유우키 선생님이라고요. 쟤가 신입이라 유우키 선생님을 몰라서 그래요."

"유우키가…."

"다른 환자면 몰라도 유우키 선생님이니까 마코토 선생님께 전해드려야겠다 싶었어요. 죄송해요."

"아, 아니에요. 고마워요."

"진찰하실 거죠?"

"네, 그럼요. 음, 8번 진찰실에 들여도 괜찮을까요?"

"그건 괜찮은데, 지금 바로요? 외래 전에 진찰실 침대에서 잠깐 주무셨죠? 머리가 엉망이에요. 화장도 좀 무너졌고요. 그대로 괜찮으세요?"

"어, 네?"

마코토는 흰 가운 주머니에서 콤팩트를 꺼내 자기 얼굴을 확인했다. 거울 속에는 눈 밑에 진한 다크서클이 진 초췌한 여자가 있었다.

"화장 좀 고치고 올게요. 잠깐 유우키한…, 유우키 선생님한테 기다려달라고 하세요."
 "네, 네. 그럼 15분 후에 진찰실에 들어오시게 할게요. 괜찮아요. 예약 외로 왔으니까 기다려 주실 거예요."
 간호사장은 엄마 같은 미소를 마코토에게 보냈다.

 "오랜만이야. 갑자기 와서 미안해."
 진찰실에 들어오자마자 유우키는 무슨 말을 해야 할지 몰라 망설이던 마코토에게 말을 건넸다. 너무나 자연스러운 그 태도에 긴장하던 마코토는 맥이 풀렸다.
 "아니야. 그건 괜찮은데, 무슨 일 있었어?"
 이렇게 빨리 유우키의 몸에 무슨 큰 이상이 생겼나? 하지만 걱정과 달리 환자용 의자에 앉은 유우키에게서는 딱히 힘들어하는 기색이 엿보이지 않았다.
 "그게, 조금 진정이 됐거든. 진찰 정도는 받는 게 좋을 것 같아서."
 시선을 살짝 피하는 유우키를 보고 그가 뭔가 숨기는 것이 있음을 직감했다.
 "뭔가… 증상이 있어? 권태감이나 통증 같은 거?"
 마코토는 진찰용 침대에 눕도록 손으로 유도하면서 문진을 시작했다.
 "아니, 명치는 쑤시지만, 못 참을 정도는 아니야. 식욕은 좀 떨어졌어. 근데 아마 몸의 문제라기보다 정신적인 문제인 것 같아."
 "그래…." 마코토는 애매하게 반응했다.
 우울한 상태는 말기 암 환자 대부분에게 나타난다. 다만 기분이 살짝 가라앉는 증상을 보이는 사람부터 자살을 시도하는 사람까지 있어서 중증도에 개인차가 크다. 억지로라도 웃을 수 있는 것을 보니 유우키의 증상은 아직 가벼운 편인 듯했다.

"정신쪽 약은 안 써?"

"얼마 전까지 썼는데, 지금은 끊었어. 나는 약을 너무 잘 받는 것 같아서…, 사고가 좀 둔해진다고 할까, 머리에 안개가 끼는 느낌이야. 뭔가 현실감이 없어지고 내가 뭘 하는지도 모르겠고…."

"너는 단순한 면이 있으니까."

마코토는 가볍게 농담하며 침대로 다가왔다. 유우키는 두 무릎을 가볍게 굽히고 벨트를 풀어서 흉복부를 드러냈다. 여섯 개로 갈라진 복근, 크게 부풀어 오른 대흉근이 보였다.

적어도 겉으로는 암세포가 유우키의 몸을 좀먹고 있지 않다는 사실에 안도하면서도 암담한 기분이 들었다. 유우키는 아직도 상식을 벗어난 트레이닝을 계속하는 걸까? 마코토는 청진기로 한 차례 복부 청진을 마치고, 두 손을 포개서 유우키의 복부에 놓았다.

"아프면 말해."

하복부부터 촉진을 시작했다. 손이 점점 위로 올라가다가 명치 오른쪽에 도착했을 때, 유우키의 얼굴이 일그러졌다. 마코토의 오른 손가락 끝에 피부와 복근을 뚫고 딱딱한 것이 만져졌다.

"아파?"

"응. 조금. 거기에… 있지?"

마코토는 "…응" 하며 작게 고개를 끄덕였다. 손가락 끝이 발견한 작은 덩어리. 바로 유우키의 몸 안에서 폭발적으로 증식하고 있는 암세포였다. 이런 작은 것이 전 연인의, 친구의 목숨을 빼앗으려 한다. 마코토는 어떻게든 그 덩어리를 으스러뜨리고 싶었다.

"유우키, 시간 있어? 채혈이랑 CT랑 초음파를 하고 싶은데."

마코토는 유우키의 복부에서 손을 떼고 침대에 등을 돌렸다. 자신이 어떤 표정을 짓고 있는지 모르겠다. 적어도 유우키에게는 지금의 얼굴을 보여주고 싶지 않았다.

"시간은 있는데, 채혈은 둘째 치고 CT랑 초음파는 예약 검사잖아."

"그 정도는 부탁할 수 있어. 지금 보내면 너 언제 또 올지 모르잖아."

"그래…, 그렇지. 미안하지만, 그럼 부탁할게."

유우키는 자연스레 미소 지으며 순순히 검사에 응했다.

"뭐…, 예상한 정도네."

엑스레이 필름 판독기에 걸린 CT를 보면서 유우키는 중얼거리듯 말했다. 마코토는 그 말에 대답하지 못하고 아랫입술을 깨물었다. 유우키는 겉으로 보기에 병세가 많이 진행된 것 같지 않았다. 하지만 어디까지나 겉으로만 그랬음을 진찰 후에 한 검사가 낱낱이 드러냈다.

CT를 보니, 3개월 전에는 콩알 같던 간 표면 근처의 전이 병터가 직경 3센티 크기로 자라 있었다. 게다가 간 내부에도 작은 종양이 흩뿌려진 것처럼 조영제로 하얗게 증강되어 찍혀 있었다. 복막 표면에도 종양으로 보이는 덩어리 몇 개가 퍼져 있었다.

"나 참, 잘도 자랐네." 유우키가 작게 혼잣말했다.

"…유우키."

마코토는 유우키의 이름을 불렀지만, 그 이상 말을 이을 수 없었다. 무슨 말을 건네야 할까? 의사로서 이런 상황을 몇 번이나 맞닥뜨렸건만, 머릿속을 아무리 뒤져도 할 말을 찾을 수 없었다.
"앞으로 3, 4개월쯤 남았겠네. 뭐, 예상한 대로야." 유우키는 담담하게 말했다.
"아직 그렇게 확정할 수는…."
"괜찮아. 그런 표정 짓지 마."
유우키는 힘없는 미소를 만들며 자신의 CT 사진을 바라보았다. 유우키의 표정에서는 전에 보이던 불합리한 현실을 향한 분노는 온데간데없었다. 하지만 그 옆얼굴에는 모든 것을 체념한 듯한 어두운 그늘이 드리워 있었다.
모든 것을 받아들이고 평온해진 것은 아닐 것이다. 분노와 괴로움에 지칠 대로 지쳐 버린 것일지도 모른다. 다만 유우키의 옆얼굴이 만들어 내는 어두운 그림자는 마코토가 지금껏 봐온 그 어떤 암 환자와도 달랐다. 어떤 환자보다도 깊은 그림자.
지난 3개월 동안 유우키는 대체 어떤 경험을 했을까?
"유우키."
유우키가 "응?" 하며 CT 사진에서 시선을 떼고 마코토를 보았다. 마코토는 그 슬퍼 보이는 깊은 눈에 빨려 들어갈 것 같은 착각을 느꼈다.
"저기, 괜찮으면 다음에 밥이라도 해주러 갈까?"
"음, 아…." 갑자기 유우키의 표정이 어색하게 변했다.
"아…, 별로면 됐어. 난 그냥 제대로 된 음식을 안 챙겨 먹을까 봐…."
"아니, 진짜 고마운데, 사실 요즘 집에…, 그, 뭐지, 얹혀사는 사람이 있어. 걔가 밥을 해줘."
"…여자, 구나."

유우키의 어정쩡한 태도에 여자임을 깨닫는다. 좋은 일이다. 이 힘든 시기에 조금이라도 의지가 되는 사람이 있는 것은 유우키에게 바람직한 일이다. 마코토는 미소를 만들려고 했다. 어쩐지 잘 되지 않았다. 가슴속이 아파 왔다.

"아니야. 네가 상상하는 그런 관계는 아니야. 뭐라고 할까, 밥을 얻어먹는 대신 방을 하나 빌려주고 있어. 말 많고 시끄러운 애라서…."

"괜찮아. 그렇게 열심히 부정하지 않아도 돼."

마코토는 다시 미소를 만들었다. 이번에는 어찌어찌 잘됐다.

한순간 대화가 끊겼다. 지금밖에 없다. 마코토는 유우키가 외래로 오고 나서 몇 번이나 입 밖에 내려고 타이밍을 재던 말을 꺼냈다.

"유우키, 끈질기다고 생각할지도 모르지만…, 치료는…."

확실히 효과는 적을 것이다. 어쩌면 강한 부작용에 시달릴지도 모른다. 효과가 있다 하더라도 기껏해야 몇 개월 더 연명하는 정도일 것이다. 하지만 그래도 마코토는 유우키가 치료를 받았으면 했다. 유우키를 위해서 할 수 있는 일을 찾고 싶었다.

"…고마워." 유우키는 정면으로 마코토를 바라보았다.

"고맙다니, 뭐가?"

"나 같은 인간을 걱정해 줘서. 요전에 괜히 화풀이해서 정말 미안해."

"아니야. 신경 쓰지 마."

마코토는 당황해서 두 손을 가슴 앞에서 흔들었다.

"정말 고마워. 그런데 역시 화학요법은 안 할래. 아직 해야 할 일이 남았거든. 항암제를 도입하기 위해서 입원해야 하는 시간이 아까워."
"하지만…."
 마코토는 끈덕지게 붙잡았다. 의사가 아니라 유우키의 친구로서, 전 연인으로서 이 상황을 받아들일 수 없었다. 이 얼마나 이 기적인가. 환자가 모든 것을 이해하고 내린 결정에 참견하다니. 의사로서 실격이다.
"조금 있으면 여러 증상이 나타나겠지…."
 혼잣말일까, 아니면 마코토에게 하는 말일까. 유우키는 날씨 이야기나 하는 어조로 말했다.
"…응." 마코토는 작게 고개를 끄덕였다.
"간에 퍼졌으니까 결국에는 간부전이려나. 그럼 별로 아프지 않아서 그나마 낫겠다. 근데 간성 뇌병증으로 머리가 뒤죽박죽돼서 아무것도 모르는 상태가 되기는 싫네."
 마코토는 뭐라고 대답해야 좋을지 알 수 없었다.
 다른 때 같았으면 "그렇게 비관적으로 생각하지 마세요", "증상은 사람마다 달라요"라고 얼버무릴 수 있었을 것이다. 하지만 상대는 외과 의사다. 외과학은 암과의 전쟁. 유우키는 마코토보다 훨씬 많은 암 증례를 봐 왔을 것이다. 고민하는 마코토에게 유우키가 "마코토"라고 말을 걸었다.
"응?"
"입원이 필요한 상태가 되면 네가 내 주치의 해줄래?"
"당연하지. 외래 주치의니까 책임지고 봐줄게."
"그래…. 고마워. 이걸로 오늘 온 보람이 있다."
"뭐야, 그런 걱정을 했어?"
"응. 얼마 전 일로 나한테 정떨어졌을 줄 알았어."

"여전히 이상한 걱정을 하는구나."
"어쩔 수 없잖아. 터미널 케어는 꼭 마코토가 해줬으면 좋겠어."
"…왜, …나야?"
"내 임종을 지켜봐줄 의사잖아. 당연히 제일 믿을 만한 사람한테 부탁하고 싶지."

유우키의 말이 전신 세포에 스며들었다. 이런 자신을, 자기중심적으로 유우키에게 치료를 강요하려고 한 자신을, 유우키는 '제일 믿을 만하다'고 생각해주었다. 마코토는 갑자기 눈머리가 뜨거워지는 것을 느꼈다.

의사가 돼서 7년 넘게 사람의 죽음을 너무 많이 접한 탓에 이제 거기에 특별한 감정을 느끼지 않게 됐다. 죽음이 일상의 일부로 변해 버렸다. 분명 그랬는데….

"마코토, 이제부터는…, 일주일에 한 번 정도는 외래 와도 될까?"
"물론이지." 목소리가 떨리는 것을 겨우겨우 참았다.
"월요일이랑 수요일이었지? 마코토 외래 하는 날이."
"응. 혹시 괜찮으면, 외래 끝날 시간에 와줄래? 예약 환자를 다 보고 나서 천천히 진찰할게."
"고마워. 신경 쓰게 해서 미안해. 그럼 아마 다음 주에 또 올게."
"…응. 조심히 가. 무리하지 말고."

마코토는 유우키를 보내려고 일어서서 문 근처로 이동했다.
"또 보자."

유우키는 그늘진 미소를 지어 보이고 복도로 모습을 감췄다. 문이 무거운 소리를 내며 닫혔다.

마코토는 서둘러 문으로 다가가 안에서 문을 잠갔다. 문에 등을 대고 주르륵 무너져 내렸다. 바닥에 엉덩이가 닿자, 마코토는 무릎을 끌어안고 몸을 작게 말았다. 유우키 앞에서 우는 것만은 피하고 싶었다. 마코토는 어깨를 떨면서 복도에 들리지 않도록 소리 죽여 울었다.
 마코토는 가슴속 깊은 곳에 남아 있던 유우키를 향한 마음이 작은 불을 밝히는 것을 느꼈다.

13
우사미 마사토

우사미 마사토는 키보드를 두드리던 손을 멈추고 두 손으로 머리를 눌렀다. 머리 전체가 옥죄듯 아팠다.

기자의 직업병이라고 할 수 있는 이 두통. 지난 몇 주간은 특히 더 자주 찾아왔다. 원인은 분명했다. 우사미는 그 원인에 힐끔 시선을 던졌다. 산더미 같은 자료 너머로 아직 젊은 40대인데도 휑하니 벗겨진 편집장의 정수리가 보였다. 최근에 잡지 매출이 떨어졌다. 이와 반비례하듯 편집장의 잔소리와 압박은 커져갔다. 그 스트레스는 내년에 50세가 되는 우사미의 정신을 확실히 좀먹었다.

반년 전부터 우사미는 '잭'이라고 불리는 연쇄 살인범 기사를 전문으로 써왔다. 모습을 드러내지 않고 악인을 한칼에 베어 버리는 살인자.

공포, 두려움, 혐오, 경멸, 존경, 칭찬. 잭의 범행을 이 나라의 국민은 다양한 반응으로 평가했고, 그 에너지는 주간지 매출에 직접적으로 반영되었다.

처음 두세 달은 잭 기사가 실리기만 해도 당연하다는 듯 잡지 매출이 50퍼센트나 늘어날 정도였다. 하지만 생물은 한 가지 자극을 계속 받으면 언젠가 익숙해진다. 기쁨도, 슬픔도, 아픔도, 쾌락도. 잭과 관련된 정보도 마찬가지였다. 첫 범행이 시작된 지 4개월이 지나자, 잭 사건의 신통력은 봄눈처럼 깔끔하게 사라졌다. 아직 범인이 체포되지 않아서 범행이 계속되는데도 이미 과거의 사건처럼 취급되었다. 잭 사건의 열기가 식어가면서 편집부 안에서 제일가는, 그리고 아마 전 세계에서도 제일가는 잭 전문기자가 된 우사미에 대한 대우도 차갑게 변했다.

잭을 추적하는 것도 슬슬 그만둘 시기인가? 우사미는 최근 숱이 줄어든 희끗희끗한 머리를 긁었다. 하지만 출세에 눈길도 주지 않고 오로지 사건을 쫓으며 출판사를 옮겨 다닌 우사미에게 잭 사건은 지금껏 없던 자극적인 사건이었다. 미국식 연쇄 살인이 이 일본에서 지금 실제로 일어나고 있다. 대학 시절 범죄 심리학을 전공한 우사미는 이 사건에, 그리고 범인에게 몹시 빠져들었다.

"우사미 씨, 전화요. 3번으로 받으세요."

여자 아르바이트생이 우사미에게 말을 걸었다.

"누군데?"

"글쎄요. 모르겠어요."

그걸 묻는 게 전화 교환원의 일이잖아! 순간 호통을 칠 뻔했지만, 우사미는 두통이 심해질 것 같아서 말없이 수화기를 들고 '3' 버튼을 눌렀다.

"'주간 현대사회'의 우사미 씨?" 젊은 남자 목소리가 들렸다.

"네, 맞는데, 누구시죠?"

"좋은 정보가 있습니다." 남자는 우사미의 질문에 대답하지 않고 말했다.

"좋은 정보요?"

쓴웃음이 번졌다. 기자 생활도 30년째가 되어 가지만, 지금껏 전화로 '좋은 정보'가 날아 들어온 적은 한 번도 없었다. 이런 식으로 들어온 정보는 보통 엉터리 정보다. 기삿거리는 자기 발로 찾는다. 그게 우사미의 신조였다.

"그래요. 좋은 정보를 알려 드리겠습니다. 그 대신 당신이 조사해 줬으면 하는 게 있습니다."

"미안하지만, 그런 건 안 받아요. 아쉬우면 인터넷에나 올리지 그래요? 그런 걸 좋아하는 놈들이 들러붙을걸요."

우사미의 말에 전화 너머 남자는 침묵했다.

"그럼 끊겠습니다." 우사미는 수화기를 내려놓으려고 했다.

"내일 잭이 사람을 죽일 겁니다."

남자가 조용히 중얼거렸다. '잭'이라는 단어에 우사미의 손이 멈췄다. 수화기를 귀에 대고 목소리를 낮췄다.

"방금 뭐라고요?"

"내일 잭이 사람을 죽일 거라고 했습니다. 아마 점심 무렵에요."

우사미는 혀를 찼다. 이게 몇 명째더라? 잭 기사를 쓴 뒤로 몇 번이나 이런 전화가 걸려 왔다. 자기가 잭이라고 우기며 관심을 끌려고 한다.

진짜 잭은 이런 한심한 짓을 하지 않는다. 우사미는 전화 상대에게 들리도록 일부러 재차 혀를 찼다.

우사미는 잭을 취재하면서 자기 안에 잭의 이미지를 그려 놓았다. 냉정하고 침착하며 잔학무도하다. 미친 놈은 분명하지만, 자신이 미쳤다는 것을 냉정하게 분석해서 격정에 휩쓸리지 않고 범행을 거듭하는 자. 나는 잭에게 반했는지도 모른다. 우사미는 최근에 그런 생각까지 하게 되었다.
"그러니까 당신이 잭이라는 거죠?"
우사미가 짜증을 숨기지도 않고 말했다. '잭'이라는 말 한마디에 잠시라도 이야기를 듣고 마는 자신에게도 화가 났다.
"아니요. 저는 잭이 아닙니다."
남자는 분명한 목소리로 말했다. 우사미는 콧잔등에 주름을 잡았다.
"잭이 아니라고요?"
"네. 저는 잭이 아닙니다."
남자의 목소리에는 혐오감이 배어 있었다. 이런 적은 처음이었다. 지금까지 자칭 '정보 제공자'라는 사람들은 대부분 좋아라 하며 자신이 잭이라고 주장했는데.
"…어쨌든 그럼 경찰에 신고하지 그래요? 저처럼 별볼일없는 기자가 아니라. 만약 그게 사실이면 잭을 체포할 수 있을지도 모르잖아요."
"…내일 다시 전화하겠습니다."
한순간의 침묵 끝에 그 말을 남기고 상대는 전화를 끊었다.
대체 무슨 말을 하고 싶었던 거지? 우사미는 수화기를 보며 고개를 갸웃했다. 보통은 이쪽의 이목을 끌려고 흥분하며 허풍을 떨던데.
뭐, 아무럼 어떤가. 짓궂은 장난이 분명하다. 우사미는 컴퓨터 화면으로 의식을 돌렸다. 해야 할 일이 남아 있다. 머릿속에서 그 통화가 금방 사라졌다.

"아직인가…."

정체불명의 남자에게서 전화를 받은 이튿날 밤, 우사미는 혼자 편집부에 남아 있었다. 자정이 되어 가는 시간, 편집부에는 우사미 말고 아무도 없었다. 우사미는 거칠게 머리를 헝클이며 책상 위에 놓인 전화기를 노려보았다.

오늘 점심 무렵, 잭이 죽였다. 피해자는 여자 중고등학생에게 손님을 받게 한 매춘 클럽의 총괄자. 소녀들은 대부분 각성제를 맞고 감금 상태에서 매춘을 강요당했다.

실제로 클럽을 운영하던 남자는 경시청에 체포되었고, 중고등학생을 약물에 빠지게 하고 클럽에 소녀를 제공하던 남자는 이미 한 달도 전에 가부키초 뒷골목에서, 그것도 잭에게 참살당했다. 그런데 야쿠자 간부이기도 한 그 총괄자는 용케 자신들이 관여한 증거를 없애고 체포되지 않은 채 풀려났다.

그 총괄자가 대낮에 골프 연습장 주차장에서 참살당했다. 그는 매주 수요일 점심 무렵, 사건 현장이 된 작은 연습장을 습관처럼 방문했다고 한다. 경찰은 이미 잭의 범행으로 단정하고 수사에 들어갔다.

남자의 예고는 실현되었다. 그뿐이라면 우연일 수도 있다. 하지만 문제는 범행시간이었다. 점심 무렵이라는 시간. 지금껏 잭의 범행은 대부분 해가 진 밤에 일어났다. 해가 있는 동안 일어난 범행은 지금껏 겨우 두 건뿐. 이번이 세 번째였다. 전화를 건 남자는 그 시간대까지 예고했다.

우사미는 기다렸다. 그저 하염없이 전화기를 쳐다보면서.

자정이 되기 직전, 마침내 전화기가 끈기에 졌다는 듯 사무실에

벨소리를 퍼뜨렸다. 우사미는 달려들듯 수화기로 손을 뻗었다.
"네, '주간 현대사회' 편집부입니다." 우사미는 목소리를 낮춰서 전화를 받았다.
"…우사미 씨입니까?" 어제 그 남자의 목소리였다.
건조한 입술을 혀로 적시며 우사미는 "맞아"라고 대답했다.
"제가 말한 대로였죠? 이제 믿을 마음이 생겼습니까?"
"…너 누구야? 오늘 잭이 죽일 거라는 걸 어떻게 알았어?"
"당신을 만나고 싶습니다." 남자가 질문에 대답하지 않고 말했다.
"나를 왜?"
"당신과 거래를 하고 싶습니다. 제가 아는 정보를 가르쳐주는 대신 당신도 정보를 넘기세요."
 머릿속에서 재빨리 손익 계산이 시작됐다. 상대의 정체는 분명하지 않다. 최악의 경우, 잭 본인이, 사람을 몇 명이나 죽인 살인마가 자신의 목숨을 노릴 가능성도 있다. 하지만 한편으로, 특종을 손에 넣을 둘도 없는 기회인 것은 분명했다.
"어떻게 하시겠습니까? 저는 당신이 아니어도 상관없어요. 싫으면 다른 데에 얘기해보죠."
 그 말은 그야말로 결정타였다. 특종을 놓칠 뿐만 아니라 경쟁자가 가로챌 것이다. 절대 용납할 수 없는 일이다. 우사미는 각오를 다졌다. 괜찮다. 상대가 잭이라 해도 나는 악인이 아니다. 살해당할 일은 없을 것이다.
"할게. 알았어. 그 제안 받아들일게. 어떤 정보가 궁금한데?"
"당신이 모은 잭에 관한 정보를 전부 보고 싶습니다. 피해자들에 대해서는 더 자세히."

"그 대가로 나는 뭘 알 수 있는데? 알잖아. 내가 열심히 뛰어다니면서 모은 정보야. 쉽게 넘겨줄 수는 없어."

"기브 앤드 테이크라는 겁니까?"

"그래. 지금도 선량한 시민으로서는 경찰에 신고하는 게 정답이야. 하지만 나는 그러지 않지. 왜인 줄 알아?"

"당신은 선량한 일반 시민이 아니니까요. 특종을 원하고, 그걸 위해서는 뭐든 할 저널리스트입니다. 그런 뜻이죠?"

"잘 아네. 그럼 길게 말할 필요 없겠군. 우선 내 질문에 대답해. 너는 정말로 잭이 아니야?"

"네. 저는 잭이 아닙니다."

"그럼 어떻게 오늘…, 아니, 벌써 어제네. 잭이 죽인다는 걸 알았어?"

우사미는 신중하게 떠봤다.

"대답할 수 없습니다."

"아니, 아니. 그럼 거래가 안 되지. 내가 모은 잭에 관한 정보를 보고 싶으면 그에 상응하는 정보를 줘야지."

"경찰이 뭘 보고 잭의 범행이라고 판단한다고 생각하십니까?"

"응? 그게 무슨…." 갑자기 바뀐 화제에 우사미는 미간을 찌푸렸다.

"살인이 일어났을 때, 경찰은 곧바로 잭의 범행인지 아닌지 판단을 내리잖아요? 어떻게 그럴 수 있다고 생각하죠?"

"그야, 살해 방법이나 그 장소의 상황으로…."

"아니요." 우사미가 자신 없이 말하자, 남자가 그 말을 자르듯 말했다. "잭이 매번 현장에 남기는 물건이 있어서입니다. 경찰은 발표하지 않았지만."

"남기는 물건?! 뭔데, 그게?!" 우사미의 후각이 특종 냄새를 맡았다.

"트럼프 카드요. 트럼프 잭에 붉은 글씨로 'R'이라고 적혀 있습니다."

"'R', 잭…. 그렇구나. 잭 더 리퍼. 그래서 '잭'이라는 이름이 붙었구나."

"나쁘지 않은 정보죠? 당신이 가진 정보도 제가 봐야겠습니다."

"잠깐만. 방금 그 얘기가 진짜라는 증거는? 미안하지만 잭의 정보는 내 전부야. 당신 얘기가 진짜라는 확증을 얻기 전까지는 쉽게 넘겨줄 수 없어."

"당신은 저널리스트잖아요. 확증은 직접 찾아보세요. 설마 그런 것도 못 하는 건 아니겠죠?"

"당연히 할 수 있지. 하지만 당장은 안 돼. 2, 3일은 걸려."

"…알았습니다. 3일 안에 확인하세요. 진짜라는 게 밝혀지면 당신이 가진 잭의 자료를 복사해서 저를 만나야 합니다."

"그래, 물론이지."

하지 않을 이유가 없었다. 만약 트럼프 이야기가 사실이라면, 전화 상대는 어마어마한 특종을 쥐고 있다는 뜻이다. 어떤 위험을 무릅써서라도 만날 가치가 있다.

"만날 시간과 장소를 미리 전달하겠습니다. 그리고…, 또 한 가지, 당신이 조사해줬으면 하는 게 있습니다. 메모 해주세요."

남자는 타이르듯이 우사미에게 자신의 요구를 이야기했다.

14
미사키 유우키

일요일 타케시타 거리는 소녀들로 가득해서 만원 전철처럼 붐볐다. 거리 양옆에는 남자 아이돌 브로마이드와 굿즈를 파는 가게가 빽빽이 늘어서 있었다. 이 동네의 분위기에 조금이라도 녹아들 수 있도록 최대한 신경 써서 젊어 보이는 옷을 입었지만, 평균 연령이 10대 중반쯤인 이 동네에는 전혀 동화되지 못했다. 짙은 색 선글라스를 낀 30대 남자에게, 지나가는 소녀들이 의아한 눈빛을 보냈다.

나도 나이를 먹었구나. 유우키는 쓴웃음을 지었다. 하라주쿠에 오는 것은 갓 상경한 대학교 1학년 때 이후로 처음이다. 그때가 벌써 10년도 더 지났다. 아직 젊다고 생각했건만, 어느새 이 동네가 거부하는 나이가 되어 있었다.

지난 10년간 나는 무엇을 해 온 것일까. 유우키는 무의식적으로 명치를 만졌다. 배 속에 있는 종양의 압도적인 존재감. 그것을 마주할 때면 자신의 인생이 무의미하지 않았나 하는 생각이 솟구쳤다. 유우키는 인파에 휩쓸려 걸으며 고개를 세차게 흔들었다. 지금은 그런 생각을 할 때가 아니다.

5분 정도 걷자, 목적지인 카페가 보였다. 전면 유리로 된 창이 도로와 맞닿아 있는 세련된 카페다. 손님은 대부분 쇼핑으로 걷다 지친 소녀들이었다.

유우키는 일단 가게 앞을 그냥 지나가면서 가게 안을 살폈다. 창가 자리에 도무지 가게 분위기와 어울리지 않는 50대 남자가 혼자 파르페를 먹고 있었다. 주름진 회색 정장을 아무렇게나 입었고 넥타이는 매지 않았다. 마치 막 정리 해고된 회사원 같은 모습이었다. 유우키는 그 남자의 얼굴을 곁눈으로 확인했다. 잭의 특집 기사에서 본 우사미 마사토의 모습이 거기에 있었다.

유우키는 도로 옆에 비켜서서 가볍게 기지개를 켜며 카페와 그 주변을 바라보았다. 온통 소녀들로 가득했다. 남자가 있어도 대부분 10대에 머리를 밝게 염색한 소년들이었다. 형사 같은 사람은 없었다. 만약 우사미가 경찰에 신고했다고 해도 이 주변에서 형사들이 잠복하기는 힘들 것이다. 유우키는 다시 한번 주위를 둘러보고 인파를 헤치며 카페로 향했다.

카페 안에 들어간 유우키는 말을 걸려고 하는 종업원을 못 본 체하고 말없이 우사미의 맞은편 자리에 앉았다. 파르페를 입에 마구 밀어 넣던 우사미가 고개를 들었다.

"…네가 전화한 사람이야?"

"숨어 있는 형사는 없는 거죠?"

작게 꾸벅하면서 유우키는 조심스럽게 가게 안을 둘러보았다.

"보면 알잖아. 이런 동네에 어떻게 형사가 숨겠어? 엄청 눈에 띌 걸. 너도 알고서 이런 가게에서 약속을 잡은 거잖아. 정말 창피해

죽겠네. 다들 나를 힐끔힐끔 쳐다봐. 동물원 판다가 된 기분이라니까."

"판다 좋죠. 인기 많잖아요."

"동물원 우리 안에 있으면 그렇겠지. 이렇게 화려한 어린애들만 모이는 장소에서는 수상한 사람 취급이야. 하마터면 신고당할 뻔 했어."

"그것 참 안됐네요."

"그러는 너도 이 동네에서는 나랑 큰 차이 없는 짝퉁 판다야."

"그렇긴 하죠." 유우키는 어깨를 으쓱했다.

아직 만난 지 1, 2분밖에 안 됐어도 유우키는 우사미가 마음에 들었다. 우사미의 가벼운 말투에 이끌려 짓궂게 받아치고 말았지만, 기분은 썩 나쁘지 않았다. 이렇게 상대의 경계심을 허무는 능력도 기자에게는 필요한 덕목일지 모른다.

유우키는 종업원에게 블렌드 커피를 주문했다.

"그래서, 제 말을 믿을 마음이 생겼나요?"

유우키는 테이블 위에 놓인 A4 크기의 갈색 봉투에 시선을 던졌다. 그 안에 잭에 관한 정보가 가득 들어 있을 것이다.

"안 그랬으면 여기 오지도 않았지." 우사미는 입술 끝을 올렸다. "트럼프 얘기를 꺼내면서 수사본부 형사를 슬쩍 떠보니까 무슨 소리냐고 시치미를 떼던데, 얼굴은 네가 어떻게 그걸 아냐는 표정이더라고."

"그럼 자료를 보겠습니다."

손을 뻗자, 우사미는 흔쾌히 봉투를 넘겼다. 유우키는 조금 맥이 빠졌다.

"뭐야? 내가 아직도 떨떠름하게 굴 줄 알았어? 경찰에 신고하지 않고 여기에 온 시점에 나는 이미 네 공범이야, 공범."
 그 말을 듣고 유우키는 재빨리 재킷 안주머니에 손을 넣고 안에 숨겨 둔 경찰봉 손잡이를 쥐며 주변을 둘러보았다.
 "아니라고. 오해하지 마. 경찰은 없어."
 우사미가 허둥지둥 두 손을 흔들었다. 그런데도 유우키는 주의 깊게 주변을 살피면서 재킷에서 손을 꺼냈다.
 "나 참. 그 옷 속에 뭘 숨긴 거야? 아아, 말하지 마. 별로 알고 싶지 않으니까. 들으면 후회할 것 같은 예감이 들어."
 고개를 가로젓는 우사미 앞에서 유우키는 봉투를 열고 안에 든 자료를 꺼내서 훑어보았다. 우사미는 다시 신나게 파르페를 공략하기 시작했다.
 유우키는 자료에서 눈을 들고 거대한 파르페를 행복하게 입에 넣는 우사미를 보았다.
 "그런 것만 먹으면 당뇨병 걸려요."
 직업병이 발동해서 자기도 모르게 조언을 던지자, 우사미는 노골적으로 얼굴을 찌푸렸다.
 "냅둬. 의사도 아니면서 내 주치의랑 똑같은 잔소리를 하네."
 유우키는 입술과 눈썹 끝을 올리며 말없이 어깨를 으쓱였다.

 "이게 답니까?"
 거의 한 시간 동안 자료를 본 유우키는 두 번째 파르페를 공략하려고 하는 우사미를 보았다.
 "그게 다야. 적어도 경찰이 잭의 범행이라고 발표한 건…."
 "무슨 말이에요?" 의미심장한 우사미의 말투에 유우키는 눈을 살짝 가늘게 떴다.

"경찰의 발표에 따르면 그 자료에 있는 열여섯 명이 잭에게 살해된 피해자야. 하지만 그중에 두 명은 영 찜찜하단 말이지."
우사미는 숟가락에 묻은 크림을 핥았다.
"열한 번째랑 열두 번째. 마스다 츠토무랑 마나베 후미야. 그 두 사람은 도무지 이해가 안 돼. 잭의 사냥감들은 모두 거물이었어. 그런데 그 두 사람은 너무 잔챙이야. 이런 애들까지 타깃으로 삼으면 몇 명을 죽여도 모자라. 게다가 그 두 사람만 거의 연속으로 살해됐어. 그래, 잭 사건의 간격은 일정하지 않지. 하지만 이틀 연속인 건 이상해."
"그래서… 당신은 어떻게 생각하는데요?"
"모르지. 모르니까 이렇게 고생하는 거야."
파르페에 숟가락을 꽂는 우사미를 보면서 유우키는 그의 뛰어난 감에 감탄했다. 잭에 관해서 가장 많이 기사를 썼다는 단순한 이유로 이 사람에게 접근했지만, 나쁜 선택은 아닌 것 같다.
"그보다, 이게 다는 아니죠?"
"저번에 네가 부탁한 거 말이야? 걱정하지 마. 열심히 조사해왔어. 근데 참 이상한 부탁을 한다. 왜 그런 게 궁금해?"
우사미는 서류 가방 안에서 다른 갈색 봉투를 또 꺼냈다.
"이게 보고 싶으면 다른 정보를 달라고 하고 싶지만, 먼저 보여줄게. 나를 믿고 트럼프 정보를 준 보답이야. 하지만 착각은 하지 마. 나랑 너는 공범 관계야. 친구가 아니라고. 비즈니스 관계. 알지? 나는 네가 궁금해하는 정보를 알려주고, 그 대신 너는…."
"특종감을 알려달라는 거죠?" 갈색 봉투를 잡으며 유우키가 말했다.
우사미는 "잘 아네" 하고는 미소를 지으며 봉투에서 손을 뗐다.

"…얇네."
"네가 생각한 것보다 적어, 공소시효가 끝난 뒤에 범인이 밝혀진 사건은."
우사미는 의미심장하게 숟가락을 얼굴 앞에서 흔들었다.
"그중에서도 범인이 살해된 사건이잖아. 그런 건 지난 몇 년 동안 한 건밖에 없었어."

15

난바 사야

 좁은 계단을 올라갔다. 스쳐 지나간 중년 남자가 가격을 매기듯 끈적한 시선을 보냈다. 사야는 남자에게 경멸을 담은 시선으로 갚아주었다. 남자는 겸연쩍게 고개를 숙이고 도망치듯 재빨리 계단을 내려갔다. 사야는 한숨을 쉬며 계단을 올라갔다.
 다 올라가자, 카페 입구 같은 세련된 문이 나왔다.
 '스트로베리 클럽'. 흔하디흔한 이름. 사야는 입구 간판에 크게 적힌 그 이름에 맥이 빠졌다. 지금까지 방문한 다른 가게들도 비슷비슷한 이름이었다.
 이케부쿠로 번화가 변두리에 있는 만남 카페. 남녀의 자유로운 만남을 주선한다고 주장하지만, 그 실체는 돈이 필요한 소녀와 소녀를 돈으로 사려는 남자들이 협상하는 자리일 뿐이었다.
 사야는 지난 며칠 동안 SD카드 속 사진에 찍힌 가게를 찾으려고 이케부쿠로 곳곳을 돌아다녔다. 유우키도 최근에 뭔가 바빠 보여서 집을 비울 때가 많았다. 덕분에 사야는 어려움 없이 하루

종일 외출해서 조사할 수 있었다.

"어서 오세요." 기세 좋은 목소리가 가게 안에 들어선 사야에게 날아왔다. "오, 아가씨 처음 보는 얼굴이네. 혹시 여기 처음이야?"

사야는 고개를 위아래로 끄덕였다.

"그럼 가게 시스템을 설명해 줄게. 우리는 기본적으로…."

지난 며칠간 몇 번이나 비슷한 이야기를 들었다. 점원의 목소리를 흘려듣는데, 뒤에서 인기척이 느껴졌다. 뒤돌아보니 스무 살 안팎으로 보이는 안경 쓴 젊은 남자가 살피듯 사야 쪽을 보았다. 싸구려 코트를 걸치고 자신 없어 보이는 표정을 짓고 있다. 어깨에 닿을 정도로 긴 머리카락은 벌써 저녁인데도 방금 자고 일어난 것처럼 흐트러진 상태였다.

"어서 오세요!"

점원이 남자에게 말을 걸었다. 남자는 작게 꾸벅하듯 고개를 숙였다. 등을 둥글게 말면서 남성용 방문을 열었다. 열린 문으로 안을 들여다본 사야는 자기도 모르게 목소리를 낼 뻔했다. 콘크리트가 드러나 보이는 벽, 싸구려 접이식 철제 의자와 테이블. 사진으로 본 바로 그 방이었다. 여기다. 여기가 분명하다.

"감사해요. 대충 알았어요."

사야는 점원에게 그 말을 남기고 여성용 방문을 열고 안으로 들어갔다.

살풍경한 남성용 방과 비교했을 때, 빨강과 하양 일색인 여성용 방은 지나칠 정도로 화려했다. 빨강의 홍수에 눈이 아팠다. 하지만 편해 보이는 소파, 무한 리필 음료, 거울 달린 화장대까지 있어서 부담스러운 배색만 참으면 시간을 보내기 편한 공간이었다.

남성용 방과 인접한 벽에는 큰 거울이 끼워져 있었다. 그것이 매직미러여서 옆방에서 남성 고객이 여자를 물색할 수 있는 구조인 듯했다.

입구에 선 채 방을 훑어보던 사야는 문득 자신에게 쏠리는 시선을 느꼈다. 방에 먼저 있던 손님들 몇 명이 적의를 품은 시선을 쏟았다.

또 이러네…. 사야는 눈이 마주치지 않도록 고개를 숙이며 탄식했다. 이런 가게를 돌다가 안 사실인데, 이런 곳을 이용하는 소녀들 사이에는 강한 텃세가 있다. 자신과 비슷한 또래인 여자가 자기 영역에 들어오는 것을 극도로 싫어한다.

사진에 찍힌 장소가 이 가게라는 것을 알았으니, 사야가 이야기를 나눌 대상은 남성 손님이 아니라 이 가게에 다니는 소녀들이었다. 사진 속 남자가 단골손님이었다면, 남자와 대화한 적이 있거나 나아가 호텔에 가본 사람이 있을지도 모른다. 가능하면 그런 소녀를 찾고 싶었다.

문제를 일으키지 않게 조심해야 한다. 사야는 눈에 띄지 않도록 손으로 얼굴을 가리며 거울 반대편에 있는 작은 소파로 향했다. 거울과 가까운 쪽은 인구 밀도가 높아서 다툼이 일어나기 쉬워 보였다. 게다가 의도치 않게 남자에게 지명당할 가능성도 높았다. 사야는 무료 음료로 제공되는 우롱차가 든 종이컵을 들고 1인용 소파에 앉아서 방 전체를 둘러보았다.

지난 며칠 동안 한 경험으로, 모든 소녀가 매춘을 목적으로 온 것은 아니라는 사실을 배웠다. 이 공간을 편안한 무료 휴게실로 여겨서, 제공되는 식사를 얻어먹으려고, 가게에서 밖으로 나가게 됐을 때 손에 들어오는 교통비를 받으려고. 소녀들은 저마다 다양한 목적을 갖고 이 장소에 있다. 사야는 이 중에 누가 매춘을 하는지 궁금했다. 사진에 찍힌 소녀는 매춘을 하는 그룹에 있을 가능성이 컸다.

사야는 우롱차를 홀짝거리며 소녀들을 관찰했다. 친구로 보이는 이들과 정신없이 담소를 나누거나, 스마트폰을 만지작거리거나, 잡지나 만화를 보는 등 각자 하고 싶은 걸 하고 있었다.

일일이 붙잡고 말을 걸어야 하나…. 사야가 그렇게 생각할 즈음, 방 안을 둘러보던 시선이 갑자기 멈췄다. 거울 근처 의자에 앉아서 나른한 표정으로 패션 잡지를 보는 갈색 머리 소녀. 그 소녀가 왠지 신경 쓰였다.

사야는 눈을 가늘게 뜨고, 소녀치고 화장이 짙은 얼굴을 쳐다보았다. 그 시선을 느꼈는지 소녀는 얼굴을 들고 사야를 노려보았다. 사야는 당황해서 눈을 내리깔았다. 소녀는 립글로스로 빛나는 입술을 불쾌하게 일그러뜨리더니 고개를 돌리고 다시 잡지를 봤다.

사야는 소녀의 옆얼굴을 본 순간, "앗…"하며 목소리가 새어 나왔다. 허둥지둥 가방 안에서 사진 몇 장을 꺼냈다. SD카드에 담긴 이미지를 출력한 사진이었다.

사진에 있던 세일러복 소녀와 잡지를 보는 소녀. 흑발과 갈색 머리라는 차이는 있지만, 그 옆얼굴은 완전히 똑같았다. 저 소녀가 바로 사진 속 소녀다.

사야는 일어나서 재빨리 방을 가로질러 갈색 머리 소녀에게 다가갔다.

"…뭐야, 너?"

소녀는 잡지에서 눈을 떼고 사야를 흘겨보았다. 한 치의 빈틈도 없이 염색한 선명한 갈색, 눈을 감싼 짙은 아이섀도, 립글로스를 바른 진홍색 입술. 확실히 미인이지만, 어딘가 퇴폐적인 분위기가 전신에서 뿜어져 나왔다.

사야는 말문이 막혔다. 며칠 동안 노력한 끝에 드디어 발견한 단서에 흥분해서 반사적으로 달려왔지만, 어떻게 질문하면 좋을지 생각하지 못했다.

"귀찮게. 꺼져." 소녀가 파리를 쫓듯 손을 내저었다.

"미안하지만, 물어보고 싶은 게 있어. 잠깐 얘기 좀 들어줄래?"

가능한 한 상대를 자극하지 않으려고 신경을 쓰면서 사야가 말했다.

"뭐래. 거슬리니까 얼른 꺼지라고."

"그러지 말고, 잠깐 얘기만 들어줘."

소녀의 박력에 순간 기가 죽었지만, 사야는 물러서지 않았다. 마침내 찾은 단서를 그리 쉽게 포기할 수는 없었다.

"시끄러워. 꺼지라니까!"

"싫어. 일단 얘기를 들어봐. 안 그러면 여기서 안 움직일 거야."

사야는 적의를 드러내는 소녀의 태도에 눈썹을 찌푸리면서도 강한 의지를 담은 어조로 말했다.

"거슬린다니까 사람 말을 못 알아들어?"

소녀는 소리를 지르며 일어서서 사야의 블라우스 옷깃을 움켜쥐었다. 이마가 닿을 정도로 얼굴이 가까워졌다. 갑작스러운 큰소리에 소녀들이 제각기 나누던 대화가 뚝 끊겼다. 방의 모든 시선이 사야와 갈색 머리 소녀를 향했다.

예전 같았으면 이런 순간에 겁을 먹었을 것이다. 하지만 사야는 소녀에게 위협을 당하면서도 전혀 공포를 느끼지 않았다. 친구는 살해당했고, 자신은 완력으로 납치당할 뻔했다. 그 경험에 비하면 이렇게 사람 많은 곳에서 그저 조금 센 척하는 가녀린 소녀와 시비 붙은 것 정도는 문제도 아니었다.

"큰소리 내면 일이 커질걸." 사야는 소녀의 귓가에 입을 대고 속삭였다. "저쪽 방에 있는 남자들도 보고 있을 거고, 소란이 커지면 점원이 나올 거야."

소녀의 얼굴에 순간 초조함이 비쳤다.

"여기서 소란 피워서 출입 금지 당하면 곤란한 건 너잖아? 여기가 네 홈그라운드 아니야?"

소녀는 짜증스럽게 사야를 노려보았다. 하지만 그 이상 목소리를 높이지는 않았다.

"…물어볼 게 뭔데?"

소녀는 토라진 듯 작은 소리로 말하며 잡았던 블라우스를 놓았다.

"여기서는 좀 그렇고, 잠깐 밖에서 둘이 얘기할까? 질문에 대답해주면 사례도 할게. 몸을 팔아서 버는 것보다 낫잖아."

사야는 위협당한 앙갚음으로 한껏 비꼬며 말하고는 출구를 향해 걸어갔다. 혀를 크게 차며 소녀도 뒤를 따라왔다.

"대체 뭔데?"

가게에서 나오자마자 소녀는 길가에 침을 뱉으며 말했다. 어느새 해는 저물었다. 가로등이 두 사람을 비추었다.

"이 사람, 알지?"

사야는 방금 그 가게에서 찍힌 남자의 사진을 보조 가방에서 꺼내 소녀에게 내밀었다. 소녀는 귀찮은 표정으로 사진을 받아들고 시선을 떨어뜨렸다. 관심 없다는 듯 가늘어졌던 소녀의 눈이 크게 뜨였다.

"이 사람에 대해 알려줘."

사야는 소녀의 표정 변화를 보고 강하게 말했다. 하지만 소녀는 질문이 귀에 들어오지 않는 듯 사진을 뚫어져라 볼 뿐이었다. 잠시 후 소녀는 희미하게 떨리는 딱딱한 목소리로 중얼거렸다.

"…몰라." 소녀는 사진을 사야에게 떠밀었다.

"거짓말하지 마."

"모른다잖아." 소녀는 도망치듯 몸을 돌렸다.

"그럼 이건 뭐야?"

사야는 얼른 뒤를 쫓아가서 소녀와 남자가 함께 찍힌 사진을 그녀의 얼굴 앞에 내밀었다. 소녀는 떨떠름한 표정을 지었다.

"뭐야? 이 사진까지 갖고 있었어? 그럼 처음부터 그렇게 말해야지. 성격 나쁘네."

"역시 이거 너구나. 제발 이 사람에 대해 알려줘."

"그…, 너, 이 사람 가족이거나 뭐 그래? …딸이라든가."

소녀는 고개를 숙이고 어딘가 겁을 먹은 듯 사야의 표정을 살폈다.

"아니, 그런 건 아니지만…."

"뭐야, 아니야? 사람 놀라게 하지 마. 상관없으면 빠져."

소녀는 내뱉으며 안도하는 표정을 짓더니, 다시 등을 돌리고 잰걸음으로 걸어갔다.

"잠깐만!" 사야는 소녀가 입은 스웨터 자락을 힘껏 붙잡았다.

"이거 놔!"

"절대 안 놔. 네가 이 사람에 대해 알려줄 때까지."

"너 이 사람이랑 상관없다며? 그럼 오지랖 부리지 마."
"상관있어. 내 친구가, 그 사람이 얽힌 사건에 휘말려서 살해당한 것 같아. 그러니까 무슨 일이 있어도 너한테 얘기를 들어야겠어. 절대 안 놔줄 거야."
"살해…." 소녀는 얼굴 근육을 경직시키며 경악했다.
"네가 도망치면, 그러고 싶지는 않지만 이 사진을 인터넷에 뿌릴 거야. 내가 그런 짓 하게 만들지 마. 나는 이 남자에 대해 알아내서 내 친구의, 소중한 절친의 복수를 하고 싶을 뿐이니까."
사야는 소녀의 눈을 보며 거의 숨도 쉬지 않고 쏘아붙였다. 소녀는 과할 정도로 붉은 입술을 깨물었다. 사야는 스웨터 자락을 붙잡은 채 그녀의 다음 말을 기다렸다. 소녀는 작게 혀를 차고 가볍게 고개를 좌우로 흔들었다.
"나 배고픈데."
"어?"
"나 배고프다고. 아무나 적당한 남자를 잡아서 밥을 얻어먹으려고 했는데, 네가 방해했잖아. 일단 어디 밥 먹을 수 있는 데에 데려가 줘."

"후, 배부르다. 잘 먹었어."
메뉴 중에서 가장 비싼 소고기 등심 스테이크 세트를 먹어 치운 갈색 머리 소녀는 연극하듯 과장되게 배를 쓰다듬으며 만족스럽게 말했다.
"비싼 밥 얻어먹었으니까 사진 속 남자에 대해 알려줘."
카레라이스를 다 먹고 음료 바에 있던 우롱차를 홀짝이던 사야는 한숨 섞인 어조로 말했다. 몇십 분 전, 사야는 소녀를 만남

살인의 이유 205

카페 근처에 있는 패밀리 레스토랑으로 데려갔다.
"…그 사람의 뭐가 궁금한데?" 소녀의 얼굴에서 썰물 빠지듯 웃음기가 사라졌다.
"우선, 지금 어디에 있는지 알고 있어?"
"…없어."
"없어? 모른다는 뜻이야?"
"아는데, …없다고."
"무슨 소리야?" 답답한 대답에 짜증이 났다.
"그러니까, 그 사람은 이제…, 이 세상에 없다고."
"뭐?"
"한참 전에, 올해 여름쯤에 자살했어. …목을 매서."
소녀는 자포자기한 듯 퉁명스럽게 말했다.
"뭐, 뭐라고? 무슨 말이야? 이 사람이 대체 누군데? 왜 자살했어? 너랑 이 사람은 무슨 관계야?"
사야는 혼란스러워서 테이블에 두 손을 짚고 몸을 앞으로 내밀었다.
"차례대로 설명할 테니까 진정해. 음, 그 사람 이름은, 뭐더라? 곤충 같고 특이한 이름이었어. 뭔가 메뚜기 비슷한 거. 여치는 아니고…."
"혹시 코오로기(일본어로 귀뚜라미라는 뜻이다. - 옮긴이 주) 아니야?"
메뚜기랑 비슷하면서 사람 이름 같은 단어는 그 정도밖에 생각나지 않았다.
"아, 맞아, 맞아. 코오로기. 너 용케 알았다. 머리 좋네?"
"고마워. 근데 그 코오로기라는 사람이랑 너는 어떻게 아는 사이였어?"

"딱히 아는 사이는 아니고, 한 번 잔 게 다야."
"잤다는 건…."
"잤다는 건 했다는 거지, 뭐. 섹스했다고."
"으음, 그건…, 돈을 받았다는 거야?"
"당연하지. 내가 왜 공짜로 그런 아재한테 안기겠어?"
"그럼…, 그때가 사진에 찍힌 그때야? 흑장발이었을 때."
"흑장발? 아, 그건 가발이야. 혹시 몰라서 변장했거든. 하지만 얼굴까지 알아볼 수 있게 찍다니, 그 인간이 약속을 어겼어."
"…그 말은 사진 찍힐 걸 미리 알았던 것처럼 들리는데."
"당연히 알았지. 안 그랬으면 굳이 교복 차림으로 호텔에 가는 위험한 짓은 안 했을 거야. 잘못하면 비행 청소년으로 잡혀가거든. 뭐, 그 아재는 마음이 급해서 거기까지 신경 쓰지 못한 것 같지만."
"그게 무슨 말이야? 좀 더 알아듣게 설명해 봐."
"그러니까 좀 복잡한 얘기야. 귀찮아, 그걸 다 설명하기는. 게다가 입막음도 당했는걸. 그러고 보니 너 아까 뭐라 그랬지…?"
 소녀는 의미심장한 눈빛을 보냈다. 그 눈빛의 의미를 이해한 사야는 지갑에서 만 엔 지폐를 꺼내서 소녀에게 건넸다. 음악 학교에 들어가려고 모은 돈을 사용하려니 속이 쓰렸지만, 겨우 찾아낸 귀중한 정보원을 여기서 놓칠 수는 없었다.
"고마워." 소녀는 지폐를 치마 주머니에 밀어 넣었다.
"됐으니까 계속 얘기해."
"그러니까, 그 코오로기라는 아재는 처음부터 속은 거야."
"속았다고?"
"그래. 전부 정해져 있었어. 아재가 그 가게에 오는 것도. 나를 지명해서 그 뒤에 호텔에 가는 것도."

"어떻게 그런….'

"간단해. 어떤 남자가 그 코오로기라는 사람을 걸려들게 하려고 계획을 짰어."

"어떤 남자?"

"거기까지는 몰라도 되잖아. 어차피 이름을 말해도 모를 거고. 뭐, 방금 그 가게 단골인데, 나를 자주 사주던 남자야. 그놈은 예전에 코오로기랑 고등학교 동창이었다고 했어. 자기를 기자라고 속이고 취재하고 싶다고 코오로기를 만났대. 아무리 동창이어도 오랜만에 만났으니까 처음에는 경계할 거 아냐? 그래서 뭐 사주고 하면서 몇 번 가짜 취재를 했대. 머리가 꽤 잘 돌아가지?"

소녀는 시시한 영화 줄거리를 설명하듯 담담히 말을 이어갔다.

"그래서 몇 번 만나면서 경계가 풀렸을 때쯤 술을 마시자고 꼬신 거야. 취재한 보답으로 쏘겠다고. 용돈이 적은 코오로기는 좋아하면서 따라왔지. 남자는 그런 코오로기를 캬바쿠라에 데려가서 잔뜩 먹였어."

"…세세한 부분까지 아네."

"그놈이 몇 번이나 자랑처럼 떠들었거든. 싫어도 기억이 나. 호텔에서 1차전 끝나고 계속 그 작전만 자랑하더라고. 귀에 딱지가 앉았어."

소녀가 말하는 '그놈'은 코오로기를 속인 남자를 가리키는 듯했다.

"음, 어디까지 얘기했더라? 네가 끼어드니까…. 맞다, 맞다. 캬바쿠라에서 술을 먹여서 뻗게 했다는 데까지 했지. 근데 캬바쿠라에서는 아무리 예쁜 언니가 있어도 손끝 하나 못 건드리잖아. 술은 잔뜩 들어갔고, 좋은 여자가 있는데 아무것도 못 해. 당연히 답답했겠지. 그래서 그놈이 코오로기한테 말했어. '내가 좋은 가게를 아니까 거기로 가자'고."

"혹시 방금 그?"

"감이 좋네. 그래, 거기야. '스트로베리 클럽'. 거기서 내가 등장하지. 술이 떡이 된 코오로기를 데리고 온 그놈은 귀여운 여자애를 소개하겠다면서 나를 지명해서 코오로기를 만나게 했어. 가게 시스템도 모르고 취해서 제정신도 아니던 코오로기는 시키는 대로 다 따랐어."

그때 이미 사진을 한 장 찍혔다는 의미인 듯했다. 사야는 납득했다.

"당연히 나랑 그놈은 한패였어. 나는 미리 합의한 대로 코오로기를 유혹했지."

"유혹…."

"그래, 유혹. 노는 데 익숙하지 않은 아재는 간단해."

"어떻게 유혹…, 속였어?"

"잠깐 얘기하다가 갑자기 우는 거야. 물론 연기로. 그럼 아재는 놀라서 무슨 일 있냐고 물어. 그럼 이렇게 대답하는 거야. 오늘 좋아하는 사람한테 차여서 자포자기하는 심정으로 이런 데에 와 버렸다고. 그 아재는 홀랑 속아 넘어가서 열심히 위로해 줬어."

소녀는 어깨를 으쓱했다.

"그러고 적당히 기회를 봐서 말하는 거야. '외로운데 오늘 밤은 아저씨가 위로해 줄래요?'라고. 그 아재는 깜짝 놀라서 어쩔 줄을 몰랐지."

소녀는 담담하게 이어서 말했다.

"그래서 마지막으로 쐐기를 박았어. '나 스무 살이니까 아무 문제 없어요'라고. 그러면 KO야. 어차피 남자는 그런 동물이니까."
"너 스무 살이야?"
"설마. 아직 열일곱이야. 그래서 문제가 많지."
사야는 놀라서 화장이 짙은 소녀의 얼굴을 빤히 쳐다보았다. 사진에서는 교복을 입긴 했지만, 설마 열일곱일 줄은 몰랐다.
"뭐야. 기분 나쁘니까 빤히 쳐다보지 마."
"미안. 좀 놀라서."
"늙어 보인다는 소리지? 일부러 그래 보이게 화장한 거야. 너도 나랑 별 차이 없으면서 저런 가게에 왔잖아."
"…나는 스무 살인데."
"뭐? 거짓말. 네가 스무 살이라고? 꼬맹이 같아서 내 또래인 줄 알았는데."
"남이사."
"뭐야, 원조 교제하려고 일부러 어설픈 시골 여자애처럼 하고 다니는 거 아니고? 그런 거면 성공적이야."
"그런 거 아니거든!"
"뭐? 그럼 진짜 이렇다는 거네? 촌스러워."
사야는 입술을 깨물고 소녀를 노려보았다.
"미안. 너무 화내지 마. 너 자세히 보니까 본판은 나쁘지 않다. 내가 언제 한 번 화장해 줄게. 몰라볼 정도로 세련되고 좋은 여자로 변신할 수 있을 거야."
"필요 없어."
"에이, 그러지 말고. 내가 코디해 줄게. 너는 내가 손대는 보람이 있을 것 같아. 남자친구도 깜짝 놀랄걸."

"남자친구…, 없어. 그보다 코오로기라는 사람에 대해서 알려 줘. 속여서 가게 밖으로 나온 다음에 호텔에 갔다며? 그런데 좀 이상하잖아. 자기가 위로해달라고 해놓고, 같이 호텔에 가서 돈을 받았을 거 아냐?"

"뭐? 무슨 소리야? 코오로기한테는 돈 안 받았어. 돈을 받겠다고 하면 안 쫓아올지도 모르잖아."

"근데 네가 방금 돈을 받았다고…."

"아아, 그거. 아니, 나는 코오로기한테 돈을 받은 게 아니라, 그 놈한테 받았어. 코오로기를 나한테 부탁한 놈. 10만 엔이나 주더라고. 뭐, 그 정도도 안 줬으면 수지 타산이 안 맞았겠지만. 그렇게 연기로 남자를 속이는 거, 다른 애들은 못 하거든."

소녀는 스웨터에 싸인 가슴을 자랑스럽게 내밀었다.

"그래서, 둘이 호텔에 들어가는 순간을 너한테 돈을 준 남자가 촬영했다는 거지?"

"뭐, 그런 거지."

"뭐 때문에 그런 사진을 찍은 거야?"

"글쎄. 거기까지는 못 들었어. 예상은 되지만. 여고생이랑 호텔에 들어가는 사진이잖아. 그런 게 여기저기 뿌려지면 어떻게 될 것 같아? 체포야, 체포. 회사에서도 잘리고. 인생 끝이야. 어떤 억지 부탁이라도 들어주게 되지."

"회사! 그래. 그 사람이 어떤 회사에 다녔는지 기억해?"

"어떻게 그런 것까지 기억해? 이름도 겨우 생각났는데."

"뭐든 좋아. 뭔가 기억나는 거 없어?"

"으음…. 맞다. 그러고 보니까 직업이 무슨 영어였어. 딜러나 컨설팅 같은 느낌."

"딜러…, 컨설팅….."

그런 것들이 어떤 직업인지는 확실치 않지만, 왠지 돈 냄새가 났다.

돈…, 협박…. 사야는 머릿속에서 가설을 세우며, 아이스티를 홀짝이는 소녀에게 시선을 던졌다.

"그 코오로기라는 사람, 죽었댔지? 그건 어떻게 알았어? 뉴스?"

"설마. 그렇게 별 볼 일 없는 아재가 자살한 게 뉴스에 왜 나오겠어? 그놈이 알려줬어."

"그놈이라면, 사진을 찍었다는 남자?"

"그래. 그 일을 하고 한 달쯤 지나서 그놈이랑 평소처럼 원조교제를 했어. 그때 한 번 끝내고 나서 그놈이 '그러고 보니 얼마 전에 그 자식, 목매달았어. 너무 몰아붙였나?'하면서 웃더라고."

소녀의 미간에 깊은 주름이 팼다. 목소리가 가녀리게 변했다.

"나도 큰돈을 받으려고 한 일이지만, 설마 자살할 줄은…. 그러려고 한 건 아니었어. 그냥 가벼운 마음이었어."

소녀는 변명하듯 중얼거리며 고개를 숙인 채 눈만 치떠서 사야를 보았다. 사야는 용서를 구하는 듯한 소녀에게서 말없이 눈을 돌렸다.

그 말처럼 소녀에게는 그렇게까지 강한 악의가 없었을 것이다. 하지만 코오로기라는 사람의 죽음에 소녀가 관여한 것은 명백한 사실이다. 그리고 애초에 소녀를 용서할 권리가 사야에게는 없다.

"있잖아, 나, 그 아저씨 가족한테 사과하러 가는 게 좋을까?"

"안 돼! 그러지 마, 절대!"

사야는 날카로운 목소리로 말했다. 가족에게 사과하면 소녀의 마음은 편해질지도 모른다. 하지만 그 행동은 가족을 상처 입히는 것밖에 되지 않는다.
 소녀는 아랫입술을 세게 깨물며 고개를 끄덕였다. 사야는 그 소녀가 왜 자신에게 일련의 진실을 이야기할 마음이 들었는지 알 것 같았다. 아무에게도 사건에 대해 말하지 못하고 죄책감을 느꼈을 소녀에게, 사야는 좋은 돌파구였을 것이다.
 "그거 말고는?" 사야는 일부러 차가운 목소리로 정보를 더 요구했다.
 "그거 말고는 아무것도 없어. 그 이후로 그 사진을 찍은 남자랑 엮이기 싫어서 전화가 와도 무시했더니 요즘에는 연락도 안 와."
 소녀는 힘없이 말하고 입을 꾹 다물었다. 사야는 관자놀이에 손을 대고 곰곰이 생각했다.
 SD카드에 있던 사진이 찍힌 경위, 그리고 거기에 찍힌 남자의 성을 알아냈다. 큰 수확이다.
 "고마워, 이것저것 알려줘서." 사야는 테이블 위에 놓인 영수증을 들었다.
 "어? 벌써 가려고?" 소녀는 왠지 매달리는 눈빛을 던졌다.
 "그럴 만한 시간이잖아. 너도 집에 가. 가족이 걱정해."
 벽시계를 보니 오후 여덟 시를 넘었다. 유우키에게는 이 가게에 들어오기 전에 귀가가 조금 늦는다고 메시지를 보내 놓았지만, 너무 늦으면 걱정할지도 모른다.
 "날 걱정할 가족은… 아무도 없어."
 소녀가 기어들어 가는 목소리로 말했다. 일어서려던 사야는 움직임을 멈췄다.
 "부모님은?"
 "이혼해서 엄마가 나를 거뒀는데, 그 여자, 남자랑 노는 데에 푹 빠져서 나 같은 건 신경도 안 써."

"…그렇구나."

"돈이 필요해. 그 여자가 나한테 한 푼도 안 줘서 직접 안 벌면 굶어 죽어. 그러니까, 어쩔 수 없어."

어쩔 수 없다. 원조 교제를 했어도, 남자를 속여서 죽음에 몰아넣었어도. 소녀의 주장은 너무나 자기중심적이었다. 하지만 소녀에게 느끼던 혐오감은 점점 옅어졌다. 자신과 비슷한 소녀의 처지가 안쓰러워서일까? 그런 건 변명도 안 되는데.

"너, 이름이 뭐야?"

"어? 이름? 아케미인데…."

"그렇구나. 나는 사야라고 해. 아케미, 사진을 찍은 그 남자는 사가와지?"

"어떻게 알았어?" 아케미라고 자신을 소개한 소녀는 눈을 동그랗게 떴다.

"나도 아는 사람이야. 그놈한테 펜던트를 맡는 바람에 이상한 일에 휘말렸거든."

"펜던트라면, 혹시 마노?"

"어? 맞아. 그걸 알아?"

"본 적 있거든. 얼마 전에도 사가와가 나한테 뭔가 맡기고 싶다고 메시지를 보냈는데, 나는 이제 그놈이랑 엮이지 않기로 결심한 상태여서 무시했어."

사야의 얼굴이 순간 굳었다. 눈앞에 있는 소녀 대신 자신들이 펜던트를 맡는 바람에 에미는 목숨을 잃었다.

"미안해. …네가 문제에 휘말린 것도 나 때문이야?"

"아니, 그런 거 아니야. 전부 사가와 잘못이야. 네가 책임감 느낄 필요 없어."

사야는 눈시울이 붉어진 아케미에게 당황하며 말했다. 어느새 그녀는 사람을 거부하는 태도를 거두고, 어울리지 않는 화려한 화장을 한 열일곱 소녀가 되어 있었다.

"하지만 그 아저씨는… 내가…."

아케미의 눈에서 눈물이 흘러넘쳤다. 사야는 주머니에서 손수건을 꺼내 아케미의 얼굴을 닦아주었다. 그러는 동안 아케미는 눈을 감고 어린아이처럼 얌전히 있었다.

"그래, 그 사람이 죽은 책임은 너한테도 있을지 몰라. 하지만 사가와는 네가 거절했어도 다른 여자애를 써서 똑같은 짓을 했을 거야. 그러니까 제일 못된 건 사가와야. 너한테 모든 책임이 있다고 생각할 필요는 없어."

사야는 그 말이 궤변임을 알면서도 아케미를 위로했다.

"정말? 정말 그렇게 생각해?"

아케미는 코를 훌쩍이며 눈물로 화장이 무너진 얼굴에 울음 섞인 미소를 띠었다.

"저기, 혹시 그 펜던트 안에 SD카드 같은 거 들어 있지 않아?"

"알고 있었어?" 사야의 눈이 휘둥그레졌다.

"역시 그랬구나. 그놈, 나랑 있을 때 그 SD카드 속 내용을 편집했거든. '이걸로 큰돈이 손에 들어올 거야' 같은 말을 하면서."

"혹시 그거 비밀번호 알아? 그걸 못 풀어서 지금 문제야."

"비밀번호? 미안, 그렇게까지 열심히 보지는 않았어."

"그렇겠지…."

"사가와한테 물어보지 그래? 그놈, 소심해서 조금만 협박하면 아마 술술 불걸."

"…사가와랑 연락이 안 닿아서."

사가와가 살해당한 사실은 말하지 않는 편이 좋을 것 같다. 이 이상 이 소녀에게 겁을 주고 싶지 않았다.

"그렇구나. 하여튼 그놈도 뭔가 수상했어. 어디로 도망쳤는지도 모르지. 저기, 그 펜던트, 지금 갖고 있어?"

"어? 아니, 지금은 없는데…."

조심하려고 펜던트는 유우키의 집에 두고 왔다.

"괜찮으면 다음에 그 SD카드 좀 보여줄래? 확실치는 않지만, 나라면 그 비밀번호를 풀 수 있을지도 몰라."

"어? 정말?"

"응. 나 그런 거 잘하거든. 그리고 너, 그 사진 찍힌 사람에 대해서 알고 싶댔지? 명함 보여줄까? 그 아저씨한테 받은 거."

"그 명함을 아직 갖고 있어?"

"응. 안 버렸으니까 아마 집에 있을걸. 내 방이 더러워서 찾는 건 귀찮겠지만."

"부탁해. 찾아줘."

"그럼 네 연락처 알려줘. 찾으면 연락할게."

"응. 부탁해."

"근데 너무 귀찮으니까 공짜로는 안 돼. 사례는 선불로 받을게."

"선불? …그러고 싶은데, 나 이제 돈이 얼마 없어."

"돈은 이제 됐어. 그거 말고…."

소녀는 어깨를 움츠리면서 시선을 보냈다.

"혼자 있기 외로우니까 여기서 나랑 조금만 더 떠들다 갈래?"

"다녀왔습니다. 늦어서 미안."

사야는 현관에서 신발을 벗으며 방 안을 살폈다. 시간은 밤 열두 시가 다 됐다.

어쩔 수 없이 함께 놀았지만 아케미와의 시간은 의외로 즐거웠다. 비슷한 또래와 이야기하는 것도 오랜만이었고, 성격이 명랑한 아케미는 어딘지 모르게 에미를 연상시켰다. 정신을 차리고 보니 시곗바늘은 오후 열한 시를 지나고 있었다. 수다에 푹 빠져 있는 동안 생각보다 시간이 빨리 지나갔다.

급하게 스마트폰을 꺼내 보니, 유우키에게 부재중 전화가 몇 통이나 와 있었다. 그동안은 아무리 늦어도 오후 아홉 시에는 집에 들어갔다. 그런데 이렇게 늦었으니 걱정할 만하다. 사야는 허둥지둥 전화를 걸어서 목소리가 언짢은 유우키에게 금방 가겠다고 말하고, 아쉬워하는 아케미에게 인사한 뒤 서둘러 귀가했다.

사야는 조심스러운 걸음걸이로 거실에 들어갔다. 유우키는 거실 소파에 앉아서 오토바이 잡지를 보고 있었다.

"저기… 아직 안 잤구나."

유우키는 "응…" 하며 잡지를 옆에 놓고는 어깨를 움츠린 사야를 보았다.

"…밥은 잘 먹었어?"

"응." 유우키는 무뚝뚝하게 대답했다.

"미안해. 친구가 좀 생겨서. 개랑 정신없이 떠들다 보니…"

"응."

"저기, 화… 났지? 밥 안 한 건 미안해."

"밥을 안 해서 내 기분이 상한 거라고 생각해?"

"…아니야?"

사야가 묻자, 유우키는 청바지 주머니에서 종이 몇 장을 꺼내

살인의 이유 217

테이블 위에 펼쳤다. 사야는 숨을 삼켰다. 테이블 위에 펼쳐진 종이. 그것은 지난 며칠 동안 사야가 돌아다닌 만남 카페와, 그 과정에서 억지로 받은 유흥업소 전단지였다. 오늘 집을 나서기 전, 가방과 지갑에 든 필요 없는 물건을 정리해서 쓰레기통에 쑤셔 넣었다. 거기에 같이 섞여 있었나 보다.

"필요한 돈은 내가 준다고 했잖아. 왜 이런 짓을 해?"

한숨 섞인 목소리로 유우키가 말한 순간, 사야는 잠시 가셨던 핏기가 머리로 쏠리는 것을 느꼈다. 분노라고도 슬픔이라고도 할 수 없는 감정이 가슴속에서 날뛰어 제어할 수 없게 되었다.

나를 누가 어떻게 생각하든 상관없다. 특히 남자는.

다른 사람의 눈 따위 신경 쓰지 않는, 그 정도 강함이 없으면 혼자 이 도쿄에서 살 수 없다. 에미에게 그 사실을 배웠다. 실제로 속옷을 팔거나 투고 잡지 모델을 하는 저속한 일에도 꿈을 위해서 손을 댔다. 그전에는 진심으로 몸을 팔려고 한 적도 있었다. 나는 그렇게 깨끗한 여자가 아니다. 그래서 다른 사람이 어떻게 생각하든 상관없다. 그렇다. 상관없었다.

"아니야!"

울먹이는 목소리로 외치자, 유우키는 눈을 휘둥그레 떴다. 사야는 눈물을 닦는 것도 잊고 유우키를 노려보았다.

"나는 그런 짓 안 했어! 몸 안 팔았어!"

감정이 제어되지 않았다. 내가 왜 우는지도 모르겠다.

"나는 그런 짓 안 했어. 정말로…."

사야는 고개를 숙였다. 눈물이 중력을 따라 떨어져서 바닥에 얼룩을 남겼다. 시야 안에 유우키의 발이 들어왔다.

"오해하지 마. 네가 몸을 팔았다고 생각하지 않아."

사야는 "어?" 하며 힘없이 고개를 들었다. 유우키는 난처한 표정으로 사야를 보았다.
"기껏해야 사진 속 남자를 조사했겠지."
유우키는 만남 카페 전단지를 가리켰다. 사야는 여러 번 고개를 끄덕끄덕했다. 눈물이 콧속에서 목구멍으로 흘러 들어가서 아직 말이 제대로 나오지 않았다.
"네가 몸을 못 팔 거라는 건 처음부터 알았어."
"…정말?"
"너 남자를 싫어하, 아니…, 무서워하잖아."
"어떻게 그걸…." 계속 숨기던 사실을 지적당하자, 사야는 눈을 휘둥그레 떴다.
"무슨 소리야? 우리 집에 왔을 때 그렇게 경계해 놓고."
"나는 그러려고 그런 게…."
"나무라는 거 아니야. 싫은 건 어쩔 수 없잖아."
정수리에 유우키의 손바닥이 놓였다. 머리카락을 통해서 전해지는 온기가 머리에서 전신으로 퍼져나가는 느낌이었다.
그날부터 남자를 싫어했다. 남자는 믿을 수 없다. 하지만 이 사람이라면….
사야는 두 손으로 주먹을 꼭 쥐더니, 솟아오르는 충동을 막지 않고 입으로 뱉었다.
"나…, 나, 얹혀살던 집에서 나쁜 짓을 당했어!"
"…뭐? 아니, 나는 그 얘기를 들으려는 게…." 유우키는 눈을 부릅뜨며 경악했다.
"괜찮아. 들어줘! 부탁이야!"
사야는 소리치듯 말했다. 줄곧 기억 한 편에 묻어둔 이 상처. 지금을 놓치면 두 번 다시 아무에게도 말하지 못하고 시달릴 것이다. 그런 확신이 들었다.

"나를 거둬준 이모의 남편, 그놈이 처음에는 나를 완전히 무시하더니, 고등학교에 들어갈 때쯤부터 갑자기 나한테 접근했어."

사야는 목이 멨다. 그 남자의 얼굴이 뇌리를 스쳐서 머리가 깨질 듯 아팠다.

"그러면서 가슴이며 허리며 노골적으로 만지고…. 근데 나는 갈 데가 없어서 꾹 참고…."

입안이 바짝바짝 말랐다. 사야의 목소리는 조금씩 갈라졌다.

"가출한 날, 이모가 친구랑 여행을 가고 없었어. 그러니까 밤에 그놈이 내 방에 오더니 침대에 기어들어 와서 내 몸을 만지고…, 속옷에까지 손을 넣으려고 했어. 그래서 이모한테 다 말할 거라고 했는데, 그놈이 키워준 은혜도 모른다고 때렸어. 아팠어. 무서웠어. …살해당할 것 같았어. 그래서 나는 그놈의 손을 최대한 세게 깨물었어. 세게. 이가 뼈에 닿을 정도로…."

그때 느낀 비릿한 쇠 맛, 송곳니에 닿은 딱딱한 물질의 감촉이 떠올라서 강한 구역질이 올라왔다.

"그랬더니 그놈이 또 나를 때리고 방을 나갔어. 나는 더는 그 집에 있을 수 없어서 언젠가 혼자 살려고 모아둔 돈만 챙겨서…."

목소리가 갈라졌다. 입안이, 그리고 마음이 메말라서 말을 이어 갈 수 없었다.

나는 왜 이런 이야기를 하고 있을까? 왜 굳이 떠올리면서?

어깨를 떠는 사야의 몸을 따뜻한 것이 다정하게 감쌌다. 사야는 고개를 들었다.

"…힘들었겠다."

안아주는 유우키와 눈이 마주친 순간, 몸이 순식간에 가벼워졌다.

"…응. 하지만 괜찮아. 왜냐하면 지금은… 힘들지 않으니까."

사야는 손가락 끝으로 눈물을 닦고 미소를 만들었다. 예상보다 쉽게 웃을 수 있었다.

혼자 껴안아 온 트라우마를 고백한 덕분에 드디어 그 남자의 속박에서 해방된 느낌이었다. 엄마와 사별하고 나서는 느껴본 기억이 없을 정도로 개운한 감각을 곱씹으면서도 사야는 의아했다.

유우키에게 이야기했을 뿐인데, 왜 마음이 가벼워졌을까? 나는 왜 지금껏 에미에게조차 말하지 못한 이야기를 유우키에게 말하고 싶었을까?

사야는 유우키의 얼굴을 바라보았다. 가슴 중심이 살며시 따뜻해졌다.

아아, 나는 이 사람을 좋아하는구나. 사야는 아주 자연스럽게 그렇게 깨달았다.

"나, …유우키 말대로 남자는 싫지만, 유우키는 싫지 않아."

빙 돌려 말한, 알아듣기 힘든 고백은, 지금의 사야에게 최고의 애정 표현이었다. 예상대로 유우키는 사야의 말을 다른 의미로 이해한 듯, 이마에 주름을 잡았다.

"뭐야, 나는 남자로 안 보인다는 뜻이야?"

사야는 작게 웃음소리를 흘렸다. 이걸로 충분하다. 내 마음을 알아주지 않아도, 계속 지금처럼 지내준다면….

돌발적으로 시작된 이 동거 생활이 얼마나 불안정하고 비뚤어진 것인지 사야는 알고 있었다. 만약 자신을 납치하려고 한 남자들이 체포되면, 꼭 그게 아니더라도 무언가 자그마한 계기가 생기면, 이 생활에 마침표가 찍힐 것이다.
 가능하면 얼른 남자들이 체포되면 좋겠다. 하지만 유우키와 함께하는 생활은 최대한 오래 이어가고 싶었다. 상반되는 마음이 사야 안에서 소용돌이쳤다.
 "그럼 유우키는 왜 그렇게 화났어?"
 "위험하니까 사건에 관여하지 말라고 했잖아. 그리고 돈도 혹시 모르니까 인출하지 말라고 했고."
 유우키는 사야의 몸에 감았던 두 손을 풀더니, 테이블 위에 있는 종이 한 장을 가리켰다. 그것은 ATM에서 돈을 인출했을 때 나온 명세서였다.
 "…미안."
 유우키가 미련 없이 손을 물리는 데에 가벼운 불만을 느끼면서도 사야는 순순히 사과했다.
 "그놈들은 사람을 둘이나 죽였을지도 몰라. 아무리 조심해도 과하지 않다고."
 사야는 어깨를 움츠렸다. 유우키가 구해준 뒤로 상당한 시간이 지나서 어느새 경계심이 느슨해졌다. 사건의 진상을, 왜 에미가 살해당해야만 했는지를 알려고 하는 것이 잘못됐다고 생각하지는 않는다. 하지만 안일하게 돈을 인출한 것은 유우키가 말한 대로 경솔했을지 모른다.
 "다음부터는 외출할 때 이걸 갖고 나가."
 유우키는 테이블 위에 놓인 종이가방을 밀었다. 받아서 안을 보니, 거기에는 커다란 선글라스와 손에 쏙 들어오는 크기의 반투명한 하트 모양 열쇠고리가 들어 있었다.
 "이게 뭐야?"

사야는 하트 모양 열쇠고리를 꺼냈다. 옆면에는 끈이 달려 있었고, 뒤쪽은 스피커처럼 격자형이었다.

"방범 경보기야. 그 옆에 달린 끈을 세게 잡아당기면 큰 소리가 난대. 밖에 나갈 거면 선글라스로 변장하고 그 방범 경보기를 들고 다녀."

사야의 입가에 미소가 걸렸다. 유우키가 자신을 걱정해 주는 것이 기뻤다.

"그렇게 내가 걱정됐어?"

놀리자, 유우키는 쑥스러움을 숨기고 싶었는지 무뚝뚝하게 화제를 돌렸다.

"그보다 뭔가 단서는 찾았어?"

"…아니. 전혀 없었어."

눈을 가늘게 뜨고 묻는 유우키에게 사야는 잽싸게 거짓말을 했다.

"그래? 어쩔 수 없지. 이제 이상한 데 가지 마. 수사는 경찰에 맡겨."

"응. 이제 그런 데 안 갈 거야. 약속할게."

사야는 순순히 고개를 끄덕였다. 그렇다. 이제 그런 데에 갈 필요가 없다. 거기서 얻을 수 있는 정보는 이미 얻었으니까.

에미의, 유일무이한 절친의 원수는 반드시 내 손으로 갚는다. 내 손으로 범인을 찾아낼 것이다. 그런 결의는 지금도 흔들리지 않았다. 하지만 유우키에게 걱정을 끼치고 싶지 않았다.

사야는 유우키를 바라보며 마음속 결의를 미소라는 가면으로 감췄다.

1
미사키 유우키

　이바라키 산속을 달리는 열차는 평일, 그것도 출퇴근 시간이 아닌 시간대인 만큼 한산했다. 부드러운 가을볕이 창문에서 비쳐 들었다.
　유우키는 PTP 포장재에서 알약을 꺼내 입안에 던져 넣었다. 겉에 코팅된 당분이 침에 녹아서 어렴풋한 단맛이 입에 퍼졌다. 페트병에 든 녹차 음료로 약을 삼키고 크게 한숨을 쉬었다. 며칠 전부터 복부에서 느껴지던 둔한 통증이 점점 심해졌다. 예전에는 하루에 한 번 정도 복용하면 되던 진통제를 매 식사 후에 먹지 않으면 통증이 잦아들지 않았다.
　왔구나…. 유우키는 마음을 진정시키듯 얕고 느린 호흡을 반복했다. 지금까지 들키지 않도록 몸속에서 숨죽이고 있던 암세포가 드디어 본격적으로 침략에 나섰다. 이제 핏속에서 영양분을 더 빼앗아서 증식하고 통각 신경에 침윤해서 통증을 일으킬 것이다. 이제 곧 일반적인 진통제로는 감당할 수 없을 것이고, 마약성 진통제로 통증을 막아야 할 것이다.

순간, 그 검디검은 혼돈이 마음을 무너뜨릴 것 같았다. 유우키는 가볍게 고개를 흔든 뒤, 무릎 위에 놓인 자료를 손에 들고 의식을 활자에 집중시켰다. 마지막으로 '일'을 한 날부터 항불안제를 복용하지 않아서 툭하면 검은 감정이 피어오르는 것이 느껴졌지만, 그때마다 의식을 다른 곳으로 돌려서 마음이 썩는 것을 막아 왔다.

"사카모토 미츠오…."

유우키는 작은 소리로 중얼거렸다. 우사미에게 받은 자료에 적힌 남자의 이름이었다.

사카모토 미츠오는 도치기현에서 태어났다. 중학교 졸업과 동시에 도쿄에 와서 목수의 제자가 되었고, 22세에 결혼해서 슬하에 아이를 하나 두었다. 그런데 30세에, 평범하지만 순조롭던 사카모토의 인생이 크게 틀어졌다. 현장에서 떨어진 자재에 깔려 왼쪽 다리가 분쇄 골절된 것이다. 수술과 재활을 했지만, 손상이 심해서 두 번 다시 현장에 설 수 없는 몸이 되었다. 그 일을 계기로 그의 인생은 추락하기 시작했다.

그는 일할 수 없는 답답함을 가족에게 쏟아냈고, 가정 폭력을 이유로 32세에 이혼했다. 그 이후 도박에 빠져 재산을 탕진하고 기초 생활 보장 수급자가 되었다. 그리고 지금으로부터 약 30년 전, 사카모토는 끝내 인간으로서 선을 넘는다.

사카모토는 여름 해 질 녘에 자전거로 밭과 밭 사이 논두렁길을 달리고 있었다. 딱히 어떤 목적이 있어서 그곳을 찾아간 것은 아니었다. 실제로 그곳은 사카모토가 처음 가보는 장소였고, 사카모토가 사는 곳에서 10킬로미터 이상 떨어져 있었다.

"왠지 그런 기분이었어. 어딘가 멀리 가고 싶었어. 사라져 버리고 싶었어."

시간이 흘러 사카모토는 취재에서 그렇게 대답했다. 그 변덕이 비참한 사건의 계기가 되었다.

논두렁길을 정처 없이 자전거로 달리던 사카모토의 눈에 한 소녀가 들어왔다. 소녀의 이름은 세가와 료코. 고등학교에서 동아리 활동을 마치고 귀가하던 길이었다.

자포자기한 상태로 쌓여만 가는 분노를 토해낼 배출구를 찾아 헤매던 사카모토는 자전거를 타고 뒤에서 다가가 덮치듯 소녀를 밭 안으로 밀어 넘어뜨렸다. 폭행이 목적이었다. 기껏해야 고등학생 소녀니까 넘어뜨리면 얌전해질 것이라고 얕잡아봤다. 하지만, 갑자기 뒤에서 공격을 받은 소녀는 패닉에 빠져서 거세게 저항했다. 상상을 뛰어넘는 저항에 당황한 사카모토는 무의식적으로 소녀의 가녀린 목을 두 손으로 힘껏 졸랐다. 그리고 그가 정신을 차렸을 때, 소녀의 얼굴은 이미 흙빛으로 변한 뒤였다. 사카모토는 비명을 지르며 그곳을 벗어나 자전거로 쏜살같이 도망쳤다.

다음날, 밭 주인이 소녀의 시신을 발견해 경찰에 신고했다. 전날에 이미 가족이 실종 신고를 한 터라 소녀의 신분은 금방 확인되었다. 이바라키현 경찰은 살인사건으로 판단해 수사본부를 설치했지만, 수사는 곧 암초를 만났다.

수사 당국과 소녀의 유족에게는 불행하게도, 그리고 사카모토에게는 다행스럽게도, 밤 내내 내린 큰비가 현장에 있던 범행의 흔적을 깨끗이 씻어낸 상태였다. 많은 수사 인력을 투입했지만, 결국 수사의 손이 사카모토에게 닿는 일은 없었고, 시간만 흘러가

다가 마침내 사건은 사람들의 기억에서 서서히 사라졌다.

사건의 진상은 완전히 어둠 속에 묻혔다. 누구나 그렇게 생각했다. 그런데 작년에 아무도 예상하지 못한 일이 일어났다. 계기는 한 방송사가 '미해결 흉악 범죄 사건부'라는 이름으로 방송한 특별 프로그램이었다.

두 시간 동안 다양한 미해결 사건을 재현 드라마 형식으로 내보내고 생방송으로 시청자에게서 사건을 해결할 단서를 제보받았다. 그중에 '이바라키현 미소녀 고등학생 살인사건'이라는 진부한 캐치프레이즈와 함께 세가와 료코의 사건도 '안타깝게도 2010년 공소시효 폐지 전에 시효를 맞아서 범인을 찾아도 기소할 수 없게 된 사건'이라고 짧게 방송을 탔다.

프로그램이 거의 끝나갈 무렵, 방송사에 전화가 한 통 걸려 왔다. 전화를 건 사람은 사건의 공소시효가 끝난 것이 맞냐고 끈덕지게 확인한 뒤, 천천히 말했다.

"내가 범인인데…"라고.

전화를 받은 직원은 처음에 그저 장난인 줄 알았다. 하지만 남자가 말하는 내용이 너무나 구체적이어서 혹시나 하고 피디에게 연결했다.

업계 사람의 촉으로 그 전화가 장난이 아니라 특종임을 바로 감지한 피디는 전화 상대인 사카모토 미츠오에게 사건은 공소시효가 끝나서 법적으로 처벌받을 일이 없다고 강조하며 취재를 제안했다. 당연히 섭섭지 않게 사례비도 주겠다고 했다.

사카모토는 제안을 쉽게 받아들였다. 사카모토가 방송사에 연락한 큰 이유 중 하나가 프로그램이 제시한 정보 사례비였다. 기초 생활 보장으로 받은 돈을 도박에 쓰는 것이 습관이 된 사카모토는 자신의 범행을 고백해서 돈을 벌려고 할 만큼 경제적으로 궁핍했다.

 방송사는 신속히 사카모토와 연락을 취해 취재를 진행했다. 취재 스태프들은 사카모토를 매우 정중하게 대했다. 사회의 밑바닥에서 지내던 사카모토는 그 대우에 감동해서 기분 좋게 자신의 범행을 전부 털어놓았다.

 취재 리포터는 사카모토의 성장 배경과 부상, 범행 후의 비참한 생활에 깊은 동정을 표하며 이야기를 끌어냈다. 그 리포터의 태도가 사카모토의 입에 윤활유를 발랐고, 사카모토는 끝에 가서는 눈물을 흘리며 오랫동안 가슴에 묻어둔 생각을 토해냈다.

 취재가 끝나고 몇 주 후, 방송사는 사카모토를 취재한 내용을 기반으로 '이바라키 여고생 살인사건의 진실: 공소시효가 초래한 어둠'이라는 제목을 달아 대대적으로 특집 방송을 내보냈다.

 방송을 본 사카모토는 아연실색했다. 취재할 때는 그렇게나 자신에게 동정을 표했으면서, 막상 방송된 내용은 가련한 여고생을 자신의 이기적인 욕망으로 죽인 범인을 강하게 규탄하는 것이었다. 모자이크 너머에서 말하는 사카모토의 생각은 잔학한 살인자의 이기적인 망발이라고 해설자들에게 단죄받았다. 처음부터 끝까지 시청자로 하여금 범인에게 엄청난 분개를 느끼게 하는 내용이었다. 거기에 이르러서야 사카모토 미츠오는 자신이 언론의 입맛대로 조종당했음을 깨달았다.

 살인범을 찾았지만, 공소시효 때문에 처벌하지 못한다. 이 뉴스를 언론은 낱낱이 다루었다. 몇몇 주간지가 특집을 편성해서 사건을 다루었고, 그중에 한 잡지가 사카모토의 사진을 수정하지도 않고 실명과 함께 게재했다. 또 인터넷에는 주소를 포함한 사카모토의 개인정보가 버젓이 노출되었다.

사카모토가 사는 공동주택은 연일 유족에게 사죄하라고 요구하는 언론들과 오지랖 넓게 분노에 휩싸인 구경꾼들에게 둘러싸였다. 자기중심적 피해 의식이 더 강해진 사카모토는 자신의 거처를 에워싼 사람들에게 폭언을 던지고 때로는 양동이에 퍼온 물을 뿌려서 세상으로부터 더욱 고립되었다.

그리고 올해 2월, 사람들도 사카모토를 잊어가던 무렵, 일련의 사건에 마침표가 찍혔다. 사카모토가 집 근처 길거리에서 살해된 채로 발견된 것이다. 날카로운 날붙이에 목을 베여서 과다 출혈로 죽은 상태였다. 언론도 사카모토의 죽음에 책임을 느꼈는지 TV나 주간지에서 대대적으로 보도하지 않았다. '공소시효를 맞은 살인범의 죽음'이 아닌 '의지할 데 없는 노인의 죽음'으로만 작게 보도되었고 범인은 아직 찾지 못했다.

유우키는 자료에서 눈을 들고 두 손으로 눈꺼풀을 눌렀다. 자세히 조사해서 간결하게 정리해 놓은 자료였다. 이것만 봐도 우사미가 유능한 저널리스트라는 것을 알 수 있다.

우사미에게 받은 이 자료를 자세히 읽으면 읽을수록 머릿속에서 한 가지 가설이 확신으로 변해 갔다. 사카모토 미츠오를 죽인 사람은 잭이다. 사건 현장이 도쿄와 인접한 가나가와현 가와사키시인 데다 트럼프는 남아 있지 않았지만, 범행 수법은 잭 사건 그 자체였다. 그리고 그 사건이 있고 두 달 후, 잭의 첫 범행으로 알려진 살인이 일어났다.

"이게…, 계기인가."

잭이 전화로 '공소시효도, 소년법도, 심신미약도, 증거불충분도,

전부 상관없다'고 했던 말. 그것이 계속 마음에 걸렸다.

잭의 피해자들은 대부분 다양한 이유로 무거운 형벌을 받지 않았다. 하지만 열 명이 넘는 피해자 중에 누구 하나 공소시효로 처벌을 피한 사람은 없었다. 그러나 잭은 제일 먼저 '공소시효'를 언급했다.

잭은 알려진 것보다 더 많은 살인을 저지른 것이 아닐까? 트럼프라는 소품으로 자신의 범행을 어필해 온 살인자. 그 연쇄 살인범이 마냥 숨기는 범행. 만약 그것이 정말 존재한다면, 바로 거기가 잭의 정체를 밝혀낼 거점일지도 모른다. 그렇게 생각한 유우키는 우사미에게 트럼프에 대한 정보를 넘겨준 대가로 한 가지 의뢰를 했다. 공소시효 탓에 체포되지 못한 범인 중에 최근에 살해된 놈이 있는지 알아봐 달라고. 그 결과 수면에 떠오른 인물이 사카모토 미츠오였다.

사카모토 미츠오가 바로 잭의 정체를 밝혀낼 열쇠가 틀림없다. 유우키는 주먹에 힘을 주었다.

열차가 서서히 속도를 줄였다. 차장이 의욕 없는 목소리로 다음 역 이름을 안내했다. 내려야 하는 역이다. 유우키는 자료를 조심스레 가방 안에 넣고 자리에서 일어났다.

명치에 가볍고도 날카로운 통증이 잠시 스쳤다.

상상하던 것보다 역 앞은 활기가 넘쳤다. 역사 안에 있는 백화점도 많은 쇼핑객으로 붐볐다. 유우키는 택시 승차장으로 걸음을 옮겼다.

"여기, 아세요?"

유우키는 택시에 타서 목적지 주소가 적힌 메모를 운전기사에게 건넸다.

"알긴 아는데, 꽤 멀어요. 그래도 괜찮아요?"

인심 좋은 중년 운전기사는 메모를 보며 유우키에게 물었다.

"상관없습니다. 거기로 가주세요."

유우키는 좌석에 등을 대고 눈을 감았다. 택시가 출발했다.

"손님, 이렇게 아무것도 없는 데에 뭐 하러 가요? 이 지역 출신이에요?"

10분쯤 달리다가 지루했는지 운전기사가 말을 걸었다.

"아니요. 그렇지는 않은데…."

유우키가 팔짱을 끼고 눈을 감은 채 대답했다. 딱히 졸리지는 않았지만, 지금은 그다지 다른 사람과 대화하고 싶지 않았다.

"그렇죠? 손님은 전혀 이쪽 말투가 아니더라. 이 동네 사람들은 표준어를 써도 약간은 억양에서 티가 나거든요."

유우키는 "그렇군요"라고 건성으로 대답했다.

"아아, 죄송해요. 쓸데없는 말이 많아서."

"괜찮습니다."

유우키는 목을 스트레칭하고 눈꺼풀을 들어 올렸다. 눈을 감고 있으니 자꾸 명치 부근에서 묵직함이 느껴졌다. 시각을 차단한 탓에 다른 감각이 더 예민해졌다.

"그래요? 그럼 왜 이런 촌구석에 왔어요? 친구가 살아요?"

"아니요. 조사할 게 좀 있어서요."

"조사요? 역사 깊은 건물이나 뭐 그런 거요?"

"그런 건 아니에요."

"아, 역시 그렇죠? 아무리 생각해 봐도 이 주변에는 그런 유서 깊은 게 없거든요. 아, 알았다. 손님, 탐정 아니에요? 뭔가 그런 분위기가 있어요. 뭐랄까, 하드보일드한 느낌."

유우키는 귀찮아서 "네, 뭐, 그런 거예요"라고 적당히 대답했다.

"역시. 이 일을 오래 하다 보면 딱 보여요. 그 뭐냐, 사람이 자아내는 분위기 같은 거요. 손님한테서는 뭐랄까…, 위험한 냄새가 나요."

"…그래요?"

설마하니 뒤에 앉은 손님이 사람을 넷이나 베어 죽인 짐승만도 못한 살인마인 줄은 꿈에도 모르겠지. 유우키는 자학적으로 쓴웃음을 지었다.

"사건 조사예요? 근데 이런 시골에는 사건이 거의 없는데…."

"옛날 사건이요. 아주 오래전."

"옛날 사건이면 혹시 그건가? 한 30년 전에 여고생이 살해된 거. 어때요, 손님? 그거 맞죠?"

"왜…, 그렇게 생각하세요?"

"아니, 저는 이 지역 출신인데, 사건다운 사건은 그것밖에 없거든요. 끔찍한 사건이었어요."

운전기사는 대놓고 한숨을 쉬었다.

"지금 가는 곳이 살해된 여고생이 다니던 학교잖아요."

"그 사건을 잘 아세요?"

운전기사가 말한 대로 목적지는 피해자 세가와 료코가 다니던 학교였다.

"그야 뭐, 그 당시에는 제가 이 근처에 살았거든요. 그때는 다들 정말 그 얘기만 했어요."

"혹시 피해자랑 아는 사이였다거나…."

"아뇨, 그렇게까지는 아니었어요. 근데 여동생이 그때 같은 학교에 다녔어요. 살해된 아이랑 같은 학교요. 그래서 소문 정도는 들었죠."

"어떤 소문이요?" 유우키는 몸을 앞으로 내밀었다.

"대단한 건 아니고, 우리 여동생도 직접 아는 친구는 아니었어요. 그 아이가 예뻤다든지, 인기가 많았다든지, 그 정도예요."

"그렇군요…."

"그러고 보니 그 사건, 범인이 직접 자기가 그랬다고 밝혔잖아요? 저도 TV에서 봤는데, 교활한 놈이에요. 공소시효가 끝나서 체포되지 않을 걸 알고 밝히다니. 그런 놈이 지금도 태연하게 살아 있다니. 세상은 참 불공평해요."

운전기사는 분노가 묻어나는 목소리로 말했다.

벌은 이미 받았어요. 천벌은 아니었지만. 유우키는 마음속으로 중얼거렸다.

"아, 그나저나 그 여자애 집은 난리였어요. 가족이 풍비박산 됐거든요. 결국 이 동네를 떠났지만."

"떠났다고요? 피해자 가족이?"

"으음, 어중간한 도시보다 이런 동네가 더 혹독하거든요. 살인사건은 좋은 소문 거리잖아요. 말 전하기 게임처럼 입에서 입으로 전달될수록 뭐가 뭔지 모르게 돼요."

유우키는 고개를 갸웃했다. 운전기사의 말이 이해되지 않았다.

"아니, 그러니까 이상한 소문이 돈다고요. 이런 데서는."

운전기사는 변명하는 말투로 덧붙였다.

"피해자가 이 남자 저 남자 번갈아 사귀어서 그 문제로 살해됐다든가 하는 소문이요."

"…그게 사실이었나요?"

"모르죠. 하지만 그런 소문이 어디서랄 것 없이 돌기 시작해서, 자업자득이라는 분위기가 생긴 건 사실이에요."

유우키는 팔짱을 꼈다. 피해자에게 씌워진 오명. 거기에 잭과 연결되는 단서가 있을까. 입을 꾹 다문 유우키를 배려해서인지, 운전기사도 더는 입을 열지 않았다.

택시는 엔진 소리를 울리며 밭이 눈에 띄게 많아진 길을 달려 나갔다.

"곧 도착해요, 손님."

운전기사의 말이 유우키를 현실로 돌려놓았다. 앞 유리창 너머 100미터 앞에 학교 건물이 보였다.

택시가 교문 옆에 멈췄다. 유우키는 미터기로 시선을 보냈다. 6천 엔에 조금 못 미치는 금액이었다. 한 시간 가까이 달려온 것치고 별로 비싸지 않다. 유우키는 지갑에서 만 엔짜리 지폐를 꺼내서 "거스름돈은 됐어요" 하며 운전기사에게 건네고 학교를 향해 걸었다.

철문이 열려 있는 교문을 통과했다. 수업 중인지 교정에는 사람이 없다.

요즘 도쿄에서는 수상한 사람을 경계해서 등하교 시간 외에는 교문을 닫는 학교가 많지만, 여기서는 그런 일도 없나 보다. 그만큼 평화롭다는 뜻이리라. 이렇게 한가로운 땅에서 일어난 살인사건. 당시에는 벌집을 건든 것처럼 큰 소동이 났을 것이다.

교정을 가로질러 학교 건물에 들어가서 사무실 앞에서 젊은 여자 사무원에게 말을 걸었다.

"죄송하지만, 교장 선생님이나 교감 선생님을 불러주실 수 있나요?"

"네, 저기, …약속하셨나요?" 사무원은 당황스러운 표정을 보였다.

"아니요."

"그럼 무슨 용건으로?"

"도쿄 경시청에서 왔습니다. 얘기를 좀 듣고 싶어서요."

유우키는 재킷 주머니에서 경찰 신분증을 꺼내 사무원의 얼굴 앞에 내밀었다. 며칠 전에 아키하바라 뒷골목에 있는 마니아들을 위한 작은 가게에서 산 가짜 신분증이었다.

"어…, 저기, 경찰이세요? …잠깐만 기다려주세요."

사무원은 예상대로 가짜 신분증을 제대로 확인하지도 않고 허둥지둥 안쪽으로 들어가서 전화로 무어라 이야기를 시작했다.

"오래 기다리셨죠? 교감 선생님이 말씀을 들으러 오신대요. 응접실로 안내하겠습니다."

금방 돌아온 사무원은 긴장한 표정으로 유우키를 안내했다.

사무원이 안내한 호사스러운 응접실에서 소파에 앉아 10분 정도 기다리니, 문이 열리고 안경을 쓴 초로의 여성이 모습을 드러냈다.

"오래 기다리셨죠? 이 학교 교감인 사토라고 합니다."

"갑자기 찾아뵈서 죄송합니다. 경시청에서 나온 마츠다라고 합니다."

유우키는 예전에 자기 집을 방문한 형사의 이름을 정중하게 댔다. 이제 만에 하나 확인을 당하더라도 신분을 사칭했다는 사실이 드러나기는 어려울 것이다.

"경시청이면 도쿄 경찰이죠? 우리 학생이 뭘 했나요?"

유우키 맞은편에 있는 소파에 앉으며 교감이 엄격한 얼굴로 말했다.

"아, 아니요. 그런 일로 온 게 아닙니다. 현재 수사하고 있는 사건 때문에 과거 사건을 자세히 조사해야 해서요. 그래서 여기 온 겁니다."

"과거 사건이라 하시면?"

"30년 전 여기 학생분이 살해당한 사건입니다."

"아아…, 그 사건이요."

교감의 얼굴에 복잡한 표정이 떠올랐다. 현재 다니는 학생의 일이 아니라서 안도하는 마음과 과거의 꺼림칙한 사건을 다시 파헤치는 데에 대한 거부감. 상반되는 두 감정이 그 표정에서 읽혔다.

"실례지만, 교감 선생님은 그 당시 이 학교에…."

"있었습니다. 신참 국어 선생이었죠."

"그럼 피해자 학생도…."

"네, 알죠. 유하고 다정한, 아주 좋은 학생이었어요." 교감은 아련한 눈빛을 했다.

"그렇군요. 좋은 학생이었군요. 그런데 제가 들은 이야기로는 조금 다르던데…."

교감이 피해자를 안다는 행운에 감사하면서 유우키는 교감에게 의미심장하게 말했다.

"이야기요? 어떤 이야기를 들으셨죠?"

"어디까지나 소문이지만, 피해자가 여러 남자와 교제해서 문제에 휘말렸다고 하더군요."

유우키는 일부러 그 화제를 꺼내서 교감의 냉정한 가면을 벗기려고 했다.

"누구죠? 그렇게 말도 안 되는 헛소리를 한 게! 그런 건 아무것도 모르는 사람이 흘린 근거도 뭣도 없는 헛소문이에요. 료코를 진짜 아는 사람이 그런 말을 했을 리가 없어요! 그보다 왜 이제 와서 그 사건을 조사하는 거죠? 그 사건은 벌써 공소시효가 끝났고, 심지어 범인이 누군지도 알잖아요. 그런데 체포도 못 하죠."

유우키의 의도대로 격분한 교감은 유우키에게 따져 물었다.

"그 범인이 살해됐습니다."

담담히 말하자, 교감은 "네?" 하며 눈을 끔뻑였다.

"저는 그 사건의 범인을 찾고 있습니다. 뭔가 짚이는 데가 없으십니까?"

혼란스러운 마음을 가다듬을 틈을 주지 않고 유우키가 몰아붙였다. 교감의 표정에 순간 잔물결처럼 동요가 일었다.

"짚이는 사람이 있으시죠?"

"아뇨…."

"선생님, 부디 가르쳐주세요. 범인은 충분히 정상참작 될 여지가 있습니다. 범인은 이르든 늦든 결국 체포될 겁니다. 불안한 나날을 보내기보다는 얼른 죄를 씻어내는 게 낫습니다. 물론 선생님께 들었다는 사실은 아무에게도 발설하지 않겠습니다."

유우키는 적당한 말을 술술 늘어놓으며 밀어붙였다. 교감은 누군가에게 도움을 청하듯 허공에 시선을 던졌다.

"감춰서 좋을 게 없습니다. 학교를 위해서도."

유우키는 목소리의 압력을 올렸다. 교감은 몇 초 주저하다가 체념한 듯 한숨을 쉬고 더듬더듬 이야기를 시작했다.

"…우리 졸업생이기도 한, 료코의 오빠 준페이. 그 아이가 사건이 있고 나서 사람이 완전히 변했어요. 대학교도 관두고 자기가 범인을 찾겠다고 하지를 않나, 방금 형사님이 말씀하신 소문을 입 밖에 낸 사람을 패서 경찰서에 가지를 않나…."
 머릿속에서 섬광이 번뜩였다. 준페이의 이니셜 'J'. 그리고 료코의 'R'. 그 트럼프 카드의 의미. 'Jack the Ripper'를 상징하는 것이 아니라 자신과 여동생의 이니셜을 의미하는 것이라면….
 "감사합니다. 아주 도움이 됐습니다."
 "아닙니다. 저기, 저는 준페이가 의심스럽다고 생각하지는…."
 "압니다. 저도 일단 확인해 볼 뿐입니다."
 "그렇다면…, 다행이지만…."
 "아, 그리고 무리한 부탁을 드려서 죄송하지만, 혹시 세가와 준페이 씨와 료코 씨가 나온 사진이 있으면 빌리고 싶습니다."
 "…알겠습니다. 아마 있을 거예요. 잠시만 기다려주세요."
 교감은 도망치듯 재빨리 응접실에서 나갔다. 그리고 10분쯤 지나서 돌아온 교감의 두 팔에는 앨범 두 권이 들려 있었다.
 "…졸업 앨범이군요."
 테이블 위에 놓인 앨범을 보고 유우키가 말했다.
 "네. 준페이가 졸업했을 때랑 료코가 졸업했을 때 앨범이에요."
 교감은 한 권을 팔락팔락 넘기더니 그중 한 페이지를 가리켰다.
 "이 아이가 세가와 료코예요."
 교감은 아기를 바라보는 엄마 같은 눈으로 그 사진을 보았다. 그 손가락 끝이 가리킨 사진에는 긴 흑발을 좌우로 깔끔하게 나누고 세일러복 차림으로 쾌활하게 웃는 한 소녀가 찍혀 있었다.
 "졸업생에 들어가 있군요."
 "네. 반 아이들끼리 정했어요. 료코도 같이 졸업한 걸로 하자고. 당시 교장 선생님께 부탁해서 졸업 증서도 만들었어요. 다들 그 아이를 엄청 좋아했거든요."

그 당시가 떠올랐는지 교감은 부드러운 미소를 지었다.

"세가와 료코 씨와 친하게 지낸 학생이 누구였는지 기억하십니까?"

"아마 요시다 마사코랑 제일 친했을 거예요. 항상 붙어 다니던 절친이었죠. 그 아이가 죽었을 때, 요시다가 충격으로 일주일 넘게 학교를 쉬었어요."

교감은 말하면서 앨범을 넘겨 한 사진을 가리켰다.

"여기에 료코랑 찍힌 게 마사코예요."

사진 속에서 웃는 세가와 료코와 또 다른 한 여고생. 유우키의 관심을 끈 것은 두 사람의 복장이었다.

"세가와 료코 씨는 검도부였습니까?"

검도장으로 보이는 장소에서 두 사람은 흰 도복을 입고 남색 호구를 착용했다. 두 사람 옆에는 머리 보호대 두 개가 가지런히 놓여 있었다.

"네. 그렇게 강하지는 않았던 것 같지만요."

"그럼 혹시 세가와 준페이 씨도…."

"네. 검도부였어요. 준페이는 어려서부터 했는지 1학년 때부터 정규 선수였고, 3학년 때는 현 대표가 될 정도였어요."

교감은 가슴을 젖히며 자랑스럽게 말했다.

2
쿠스노키 신이치

 오른손이 욱신거린다. 쿠스노키 신이치는 무의식적으로 오른팔을 눌렀다. 몇 주 전, 풀페이스 헬멧을 쓴 남자에게 베인 곳이다. 스무 바늘이나 꿰맬 정도로 상처가 깊었지만, 이미 완치되어 피부 위에는 빨갛게 부어오른 상처만 남았다. 그런데도 여기에 오자, 그 상처가 왠지 욱신거렸다. 쿠스노키는 주먹을 꽉 쥐었다.
 그때, 방해만 받지 않았으면…. 그날 일을 떠올릴 때마다 오장이 뒤집혔다. 원래 같았으면 지금쯤 계획이 모두 완료됐어야 한다. 모든 것이 잘 풀릴 예정이었다. 그러나 현실은 시간만 무의미하게 흘러갔고, 제한 시간은 시시각각 다가왔다.
 도망친 소녀를 찾아내려고 안간힘을 썼지만, 전혀 망에 잡히지 않았다. 이 도쿄라는 대도시에서 사람 한 명을 찾는 것이 얼마나 어려운지 쿠스노키는 뼈저리게 통감했다.
 "…이런 개같은." 입에서 욕설이 튀어나왔다.
 완벽한 계획이었다. 중간까지는 계획이 원활히 흘러갔다. 대체 어디서부터 잘못됐을까? 머리에 조금 통통한 중년 남자의 기름진 얼굴이 떠올랐다.

사가와. 그 남자다. 그 저급한 남자가 쓸데없는 욕심을 부린 데서부터 계획이 틀어졌다. 400만 엔으로 약속했으면서 거래 직전에 무려 천만 엔으로 부풀려 올렸다.

"나를 죽이면 정보를 못 얻습니다. 정보는 다른 사람에게 맡겨 뒀거든요."

그렇게 말한 사가와의 의기양양한 얼굴이 화를 불렀다.

만약 그때 천만 엔을 지불했다면, 이렇게 되지는 않았을 것이다. 확실히 그 하찮은 놈이 조사한 정보는 천만 엔 이상의 가치가 있었다. 하지만 그것은 불가능한 제안이었다. 야쿠자가 일반인에게 농락당할 수는 없었다.

쿠스노키 일행은 사가와를 의자에 묶고 돈 대신 주먹을 선사했다. 사가와는 몇 대만에 비명을 지르며 눈물과 콧물로 얼굴을 적시더니 정보가 든 SD카드를 맡긴 상대를 어이없을 정도로 쉽게 실토했다. 자신의 모델로 일하는 금발 여자라고.

사가와는 그 여자가 있는 곳을 털어놓은 뒤에 보상으로 납구슬을 가슴에 받았다. 사가와처럼 믿을 수 없는 놈은 나중에 계획에 차질을 빚는다. 그렇게 판단해서 한 일이었지만, 그 행동도 이제 와서 생각해 보면 한이 남는다.

그놈을 처리했어야 하는 것은 틀림없다. 어떤 희생을 감내해서라도 이 계획은 반드시 성공해내야 한다. 그러기 위해서는 약간의 위험도 남겨둘 수 없었다. 하지만 정보가 완전히 손에 들어올 때까지 기다리는 것이 낫지 않았을까? 결과론에 지나지 않지만, 어쩔 수 없이 후회가 됐다.

그 이후 사가와가 말한 여자의 집에 가봤더니 여자는 친구에게 펜던트를 맡겼다고 했고, 그 소녀를 잡으려고 하니까 헬멧을 쓴 남자가 끼어들어 방해했다.

아주 작은 판단 실수가 도미노처럼 차례차례 계획을 무너뜨려 갔다.

"조금만 더, 조금만 더 기다려 줘." 쿠스노키가 중얼거렸다. 기도하듯이.

의자에서 일어나 출구로 향했다. 제한 시간이 임박했다. 여기에 오래 머무를 여유도 없었다. 쿠스노키는 문 앞에서 뒤돌아보았다.

방의 맨 안쪽, 거기에 놓인 침대 위에서 한 소녀가 눈을 감고 조용히 숨소리를 내며 자고 있었다.

3
미사키 유우키

 춥다. 유우키는 어둠이 감도는 부엌에 무릎을 끌어안고 앉아서 몸을 떨었다. 손목시계를 보니 오후 열 시를 넘었다. 겨울의 발소리가 들리기 시작하는 계절. 난방도 하지 않은 이 공간의 추위가 뼛속까지 스몄다. 몸의 떨림이 멈추지 않는다. 이 떨림의 원인이 추위만은 아니라는 사실을 유우키는 자각했다.
 유우키는 지금 세가와 준페이의, 잭으로 추측되는 남자의 집 안에 숨어들었다.
 준페이의 주소를 찾는 것은 그리 어렵지 않았다. 세가와 남매의 고등학교에서 빌린 졸업 앨범에 실려 있던, 세가와 준페이의 동창들에게 닥치는 대로 전화를 걸어 경찰을 사칭하며 "세가와 준페이 씨의 아버지가 사고로 병원에 실려 가서 의식이 없습니다. 연락처를 아십니까?"라고 묻는 것이 전부였다.
 서른 명 정도에게 전화를 건 끝에 검도부 동기로 지금도 연하장을 주고받는다는 남자를 찾아냈다. 그는 유우키의 말을 전혀 의심하지 않고 인심 좋게 준페이의 현재 주소를 알려주었다. 세가와 준페이는 도쿄 네리마구에 살았다.

준페이의 주소를 알아낸 다음 날, 유우키는 이른 아침 사야에게 병원에서 비상근 당직을 부탁받았다는 말을 남기고 준페이의 주소지로 향했다. 그곳은 세이부 이케부쿠로선 에코다역에서 도보로 15분쯤 가면 나오는 주택가에 있는 낡은 독신자용 2층짜리 공동주택이었다.

전봇대 그림자에 숨어서 관찰하는데, 오전 일곱 시를 조금 넘었을 즈음 공동주택 1층 현관문이 열리고 마른 중년 남자가 모습을 드러냈다. 눈은 움푹 팼고, 볼은 병적으로 야위었지만, 그 남자에게는 앨범에서 본 세가와 준페이의 얼굴이 확실히 남아 있었다.

유우키는 가져온 야구 모자를 눈까지 깊이 눌러 쓰고, 추운 듯 등을 말고 걸어가는 준페이의 뒤를 쫓았다. 다행히 아침 주택가에는 출근하는 회사원과 등교하는 학생이 많아서 그 안에 섞여 들어 미행했다.

준페이는 에코다역으로 가서 세이부 이케부쿠로선에서 네리마역까지 이동한 다음, 역 바로 옆에 있는 거대한 사무용 건물에 들어가 입구 옆에 있는 경비원실로 모습을 감췄다. 건물 밖에 있는 자판기에서 따뜻한 캔 커피를 사서 홀짝이며 기다리는데, 경비원 제복을 입은 준페이가 문에서 나왔다. 그 모습을 본 유우키는 나머지 커피를 목구멍 안으로 흘려보낸 뒤, 건물에 등을 돌리고 걸었다.

엉덩이 밑 차가운 바닥이 전신에서 체온을 뺏어 간다. 유우키는 조금 허리를 들어 스트레칭하듯 무릎을 굽혔다. 기온 탓에 관절이 뻣뻣해진다. 이 방에 침입한 지 벌써 세 시간 가까이 지났다. 건물 경비를 담당하는 회사에 아르바이트 지원자인 척 전화를 걸어서 교대 시간을 확인한 덕분에 준페이의 오늘 근무가 오후 아홉 시까지임을 알았다.

오후 일곱 시경, 유우키는 주변이 어두워지는 시기를 봐서 뒤쪽 창문을 깨고 실내에 침입했다. 손전등을 한 손에 들고 실내를 수색하며 준페이가 잭이라는 증거를 어떻게든 찾으려고 했다. 하지만 벽장 뒤까지 뒤져 봐도 트럼프나 살해 도구로 쓰인 날붙이를 찾을 수 없었다.

오후 아홉 시가 되었을 즈음, 유우키는 방 탐색을 중지했다. 증거가 없다면, 이제는 자백을 받아내는 수밖에 없다.

현관 옆에 있는 싱크대에 등을 기대고 앉았다. 여기는 현관문을 열고 들어온 사람에게는 사각이다. 설령 상대가 열 명 넘는 사람을 능숙한 수법으로 살해한 살인마라고 해도 허를 찌르면 어떻게든 될 것이다. 유우키는 길이가 약 30센티인 서바이벌 나이프를 칼집에서 뽑아 오른손으로 칼자루를 세게 잡고 눈꺼풀을 내렸다.

마침내 잭과 대치한다. 그 미친 살인마와. 자칫하면 겁을 먹을 것 같은 마음을 필사적으로 다독이면서 유우키는 그저 하염없이 때를 기다렸다.

전등이 켜지지 않은 방, 얇은 커튼을 통해 가로등 빛과 달빛이 창문에서 비쳐 들었다. 손목시계 초침이 시간을 새기는 소리가 어둑한 방에 너무 크게 울렸다. 유우키는 작게 한숨을 쉬고 손으로 가슴께를 문질렀다. 참기 힘들 만큼 커다란 긴장감 탓인지 조금 전부터 구역질이 흉곽 안에 또아리를 틀었다.

명치에서는 무거운 통증도 느껴졌다. 복통은 요즘 계속해서 악화됐다. 강력한 진통제를 자주 먹었지만, 아픔은 좀처럼 사라지지 않았다.

제기랄, 하필 이럴 때. 유우키는 작게 혀를 찼다. 그때 갑자기 잔물결 같던 구역질이, 해일이 되어 유우키를 덮쳐 왔다. 위가 경련하더니 식도를 타고 뜨거운 것이 올라왔다.

유우키는 신음하며 일어나서 씻지 않은 식기가 쌓여 악취가 나는 싱크대에 얼굴을 댔다. 의지와 상관없이 입에서 토사물이 터져 나왔다. 강한 산 냄새가 코를 찔렀다. 숨을 헐떡이며 위에서 역류한 것을 전부 게워내자, 유우키는 눈물로 번진 시야 안에서 수돗물을 틀어 토사물로 더러워진 싱크대를 씻어냈다. 준페이가 돌아왔을 때, 냄새를 눈치채면 웃기지도 않은 상황이 될 것이다.

유우키는 입안에 남은 끈적한 쓴맛에 얼굴을 찌푸리며 세차게 물이 나오는 수도꼭지에 입을 댔다. 몇 번 입을 헹구었지만, 이미 달라붙은 쓴맛은 완전히 사라지지 않았다.

유우키는 물을 틀어놓은 채 다시 바닥에 앉았다. 긴장한 탓이다. 그렇게 생각하려고 했다. 하지만 그것이 사실이 아님을, 의사로서 겪어온 경험이 말해주었다.

긴장만으로 이렇게 많이 토했을 리가 없다. 몇 시간 전에 먹은 것까지 게워냈다. 소화관 기능이 확실히 떨어졌다.

암성 복막염에 따른 소화기 증상. 그것이 유우키가 자신에게 내린 진단이었다. 위벽을 뚫고 복강 안에 고개를 내민 암세포가 배 속까지 퍼졌다. 복강 안에서 무질서하게 자라난 그 암세포가 소화관의 움직임을 저해하기 시작했다.

암성 복막염을 일으킨 환자의 예후는 기껏해야 2, 3개월. 거의 치료를 받지 않은 유우키는 더 짧을 수도 있다. 시한폭탄의 초침은 확실히 나아가고 있다.

2개월. 60일. 1440시간···. 그렇게 가까운 미래에 나는 이 세상에서 소멸한다. 그리고 아무 일도 없었던 것처럼 세상은 계속될 것이다. 내가 없는 세상이 계속될 것이다.

그때 나는 어떻게 될까? 아무것도 생각할 수 없다. 아무것도 느낄 수 없다. 처음도 끝도 없는 세상. 무(無). 영원히 이어지는 허무의 세상.

지금껏 없었던 떨림이 등을 타고 올라왔다. 추위 탓도, 흥분 탓도 아니다. 순수한 공포로 인한 떨림. 구체적인 제한 시간을 알아버려서 지금까지 느낀 것과는 비교할 수 없을 만큼 큰 공포가 전신을 덮쳤다.

자신의 몸에 찾아온 마물을 정면으로 직시하고 말았다. 그것을 피해 의식을 돌리는 것은 이제 불가능하다. 노려보는 뱀 앞에서 그저 잡히기를 기다리는 개구리처럼 유우키는 무방비하게 떨 수밖에 없었다.

무리다. 오늘은 여기까지다. 유우키는 힘이 들어가지 않는 다리로 일어서서 자신이 침입한 창문으로 향하려고 했다. 돌아온 준페이는 깨진 창문을 보고 경계심을 키울 것이다. 오늘을 놓치면 준페이와 잭을 연결할 증거를 잡을 수 없게 될지도 모른다. 그러나 지금 상태로 계획을 실행할 수 있을 것 같지는 않았다.

그때 방 밖에서 콘크리트 복도를 걷는 발소리가 들려왔다. 명백히 이 방을 향해 다가왔다. 유우키는 당황해서 싱크대 그늘에 숨었다.

애를 태우듯 발소리는 천천히 가까워졌다. 어느새 떨림은 멈췄다. 극한에 달한 긴장감이 일시적으로 공포를 달랬다. 겉옷 안주머니에 손을 넣어 거기에 꿰매 붙인 칼집에서 다시 칼을 뽑았다. 거대한 서바이벌 나이프는 마치 어둠을 가르듯 어둑한 방에서 하얗고 날카롭게 번뜩였다.

발소리가 현관문 바로 옆에서 멈췄다. 철컥철컥하며 잠금을 푸는 소리가 들렸다. 유우키는 주머니에서 선글라스를 꺼내 얼굴에 썼다. 만에 하나 준페이가 잭이 아닐 경우도 고려해서 최소한의 변장은 해두고 싶었다.

문손잡이를 돌리는 소리에 이어 오래된 문이 항의하듯 삐걱거리는 소리를 내더니 열렸다. 유우키는 숨을 죽이고 칼을 쥔 손에 힘을 주며 언제든 뛰쳐나갈 수 있도록 가볍게 허리를 들었다. 배낭이 실내에 던져지고 문이 닫혔다.

아직 들키지 않았다. 사람 형체가 유우키 앞을 가로지르더니 무방비한 등을 내보였다. 어렴풋한 방 안, 순간 보인 옆얼굴은 틀림없이 세가와 준페이였다.

유우키는 두 다리에 힘을 주어 뛰쳐나가서 준페이의 등에 달려들었다. 왼손으로 입을 막고 오른손에 쥔 칼을 목덜미에 댔다. 갑작스러운 습격에 준페이는 소리를 질렀다. 하지만 손바닥으로 막힌 그 목소리는 작게 우물거리는 신음처럼만 들렸다.

준페이는 장신을 뒤로 젖히며 날뛰었다. 유우키는 칼날을 피부에 바싹 붙였다. 아주 예리하게 갈린 칼날이 피부를 살짝 찢자 피가 배어 나왔다. 준페이는 자신의 목덜미에 무엇이 닿았는지 이해했는지 몸을 경직시키며 저항을 그만두었다.

"움직이지 마. 움직이면 이대로 숨통을 끊을 거야."

유우키는 낮은 목소리로 준페이에게 귓속말했다.

"목소리도 내지 마. 두 손을 천천히 등 뒤로 돌려. 허튼짓 하면 그대로 찌른다. 나는 그렇게 돼도 상관없어."

유우키는 최대한 감정을 죽인 목소리로 명령하고 천천히 한 걸음 뒤로 물러났다. 그와 동시에 목에 닿았던 칼을 미끄러지듯 움직여 칼끝을 연수에, 관통되면 한순간에 모든 생명 활동이 정지하는 중추 위에 놓았다.

준페이는 거친 숨을 쉬면서 두 손을 등에 감았다. 유우키는 주머니에서 가짜 경찰 신분증을 산 그 가게에서 구입한 수갑을 꺼내고는 칼끝이 빗나가지 않도록 세심히 주의하면서 준페이의 두 손에 수갑을 채웠다. 준페이의 두 손이 묶였다.

"거기 있는 의자에 앉아. 이쪽을 보지 말고, 앞만 보고 가서 앉아."

유우키가 귓가에서 속삭이자, 준페이는 방 중앙에 놓인 목제 의자를 향해 조심스레 걸음을 뗐다. 유우키도 칼을 들이민 채 앞으로 갔다. 준페이는 천천히 그 의자에 앉았다. 유우키는 폐에 가득 찬 공기를 뱉어내고 칼을 다시 준페이의 목에 댔다. 이제 반격당할 가능성은 매우 낮다.

"너 누구야?" 준페이는 갈라진 목소리로 말했다. "돈은 없어. 강도질을 할 거면 좀 더 좋은 집에 들어가라고."

유우키는 말없이 준페이의 눈앞에 카드 한 장을 들이밀었다.

클로버 잭. 그 트럼프 카드에 불길한 붉은 색으로 'R'이라는 글자가 적혀 있었다.

"뭐야, 이건?"

준페이는 어리벙벙한 목소리로 말하며 무표정하게 옆얼굴을 드러낸 잭을 들여다보았다. 그 반응은 유우키가 기대한 것과는 무척 거리가 멀었다.

"모르는 척하지 마. 네 카드잖아."

"내 카드?"

준페이는 잠시 뒤돌아보는 자세를 취했다. 그 순간, 유우키는 피부와 칼날 사이에 약간 나 있던 틈을 없애며 그 움직임을 제지했다.

"시치미 떼지 마."

"무슨 소리야? 지갑은 주머니에 있어. 그거 갖고 나가."

"…잭. 네가 잭이야. 알고 왔어."

"잭? 뭐라고? 무슨 소리를 하는 거야?"

"장난하지 마. 네가 죽였잖아. 고교 대항전 검도 선수였지? 안 그랬으면 그렇게 쉽게 사람을 벨 수가 없지."

"검도? 그건 고등학교 졸업한 뒤로 한 적도 없어. 잭이라니 무슨 소리야? 연쇄 살인마 잭? 그게 나랑 무슨 관련이 있다는 거야! 영문 모를 소리를…."

"시끄러워!"

유우키는 준페이의 목에서 칼을 떼고 감정에 휩쓸려 칼자루로 준페이의 뺨을 가격했다. 방에 둔탁한 소리가 울렸다. 입에서 피를 흘리며 준페이가 고개를 숙였다.

"네가 잭이야. 사카모토 미츠오! 사카모토 미츠오가 첫 '일'이었어. 그렇지?!"

유우키는 자신을 납득시키듯 말하며 비장의 무기를 꺼냈다. 자신의 여동생을 죽인 자의 이름. 그 이름을 꺼냈을 때, 준페이가 잭이라면 냉정하게 있을 수 없을 것이다.

"누군데, 그게?"

준페이는 붉게 부풀어 오른 입술을 떨며 힘없이 말했다. 그 목소리에서는 여동생을 앗아간 남자를 향한 분노가 조금도 느껴지지 않았고 그저 당황스러움과 공포만 짙게 묻어났다.

몸에서 힘이 빠졌다. 이 사람은 잭이 아니다. 반쯤 눈치챘으면서도 고집스럽게 외면한 진실이 고개를 디밀었다. 드디어 잡은 줄 알았던 단서가 손가락 사이로 조용히 빠져나갔다.

"뭐야? 무슨 말이든 해 봐. 그게 누군데?"

침묵에 불안해졌는지 준페이가 목소리를 높였다.

"…네 여동생을 죽인 놈이야."

준페이는 얼굴을 얻어맞은 것 같은 기세로 뒤를 돌아보며 유우키에게 시선을 던졌다. 칼날도 그 움직임을 막지 못했다. 선글라스 너머에서 두 사람의 시선이 부딪쳤다.

"방금…, 뭐라고 했어?" 준페이의 입술이 떨렸다.

한순간 기가 눌린 유우키는 "움직이지 마!"라고 날카로운 목소리로 외치며 칼날을 목덜미에 댔다.

"방금 뭐라고 했냐고!"

칼의 존재를 잊어버린 듯 준페이는 의자에서 몸을 일으키려고 했다.

"앉아 있어!"

유우키는 빈 왼손으로 준페이의 어깨를 누르며 일어서는 것을 막았다.

"어서 방금 한 말을 설명해! 내 여동생을 죽인 놈이 어쨌는데!"

당장이라도 달려들 것 같은 기세로 준페이가 소리쳤다. 바로 몇십 초 전까지 몸을 움츠리며 겁을 내던 남자라고는 생각할 수 없는 갑작스러운 변화. 이 사람은 정말로 사카모토 미츠오를 몰랐다.
"…사카모토 미츠오. 네 여동생을 죽인 놈이야."
"그놈이야? TV에서 잘도 떠벌거리던 등신 새끼?"
"그래, 그놈이야. …이름도 몰랐어?"
"경찰에 전화하고 언론에 연락해 봐도 그놈들은 '인권 문제가 된다'면서 안 가르쳐줬어. 그런 짐승한테 무슨 인권이 있다고!"
어두운 방 안, 준페이의 눈이 증오로 형형히 빛났다.
"가르쳐 줘! 너 그놈에 대해 아는 거지? 그놈은 어디 살아? 어떻게 하면 만날 수 있냐고! 제발, 부탁이야!"
"…그걸 알아서 어쩌려고?"
준페이의 대답은 뻔했다. 그래도 유우키는 물어볼 수밖에 없었다.
"내가 죽일 거야. 이 손으로 죽여 버릴 거야."
준페이는 30년 동안 몸 밑바닥에 쌓인 살의를 내뿜었다. 그것은 당장이라도 준페이의 피부를 뚫고 밖으로 튀어나올 것 같았다.
"…죽었어."
"뭐?" 준페이의 입에서 얼빠진 목소리가 새어 나왔다.
"네 여동생의 원수는 이미 죽었어. 올해 2월에."
"아…, 거짓말. 말도 안 돼. 어째서…."
공기가 빠진 풍선처럼 준페이의 몸이 쪼그라든 듯 보였다. 중력에 저항하기도 버거운지, 의자 등받이에 체중을 툭 실었다. 유우키는 천천히 칼을 준페이의 목에서 물렸다.
"살해당했어. 범인은 아직 잡히지 않았어."
"…괴로워했어?" 준페이는 고개를 떨군 채 오열하듯 말했다.

말의 의미를 이해하지 못하고 유우키는 "뭐?"라고 되물었다.
"그놈은 괴로워하면서 죽었어? 우리가 겪은 지옥 같은 괴로움을 그놈도 맛봤을까?"
느릿느릿 고개를 든 준페이의 얼굴에는 애원하는 기색이 감돌았다.
"…그래, 괴로워했어. 괴로워서 발버둥 치고 몸부림치다가 비참한 죽음을 맞았어."
사카모토 미츠오는 순식간에 경동맥을 잘렸다. 자신의 몸에 무슨 일이 일어났는지 파악할 새도 없이 절명했을 것이다. 하지만 유우키는 거짓말을 했다. 눈앞에서 괴로워하는 이를 위해.
"그래, 괴로워했구나. 그래…." 준페이의 얼굴에 웃음 비슷한 것이 스쳤다.
방에 침묵이 내렸다. 하지만 지금까지 그랬던 것처럼 건드리면 끊어질 듯 팽팽한 침묵이 아니라, 어딘가 이완된 미적지근한 침묵이었다.
"당신이 죽인 게 아니었구나."
"그래, 나는 아니야. 내가 죽이고 싶었는데, 이제는 못 해. 나는 료코의 원수를 갚을 수도 없게 됐어."
준페이는 자학적인, 건조한 웃음소리를 냈다.
"이제 나한테는 아무것도 안 남았어."
"당신, 여동생이 살해당하고 나서 범인을 찾으려고 필사적이었다며? 대체 무슨 일이 있었던 거야?"
"…범인을 찾으려고 노력한 건 기껏해야 반년 정도야. 그러기 위해서 대학교도 관뒀지. 그런데 반년 후에 그럴 수도 없는 상황이 찾아왔어."

준페이의 이가 뿌드득 소리를 냈다.
"…어머니가 목을 맸어."
할 말을 잃은 유우키 앞에서 준페이는 음울한 목소리로 말했다.
"원래 심약한 사람이었거든. 료코가 죽어서 이미 약해져 있는데 근거 없는 소문이 쐐기를 박았지."
"이 남자 저 남자 함부로 만났다는 소문?"
순간 물어뜯을 듯한 표정을 보인 준페이였지만, 곧 염세적인 태도가 돌아왔다.
"자세히도 알아봤네."
"우연히 들었을 뿐이야."
"그래, 그 소문. 언제부터인가 료코는 '안타까운 피해자'에서 '자업자득인 헤픈 여자'로 변했어."
"왜 그런 소문이 돌았어?"
"…료코는 처녀가 아니었어."
잠깐 주저하다가 준페이가 자포자기한 듯 말했다.
"부검으로 알게 됐지. 남자 경험이 있었어."
그게 어떻다는 거지? 고등학생이니 경험이 있을 법도 하다.
"시대가 달라, 시대가."
유우키의 얼굴에 떠오른 표정을 읽었는지 준페이가 조소하듯 말했다.
"고등학생이면 남자랑 잤다는 것만으로도 그 당시에는 닳고 닳은 여자 취급했어. 경찰이 치정일 가능성이 있다면서 료코랑 사귀던 녀석을 찾으면서 료코한테 경험이 있었다는 걸 은근히 드러냈어. 그래서 이상한 소문에 점점 살이 붙었지. 결국 료코랑 사귀던 녀석은 못 찾았지만."
"당신은 몰랐어? 여동생한테 남자친구가 있는지."
"몰랐지. 그 당시에 나는 도쿄에서 대학에 다녔거든."
준페이는 힘없이 고개를 좌우로 흔들었다.
"어머니가 죽고 나서는 아무것도 할 힘이 없었어. 나는 바로 집을 나왔어. 그 집에 아버지랑 둘이 있는 걸 견딜 수 없었어. 그리고 도쿄에 와서, …지금은 이 꼴이야. 나는…, 도망쳤어."
도망쳤다. 범인을 쫓는 것으로부터, 여동생의 오명을 씻는 것으로부터, 그리고 현실을 마주하는 것으로부터.
사카모토 미즈오의 이름은 일부 주간지와 인터넷에서 공개되었다. 준페이가 진심으로 조사할 마음이 있었다면, 충분히 그 정보에 닿았을 것이다. 하지만 준페이는 그러지 않았다. 이미 복수로 불태울 힘이 남아 있지 않았다.
"…도망쳤어." 준페이는 재차 중얼거리고는 작게 오열을 흘렸다.
"…미안해, 의심해서."
"잭이야?" 오열하다가 준페이가 목소리를 쥐어짰다.
"응?"
"방금 네가 그랬잖아. 여동생의 원수를 갚아준 놈이 그 잭이야?"
"잊어버려. 미친놈이 헛소리했다고 생각해."
"혹시, …혹시 네가 료코의 원수를 갚아준 놈을 찾으면, 전해줘. 내가 고마워한다고. 은인이라고."
유우키는 말없이 수갑 열쇠를 바닥에 던졌다.
"이봐, …가르쳐 줘."
준페이가 열쇠를 주우러 가지도 않고 말했다.

"나는 이제…, 어떻게 살아야 하지?"

유우키는 마치 악수하듯 준페이의 구속된 손을 잡고 귓가에 속삭였다.

"스스로 생각해내. 당신한테는 생각할 시간이 있잖아. …충분히."

나와는 다르게 말이지….

유우키는 마음속으로 그 한마디를 덧붙이고 현관으로 걸음을 옮겼다.

잠깐 쥐어 본 준페이의 손은 부드러웠다. 몇 년이나 죽도를 쥐지 않은 손이었다.

"왔어? 늦었네."

준페이의 집 근처에서 바이크를 타고 마침내 집에 도착해서 현관에서 신발을 벗는 유우키를, 전자 피아노를 무릎에 올려놓은 채 소파에 앉은 사야의 목소리가 마중했다.

"아직 안 잤어?"

힘없는 목소리가 흘러나왔다. 온몸의 혈액이 수은으로 바뀐 것처럼 몸이 무거웠다. 준페이가 잭과는 다른 사람이었다는 절망, 그리고 자신에게 남은 시간에 대한 초조함과 공포. 그것들이 섞여서 마음과 몸을 좀먹었다.

유우키는 비틀거리며 거실을 가로질러서 방 문손잡이를 잡았다.

"앗, 밥해놨어. 금방 데워줄 테니까 잠깐 기다려."

"아니, 밥은 됐어. 피곤해서 쉴게."

유우키는 등으로 사야의 불평을 흘려들으며 방 안으로 미끄러져 들어갔다. 책상에 다가가서 잠긴 서랍을 열고 그 안에 칼을 집어넣었다. 유우키는 서랍을 다시 잠그고 쓰러지듯 침대에 누웠다. 옷을 갈아입기도 귀찮았다. 어서 의식을 잃고 아무것도 생각하지 않아도 되는 상태에 빠지고 싶었다. 죽은 사람처럼….

의식이 어둠에 빠져들려고 할 때, 조심스러운 노크 소리가 유우키의 잠을 방해했다.

"뭐야?" 유우키는 가벼운 짜증을 느끼며 목소리를 높였다.

문이 천천히 열리고 그 틈으로 얼굴을 내민 사야는 무언가를 찾듯 방을 둘러보았다. 유우키는 무의식적으로 잠깐 책상 서랍에 시선을 던졌다. 자신의 범죄, 그리고 잭과의 연결고리를 나타내는 증거가 들어 있는 서랍은 입을 닫고 있었다.

"무슨 용건이야?"

"저기, 잠깐 들어가도 돼?" 사야가 쭈뼛거리며 말했다.

"…마음대로 해." 유우키는 침대에 누워서 천장을 올려다보며 말했다.

"그럼 실례하겠습니다."

"무슨 용건이야?"

유우키는 천장에 시선을 고정한 채 사야에게 눈길도 주지 않고 말했다.

"용건이라고 할 정도는 아니고…. 유우키가 뭔가 힘들어 보여서."

"힘들어 보인다고?" 유우키는 곁눈으로 사야를 보았다.

"응. 유우키가 별로 살갑지 않은 건 평소랑 똑같지만. 오늘은 뭔가 평소랑 다른 느낌이야. 내가 착각한 거면 미안해."

"…착각한 거야."

유우키는 눈을 감았다. 침대가 부드럽게 흔들렸다. 실눈을 뜨자 어느새 사야가 침대에 앉아서 부드러운 눈빛을 던지고 있었다. 사야의 손이 뻗어 나와서 가늘고 긴 손가락이 유우키의 앞머리를 쓸었다.

"으음, 내가 기운 나게 노래 불러줄까?" 사야는 쑥스러워했다.

"노래?"

"응. 노래. 내가 만든 곡인데, 기분이 조금 나아질지도 몰라. 무반주여도 괜찮지?"

사야는 그렇게 말하고는 일어나서 유우키가 대답하기도 전에 크게 숨을 들이마셨다.

다음 순간, 얇은 분홍색 입술에서 선율이 흘러나왔다. 한없이 투명한 음색이 방에 가득 찼다. 유우키는 순간 몸이 떠오르는 듯한 착각을 느꼈다.

가슴에 손을 대고 노래하는 사야의 옆얼굴을, 유우키는 멍하니 바라보았다. 그녀의 꿈이 가수인 것은 알고 있었다. 하지만 처음 들은 그 노랫소리는 상상을 뛰어넘었다. 지금까지 들어본 그 어느 가수의 목소리보다 아름답게 빛났다.

유우키는 몇 분 동안 눈을 감고 멜로디의 바다에 몸을 맡겼다.

"어땠어?" 노래를 마친 사야는 조금 쑥스러운 미소를 지었다.

노랫소리에 빠져들었던 유우키는 정신을 차리고 "어어"라고 건성으로 대답했다.

"'어어'가 아니라, 감상을 묻잖아."

"아, 좋은 곡, 좋은 노래였어." 유우키는 당황해서 진심 어린 칭찬을 입 밖에 냈다.

"다행이다." 사야의 얼굴에 꽃이 피듯 웃음이 번졌다.

"조금은 기분이 좋아졌어. 고마워. 이제 늦었어. 방에 돌아가서 자."

확실히 사야의 노래로 조금은 나아졌지만, 그래도 절망적인 기분은 계속됐다. 자신은 지금 표정이 말이 아닐 것이다. 그런 모습을 보이고 싶지 않았다.

"역시 기분 안 좋았구나? 얼굴색이 안 좋아. 뭔가 창백해. 열이라도 있는 거 아니야?"

사야는 유우키의 이마에 손을 댔다. 작은 손바닥이 따뜻했다.

"잠깐. 몸이 차잖아. 이렇게 추운데 또 바이크 탔어? 괜찮아?"

사야가 얼굴을 들여다보았다. 어둑한 방 안, 거실에서 비쳐 드는 빛이 사야의 옆얼굴을 비쳤다. 원래는 앳되어 보이던 사야의 얼굴이 옅은 빛으로 음영이 새겨져 괜히 어른스러워 보였.

쌍꺼풀 진 큰 눈, 가늘고 오똑한 코, 얇고 반듯한 입술, 투명한 흰 피부. 어둑한 방에 드러난 그 모든 것이 왠지 유우키에게 현기증이 날 만큼 매력적으로 느껴졌다.

"정말 괜찮아? 내가 따뜻하게 해줄까?"

익살을 떠는 사야를 보고 가슴속에 또아리를 튼 차가운 절망과 공포가 흉포한 욕구로 변화했다. 머릿속에서 무언가가 터져 나오는 느낌이었다. 정신을 차리고 보니 유우키는 사야의 양어깨를 붙잡고 침대 위에 밀어 넘어뜨리고 있었다.

눈을 동그랗게 뜬 사야의 입술에 유우키는 거칠게 자신의 입술을 포갰다. 사야의 입이 열리고 무어라 우물거리는 목소리가 새어 나왔다. 유우키는 그 목소리를 무시하고 혀를 강압적으로 사야의 입안에 침입시켰다. 사야의 두 손이 유우키의 어깨를 밀어내려고 했지만, 그 손을 두 손으로 붙잡고 입맞춤을 이어갔다.

유우키는 몇십 초간 사야의 입술과 혀를 탐한 뒤, 입을 떼고 그녀의 흰 목덜미에 혀를 밀착시켰다. 사야의 목에서 희미한 숨이 새어 나왔다. 유우키는 매끄러운 흰 피부를 느끼며 사야의 두 손목을 붙잡은 손을 놓고 그 손을 티셔츠에 둘러싸인 가슴으로 옮겼다. 아직 완전히 무르익지 않은, 조금 딱딱한 둔덕은 유우키의 욕정을 더 자극했다. 유우키는 다시 그녀의 입술을 탐하려고 고개를 들었다.

유우키와 사야의 시선이 얽혔다. 유우키는 곤혹과 공포가 섞인 사야의 눈에 비친 자신의 모습을 본 것 같았다.

"아악!"

유우키는 튀어 오르듯 사야의 몸 위에서 물러났다.

사야는 딱딱한 표정 그대로 이불을 당겨서 자신의 몸을 가리듯 끌어안았다.

"미안해! 내 잘못이야! 내가 말도 안 되는 짓을 했어."

유우키는 두 손으로 머리를 싸맸다. 내가 무슨 짓을 한 것인가. 아직 나이도 차지 않은 소녀를 힘으로 덮치려고 하다니. 그것도 남자에게 당해서 트라우마까지 있는 아이를.

지켜줘야 할 소녀를, 자신의 손으로 상처 입히고 말았다. 정신을 차린 유우키의 마음을 수치심과 죄책감이 사정없이 찢었다. 이제 사야의 얼굴을 똑바로 볼 수 없었다.

"괜찮아. 조금 놀랐을 뿐이야. …그렇게 사과 안 해도 돼."

사야가 아직 떨리는 목소리로, 그런데도 씩씩하게 말했다.

"정말 미안해. …용서해 줘. 뭐든 할게. 용서해 줘."

고개를 떨군 유우키의 모습은 엄마에게 용서를 구하는 어린아이 같았다.

사야는 천천히 침대에서 일어나 아무 말도 하지 않고 방에서 나갔다. 어두운 방에 문이 닫히는 건조한 소리가 울려 퍼졌다. 유우키는 두 손으로 머리를 싸맨 채 움직일 수 없었다. 손에 잔뜩 힘을 주어 두피에 손톱을 세운 탓에 손가락이 하얘졌다.

사라져 버리고 싶었다. 지금 당장이라도 자신의 존재를 지워 버리고 싶었다. 그렇게 하면 모든 것이 끝난다. 이 괴로움에서 해방된다.

바로 방금까지 죽음을 마주하며 몸이 찢기는 공포를 맛봤으면서. 지금은 한시라도 빨리 그곳으로 도망치고 싶었다.

도망치고 싶다. 죽음의 공포로부터, 잭을 놓친 실망감으로부터, 그리고 사야를 덮쳤다는 사실로부터. 유우키는 일어나서 무언가에 이끌리듯 비틀비틀 책상으로 향했다. 서랍 안에서 자신을 부르는 목소리가 들리는 것 같았다. 네 명의 목숨을 앗아간 흉기가 거기에 잠들어 있다.

아니, 목숨을 앗아간 것은 칼이 아니라, 자기 자신이다. 내가 내 의지로 칼을 휘둘러서 사람을 죽였다. 잭의 명령과는 상관없다. 결국 결단을 내린 사람은 나다.

유우키는 책상에 두 손을 짚었다. 자신의 의지로 인생의 막을 내려야 할지도 모른다. 암세포에 농락당하며 죽는 대신에. 지금까지 내가 죽인 사람들처럼 칼날로 끝을 맞는 것. 그것이 속죄가 되지는 않겠지만, 그런 한심한 최후가 자신답다고 생각했다.

살인마에 조종당해 사람을 넷이나 죽이고 지켜야 할 소녀까지 상처 입혔다. 나는 무엇을 위해 사는 것일까? 내 인생은 뭐였을까?

이제 됐다. 지쳤다. 이 시시한 코미디를 끝내자. 유우키는 열쇠

구멍에 열쇠를 넣고 서랍을 열어서 칼을 꺼냈다.
 칼집에서 칼을 뽑았다. 무려 네 명의 피를 흡수한 칼날은 살짝 붉게 보였다. 그 색이 야릇하게 영혼을 흔들었다.
 유우키는 칼날이 새끼손가락 쪽에 오도록 잡고 떨리는 칼끝을 가슴에 댔다. 칼날을 옆으로 향하게 해서 늑골 틈을 빠져나가도록 할 것이다. 심장을 찌르면 목을 긋는 것보다 출혈이 적고 뒤처리가 편하다.
 사후의 일까지 신경 쓰는 자신을 발견하고 유우키는 입술을 볼품없이 일그러뜨리며 웃었다.
 손가락의 핏기가 가실 정도로 칼자루를 세게 쥐었다.
 한순간에 끝난다. 단 한순간에…. 삶의 의미조차 모르는 멍청한 살인자. 그 마지막 칼날은 자신을 향할 것이다. 유우키는 크게 숨을 들이마셨다.
 …이제 편해질 것이다.
 칼을 찌르려는 순간, 문 너머에서 띵 하고 어딘가 맥 빠지는 소리가 들렸다. 결의가 흐지부지해져 팔에서 힘이 빠졌다. 유우키는 헐떡이듯 호흡하며 칼에서 손을 뗐다. 중력에 몸을 맡긴 칼이 바닥에서 튀었다.
 유우키는 발밑부터 무너지며 두 무릎, 이어서 두 손을 바닥에 댔다. 온몸의 땀샘에서 식은땀이 쏟아졌다.
 "죽지도… 못하는구나."
 힘없이 중얼거렸을 때, 누가 문을 두드렸다. 유우키는 당황해서 칼을 서랍에 넣으며 "뭐, 뭐야?"라고 노크에 답했다.
 "좀 나와 봐." 문 너머에서 사야가 말했다. 평소보다 조용한 목소리로.

유우키는 무거운 다리를 끌며 문을 열었다. 거기에는 무표정한 사야가 서 있었다. 유우키는 입술을 깨물고 눈을 감았다. 온갖 욕설을 들을 각오를 하며.

사야는 "이쪽으로 와"하며 유우키의 손을 잡고 큰 보폭으로 거실을 가로질렀다.

"자, 여기 앉아."

사야는 유우키를 다이닝 테이블로 데려와서 억지로 의자에 앉혔다.

영문을 몰라서 당황하는 유우키에게 "기다려"라고 강한 어조로 말하고는 아무런 설명도 없이 부엌으로 사라졌다.

유우키는 어떻게 해야 좋을지 몰라서 부엌을 바라보았다. 사야는 금방 돌아왔다. 두 팔에는 쟁반을 안고 있었고, 그 위에 올라간 식기에서는 김이 피어올랐다.

사야는 쟁반을 테이블 위에 거칠게 놓았다. 그 기세에 된장국이 조금 넘쳤다.

"이게 뭐야?"

유우키는 자신의 눈앞에 놓인 쟁반을 보았다. 흰밥과 된장국에 샐러드가 곁들여져 있었고, 큰 그릇에는 고기 감자조림이 담겨 있었다. 그릇에서 피어오르는 김이 뺨을 간질였다. 유우키는 방금 들린 소리가 전자레인지에서 나온 소리였음을 깨달았다.

"먹어." 사야는 음식을 가리켰다. "방금 사과하면서 뭐든 하겠다고 했잖아? 그러니까 이거 다 먹어."

유우키는 아직 상황 파악이 되지 않아서 눈만 끔뻑거렸다.

"나를 안아도 된다고는 했지만, 그렇게 거칠게 해도 된다는 뜻은 아니었어."

"…미안해." 유우키는 앉아서 몸을 작게 움츠렸다.

"나를 안으면 기운이 생겨? 그런 거면 괜찮아. 처음도 아니니까 각오는 돼 있어. 하지만 그때는 눈을 보고 제대로 해줘."

사야는 눈을 똑바로 바라보았다. 유우키는 자기도 모르게 눈을 내리깔았다.

"이건 다른 얘긴데, 이 고기 감자조림, 한 시간 넘게 만든 건데 아까 누구누구 씨가 필요 없다고 해서 엄청 상처받았어."

"미안해." 유우키는 그저 사죄만 했다.

"다 먹으면 용서해줄게. 조금이라도 남기면 용서 안 해. 자, 얼른 먹어."

사야는 젓가락을 들고 억지로 유우키의 손에 쥐여 주었다.

유우키는 당황하면서도 고기 감자조림에 젓가락을 가져갔다. 암세포에 침식당한 소화기가 식사를 받아들일지 가슴에 불안이 스쳤다. 그래도 먹어야 했다. 국물로 부드럽게 뭉개진 감자를 쭈뼛거리며 입으로 가져갔다. 감자는 입안에서 달콤하고 따뜻하게 녹았다. 그 온기는 입에서 시작되어 몸 안으로 퍼졌다. 나아가 부정적인 감정으로 딱딱하고 차가워진 마음에까지 희미한 불꽃을 피운 것 같았다.

"맛있어?" 아직 무표정한 채로 사야가 물었다.

"응, 맛있어. 엄청 맛있어."

유우키는 진심으로 말했다. 사야는 그 말을 듣고서야 평소 같은 미소를 보였다.

갑자기, 마치 돌풍처럼, 미칠 것 같은 공복감이 유우키를 엄습했다. 가슴에 눌어붙듯 남아 있던 구역질이 녹아서 사라졌다. 유우키는 음식을 싹싹 긁어서 입으로 가져갔다.

"뭐야, 배고팠나 보네. 더 있으니까 더 먹어."

유우키의 상태를 보고 사야가 기막히다는 듯 말했다.

유우키는 몇 번 사레들면서 그저 음식을 입으로 가져갔다. 갑자기 시야가 뿌예졌다. 당황해서 젓가락을 쥔 손을 눈가로 옮겼다. 손등이 축축하게 젖었다. 얼른 고개를 숙이고 눈에서 흘러나오는 것을 어물쩍 넘기려고 했다.

사야는 일어나서 유우키 옆에 나란히 섰다. 가느다란 팔이 유우키의 머리를 감쌌다.

"괜찮아."

분홍색 입술이 유우키의 귀에 다가와서 한숨 같은 속삭임이 귓불을 간질였다.

"무슨 일이 있었는지 모르겠지만, 괜찮아."

머리를 안은 사야의 팔에 힘이 들어갔다. 이마가 가슴에 눌려서 따뜻한 감촉이 전해졌다.

유우키의 어깨가 위아래로 작게 떨렸다. 오열이 새어 나오지 않도록 이를 꽉 물었다.

그토록 자신을 괴롭히던 공포가 어느새 사라지고 봄볕처럼 부드럽고 따뜻한 감정이 가슴을 채우자, 유우키는 그저 놀라웠다. 방 안의 시간이 천천히 흘러갔다.

차라리 이대로 시간이 멈추면 좋을 텐데. 유우키는 그렇게 바라면서 조용히 눈을 감았다.

4
마츠다 코조

"그래서 그 남자가 '잭'이라고 했다는 거죠?"
 이시카와가 남자에게 던지는 질문을 들으면서 마츠다는 가구가 적은 방을 둘러보았다.
 "네. 확실히 그렇게 말했어요."
 다다미 바닥 위에 정좌하고 앉으면서 대답하는 중년 남자의 모습은 어딘가 비장한 느낌이었다. 남자의 이름은 세가와 준페이. 상해 사건의 피해자였다.
 그저께 밤늦게 귀가한 준페이는 집 안에 숨어든 범인에게 구속되어 폭행을 당했다. 범인은 결국 아무것도 훔치지 않고 도주했고, 피해자인 세가와 준페이도 입안을 가볍게 베이는 경상만 입었다. 그뿐이라면 대단한 사건은 아니다.
 관할서는 준페이에게 피해 신고서를 쓰게 하고 수사를 시작했다. 그런데 그때 준페이가 이상한 이야기를 시작했다. 범인은 절도 목적으로 침입한 것이 아니라 준페이를 연쇄 살인범 '잭'으로 착각해서 자백을 받으려고 폭행을 가했다고 했다. 이 정보는 그리 중요시되지 않았다. 하지만 혹시 모르니 잭 사건을 담당하는 수사본부에 전달되었다.

당연하게도 수사본부 역시 그 정보를 크게 신경 쓰지 않았다. 자기가 잭이라고 주장하는 전화는 매일 몇 통씩 경찰에 걸려온다. 대부분 장난이지만, 개중에는 정말로 자기가 잭이라는 망상에 빠진 사람도 있다. 그렇게 생각해보면, 전혀 상관없는 타인을 연쇄 살인범이라고 착각하는 사람이 있어도 이상하지 않다.

범인은 'R'이라고 적힌 트럼프 카드를 갖고 있었다고 하지만, 지난주 '주간 현대사회'라는 주간지에서 트럼프 카드를 폭로하는 바람에 잭의 트럼프가 일본 전역에 알려졌다. 다시 말해 그 정보는 거의 가치가 없다. 그것이 수사본부의 통일된 견해였다. 그래서 수사본부는 남는 수사관에게 만약을 위해 이야기를 들으러 가라고 하는 데에 그쳤다. 남는 수사관. 다름 아닌 마츠다와 이시카와에게.

마츠다는 여기에 탐문하러 가라는 지시를 받은 순간을 떠올리며 혀를 찼다. 같은 반 녀석들 전원이 조소와 연민을 담은 눈으로 자신을 보았다. 특히 그놈이⋯.

지난 며칠 동안 마츠다는 명백히 수사본부에서 냉대를 받았다. 은근한 괴롭힘이라는 생각이 들 정도로. 원인은 마츠다가 주장한 '잭 공범 설'이었다. 잭 사건은 혼자가 아니라 두 명, 혹은 그 이상의 범인이 저지른 범행이고, 그중 한 명이 세이료 대학병원의 외과의일 가능성이 있으며, 특히 마스다 츠토무와 마나베 후미야라는 두 젊은이가 살해된 사건에서는 그 외과의가 매우 의심스럽다는 주장이었다.

마츠다가 자신 있게 발표한 가설이었지만, 수사본부는 그 설을 대수롭지 않다는 듯 무시했다. 잭처럼 비정상적인 살인범이 자신과 똑같은 사상을 지닌, 심지어 급소를 정확히 베는 아주 고도의 기술을 구사하는 공범을 찾기는 불가능하다는 것이 주된 이유였다. 하지만 그것만으로 마츠다의 가설이 바로 부정당할 만큼 수사본부의 머리가 굳지는 않았다. 마츠다의 설이 신뢰를 잃은 결정적인 이유는 트럼프 카드를 제외하고 처음으로 발견된 잭의 유류품이었다. 그것도 그냥 유류품이 아니었다. 살해 흉기. 피 묻은 25센티짜리 군용 칼이었다.

수사본부가 가장 원하던 증거가 지난번 사건, 매춘 조직 총괄자가 살해된 사건 현장에 남아 있었다. 그 칼자루에 묻은 혈액을 과학 수사 연구소가 조사한 결과, 총 여덟 명의 혈액이 검출되었고, 그것들이 잭의 다른 피해자 DNA와 일치했다. 그리고 그 DNA 중 하나가 자기 집에서 살해된 마나베 후미야의 것이었다.

마츠다가 세이료 대학병원 외과의가 죽였다고 주장한 마나베. 그런데 문제는 마나베 말고 다른 피해자 일곱 명이었다.

세이료 대학병원에서 탐문한 결과, 마츠다가 잭의 공범이라고 의심하는 외과의 미사키 유우키는 올해 6월까지 약 1년간 규슈 병원에 파견 근무를 나가서 피해자의 DNA가 확인된 일곱 건 중 다섯 건에서는 완벽한 알리바이가 있었다. 다시 말해 그 칼이 미사키 유우키의 것일 리 없어서, 마츠다가 주장하는 마나베 살해를 포함한 여덟 사건에 미사키가 관여하지 않았음이 증명되었다. 그래서 마츠다의 설은 조소의 대상이 되었다.

회의 후, 이를 가는 마츠다에게 같은 반 형사가 다가왔다. 자신에게 다가온 사람을 보고 마츠다는 입안에서 혀를 찼다.

"무슨 용건이야? 다나카."

마츠다는 으르렁거리듯 목소리를 높이며 눈앞에 있는 남자를 노려보았다. 자신과는 대조적으로 주름 하나 없는 정장을 차려입은 두 살 어린 그 형사는 마츠다가 같은 반에서, 아니, 수사1과를 통틀어서도 가장 싫어하는 사람이었다.

외모에 신경 쓰지 않으며 오로지 발로 뛰어 정보를 얻고 자신의 감과 경험에 기대어 수사하는, 수상한 자에게는 공갈에 가까운 질문을 거듭하고 때로는 상사와의 충돌도 마다하지 않는 구식 형사의 전형인 마츠다. 이와는 반대로 눈앞에 있는 그는 보기 좋은 외모에, 사람을 대하는 태도가 세련됐고 상사에게도 좋은 평가를 받는다.

무엇보다 불쾌한 것은 다나카가 관할서 형사를 대하는 태도다. 경시청 수사1과의 형사들은 대부분 파트너가 된 관할서 형사를 부하처럼 부리며 자신의 관리하에 둔다. 그런데 그는 말 그대로 파트너로서 대등하게 대하며 상당히 자유로운 수사를 허락한다.

관할서 형사는 애송이들이다. 우리 같은 본부 형사들이 제대로 교육해야 한다. 마츠다는 항상 이 라이벌 형사의 행동에 거북함을 느꼈다.

하지만 분하게도, 이번에 뜻밖의 횡재라고도 할 수 있는 유류품을 발견한 사람은 이 라이벌 형사와 파트너인 관할서 형사였다. 사건 현장인 골프 연습장 뒤편 잡목림에서 칼을 찾았다고 했다. 그리고 그 증거가 마츠다가 주장한 잭 공범설을 깨뜨렸다. 오랫동안 형사 생활을 했지만, 그렇게까지 모욕을 맛본 적은 처음이었다.

"안녕하세요, 다나카 씨." 이시카와가 고개를 숙였다.

뭐야? 나랑 같은 팀이면서 너도 다나카 팬클럽 회원이냐?

마츠다의 짜증이 더 강해졌다.

"어이, 다나카, 무슨 용건이냐고 묻잖아." 마츠다는 으르렁대듯 목소리를 높였다.

"아, 마츠다 씨가 수상하다고 하신 외과의에 대해서 좀 묻고 싶어서요."

다나카라고 불린 남자는 정중한 어조로 말했다. 여전히 거슬리는 말투다. 마츠다는 다시 노골적으로 혀를 찼다.

"뭐? 물어볼 게 뭔데?"

"마츠다 씨는 왜 그 외과의가 수상하다고 생각하셨습니까?"

"감이야, 감. 형사의 감이지. 너같이 윗사람들 뒤꽁무니나 쫓아다니는 형사는 모르는 감각이 나한테는 있다고."

"그렇군요. …그런데 이번에는 빗나간 것 같습니다."

"뭐? 뭐야, 일부러 비아냥거리러 왔냐?"

"아니요. 제가 말실수를 했습니다. 죄송합니다."

당장이라도 달려들어 한 대 칠 기세로 의자를 차고 일어선 마츠다의 눈앞에서 남자는 정수리가 보일 정도로 깊이 고개를 숙였다. 끓어오르는 감정을 뱉어내려는 절묘한 타이밍에, 막혀서 갈 곳을 잃은 격정이 마츠다의 얼굴을 시뻘겋게 물들였다. 그런 마츠다를 본체만체하며 남자는 뒤돌아서 또각또각 구두 소리를 내며 멀어졌다.

참기 힘든 패배감에 마츠다의 얼굴이 경련했다.

다나카 저 자식, 언젠가 혼쭐을 내주겠어.

마츠다는 시원스레 떠나는 정장에 감싸인 등에 칼날 같은 시선을 던지는 것 말고는 할 수 있는 일이 없었다.

내 감은 옳다. 틀림없이 옳다. 아무리 부정당해도 마츠다는 아직 그 미사키 유우키라는 외과의를 향한 의혹을 버리지 못했다. 마츠다가 조사한 바에 따르면 미사키 유우키는 8월부터 병원을 쉬었다. 그의 집을 방문했을 때 당직 다음 날이라고 한 것은 새빨간 거짓말이었다. 명확한 휴직 이유는 탐문으로도 알아내지 못했지만, 잭 사건과 관련이 있을지 모른다. 게다가 미사키 유우키는 대학생 시절에 검도부 주장이었고 의대생 체육대회에서 우승까지 했다. 조사하면 조사할수록 마츠다의 안에서 미사키 유우키를 향한 의혹은 커져 갔다.

범인들이 같은 흉기를 돌려썼을지도 모른다. 그것이 얼마나 억지스러운 해석인지 마츠다도 알고 있었다. 하지만 오랜 세월에 걸쳐 기르고 연마해 온 형사의 후각을 부정하는 것은 마츠다에게 자신의 모든 것을 부정하는 것이나 다름없었다.

"범인이 왜 당신을 '잭'이라고 생각했는지 짚이는 데가 있으십니까?"

고지식하게 질문하는 이시카와를 본체만체하며 마츠다는 하품을 참았다.

"사실은 제 여동생이 살해당해서…."

아무런 서론 없이 뜬금없는 소리를 하는 준페이에게, 마츠다는 자기도 모르게 "뭐?"라고 용의자를 위협할 때 같은 목소리를 내고 말았다. 준페이가 겁먹는 모습을 보고 마츠다는 두세 번 헛기침을 해서 얼버무렸다.

"여동생분이요? 살해당했다고요?"

목소리 톤을 최대한 낮추며 마츠다가 물었다.

"공소시효는 지났지만, 한 30년 전에 고등학생이던 제 여동생이 살해당했어요."

준페이는 입술을 깨물었다. 마츠다는 "네에…"라고 성의 없이 대답했다.

"작년에 그 범인이 갑자기 자기가 한 짓이라고 TV에 나와서 논란이 됐죠."

"아아, 그…."

이시카와가 끼어들었다. 마츠다도 그 사건이 기억났다. 무슨 바람이 불었는지 TV 앞에서 여고생을 목 졸라 죽인 구체적인 상황을 자랑하듯 나불대던 엄청난 꼴통이 있었다. 방송이 끝나고 경시청으로 그놈을 사형하라는 항의 전화가 빗발쳤던 기억이 난다.

"그놈이 살해당했대요."

준페이의 말을 들은 마츠다는 표정을 굳혔다. 그러지 않으면 놀란 감정이 얼굴에 드러날 것 같았다. 그놈은 가와사키에 살았던 것으로 기억한다. 그렇다면 가나가와현 경찰이 수사를 지휘했을 것이다. 경시청에 소속된 자신이 그 사건을 구체적으로 알 방도는 없었다.

"저기…, 그게 정말인가요?" 준페이는 마츠다의 얼굴을 들여다보았다.

"죄송하지만 대답해드릴 수 없습니다."

마츠다는 마음속 동요가 드러나지 않도록 담담히 말했다.

"…그렇군요."

"그런데 그 살인사건이 있었다고 가정하면, 잭과 무슨 관련이 있다는 거죠?"

"그놈은 그 사건의 범인이 잭이라고 했어요. 잭의 첫 사건이었다고. 그리고 내가 잭이고 여동생의 원수를 갚은 거라고요. 말도 안 되는 소리예요."

준페이는 힘없이 고개를 흔들었다. 마츠다와 이시카와는 시선을 교환했다. 잭의 첫 사건? 잭의 사건은 전부 도쿄에서 일어났다. 만약 다른 현에서 잭의 카드가 남은 살인이 일어났다면, 경찰 조직이 아무리 자기 구역에 대한 의식이 강하더라도 정보를 공유하지 않았을 리 없다.

"흔한 망상…일까요?" 이시카와는 혼잣말처럼 중얼거렸다.

마츠다는 "…그래, 아마도"라고 모호하게 대답하고 준페이의 얼굴을 보았다.

"아마 똑같은 질문을 관할서 사람들한테 여러 번 들어서 대답하기 귀찮으시겠지만, 한 번만 더 범인의 특징을 알려주실 수 있습니까?"

"네. 괜찮습니다. 오늘은 비번이라서 딱히 할 일도 없거든요."

"나이대는 젊었죠?"

"네. 서른 전후였어요."

"체격은요?"

"키는 아마 저보다 조금 작았으니까 175센티쯤 될 거예요. 몸집은 평범해 보였는데, 힘이 엄청났어요."

"175센티에 근육질이라…." 마츠다의 뇌리에 한 남자의 모습이 떠올랐다.

"그러고 보니 마지막에 손을 잡혔어요." 준페이는 문득 생각난 듯 말했다.

"손을 잡혔다고요? 악수를 했다는 말입니까?"

"아니요. 그게 아니라, 뭐라고 할까, 뭔가를 확인하는 느낌으로요. 그런데 그때 알았어요."

준페이는 정면으로 마츠다를 쳐다보았다.

"그놈 손, 검을 잡아서 생긴 굳은살이 가득했어요."

마츠다의 얼굴에 맹금류 같은 미소가 천천히 배어 나왔다.

5
미사키 유우키

 진찰 종료 시간인 오후 다섯 시가 거의 다 됐는데도 세이료 대학병원 외래 대기실은 사람으로 가득했다. 환자들의 짜증이 이 공간의 공기를 답답하게 만들었다.
 유우키는 대기실 의자에서 일어났다. 계속 이 공기를 마시면 그것만으로도 건강이 나빠질 것 같았다.
 준페이의 집에서 토하고 나서 며칠간은 병세가 비교적 안정적이었다. 가끔 복통을 느꼈지만, 그것도 진통제로 충분히 진정되는 정도였다. 식욕은 떨어졌지만, 토할 것 같은 느낌은 거의 없었다. 준페이의 집에서 구토한 이유는 역시 긴장 때문이 아니었을까? 암성 복막염이라는 생각은 차가이 아니었을까? 옅은 기대가 가슴을 채웠다.
 계단을 올라 메자닌에 있는 카페에 들어가서 대기실이 넓게 보이는 자리에 앉았다. 외래 순서는 마지막이다. 이름을 불리려면 아직 한 시간 넘게 걸릴 듯하다.

유우키는 주문을 받으러 온 종업원에게 오렌지 주스를 주문하고 가방에서 앨범 한 권을 꺼냈다. 세가와 료코의 고등학교에서 빌려온 졸업 앨범이었다. 그것을 열고 수많은 사진을 살펴보았다.

오늘은 아침부터 내내 검사였다. 채혈로 시작해서 전신 CT, 복부 초음파…. 가능한 한 병원에 오는 횟수를 줄이고 싶다는 유우키의 바람을 마코토가 들어줬기 때문이지만, 환자로서 온종일 병원에 있으려니 우울했다. 특히 남은 시간이 얼마 되지 않는 것을 자각하는 사람으로서는.

세가와 준페이가 잭이 아니어서 조사는 크게 후퇴했다. 하지만 원점으로 돌아간 것은 아니다. 유우키는 사카모토 미츠오를 살해한 범인이 잭일 가능성이 여전히 높다고 생각했다. 분명 잭은 세가와 료코의 관계자일 것이다. 그리고 지금 유우키가 쥐고 있는 세가와 료코에 관한 유일한 정보원, 그것이 이 졸업 앨범이었다.

오늘 하루 동안 세가와 료코의 사진을 다섯 장 정도 찾았지만, 대부분 여자와 찍은 사진이었다. 남자와 찍은 사진도 몇 장 있었지만, 그 상대는 유우키가 보기에 모두 다른 인물이었고, 세가와 료코와 여러 번 같이 사진에 담긴 남자는 없었다.

세가와 료코에게는 남자친구가 있었다. 그리고 적어도 세가와 준페이의 주관에 따르면, 세가와 료코는 소문처럼 남자관계가 복잡한 소녀가 아니었다. 경찰 조사에서는 세가와 료코에게 연인으로 보이는 인물은 없었다. 그렇다면 주변에 숨기면서 교제를 한 남자가 있었던 것이 아닐까? 그리고 그 연인이 바로 잭이 아닐까?

30년 전에 살해된 소녀의 숨겨진 연인을 찾아야 한다. 단서는 졸업 앨범뿐이다. 그야말로 허황된 이야기다. 하지만 그래도 할 수밖에 없었다.

남은 시간 안에 잭을 찾아내야 한다. 그것이 자신의 사명이고, 그것에 몰두하는 동안은 다가오는 죽음의 공포를 어찌어찌 넘길 수 있으니까.

"음료 나왔습니다."

수심에 잠긴 유우키 앞에 오렌지 주스로 찬 잔이 놓였다. 유우키는 빨대로 과즙을 홀짝이며 계속 앨범에 시선을 보냈다.

한 시간 정도 대량의 사진과 씨름한 유우키는 눈꺼풀 위에서 눈을 비볐다. 세가와 료코가 찍은 사진들을 새로 찾았지만, 옆에 있는 사람은 늘 여학생이었다.

사진만으로 비밀 연인을 찾는 것은 애당초 무리일지 모른다. 남은 방법은 앨범에 실린 동창들에게 일일이 전화를 걸어서 세가와 료코의 정보를 끌어내는 것 정도인데, 30년도 더 된 지금, 그 방법도 가능성은 희박했다.

유우키는 고등학교에 탐문하러 갔을 때 교감이 세가와 료코의 절친이었다고 한 여자 요시다 마사코에게만 이미 전화를 해보았다. 결혼해서 성은 바뀌었지만, 운 좋게도 요시다 마사코는 여전히 앨범에 적힌 주소에 살고 있었다.

유우키는 자신을 경시청 형사로 소개하며 "세가와 료코와 사귀던 남학생이 없었습니까?"라고 물었지만, 요시다 마사코에게서는 "아마 없었을 텐데, 애초에 30년도 더 된 일이라 기억이 안 나요"라는, 어느 정도 예상한 답변이 돌아왔다. 왜 이제 와서 30년 전 사건을 조사하냐고 의아하게 여기는 요시다 마사코에게 대충 얼버무리고 통화를 끝냈지만, 시간이 얼마나 사건을 희미하게 만들었는지 유우키는 강하게 실감했다.

유우키는 문득 아래층 대기실에 시선을 던졌다. 이제 진찰을 기다리는 환자가 조금밖에 남지 않았다. 슬슬 이름이 불릴 때다. 유우키는 앨범을 덮고 가방 안에 넣은 다음 일어나서 무거운 발걸음으로 카페 출구로 향했다.

"오랜만이야, 마코토." 진찰실에 들어간 유우키는 가볍게 손을 들었다. "외래 고생하네. 환자가 많아서 힘들었겠다."

"오랜만이라기에는 겨우 일주일만인데?"

대답하는 마코토는 역시 지쳤는지 안색이 조금 나빠 보였다.

"맞아…. 그랬지."

유우키는 억지로 미소를 만들었다. 마코토는 무의식적으로 말했을 것이다. 하지만 지금의 유우키는 일주일을 '겨우'라고 표현할 수 없었다. 그 일주일은 남은 인생에서 몇 분의 일에 해당하는 시간이다.

"몸은 어때? 달라진 건 없어?"

"응. 한번 몸이 안 좋아서 토했는데, 통증은 약을 쓰면 어찌어찌 괜찮아."

유우키는 마코토의 표정에서 가벼운 위화감을 느꼈다. 피로 때문이 아닌 어두운 그늘이 마코토의 얼굴에 드리웠다.

"검사 결과가, 안 좋구나…."

유우키는 말했다. 그 말을 마코토가 부정해주기를 기대하면서.

"복수가 찼어." 마코토의 표정이 일그러졌다.

"복수…."

마음속 실망을 어찌어찌 얼굴에 드러내지 않고 억눌렀다.

"그리고 간 전이 병터가 많이 성장해서 간 장애가 생겼어. 담도랑 가까워서 어쩌면…, 폐색성 황달이 생길 수도 있어. 복막에도 새로운 전이 병터가 발견됐어."
"역시 암성 복막염인가…."
열은 기대가 소리를 내며 무너졌다. 가슴이 조이듯 괴롭다.
"복수는 소량이고 세포진 검사를 하지는 않았으니까 암성 복막염인지 확실치는…."
"복막에 그만큼 퍼졌잖아. 당연히 복수 안에도 득시글거리겠지."
유우키는 익살을 부리며 동요를 감췄다.
"통증은 어때?"
"아, 이제 일반적인 진통제로는 제어가 안 돼. 미안하지만 이제 마약성 진통제 위주로 처방 해줄 수 있을까?"
"…유우키, 이제 한계야. 입원해." 마코토의 목소리는 애원에 가까웠다.
"…미안해. 아직이야. 아직. 조금만 기다려 줘." 유우키는 힘없이 고개를 좌우로 흔들었다.
"아직? 이미 늦은 수준이야. 일단 입원해서 필요한 진통제 양을 확실히 조절해야 돼. 그리고 간에 있는 큰 종양만이라도 대처하는 게…."
"입원하면 몸은 편할 테고 나한테 남은 시간도 늘어나겠지만…. 두 번 다시 퇴원은 못하겠지."
"꼭 그렇지도 않고, 몸 상태가 좋으면 하다못해 외박은 할 수 있어. 제발. 이제 외래로 볼 수준이 아니야. 알잖아."
"알아. 근데 조금만 더 있으면 돼. 마약성 진통제만 처방해 주면 부작용이랑 통증은 내가 잘 통제할 수 있어. 이래 봬도 터미널 케어 경험은 꽤 있거든. 뭐, 내 터미널 케어는 처음이지만."

유우키는 가벼운 어조로 말한 뒤, 작게 숨을 뱉었다.
"조금만 있으면 나는 움직일 수도 없게 될 거야. 그 전에 해두고 싶은 일이 있어."
"그렇게, …정말 그렇게 중요한 일이야?" 마코토가 눈을 들여다보았다.
"응, 중요해. 이해해 줘. 이대로 미련을 남기고…, 죽고 싶지 않아."
유우키는 마코토의 길쭉한 눈을 똑바로 바라보았다.
마코토는 몇십 초간 유우키의 시선을 받아냈다. 말없이 가볍게 입술을 깨문 채로.
이윽고 끈기에 졌다는 듯 마코토는 작게 한숨을 쉬고 부자연스럽게, 하지만 확실하게 미소를 지었다. 유우키의 손에 마코토의 손이 포개졌다.
"…뭔지 모르지만 중요한 일인 거지? …알았어. 가능한 한 협조할게. 그 대신 오피오이드 부작용은 철저하게 확인해야 하니까 매주 얼굴 비쳐야 해. 우선 옥시코돈을 처방할 텐데, 괜찮아?"
중간중간 말을 더듬으며, 명백히 무리하는 것이 느껴지는 어조로 마코토가 말했다.
"미안해. …고마워."
유우키는 깊이 고개를 숙였다.
좁은 진찰실, 손을 포갠 채 시간이 흘러갔다. 두 사람의 시선이 부드럽게 얽혔다.
왠지 뇌리에 사야의 웃는 얼굴이 떠올라서 유우키는 정신을 차린 듯 자세를 고쳤다.
"저, 저기…, 마코토, 좀 물어보고 싶은 게 있는데, 괜찮아?"

살인의 이유 283

유우키는 얼버무리듯 가볍게 헛기침했다.

"아, 어, 뭐?" 마찬가지로 자세를 고친 마코토는 포갰던 손을 허둥지둥 물렸다.

"저기, 여자의 의견을 듣고 싶어. 주변 사람에게 숨기고 누군가랑 사귄다고 생각해 봐. 제일 친한 친구한테도 들키기 싫은 거야. 그러면 어떤 점에 신경을 쓸 것 같아?"

"뭐야, 그 질문? 이해가 안 되는데…."

마코토는 고개를 갸웃했다. 카페에서 기다리는 동안 마코토에게 물어보려고 생각해둔 질문이었지만, 확실히 말기암 환자가 주치의에게 던질 만한 질문은 아니었다.

"너무 깊이 생각하지 마. 대단한 의미는 없어."

유우키는 변명하듯 어물쩍 넘겼다.

"…그 남자친구랑은 얼굴을 자주 봐?"

"글쎄. 만약 동급생이라면?"

"그럼 거리를 둘 것 같아. 최대한 멀리 떨어져서 말도 정말 필요할 때만 하는 느낌으로, 오히려 사이가 나빠 보일 정도로 대하지 않을까?"

"사이가 나빠 보이게…."

"왜, 우리 때를 생각해 봐. 처음에는 그런 식이었잖아."

"우리 때…?"

유우키는 학생 때 마코토와 사귀기 시작했을 무렵을 떠올렸다. 사귀기 시작한 당시, 두 사람은 교제 사실을 주변에 숨겼다. 그리고 두 사람의 관계를 철통같이 숨기려고 수업이나 동아리 활동 때는 부자연스러울 정도로 거리를 두고 대화도 반드시 필요한 사무적인 이야기만 했다. 그 결과, 검도부 안에서는 두 사람이 크게 싸워서 서로 말을 섞기도 싫어한다는 소문이 그럴싸하게 돌았다. 그 소문은 교제가 시작되고 약 반년 후, 거리에서 손을 잡고 걷는 두 사람의 모습이 우연히 동기에게 목격되기 전까지 이어졌다.

유우키는 순식간에 눈앞이 밝아지는 느낌이었다. 만약 정말로 교제를 숨기려고 했다면, 최선을 다해 접촉하지 않으려고 했을 것이다. 정말 그 말대로다.

"고마워. 참고가 됐어." 유우키는 들뜨는 기분을 억누르며 고마움을 표했다.

"참고? 어, 벌써 가? 아, 처방전 제대로 받아 가."

유우키는 등으로 마코토의 목소리를 들으며 재빨리 진찰실 출구로 향했다.

병원을 나와서 바이크가 놓인 뒤쪽 주차장에 도착한 유우키는 가방을 땅에 놓고 주머니에서 스마트폰을 꺼냈다. 이미 진료 시간이 끝나서 주차된 차는 적었다. 주변에 사람은 아무도 없었다. 어느새 날은 저물고 밤의 찬 기운이 주변을 떠돌았다. 하지만 흥분해서 달아오른 몸은 추위를 느끼지 않았다.

유우키는 며칠 전 통화 이력에서 세가와 료코의 절친이던 요시다 마사코의 번호를 찾아 망설임 없이 발신 버튼을 눌렀다. 전자음이 고막을 흔들었다. 세 번 울리고 통화가 연결됐다. 유우키는 며칠 전과 마찬가지로 경시청의 마츠다라는 형사의 이름을 댔다.

"또예요? 지금 저녁 준비해야 되는데요."

전화를 받은 요시다 마사코는 명백하게 귀찮아하는 목소리였다.

"죄송합니다. 금방 끝납니다. 짧게 몇 분만 내주십시오."

"네에…." 마지못해 대답이 돌아왔다. "근데 요전에도 말했지만,

저는 딱히 도움이 될 만한 건 몰라요. 오래전 일이기도 하고."

"그래도 괜찮습니다. 기억나는 것만 말씀해주셔도 충분합니다."

"그래서, 뭐가 궁금한데요?"

"이상한 질문이지만, 세가와 료코 씨가 피하던 남학생이 있었습니까?"

"피하던?" 의아한 목소리가 전화에서 들려왔다.

"네. 같은 검도부에 세가와 료코 씨가 노골적으로 피하던 사람이 있지 않았습니까?"

"료코가…, 피하던…."

곰곰이 생각하는지, 전화에서 목소리가 들리지 않게 되었다. 몇십 초 침묵한 끝에 "아, 있었어요"라는 목소리가 들려왔다.

"있었습니까?!"

"네. 한 명 있었어요. 검도부 한 학년 위인 선배였어요. 서로 싫어하는 것처럼 거의 대화도 안 했어요. 료코가 보기 드물게 싫어하는 사람이었던 것 같아요."

"그 학생은 다른 부원이랑도 거리를 뒀습니까?"

"아니요. 그렇지는 않았을걸요. 조금 어두웠지만, 그렇게 이상한 사람은 아니었어요. 굳이 말하자면 키도 크고 여자들한테 꽤 인기가 많았어요."

"그런데 료코 씨는 싫어하는 것 같았다고요?"

"뭐, 사람 취향은 저마다 다르니까요. 근데 왜 그런 질문을 하세요?"

"아뇨, 대단한 이유는 없습니다. 그리고 하나 더요. 세가와 료코 씨와 그 남학생은 처음부터 사이가 나빴습니까?"

"으음, 어땠더라…. 아니요. 그렇지 않았어요. 1학년 때는 오히려 친했을걸요. 자주 대화했던 것 같아요. 2학년 때부터 갑자기 틀어졌다고 할까, 어색해졌어요. 저랑 대화하면서도 카와하라 선배 이야기가 나오면 료코는 노골적으로 주제를 돌렸어요."
"카와하라요?"
"아, 그 선배요. 카와하라 죠타로 선배."
"죠타로…" 유우키는 입안에서 그 이름을 되풀이했다.
죠타로, J, 잭….
"왜 그러세요?" 요시다 마사코가 살피는 목소리로 말했다.
"아뇨, 아무것도 아닙니다. 카와하라 씨의 연락처는 모르시죠?" 유우키는 확인차 물어보았다.
"연락처만 있으면 되나요?"
"아세요?"
"네, 뭐. …아마도요. 2년 전에 검도부 동문회가 있어서 그때 명부를 만들었거든요. 카와하라 선배는 아마 참가는 안 했을 테지만, 명부에 연락처 정도는 있을 것 같아요. 아무래도 카와하라 선배니까."
"아무래도요?"
"카와하라 선배는 우리 동아리에서 제일 유명인이거든요."
"유명인?"
"네. 우리 고등학교 졸업생 중에서 유일하게 전일본 검도 선수권에 출전했어요."
전화 속 목소리가 자랑스럽게 말했다. 유우키는 스마트폰을 귀에 댄 채 경악했다. 전일본 검도 선수권 대회. 일본 제일의 검객을 정하는 검도계 최고의 대회다. 치열한 지방 예선을 뚫고 거기에 출전하는 것만으로도 이미 달인의 경지다.

"저기, 왜 그러세요?"

"아뇨…. 죄송합니다만 그 명부를 찾아주시겠습니까? 연락처를 알고 싶어서요."

"있긴 할 텐데…."

"부탁드립니다!" 유우키는 단전에서 목소리를 끌어올렸다.

"…알았어요. 잠깐 기다리세요."

불만스러운 요시다 마사코의 목소리에 이어 촌스러운 멜로디가 들려왔다. 전화를 보류 상태로 돌렸나 보다.

이제 곧 잭의 정체가 밝혀질지도 모른다. 그렇게 생각하니 다리가 떨려왔다. 긴장으로 숨이 거칠어진다. 갑자기 노래가 끊겼다.

"명부 찾았어요."

"그래서…, 연락처는요?"

"휴대전화 번호 알려 드리면 되죠? 으음, 090에…."

허둥지둥 재킷 주머니에서 메모지와 펜을 꺼낸 유우키는 요시다 마사코가 읽어주는 전화번호를 종이 위에 받아 적었다. 그녀는 번호를 다 전하고 "이제 됐나요?"라고 물었다.

"감사합니다. 저기, 그래서 요즘 카와하라 씨가 뭘 하는지는…."

"아, 근무처도 적혀 있어요. 어라…?"

"왜 그러시죠?"

"아뇨, 이거…."

"뭐라고 적혀 있습니까?"

유우키는 안달이 났지만, 전화 너머에서는 주저하는 기색만 느껴졌다.

대체 무엇에 놀란 것일까? 카와하라라는 자는 어떤 사람이지?

"여기에는 카와하라 선배가…."

요시다 마사코는 망설이면서 카와하라라는 자에 대해 적힌 내용을 설명했다.

"…라고 적혀 있는데요."

유우키의 전신이 번개에 맞은 듯 경직됐다.

"저기, 들리세요? 이게 어떻게 된 거지? 아니, 당신…."

"아…, 감사합니다."

유우키는 넋을 잃은 채 어찌어찌 감사 인사를 하고 떨리는 손가락으로 버튼을 눌러 전화를 끊었다.

유우키는 스마트폰을 한 손에 들고 우두커니 섰다. 알아낸 사실이 천천히 뇌에 스며들었다.

카와하라 죠타로. 그가 바로 잭이라고, 유우키는 확신했다. 그렇게 생각하니 모든 의문이 풀렸다.

유우키는 스마트폰에 시선을 떨어뜨리고 처음에 '184'를 눌러서 발신 번호 표시 제한으로 설정한 다음, 메모에 적힌 번호를 눌렀다. 열네 자리 번호가 액정 화면에 표시되자, 유우키는 떨리는 손가락으로 '통화' 버튼을 눌렀다.

통화 연결음은 금방 끊겼다. 귀를 기울이자, 전화 너머에서 숨소리가 희미하게 들려왔다. 유우키는 청신경에 모든 의식을 집중했다.

유우키는 먼저 이야기하지 않고 상대의 말을 기다렸다. 그저 계속 기다렸다.

기다리다 지쳤는지 남자 목소리가 전화에서 들려왔다.

"카와하라입니다. 누구시죠?"

수화기에서 들려온 목소리는 틀림없이 유우키를 조종해 사람을 몇이나 죽이게 한 살인마의 목소리였다.

6
카와하라 죠타로

블랙커피를 입에 머금었다. 깊이 있는 쓴맛과 산뜻한 산미가 입에 퍼졌다.

카와하라 죠타로는 만족스러운 듯 작게 숨을 뱉으며 지난번 '일'을 회상했다.

골프 연습장 주차장에서 골프가방을 차 트렁크에 실으려고 하는 남자 뒤에 다가가서, 기척을 느끼고 뒤돌아보려는 그의 목을 단칼에 베었다.

완벽한 '일'이었다. 카와하라는 커피잔을 받침 접시에 놓고 왼손을 눈높이까지 들어 올려 바라보았다. 남자의 목을 벴을 때의 기분 좋은 손맛이 되살아났다. 카와하라는 눈꺼풀을 내리고 달콤한 감각에 몸을 맡겼다. 시야를 차단하자, 어둠 속에 낙하하는 느낌이 들었다. 그것이 무척이나 기분 좋았다.

처음 이 감각을 맛본 것은 30년 전, 아버지의 목숨을 빼앗았을 때다.

그 당시 살던 집 바로 옆 인적 없는 긴 돌계단. 그 위에서 평소처럼 만취해 밤늦게 귀가한 아버지를 기다리다가, 알코올에 탁해진 눈으로 올려다보는 그의 가슴을 두 손으로 힘껏 밀었다. 아버지는 맥이 빠질 정도로 쉽게 스무 계단이 넘는 돌계단을 꼴사납게 굴렀다.

굴러떨어진 아버지를 따라 돌계단을 내려간 카와하라는 주변에 사람이 없는 것을 확인하고는 의식을 잃은 아버지의 머리를 잡아 사정없이 돌계단 모서리에 찧었다. 아버지의 머리에서 둔탁한 소리가 울려 퍼질 때마다 여자친구의, 세가와 료코의 죽음으로 해방된 충동이 해소되었다.

마치 여자친구가 죽은 책임이 아버지에게 있다는 듯, 카와하라는 힘을 주어 두개골과 돌계단을 부딪쳤다.

아버지의 두개골이 완전히 부서졌음을 손에 전해지는 감촉으로 확인하자, 카와하라는 일어나서 아무 일도 없었다는 듯 자기 집으로 돌아갔다.

다음 날 이른 아침, 동네 주민에게 발견된 아버지의 시신에 어머니는 매달려 울었고, 사건은 만취해서 발을 헛디뎌 일어난 사고로 결론 나는 것을 보며, 카와하라는 어머니를 아버지의 폭력에서 구해냈다는 만족감을 느꼈다. 동시에 아버지의 머리를 깨부쉈을 때 느낀 어두운 쾌감을, 가슴속에서 끊임없이 곱씹었다.

카와하라는 눈을 뜨고 커피를 한 모금 더 마셨다. 주차장에서 죽인 그 남자. 여러 범죄를 뒤에서 조장하던 그를 죽임으로써 자신은 많은 사람을 구했다.

물론 구원받은 사람들은 그 사실을 알지 못한다. 하지만 그래도 괜찮다. 자신은 칭찬을 바라고 '일'을 하는 것이 아니다. 자신의 '정의'는 누구에게도 이해받지 못할 것이다.

아버지를 죽였을 때, 그리고 몇 개월 전 여자친구였던 소녀를 죽인 사카모토 미츠오라는 남자의 목을 벴을 때, 가슴에 싹튼 '정의'. 그 '정의'는 오로지 자신만 가슴에 품고 살아 간다.

만약 이 '정의'를 공유할 수 있는 자가 있다면….

담배를 빨아들이는 카와하라의 머리에 한 남자의 얼굴이 떠올랐다.

미사키 유우키…. 그는 스스로 손을 더럽혔다. 그런 의미에서 유일하게 자신과 공감할 자격이 있는 자. 그것이 미사키 유우키였다.

미사키 유우키는 단순한 희생양에 지나지 않았다. 그가 범행을 저지르는 동안 자신은 만일의 사태에 쓸 보험으로 알리바이를 만들고, 최종적으로는 미사키 유우키의 생활권에 잭이라는 증거를 심어 놓은 다음 죽일 생각이었다. 그렇게 하면 경찰 수사를 어지럽힐 수 있다. 애초에 트럼프 잭도 그럴 때 수사를 어지럽히기 위한 도구로 사용할 수 있을 것 같아서 놓아둔 것이다.

하지만 미사키 유우키는 상상을 뛰어넘는 움직임을 보여줬다. 첫 번째 일에서는 서투른 부분이 보였지만, 두세 번 경험을 거듭하는 사이에 카와하라와 비교해도 손색없을 정도로 일을 처리하는 수준이 높아졌다.

그는 상상 이상으로 쓸 만하다. 그렇게 생각했기에 지난번 범행 때 미사키 유우키에게 알리바이를 만들라고 했고, 심지어 범행 현장에 일부러 칼을 남기고 왔다. 그러니 당분간 미사키 유우키가 혐의를 쓸 일은 없다.

언젠가는 미사키 유우키를 처리해야 할 것이다. 하지만 아직은 때가 아니다.

커피를 맛보면서 생각에 잠긴 카와하라의 가슴께에서 진동이 울렸다. 가슴 주머니에서 스마트폰을 꺼내 통화 버튼을 눌렀다. 전화가 연결됐지만, 상대는 아무 말도 하지 않았다.

"카와하라입니다. 누구시죠?"

카와하라가 그 말을 하자, 천천히 전화가 끊겼다.

잘못 건 전화인가? 카와하라는 손에 쥔 스마트폰을 보았다. 단순히 잘못 걸린 전화. 평소였으면 그렇게 해석했을 것이다. 하지만 왠지 불길한 예감이 전신을 스쳤다.

카와하라는 말없이 잔에 남은 커피를 단숨에 들이켰다.

어째서인지 강한 쓴맛만이 입안에 퍼졌다.

제4장

우울

1
난바 사야

PC방에 있는 2인용 방에서 사야는 옆에서 진지한 표정으로 노트북을 만지는 소녀의 옆얼굴을 바라보았다. 며칠 전, 만남 카페에서 알게 된 소녀, 아케미였다.

처음 만난 날 이후 일주일 정도 지나서 아케미에게 연락이 왔다. 죽은 코오로기라는 남자의 명함을 찾았고, SD카드에 걸린 비밀번호도 풀 수 있을 것 같으니 한번 만나자는 연락이었다. 아케미의 연락을 내내 기다린 사야는 곧바로 이케부쿠로역에서 재회해 아케미와 함께 이 PC방에 왔다.

"뭐야? 내 얼굴에 뭐 묻었어?" 사야의 시선을 깨달은 아케미가 고개를 돌렸다.

"아니. 표정이 진지하구나 싶어서. 미안해, 방해해서."

며칠 전 만났을 때와는 달리 화장하지 않은 아케미의 얼굴은 나이답게 어려 보였다.

아케미는 사야가 손에 든 SD카드를 가리키며 "준비됐으니까 줘 봐" 하며 손을 내밀었다. 사야에게 SD카드를 받은 아케미는 그것을 자신의 노트북에 꽂고 안에 든 데이터를 읽어 나갔다. 액정 화면에 아케미가 중년 남자와 함께 걷는 사진이 떴다.

"다시 보니까 뭔가 싫다, 이거."

아케미는 잠긴 폴더에 커서를 대고 클릭했다. 비밀번호를 요구하는 창이 나타났다.

"자, 그럼 이제 시작해 볼까." 아케미는 손가락 마디를 꺾어 소리를 냈다.

"아케미, 왜 굳이 네 노트북을 갖고 왔어? 이걸로는 안 돼?"

사야는 PC방에 준비된 데스크탑을 가리켰다.

"이런 싸구려 컴퓨터는 못 써. 이거 괜찮지? 내가 직접 만든 거야. 이 안에 크래커를 몇 개 넣어 왔어."

"크래커? 과자 말하는 거야?"

"뭐라는 거야? 비밀번호 푸는 소프트웨어 말이야. 너 진짜 순진하구나."

"순진하다니…. 아케미, 정말 비밀번호를 알아낼 수 있어?"

"아마도. 비밀번호 파일이 서버 같은 데에 있으면 힘든데, 이 경우에는 비밀번호 파일도 SD카드 안에 있으니까 크랙 툴을 쓰면 어찌어찌 될 것 같아. 그리고 이거, 암호화 알고리즘이 암호를 여덟 글자까지만 만들 수 있는 DES라는 거고, 어차피 사가와는 멍청해서 복잡한 비밀번호는 안 썼을 테니까 브루트 포스랑 사전 공격을 이용하면 생각보다 금방…."

아케미가 키보드를 두드리면서 나열하는 미지의 단어들은 사야에게 외국어처럼 들렸다. 사야는 이해하기를 포기했다.

"좋아. 이걸로 끝."

아케미는 몇십 초간 키보드를 두드리다가 엔터 키를 탁 누르고 기지개를 켰다.

"어? 이걸로 끝이야?"

"이제 프로그램이 알아서 비밀번호를 찾아줄 테니까 기다리면 돼."

"뭔가 대단하다. 아케미, 이런 거 잘하는구나."

"나는 예전부터 컴퓨터를 좋아해서 나중에 컴퓨터 관련 일을 하고 싶어. 그래서 고등학교 졸업하면 본가를 나와서 프로그래밍 전문학교에 다닐 거야. 그러려고 지금 돈을 모으고 있어."

"그렇구나…. 대단하다."

사야가 미소 짓자, 아케미는 볼을 붉게 물들이더니 "대단은 무슨" 하며 손을 흔들었다. 그때 컴퓨터가 삐, 삐, 하고 전자음을 내기 시작했다.

"오, 찾았나? 금방 됐네." 아케미가 화면을 들여다보았다.

"뭐? 찾았다고, 비밀번호를?"

"응. 봐, 열렸어." 아케미가 마우스를 조작하자, 화면에 사진이 표시됐다. "이것도 사진 파일 같네."

처음 열린 사진 몇 장에는 한 여자가 찍혀 있었다. 반소매 원피스를 입고 강한 햇살에 눈을 가늘게 뜬 30대 중반쯤 된 전체적으로 통통한 인상의 여성. 사야는 눈을 휘둥그레 뜨고 화면을 응시했다.

"누구야, 이거? 아는 여자야?" 아케미가 물었다.

"아니, 모르는 사람인데…."

"왠지 몰래 찍은 것 같네. 사가와가 이 여자한테 반해서 스토킹했나? 근데 왜 이런 데다 굳이 비밀번호를 걸었지?"

아케미는 마우스를 클릭했다. 여자 사진 다음으로 폴더에 담긴 것은 자잘한 글자가 적힌 서류 사진이었다. 열몇 장 분량이었다. 사진을 확대하자, 겨우겨우 글자를 읽을 수 있었다.

"뭐야, 이 서류? 작아서 눈이 아픈데."

투덜거리는 아케미에게 개의치 않고 사야는 작은 글자를 열심히 눈으로 훑었다. 서류에는 사야가 이해할 수 없는 여러 단어와 모르는 이름, 몇몇 주소 같은 것이 적혀 있었다.

'수혜자', '기증자', '최종 확인', '세이료 대학병원', '쿠스노키 유코', '우에노 유키코', 'CML 급성기 전환', 'HLA'.

정보가 해일처럼 밀어닥쳤다. 아케미가 말한 대로 액정 화면을 통해 자그마한 글자를 쫓으려니 눈에 상당한 부담이었다. 몇 번이나 눈을 깜빡거리면서 서류를 훑어보던 사야의 시선이 어느 글자 위에서 멈췄다.

'임신 때문에.'

사야는 눈을 크게 떴다가 방금 본 여성의 사진을 다시 열었다.

"…역시."

의식하고 보니 사진 속 여자의 배는 약간이지만 확실히 부푼 상태였다. 거기에 새로운 생명을 품고서.

사야는 미간에 주름을 잡으며 눈을 감았다. 뇌세포가 전력을 다해 회전하자, 여기저기 흩어진 정보가 퍼즐이 들어맞듯 하나의 스토리를 구성해 나갔다.

사야는 고개를 번쩍 들고 다시 자잘한 글자를 눈으로 쫓았다.

액정 화면에 비친 서류를 읽어나가는 동안 사야는 자신이 생각해 낸 가설이 진실에 가까운 것을 확신했다.

십몇 분 후, 모든 서류를 훑어본 사야는 입술을 세게 깨물고 머리를 싸안았다. 목구멍 안에서 무의식적으로 신음이 새어 나왔다.

"…저기, 괜찮아?" 아케미가 머뭇거리며 물었다.

"아케미!"

"뭐, 뭐야? 왜 갑자기 소리를 질러?"

"명함. 그 자살했다는 남자 명함, 그것도 갖고 왔어?"

"어? 응, 갖고 왔어. 잠깐 기다려 봐. 그게 그러니까…."

아케미는 가방에서 분홍색 지갑을 꺼냈다.

"명함을 받으면 전부 이 안에 넣어두거든. 으음, 코오로기, 코오로기…. 찾았다, 찾았어. 이거야."

꺼낸 명함을 본 사야는 입술을 깨물었다.

'장기 이식 코디네이터.'

명함에는 코오로기 케이스케라는 남자의 직함이 크게 적혀 있었다.

2
미사키 유우키

커튼 사이로 밝은 햇살이 비쳐 들었다. 벽시계에 시선을 던져 보니, 오전 여덟 시였다.

벌써 시간이 이렇게…. 컴퓨터를 바라보며 세포 하나하나에까지 젖산이 배어든 것 같은 권태감을 견디던 유우키는 눈꺼풀 위로 안구를 비볐다.

걷잡을 수 없이 증식하는 악성종양이 온몸의 영양분을 빼앗아가는 데다 종양 세포가 염증 물질을 퍼뜨려서 생겨나는 나른함. 악액질이라고 불리는 상태의 초기 증상. 또는 통증 관리를 위해 먹기 시작한 마약성 진통제의 부작용. 의학적으로 생각하면 그렇게 해석할 수 있다. 하지만 유우키는 이 권태감의 본질이 정신적인 것임을 알고 있었다.

카와하라 죠타로라는 자가 잭이라고 확신한 것이 사흘 전. 그때부터 이 권태감이 계속 따라붙었다. 식욕도 떨어져서 식사를 남겼다고 사야에게 매일 잔소리를 듣는다. 수면은 불안정해져서 오늘도 오전 다섯 시에 눈이 뜨였기에 하는 수 없이 이렇게 컴퓨터에 자신이 조사한 내용을 막연히 적어 넣고 있었다.

잭의 정체를 알아내는 것이 목표였다. 그것이 달성되었을 때, 나는 어떻게 해야 할까. 그것은 지금까지 생각해 본 적이 없었다. 아니, 의식적으로 생각하기를 피했다.

잭을 처리해야 할까? 유우키는 살인마를 상대하는 자신을 상상했다. 하지만 일대일 결투에서 이기기는 도무지 불가능할 듯했다. 전일본 검도 선수권에 출전한 달인이자, 자신보다 몇 배나 많은 사람을 베어본 남자. 검 실력으로는 훨씬 위였다. 게다가 자신은 암 때문에 현저히 체력이 떨어지고 있다.

정면으로 대결하지 않고 허를 찌르면 어떨까? 잭의, 카와하라 죠타로의 신원은 안다. 뒤에서 다가가서 갑자기 습격하면 지금의 자신에게도 이길 가망이 있을지 모른다. 하지만 그 계획을 실행에 옮길 마음은 전혀 들지 않았다.

이 이상의 살인을 막기 위해 죽인다. 그야말로 잭의 사상 그 자체 아닌가.

유우키는 노트북을 밀어서 공간을 만들고 거기에 엎드렸다. 할 수만 있다면 잭 따위, 이대로 잊어버리고 싶었다. 다음 순간, 유우키의 머릿속에서 아버지의 피를 뒤집어쓴 카마타의 딸, 그 비통한 표정이 되살아났다.

무려 네 사람의 인생을 끝장낸 놈이 무슨 염치없는 생각을…. 유우키는 올라오는 구역질을 참으며 입술을 일그러뜨렸다.

카와하라 죠타로가 잭이라고 신고할까도 생각했다. 하지만 카와하라가 잭이라는 명백한 증거가 아무것도 없다. 경찰은 절대 움직이지 않을 것 같다. 게다가 가장 근본적인 문제가 있었다. 만에 하나 카와하라 죠타로가 운 좋게 잭으로 체포된다고 해도, 그때는 틀림없이 자신도 공범으로, 살인자로 체포될 것이다.

자신은 사람을 죽였다. 그 벌은 달게 받아야 한다. 알고 있으면서도 유우키는 삶의 마지막 시간을 구속된 채 보낼 각오가 들지 않았다.

유우키는 탁상 달력에 시선을 던졌다. 잭이 실행한 지난번 '일'이 있은 지 벌써 2주 가까이 지났다. 잭은 머지않아 다음 살인 지령을 보낼 것이다. 하지만 이제는 수행할 수 없다.

지령을 수행하지 않은 시점에, 공범 관계는 파탄 난다. 잭은 공동주택에서 죽인 은발 남자의 피가 묻은 유우키의 면허증을 경찰에 보낼 것이다. 유우키는 머리를 싸맸다. 드디어 잭의 정체를 알아냈는데, 상황은 전혀 좋아지지 않는다.

유우키가 지닌 유일한 패는 만약 자신이 체포되면 잭의 정체를 고발할 수 있다는 것이었다. 잘하면 무승부까지는 가능할 것이다. 그런데 이 패를 어떻게 써야 할까. 아무리 생각해도 결론은 나오지 않았다.

유우키는 다시 노트북을 당겨서 자신이 아는 정보를 막연히 타이핑하기 시작했다. 자신의 병세가 갑자기 나빠져서 잭을 고발하지 못하고 목숨을 잃었을 때를 대비해서.

문득 유우키의 머리에 의문이 떠올랐다. 지금 경찰 수사는 얼마나 진행됐을까?

몇 주 전에 갑자기 집을 방문한 형사들의 이야기에 따르면, 혼다 CBR1000 소유주에게 이야기를 들으러 돌아다닌다고 했다. 그날부터 유우키는 가슴 깊은 곳에서 끈적한 불안감을 씻어내지 못했다. 불쾌할 정도로 깍듯하던 중년 형사. 떠나기 전 악수한 순간, 그 남자의 부은 눈 안쪽에서 위험한 빛이 번뜩이는 것을 느꼈다.

그날부터 외출할 때마다 감시당하지 않는지 경계했는데, 아직은 항상 기우로 끝났다. 미행은커녕 경찰의 그림자조차 느껴보지 못했다. 그러자 가슴에 또아리를 튼 불안감도 차차 옅어졌다. 그런데 오늘은 유독 경찰의 수사 상황이 궁금했다. 아마 잭의 정체를 안 덕분에 긴장했던 마음이 풀어져서 다른 데에도 신경을 쓸 수 있게 되었기 때문이리라.

그 사람에게 연락을 취해볼까. 유우키는 책상에 놓인 스마트폰을 손에 들고 발신자 번호 표시 제한을 한 다음 전화를 걸었다. 상대는 바로 전화를 받았다.

"…네, 우사미입니다."

잭을 추적하는 잡지 기자의 졸린 목소리가 들려왔다.

"오랜만입니다."

"…너구나."

우사미의 목소리에 긴장감이 뱄다. 목소리만으로 누구인지 알았나 보다.

"가르쳐줬으면 하는 게 있습니다." 유우키는 서론 없이 용건을 꺼냈다.

"이봐, 이봐. 투덜댈 마음은 없지만, 모든 일에는 순서가 있잖아. 기브 앤드 테이크. 이번에는 내가 테이크 할 차례야. 그렇잖아? 이건 비즈니스라고."

"비즈니스…"

유우키는 고민했다. 이제 와서 자질구레한 협상을 할 마음은 없었다. 어차피 언젠가는 자신이 알아낸 진실을 전부 우사미에게 전달하고, 그를 통해서 잭이 체포되게 할 생각이었다.

언젠가…, 아마 자신이 세상을 떠난 뒤에.

상관없다. 굳이 뻗댈 필요도 없다. 특종 거리를 줘야겠다.

"잭은 한 명이 아닙니다."

우사미는 "뭐?"라고 얼빠진 목소리를 냈다.

"못 들었습니까? 잭은 한 명이 아닙니다. 조력자가 있습니다."

"잠, 잠깐만. 잭이 단독범이 아니라는 말이야?"

"네, 그렇습니다."

"말도 안 돼. 살인마가 어떻게 그렇게 입맛에 맞는 협력 관계를 만들어? 사이비 종교 같은 조직범죄라는 뜻이야?"

"아니요. 범인은…, 두 명입니다."

두 명의 짐승. 원조 연쇄 살인마와 한심한 공범.

"하, 하지만 수사본부는 단독범이라는 전제하에 움직이고 있어. 특히 범행 도구가 발견되고 나서는 완전히 단독범이라는 노선만 타고 있다고."

"범행 도구?!" 목소리가 튀었다.

"몰랐어? 범행에 사용된 칼이 발견됐어. 그 칼에서 여러 피해자의 혈액이 검출됐대. 아무리 공범이어도 흉기를 공유하지는 않았겠지."

유우키는 입을 다물었다. 잭이 흉기를 남기는 실수를 저질렀을까? 아니면 실수가 아니라 무언가 목적이 있어서 한 짓일까?

"여보세요. 들려?"

우사미의 목소리에 정신을 차린 유우키는 "네, 들립니다"라고 황급히 대답했다.

"갑자기 조용히 있지 말아 줘. 아무튼 흉기가 나오기 전에는 수사본부 안에서도 잭 공범설이 살짝 나온 것 같아. 무슨 외과의가 수상하다고 주장하는 형사까지 있었다는데, 그것도 그 흉기에 묻은 피 때문에 잠잠해졌대. 자세히는 모르지만, 그 의사한테 알리바이가 있었다나 봐."

유우키는 스마트폰을 떨어뜨릴 뻔했다. 외과의. 그것은 자신이 분명하다. 자신을 의심하는 형사가 적어도 한 명 있었다. 유우키의 뇌리에 수염이 덥수룩하고 심장 밑바닥까지 꿰뚫어 볼 것 같은 눈으로 노려보던 남자의 얼굴이 떠올랐다. 몇 번이나 사칭한 이름이라 기억한다. 마츠다 코조. 그 남자가 틀림없다.

유우키는 혼란스러운 머리에 손을 댔다. 잭이, 그 냉철한 놈이 현장에 범행 도구를 남겼다. 그 덕분에 자신에게 수사의 손길이 닿지 않았다. 이것이 과연 우연일까?

"아니, 조용히 있지 말라니까. 그래서 네가 물어볼 건 뭔데?"

"아니요. 이제 됐습니다…."

유우키는 중얼거리고는 "어? 뭐…?"라고 말하는 우사미를 무시하고 전화를 끊었다. 우연히도 물어보려던 것을 우사미가 먼저 말해주었다. 우사미의 이야기에 따르면, 적어도 아직은 유우키에게 강한 의심의 눈길이 향하지 않는 듯했다. 그 자체는 나쁜 정보가 아니었다. 하지만 불안은 통화하기 전보다 훨씬 커졌다.

잭…. 그 이름이 머릿속에서 빙빙 돌았다. 자신이 그 손바닥 위에서 갈팡질팡하는 느낌이었다. 아니, 자신뿐만 아니다. 경찰도 언론도, 그리고 세상 사람들도 이제는 잭에게 놀아나고 있다.

그때 배꼽 근처에 칼에 찔린 듯한 통증이 번졌다. 유우키는 앓는 소리를 내며 배를 부여잡았다. 이마에서 진땀이 흘렀다.

이를 꽉 물고 통증을 참으면서 서랍에서 작은 플라스틱 포장재를 꺼냈다. 즉효성 마약성 진통제였다. 포장재를 거칠게 찢어서 안에 든 과립형 약을 입안에 털어 넣고 책상 위에 놓인 생수로 삼켰다.

마코토의 처방에 따라 사흘 전부터 시작한 마약성 진통제에 의한 통증 관리. 장시간 작용하는 진통제를 사용한 덕분에 통증을 느끼는 빈도는 상당히 줄어들었다. 그런데도 복막 신경 세포까지 침윤한 암세포는 문득 생각났다는 듯 갑작스러운 통증을 일으켰다. 그럴 때는 구세주인 즉효성 진통제 먹어서 대처하는 수밖에 없다.

과립형 약을 다 먹은 유우키는 공벌레처럼 몸을 둥글게 말고 강한 산으로 내장을 태우는 듯한 통증을 견뎠다. 구세주인 진통제가 효과를 보이기까지는 10분에서 15분 정도. 그때까지는 통증을 견디는 수밖에 없다.

유우키는 문득 책상 위에 놓인 작은 거울에 시선을 던졌다. 그 안에는 볼이 홀쭉하고 눈 밑에 짙은 다크서클이 진 처량한 남자가 있었다. 진행되는 암이 겉모습에도 영향을 미치기 시작했다. 최근에는 사야에게도 피곤해 보인다는 말을 자주 들었다.

슬슬 한계인가…. 유우키는 시선을 거울에서 책상 맨 아래 서랍으로 옮겼다.

잭을 조사하는 데 집중하느라 잊고 있던, 아니, 의식적으로 생각하지 않으려고 애쓰던 것이 있었다. 하지만 이제 더는 미룰 수 없다.

해야 할 일을 하자. 병세가 더 악화되기 전에.

유우키는 서랍을 바라보며 결의를 굳혔다.

진통제가 들었는지 통증은 사라졌다. 유우키는 둥글게 만 등을 펴고 다시 노트북 쪽으로 몸을 돌렸다. 갑자기 문 두드리는 소리가 났다. 유우키는 몸을 떨었다.

"잠깐만."

허둥지둥 노트북을 닫고 책상 위에 놓인 마약성 진통제를 서랍에 넣으려고 했다. 그런데 당황한 탓인지 팔꿈치에 닿은 몇 개가 바닥에 흩뿌려졌다. 유우키는 얼른 무릎을 꿇고 앉아서 바닥에 떨어진 포장재를 주워 서랍에 넣은 뒤 "들어와"라고 목소리를 높였다.

"미안해. 잠깐 괜찮아?"

열린 문 앞에 사야가 무언가 결심한 표정으로 서 있었다.

"무슨 일 있어?"

평소와는 확실히 다른 사야의 태도에 유우키는 불안을 느꼈다. 그러고 보니 어제 사야는 친구를 만났는지 귀가가 늦었다. 어젯밤에 무슨 일이 있었나?

"저기, …나랑 같이 병원에 가줘."

"병원? 어디 아파?"

"아니, 그건 아니고. 유우키가 일했던 데가 세이료 대학병원이라고 했지? 그 병원에 같이 가줘. 꼭 알아야 할 게 있는데, 나 혼자서는 못 할 것 같아서."

"잠깐만. 처음부터 차근차근 얘기해 봐. 뭘 알아야 하는데?"

사야는 마음을 진정시키려고 숨을 뱉고는 분홍빛 입술을 열었다.

"내가 왜 납치당할 뻔했는지, …알아낸 것 같아."

흰 가운을 걸친 유우키는 세이료 대학병원의 긴 복도를 걸었다.
 몇 시간 전에 사야에게 들은 이야기는 쉽게 믿기 어려웠다. 하지만 말은 된다. 만약 오늘, 지금 향하는 곳에서 추측한 대로였음이 확인되면, 사야를 납치하려고 한 남자들의 정체도 밝혀질지 모른다.
 유우키는 가볍게 뒤를 돌아보았다. 큰 선글라스와 마스크로 변장한 사야가 따라오고 있었다. 병원 안에서 선글라스를 낀 모습은 눈에 띄지만 어쩔 수 없다. 여기에 사건의 열쇠가 있다면, 사야를 납치하려고 한 남자들이 있을 가능성도 무시할 수 없다.
 평일 오후 네 시. 병원은 외래 순서를 기다리는 환자들로 붐볐다. 유우키는 고개를 살짝 떨구고 복도를 걸었다. 아직 관두지는 않았지만, 유우키는 휴직 중이다. 흰 가운을 입고 병원을 돌아다니면 수상하게 생각하는 직원이 있을지도 모른다.
 점심때가 지났을 즈음 동료 내과의에게 연락해서 정보를 얻은 덕분에 어디로 가야 하는지는 안다. 외래 공간을 지나서 목적한 장소로 향했다. 진찰 대기 환자용 의자가 없는 공간이 나왔다. 거대한 철제 자동문 앞까지 차갑고 새하얀 리놀륨 복도가 이어졌다. 유우키는 복도 끝을 바라보았다. 거기가 바로 목적지였다.
 중환자실. 최중증 환자를 관리하는 특수 병동이 저 문 너머에 있다.
 "여기서 기다려."
 유우키는 멈춰 서서 작은 소리로 사야에게 말하고 옆에 있는 소파를 턱짓으로 가리켰다. 순간 사야의 미간에 주름이 잡혔지만, 그녀는 불평하지 않고 소파에 앉았다.
 사야는 중환자실에 들어가지 않고 밖에서 기다리는 것. 그것이 병원에 오기 전 두 사람이 정한 약속이었다. 처음에 유우키는 혼자 병원에 갈 생각이었다. 하지만 사야는 얼굴을 붉히며 "절대 안 돼!"라고 유우키의 제안에 반발했다.

친구의 원수를 갚으려고 필사적으로 조사해서 알아낸 단서를 직접 확인하고 싶다는 마음은 이해된다. 하지만 애초에 중환자실에는 직원을 제외하면 입원한 환자의 가족이 면회로 잠깐 들어가는 정도만 가능하다. 협상 끝에 내놓은 절충안이 사야는 변장한 채로 밖에서 기다리는 것이었다.

"그럼 다녀올게."

유우키가 말하자, 사야는 "…응. 조심해" 하며 고개를 끄덕였다.

유우키는 자동문 앞에 서서 지갑에서 꺼낸 ID카드를 카드 리더기에 긁었다. 삐삐삐 하는 확인음과 함께 문이 천천히 열렸다.

휴직으로 해둬서 다행이다. 퇴직으로 처리했으면 중환자실에 들어가지 못했을 것이다. 유우키는 그런 생각을 하며 문을 통과했다. 청결을 유지하기 위해 신발을 슬리퍼로 갈아신고 머리에 캡을 쓰고 손을 씻은 다음, 중환자실에 들어갔다.

꽤 넓은 공간에 나란히 놓인 침대. 끊이지 않고 울리는 심전도 모니터 전자음. 환자들의 몸에서 뻗어 나온 몇 개나 되는 수액줄. 몇 개월 만에 들어온 중환자실의 분위기는 반갑기까지 했다.

이 방에는 낯선 간호사도 많다. 되도록 눈에 띄지 말아야 한다. 유우키는 고개를 숙인 채 걸으며 곁눈으로 화이트보드에 시선을 던졌다. 화이트보드에는 그 방에 입원한 모든 환자의 이름과 나이, 담당과, 병명, 침대 번호가 적혀 있었다.

찾았다! 유우키는 화이트보드 위에서 찾던 이름을 발견했다.

'쿠스노키 유코. 19세. 혈액종양내과. CML 급성기 전환. bed1.'

유우키는 안쪽에 있는 침대로 향했다. 침대를 둘러싼 투명한 무균 텐트. 소녀는 그 안에서 자고 있었다. 하지만 그 잠이 편안하지 않은 것은 소녀의 괴로운 표정으로 알 수 있었다. 유우키는 시선을 움직이며 소녀의 상태를 파악했다.

강한 화학요법으로 머리카락이 빠진 모양이다. 소녀의 머리는 털모자로 덮여 있었다. 피부는 건조했고, 빈혈 때문에 창백했다. 몸은 깡말랐고 이불 밖으로 보이는 목덜미와 팔에는 핏줄이 선명하게 튀어나와 있었다.

소녀의 목덜미에는 상대정맥으로 직접 수액을 보내기 위한 두꺼운 관이 꽂혀 있었다. 수액줄에 흘러드는 약제를 보고 얼굴을 찌푸렸다.

고칼로리 수액, 광역 스펙트럼 항생제, 승압제, 그리고 마약성 진통제. 소녀의 고통은 이미 마약을 사용해야 할 만큼 강하고, 온몸의 순환 동태는 승압제를 사용해야 겨우 유지가 가능하다는 뜻이었다.

설령 의사가 아니어도 침대 위에 있는 소녀의 모습을 보면, 그 병세가 얼마나 위독한지 눈치챌 것이다. 유우키는 자기도 모르게 소녀에게서 눈을 돌렸다. 수많은 '죽음'을 봐 왔지만, 외과의가 젊은 사람의 임종을 지켜보는 경우는 적다. 자신보다도 어린 사람이 죽어가는 것. 그것은 의사인 유우키에게도 쉽게 받아들이기 힘든 일이었다.

유우키는 무균 텐트 밖 테이블에 놓인 전자 진료 기록부를 확인했다.

입원한 시점은 작년 12월, 이미 1년 가까이 입원 생활을 했다는 뜻이다. 10대 소녀에게 1년이라는 입원 기간은 어마어마하게 긴 시간이었을 것이다. 유우키는 정보를 넘기다 가족력이 적힌 페이지에서 손이 멈췄다. 거기에는 '야쿠자 관계자'라는 붉은 글자가 크게 적혀 있었고 아버지 칸에 작게 '두목'이라고도 적혀 있었다. 질환과 직접적인 상관은 없지만, 이것도 의료 현장에서는 중요한 정보다. 치료에는 본인뿐만 아니라 가족의 협조도 필수다. 특히 미성년자 치료에는. 그리고 그것은 유우키가 가장 궁금해하던 정보 중 하나였다.

왜 이 소녀가 세이료 대학병원에 입원했는지 알 것 같았다. 소녀가 입원한 병원이 자신의 직장임을 알았을 때는 부자연스러운 우연이라고 생각했지만, 곰곰이 생각해 보면 그렇지도 않았다. 청정실을 비롯해 중증 백혈병 환자를 충분히 치료할 수 있는 설비를 갖춘 병원은 도쿄 안에도 그리 많지 않다. 게다가 방탄유리까지 사용하는, 특이할 정도로 보안이 엄중한 특별실을 갖춘 세이료 대학병원은 야쿠자 간부들이 입원할 때 자주 이용한다. 아마 이 소녀의 아버지도 세이료를 단골로 이용했을 것이다.

유우키는 같은 페이지에 적힌, 입원하기 전 소녀의 병력을 읽었다.

'4년 전 6월 20일, 전신 권태감으로 가까운 병원에서 진료를 받고 백혈구 115000이라는 이상치를 확인, 만성 골수성 백혈병(CML)이 의심돼 24일 우리 병원을 소개 진찰받고 입원함. 정밀 검사 결과 Phe 염색체 양성, CML 만성기로 진단됨.

7월 18일부터 이마티닙 투여 개시. 약의 효과가 좋아 10월 26일 완전 관해 됨.

11월 14일 퇴원, 외래 추적 검사로 전환. 관해기에 동종 조혈모세포 이식을 검토했지만, HLA 일치 혈연자가 없고 이식 리스크가 있으므로 가족과 상담한 끝에 적극적으로 이식하지는 않고 경과를 관찰하기로 함.'

유우키는 몇 시간 전에 사야의 이야기를 듣고 급하게 내과학 의학서를 읽으며 재차 확인한, 만성 골수성 백혈병에 대한 지식을 머릿속에서 되새겼다.

만성 골수성 백혈병은 화학요법을 사용하면 꽤 높은 확률로 몸 안에서 종양 세포가 검출되지 않게 되는 '완전 관해'까지 치료할 수 있다. 그리고 그 시기에 혈연자를 기증자로 골수 이식을 하면, 80퍼센트 넘는 확률로 완치할 수 있다. 하지만 기증자가 비혈연자일 경우, 치유에 해당하는 장기 무병 생존율은 60퍼센트까지 떨어진다. 그리고 이식하기 전에 환자는 대량의 항암제 투여와 방사선 조사를 견뎌야 한다.

소녀의 혈연자 중에 기증자가 없었다면, 그때 내린 '이식하지 않고 경과를 관찰'한다는 판단은 타당했을 것이다. 투약만 계속하면, 90퍼센트 가까운 환자가 5년이 지나서까지 딱히 병세가 나빠지지 않고 평범하게 생활할 수 있다.

유우키는 다음 문장을 보고 마음이 무거워졌다. 소녀는 10퍼센트 안에 들고 말았다.

'작년 12월 정기 검사에서 말초혈에 아세포 출현. 골수 천자 시행. 골수 중의 아세포 11%, 가속기로 병세가 진행됐다고 판단.
12월 29일, 이식을 포함한 치료를 하기 위해 우리 병원 우리 과

에 입원.'

 만성 골수성 백혈병은 병세가 진행되면 '급성기 전환'을 일으킨다.
 그전까지는 다양한 혈구로 분화하는 조혈모세포로서의 기본적인 능력은 남겨두고 있던 종양 세포가 그 능력을 잃는다. 그 상태가 된 종양 세포는 아세포라는 유약한 혈구를 대량으로, 무질서하게 끝없이 만들어 내서 급성 백혈병과 아주 비슷한 병세를 만든다. 거기에 이르면 치료에 강한 저항성을 보여서 예후가 매우 좋지 않다.
 진료 기록부에 기재된 '가속기'는 말 그대로 빠르게 급성기로 전환되는 상태, 다시 말해 최악의 상태에 이르기까지 카운트다운이 시작됐음을 의미한다.
 가속기에 들어선 뒤에는 골수 이식을 해도 성과가 좋지 않다. 장기 생존율은 20퍼센트에도 못 미친다. 만성기에 한 이식에 비해 현저히 뒤떨어진다. 그래도 골수 이식이 소녀의 마지막 희망임은 틀림없었다. 실제로 입원하자마자 주치의는 골수 기증자를 찾는 절차를 밟았다.
 유우키는 재빨리 진료 기록부를 스크롤했다. 모든 것을 자세히 읽을 시간적 여유는 없다. 당장이라도 주치의가 올지도 모르고, 담당 간호사가 수상하게 생각할지도 모른다. 유우키는 원하는 페이지를 방대한 정보 속에서 필사적으로 찾아 나갔다.
 소녀의 입원 생활은 시간과의 싸움이었다. 기증자가 나타나는 것이 먼저일까, 아니면 병세가 악화되어 이식조차 받을 수 없는 상태가 되는 것이 먼저일까. 올해 3월 진료 의료기록을 보고 유우키는 입술을 깨물었다.

'3/8: 골수 중 림프 아세포 32%. 림프성 급성기 전환으로 생각됨. 화학치료 예정.'

이식보다 급성기 전환이 먼저였다. 거기서부터 진료 기록은 백혈병과 항암제 부작용을 상대로 소녀가 결투한 역사였다. 급성기 전환 이후 소녀의 병세가 갑자기 나빠졌다는 사실이 진료 기록에 자세히 적혀 있었다.
 유우키는 자잘한 글자에 눈의 통증을 느끼면서도 글자의 바다를 빠르게 헤엄쳐 나갔다.
 찾았다! 유우키는 자기도 모르게 목소리를 높일 뻔했다. 그것은 올해 5월 기록이었다.

'5/12: 기증자 결정. 최종 동의 후 이식 예정.'

유우키는 또다시 진료 기록부를 스크롤했다. 사야가 한 이야기가 맞다면, 바로 이 뒤에 사건의 핵심이 있을 것이다.
 그것은 곧 나왔다. 기증자가 결정된 지 겨우 일주일이 지난 날짜였다.

'5/19: 기증자와 최종 동의에 이르지 못함. 이식 중지. 이식 전 처치도 중지함.'

하늘에서 내려온 동아줄이 잘려 나가는 순간이었다. 생존을 건

한 가닥 희망이 끊어졌다. 여섯 종류인 조직적합성항원(HLA)이 모두 맞는 것은 수만에서 수십만 분의 일 정도 확률이다. 곧바로 다음 기증자가 나오는 행운은 기대하기 힘들다.

유우키는 진료 기록부를 닫고 눈을 감았다. 이걸로 필요한 정보는 모두 얻었다. 떠나려던 유우키는 한 가지 깜빡한 것을 깨닫고 움직임을 멈췄다. 다시 진료 기록부를 본 유우키는 최근 진료 기록과 검사 데이터를 잽싸게 눈으로 훑었다. 마음이 무겁게 가라앉았다.

"…늦었어." 약한 목소리가 마스크 아래에서 새어 나왔다.

진료 기록부에 적힌 현재 소녀의 상태는 유우키의 상상을 뛰어넘었다. 혈류를 타고 전신을 돈 종양 세포는 간, 오른쪽 폐로 이동해서 군체를 만들었다. 항암제 부작용도 맞물려서 간 기능은 떨어졌고 폐 전이는 대량의 흉수 저류를 일으켰다.

이미 적극적인 치료를 할 단계는 지났다. 이런 몸 상태에서 이식 전 처치 같은 강한 치료를 받으면, 틀림없이 부작용을 견디지 못하고 목숨을 잃을 것이다.

이렇게까지 병세가 진행된 상태에서 의사가 할 수 있는 일, 해야 할 일은 가능한 한 소녀가 고통을 느끼지 않고 마지막 시간을 가족과 보낼 수 있도록 하는 것뿐이다.

유우키는 소녀를 바라보았다. 소녀가 살며시 눈을 뜨고 자신을 본 것 같았다. 유우키는 소녀를 향해 부드럽게 미소 지었다. 유우키에게 소녀의 모습은 몇 개월, 몇 주 후의 자신의 모습이나 다름없었다. 다음 순간, 소녀를 복잡한 심정으로 바라보던 유우키는 등에서 시선을 느끼고 뒤돌아봤다. 중환자실 입구에서 한 남자가 날카로운 눈빛으로 이쪽을 보고 있었다.

목구멍 안쪽에서 신음이 새어 나왔다. 남자의 얼굴이 낯익었다. 사야를 처음 만난 그날, 그녀를 납치하려고 한 3인조 중 리더.

오늘도 그날과 마찬가지로 검은 정장으로 호리호리한 몸을 감싸고 있다.

두 사람의 시선이 교차했다. 유우키는 반사적으로 무게 중심을 내리며 준비 자세를 취했다. 하지만 남자는 가볍게 고개를 숙이더니 유우키를 등지고 떠났다.

순간 어안이 벙벙했지만, 곧 상황을 이해했다. 그날 자신은 풀페이스 헬멧을 쓰고 있어서 얼굴을 들키지 않았다. 남자는 소녀를 보러 면회를 왔다가 소녀 옆에 선 흰 가운을 입은 남자가 진찰하러 온 의사인 줄 알고 다시 나가려고 하는 것이다. 거기까지 생각했을 순간, 심장이 크게 뛰었다.

사야! 밖에는 사야가 있다. 변장은 했지만, 들킬 가능성도 있다.

유우키는 중환자실 바닥을 차고 달려갔다. 큰 발소리에 간호사 몇 명이 시선을 보냈지만, 신경 쓸 겨를이 없었다.

3
난바 사야

사야는 선글라스 너머 창백하게 채색된 세상 속에 앉아 가만히 철제문을 바라보았다. 유우키가 문 안으로 사라진 지 15분 정도 지났다. 저 무거워 보이는 문 너머에 어떤 광경이 펼쳐져 있을까?
사야는 복도 의자에 앉아서 별생각 없이 치마 주머니에 손을 넣었다. 집게손가락 끝을 무언가 날카로운 물건이 살짝 찔렀다. 사야는 얼굴을 찌푸리며 손가락에 닿은 물건을 주머니에서 꺼냈다. 그것은 작은 플라스틱 포장재였다.
오늘 아침, 방문을 노크했을 때, 유우키가 어쩐지 당황하는 기색을 문 너머에서 느꼈다. 그리고 그때, 문 아래 틈에서 튀어나온 것이 이 포장재였다. 상황으로 보아 유우키가 이것을 급하게 숨기려고 한 것 같은데, 그냥 넘어갈 성격이 아닌 사야는 무의식적으로 그것을 주머니에 쑤셔 넣고 지금까지 잊고 있었다.
약 같은데. 사야는 포장재를 쥐고 얼굴 앞에서 흔들었다.
약을 먹는다는 건 유우키가 어딘가 아프다는 뜻일까? 그리고 보니 지난 2, 3주 동안 낯빛이 탁했고 식욕도 없는 것 같았다. 그런데 유우키가 왜 굳이 이 약을 숨기려고 했는지 모르겠다. 묘한 불안감을 느꼈다.

문득 고개를 들자, 몇 미터 앞에 있는 피부과 외래 접수대가 보였다.

옳지. 좋은 아이디어가 생각난 사야는 일어나서 접수대로 다가가 "저기, 실례합니다" 하며 거기에 있는 간호사 네 명에게 말을 걸었다.

"네?" 거대한 선글라스를 낀 사야를 간호사는 의심스럽게 보았다.

"이거 복도에 떨어져 있었는데, 누가 흘렸나 봐요."

사야는 약 포장재를 간호사에게 내밀었다. 가늘어졌던 간호사의 눈이 휘둥그레졌다.

"어머, 이런 게 떨어져 있었어요? 큰일 날 뻔했네. 감사합니다."

간호사는 허둥지둥 사야의 손에서 약을 가져갔다. 간호사가 과하게 반응하는 것을 보니 그 약은 일반적으로 처방되는 종류가 아닌 듯했다. 불안이 더 커졌다.

"저기, 그거 무슨 약이에요? 큰일이라니요?"

"아아, 이거 마약성 진통제에요." 간호사는 목소리를 죽였다.

"마약?!" 예상 밖의 단어에 사야의 목소리가 튀어 올랐다.

"네. 일반 진통제로는 효과가 없을 때 쓰는 거예요. 보통 암 환자들한테 나가죠. 진짜 누가 떨어뜨렸지, 이런 중요한 약을?"

망치로 얻어맞은 듯한 충격이 뒤통수에 번졌다.

암? 누가? 우두커니 선 사야의 뇌리에 난소암을 앓던 엄마의 얼굴이 떠올랐다. 그 얼굴에 최근 야위어 가던 유우키의 얼굴이 겹쳤다. 목구멍 안쪽에서 "헉" 하고 딸꾹질 같은 소리가 새어 나왔다.

"왜 그러세요?"

간호사가 걱정스럽게 말을 걸었지만, 대답할 겨를이 없었다. 사야는 휘청거리며 그 자리를 떴다. 복도를 지나는 몇 명과 어깨를 부딪칠 뻔했다.

유우키. 조금 부끄럼쟁이에 심술꾸러기. 사람을 싫어하는 척하지만 사실은 외로움을 타고 아주 다정한 내 동거인. 보호자. 생명의 은인. 에미가 떠난 지금, 이 도시에서, 이 세상에서 유일하게 믿을 수 있는 사람. 나의 소중한 사람.

유우키, 유우키, 유우키…. 사야는 불안한 걸음걸이로 걸었다. 복도가 마치 내장처럼 이리저리 꿈틀거리는 듯 보였다.

사야는 멈춰서서 중환자실로 이어지는 문을 바라보았다. 저 문이 열리고 유우키가 나왔을 때, 어떤 표정을 지어야 할까? 마치 진창에 서 있는 것처럼 발밑이 흔들렸다. 그때, 문이 천천히 열렸다.

유우키…. 사야는 힘이 들어가지 않는 다리로 문을 향해 한 걸음을 뗐다. 그런데 다음 순간, 사야는 선글라스 안쪽에 있는 눈을 휘둥그레 뜨며 얼어붙었다.

문 너머에 호리호리한 남자가 서 있었다. 주름 하나 없는 검은 정장에 온몸을 감쌌고 가늘게 뜨인 두 눈은 얼음 같은 시선을 정면으로 던졌다. 몇 주 전에 에미를 죽이고 자신을 납치하려고 한 남자. 사야는 올라오는 비명을 온 힘을 다해 삼켰다.

도망쳐야 한다. 빨리 도망쳐야 한다. 그렇게 생각했지만, 몸이 움직이지 않았다.

괜찮다. 나인 줄 모를 것이다. 변장했으니까. 필사적으로 자신을 타이르던 사야는 부자연스럽게 움직여서 어찌어찌 남자를 등지고 복도를 되돌아갔다. 공포로 다리가 꼬였다. 사야의 귀는 뒤에서 다가오는 발소리를 들었다.

쫓아오는 건가? 달리고 싶지만, 다리는 녹슨 것처럼 제대로 움직이지 않는다. 뒤에서 누군가가 사야의 어깨에 손을 올렸다. 목구멍에서 작게 비명이 나왔다.

"나야."

뒤에서 들린 목소리에 온몸의 힘이 빠질 뻔했다. 공포가 아니라 안도로.

"…유우키?" 뒤돌아보려고 하자, 유우키가 머리를 붙잡아 정면을 향한 채로 고정했다.

"뒤는 보지 마. 아직 들키지 않았어. 이대로 죽 가서 병원을 빠져나가자."

유우키의 말에 사야는 말없이 고개를 끄덕였다. 등으로 유우키를 느끼면서 하행 에스컬레이터를 타고 그대로 병원 밖으로 나갔다. 유우키가 "이제 괜찮아"라고 말한 순간, 사야는 몸을 뒤로 돌렸다. 흰 가운을 입은 유우키가 지친 얼굴로 서 있었다. 검은 정장 남자의 모습은 어디에도 보이지 않았다. 어느새 몸의 떨림이 멈춰 있었다.

"집에 가자."

유우키는 사야에게 손을 뻗어 머리를 쓰다듬었다. 사야 안에서 무언가가 튀어 올랐다. 억누를 수 없을 만큼 강한 감정의 파도가 몸속 깊은 곳에서 솟아올랐다.

사야는 유우키의 가슴에 뛰어들어 큰 소리로 울었다.

4
미사키 유우키

유우키는 자기 방에서 열린 서랍을 응시했다. 문 너머에서는 샤워 소리가 희미하게 들렸다.

사야는 병원에서 돌아오자마자 거의 아무 말도 없이 자기 방으로 사라졌다. 유우키는 거실에 혼자 남아 오늘 병원에서 본 소녀와 검은 정장 남자, 잭, 사야, 이런저런 것을 생각하며 자신이 해야 할 일이 무엇인지 정리하려고 했다.

두세 시간 후, 방문이 열리더니 거실에 모습을 드러낸 사야는 소파에서 팔짱을 끼고 있는 유우키에게 "샤워하면서 머리 좀 정리할게"라는 말을 남기고 욕실로 사라졌다.

사야가 씻는 동안에는 거실에 머무르지 않는다. 사야와 함께 살기 시작했을 때부터 유우키가 왠지 모르게 고수해 온 규칙이었다. 지난번에 사야를 침대에 쓰러뜨린 뒤로는 특히 그 규칙을 엄격히 지키려고 했다.

유우키는 서랍 안에 손을 넣었다. 칼이 든 서랍이 아니라 그 아래에 있는 조금 큰 서랍. 거기에는 지난 며칠 동안 유우키가 준비한 것이 보스턴백에 담겨 들어 있었다. 손에 든 가방은 묵직했다.

병원에서 소녀를 봤을 때, 유우키는 동정과 함께 안도를 느꼈다. 앞으로 맞이할 자신의 '죽음'을 앞두고 한 가지 의무를 달성할 수 있음을 깨달았기 때문이다.

유우키는 두 손에 든 가방을 보았다. 이것이 자신의 손에서 사라졌을 때, 지난 몇 주간 어깨를 짓누르던 책임 하나를 내려놓을 수 있을 것이다. 하지만 그와 동시에 몸을 찢는 듯한 고통이 찾아올 것이다.

내가 할 수 있을까? 유우키는 자문했다. 대답은 좀처럼 나오지 않았다.

아니, 할 수 있고 없고의 문제가 아니다. 유우키는 눈을 굳게 감고 머리를 흔들었다.

암을 선고받은 뒤로 줄곧 현실에서 도망쳤다. 유우키는 오른쪽 늑골 아래를 만졌다. 야구공만 한 크기로 성장한 암종이 확실히 만져졌다. 너무나 명백한 현실이 거기에 있었다. 유우키의 얼굴에 쓴웃음이 번졌다.

나는 이 현실에서 눈을 돌리고 온갖 잘못을 저질렀다. 사람을 넷이나 잔인하게 죽여서 그 연인을, 친구를, 가족을 더없이 상처 입혔다.

유우키는 눈을 감았다. 눈꺼풀 뒤편에 사야의 해맑은 웃는 얼굴이 떠올랐다.

사야. 지난 몇 주간 부서질 것 같던 마음을 지탱해준 소녀.

이렇게나 많은 잘못을 저질렀다. 마지막에 하나 정도는 옳은 일을 해야 한다. 현실을 마주하고 옳은 판단을 내려야 한다. 그것이 아무리 괴로워도.

어느새 샤워 소리가 사라졌다. 사야의 방문이 닫히는 소리가 들렸다.

유우키는 자신의 두 뺨을 가볍게 때리고는 보스턴백을 들고 일어섰다.

자, 해야 할 일을 하자.

방을 나선 유우키는 거실을 가로질러 사야의 방 앞에 섰다.

"사야, 잠깐 할 얘기가 있어. 진정됐으면 나와 봐."

몇 초 후, 느릿느릿 문이 열리더니 파자마를 입은 사야가 얼굴을 보였다.

아직 다 마르지 않은 앞머리 사이로 보이는 그 얼굴은 유우키가 처음 보는 생기 없는 얼굴이었다. 그 멍한 표정을 보고 굳은 의지가 약해졌다. 적어도 지금은 중요한 이야기를 할 상태가 아닌 것 같다.

"아니… 다음에 하자. 오늘 피곤하지? 푹 쉬어."

방으로 돌아가려고 하는 유우키의 셔츠 깃을 사야가 붙잡았다.

"나도…, 할 얘기가 있어."

사야는 유우키를 바라보며 유리 세공처럼 차갑게, 그리고 공허한 목소리로 말했다.

카펫 위에 앉아서 두 무릎을 감싸안은 사야가 소파에 앉은 유우키를 바라보았다. 유우키는 묘한 불편함을 느꼈다. 사야의 이야기를 먼저 들으려고 했지만, "유우키 얘기 듣고 나서"라고 쌀쌀맞게 거절당했다.

사야의 얼굴에는 평소처럼 희로애락이 분명한 표정이 사라지고 없어서 마치 가면을 쓴 것처럼 보였다. 분노도 슬픔도 아니었다. 굳이 말하자면 '혼돈'이라는 표현이 그나마 어울렸다. 유우키는 사야의 몸에서 뿜어져 나오는 분위기가 그렇게 느껴졌다.
"…중환자실에 있었어. SD카드에서 본 서류에 적힌 여자아이가."
유우키는 이야기를 시작했다. 사야는 느릿하게 움직여 초점 없는 시선을 유우키에게로 던졌다.
"쿠스노키 유코라는 아이. 아마 그 정장을 입은 남자가 그 아이의 가족일 거야."
"그렇…구나." 제대로 들리지 않을 만큼 작은 소리로 사야가 대답했다.
"상당히 진행된 백혈병이었어. 고치려면 골수 이식밖에 없어. 그런데 이식에 성공해도 나을 가능성은 낮아."
사야는 아무 말도 하지 않았다. 유우키는 개의치 않고 이야기를 이어갔다.
"작년 12월에 입원해서 올해 5월에 HLA가 완전히 일치하는 기증자를 찾았어."
"HLA?"
"쉽게 말하면 백혈구의 유형이야. 여러 가지인데 A, B, DR 세 종류가 중요하고 이게 맞지 않으면 이식해도 거부 반응이 일어나. 형제 사이에서는 25% 확률로 같아. 그런데 남이면 수만 분의 일 정도까지 확률이 떨어져."
"A, B, DR…. 그거…."
"맞아. 그 번호야. 그 아이의 HLA 유형이겠지."
"…그렇구나." 사야는 가냘프게 고개를 끄덕였다.

"그런데 문제는 그다음이야. 기증자가 골수 이식에 최종적으로 동의하지 않았어. 그래서 이식은 중지됐어."

"그 기증자는…."

"아마 그게 SD카드에 있던 사진 속 여자일 거야. 그 서류에 따르면 이름이 우에노 유키코였던가? 진료 기록부를 보면 기증자는 골수 제공에 적극적이었다고 해. 주치의도 환자 본인도 환자 가족도 이식할 수 있을 거라고 생각했어. 그런데 최종 단계에서 갑자기 나락으로 떨어졌어."

유우키는 건조한 입술을 핥았다.

"그 사진 속 우에노 유키코는 배가 부르기 시작할 즈음이었으니까 임신 4, 5개월이었을 거야. 사진에 찍힌 게 여름이면, 임신을 알아차린 시기는 딱 최종 동의 면담을 할 때쯤이었겠지. 아마 우에노 유키코는 이식에 협조할 생각이었을 거야. 하지만 최종 동의 면담 전에 임신이 판명돼서 골수를 채취할 수 없게 됐어."

"아기가 있으면 역시 안 되는 거야?"

"골수 채취는 전신 마취를 해야 돼. 임신했을 때 전신 마취는 모자 둘 다에게 리스크가 있어. 기증자에게 그런 리스크를 지울 수는 없지."

"…그렇구나."

"그래. 보통은 제공자가 못 하겠다고 하면, 다음 후보를 찾아. 그런데 쿠스노키 유코는 드문 유형이었나 봐. 다른 후보는 찾지 못했어."

"다른 치료법은 없는 거야?"

"없지는 않아. 실제로 쿠스노키 유코도 화학요법을 받았어. 그런데 그 단계까지 병세가 진행된 채로는 화학요법을 해봤자 치료

성과가 나빠. 병을 완전히 고치려면 이식밖에 방법이 없어."
 유우키는 고개를 흔들었다.
 "마지막 희망인 이식을 못 한 채 시간만 흘러서 병세는 점점 나빠졌어. 그걸 지켜보다가 견디지 못한 놈이 있어."
 사야는 작게 몸을 떨었다.
 "그래. 그 정장을 입은 남자야. 오늘도 면회하러 온 걸 보면 가족이 분명해. 나이로 보아 아마 쿠스노키 유코의 배다른 오빠겠지. 환자 가족이 분노를 쏟아낼 대상은 정해져 있어. 기증자야. 자기들한테 희망을 줘놓고 마지막의 마지막 순간에 배신한 사람이니까."
 "하지만 아기가 있으니까 어쩔 수 없잖아."
 "그런 사정은 전혀 몰라. 기증자 정보는 일절 가르쳐주지 않거든. 기증자가 남자인지 여자인지도 몰라. 임신한 것도 알았을 리가 없어."
 "그렇구나…."
 "정장을 입은 남자는 기증자가 누구인지 어떻게든 알아내려고 했어. 혹시 찾아내면 여동생이 살지도 모른다고 생각했겠지. 찾아낸 기증자한테 이식해달라고 특기인 협박을 하면 될 거라고. 하지만 쉽게 찾아지지 않았어. 골수를 이식할 때, 그런 문제를 피하려고 과할 정도로 정보 보안에 힘을 쏟거든."
 "거기서 사가와가 등장하는구나…." 사야는 기어들어 가는 목소리로 말했다.
 "그래. 사가와라는 그놈이 이번 사건의 열쇠야. 장기 이식 코디네이터였던 코오로기가 사가와의 고등학교 동창이라고 했지? 사가와가 소문을 듣고 기증자를 찾아다니는 남자에게 접근했든, 아니면 반대로 남자들이 코오로기를 조사하다가 사가와랑 관계가 있는 걸 알았든, 어쨌든 사가와는 의뢰를 받아서 코오로기한테 접근했어."

"그리고 결국 술을 먹여서 만남 카페에 데려갔고."

"그런 거지. 거기에 처음부터 말을 맞춰둔 여고생이 있어서 코오로기를 유혹해 호텔에 데려갔어. 그리고 그 모습을 사가와가 찍었어."

"협박해서 정보를 빼내려고…."

"그래. 유부남이 여고생이랑 호텔에 들어가는 사진이잖아. 그런 게 퍼지면 사회적으로 매장돼."

"그래서…, 정보를 사가와한테 넘겼구나."

"결과적으로는. 그런데 엄청 괴로웠나 봐. 개인 정보 보호는 기본 중의 기본이야. 선의로 만들어진 시스템이니까. 기증자 정보를 흘렸다는 게 밝혀지면 시스템 자체가 무너질 수도 있어."

"그래서 코오로기 씨는…."

사야는 거기까지 말하다가 입술을 굳게 다물었다. 그 뒷말은 유우키가 이었다.

"목을 맸지. 자기가 저지른 짓에 죄책감을 견디지 못해서. 코오로기도 눈치챈 게 아닐까? 사가와가 왜 우에노 유키코의 정보를 원했는지. 정장 남자들이 우에노 유키코에 대해 알게 되면, 놈들이 그 여자한테 무슨 짓을 할지."

작게 몸서리치는 사야를 보며 유우키는 고개를 가로저었다. 임신해서 이식할 수 없다는 사실을 알면, 사람을 죽이는 것도 서슴지 않는 그들이 어떤 수단을 쓸까. 상상만으로도 소름이 끼쳤다.

"원래는 이미 정장 남자에게 우에노 유키코의 정보가 넘어갔어야 해. 하지만 뭔가 문제가 생겨서 사가와는 정보를 SD카드에 넣고 사야의 친구에게 맡겼어."

"문제?"

"뭔지는 모르지만, 아마 돈 문제 아니었을까? 그래서 결국 사가와는 살해됐지. 하지만 죽기 전에 정보를 어디에 숨겼는지 털어놨을 거야. 남자들은 사야의 친구를 찾아갔고, 그 뒷일은…, 이미 아는 대로야."

유우키는 자신의 어깨를 주물렀다. 오래 이야기한 탓에 조금 피곤했다. 사야를 보자, 고개를 떨구고 딱딱한 표정으로 시선을 떨어뜨리고 있었다. 그 모습을 보니 굳었던 결심이 약해졌다. 지금부터 할 이야기는 사야에게 더 큰 충격을 줄 테니까.

아니, 더는 미룰 수 없다. 유우키는 어금니를 물고 마음을 다잡았다.

"이건 잠깐 다른 얘기인데, 괜찮아?"

유우키는 건조한 입안을 열심히 타액으로 적셨다. 사야는 초점이 맞지 않는 눈을 들었다.

"이걸 받아줘." 유우키는 보스턴백을 사야에게 내밀었다.

사야는 두 손으로 가방을 받아서 "이게 뭐야?" 하며 안을 들여다보았다. 순간 눈이 동그래졌다가 곧바로 유우키를 노려보았다.

"이게 뭐야?"

같은 질문을 반복한다. 하지만 그 말투에는 명백한 화가 섞여 있었다.

"2천만 엔이야. 그 정도면 당분간은 생활하는 데 지장이 없을 거야."

가방 안에는 돈다발이 들어 있었다. 며칠 전에 유우키가 정기 예금 계좌를 해약해서 받은 돈 대부분이었다.
"그건…, 나보고 나가라는 말이야?" 사야의 눈이 치켜 올라갔다.

유우키는 말문이 막혔다. 뱉어야 하는 결정적인 한마디. 하지만 그 말을 뱉기를 마음이 거부했다.

"…맞아."

유우키는 필사적으로 말을 쥐어짰다. 그 말이 입에서 나간 순간, 한 가지 책임을 다했다는 희미한 안도와, 사야가, 지난 몇 주간 함께 살면서 어느새 자신의 버팀목이 된 소녀가 사라져 버린다는 견디기 힘든 슬픔이 동시에 올라왔다.

"그거 갖고 어디 지방 도시에 가. 오사카든 나고야든, 아예 오키나와도 괜찮겠지. 적어도 1년, 아니, 반년만 도쿄를 벗어나 있어."

"…반년이면 뭐가 바뀌는데?"

"사건이 해결되겠지. 근본부터."

"그 말은 혹시…." 사야의 얼굴이 복잡하게 일그러졌다.

"그래. 그 백혈병에 걸린 아이는 길어도 앞으로 한두 달이야. 그 아이가 죽으면 이제 네가 쫓길 걱정은 없어."

사야의 입술에 힘이 들어갔다. 소녀의 생명이 꺼져야 안전이 확보된다. 마냥 기뻐할 일은 아닐 것이다.

"만약 이식하면, 살 가능성은 있어?"

"아니, 이제는 무리야." 유우키는 단호하게 말했다. "이미 이식할 수 있는 몸 상태가 아니야. 골수 이식 전에는 대량의 항암제 투여랑 방사선 조사로 백혈병 세포를 뿌리째 뽑아야 해. 그 아이의 몸은 이제 그걸 견딜 수 없어. 이식하려고 하면 그 전에 틀림없이 부작용으로 사망할 거야."

"그럼 그 남자들이 이제 와서 나를 찾아 봤자 무의미하다는 거야?"

"그래, 맞아. 아마 주치의도 그렇게 말했을걸. 그런데 그 남자는 인정할 수 없는 거야. 아니, 인정하기 싫은 거겠지."

몇 개월 전 나처럼. 유우키는 마음속으로 그렇게 덧붙였다.

"그 아이가 죽으면, 아무리 싫어도 받아들일 수밖에 없어. 그 순간이 한두 달 뒤에 와. 그렇게 되면 기증자고 뭐고 소용없지. 그리고 내가 어떻게든 그놈들을 고발할 거야. 반년만 지나면 그놈들은 체포될 거고, 도쿄도 안전해질 거야."

"유우키는, …이제 나를 지켜주지 않을 거야?"

매달리는 듯한 사야의 눈빛에 가슴이 칼로 도려내듯 아팠다.

"나는 이제, …너를 지킬 수 없어. 더 늦기 전에 이 집에서 나가 줘."

목에 가해지는 마찰 계수가 높은 말을, 유우키는 힘겹게 뱉어냈다.

"내가…, 걸리적거려?" 사야는 고개를 떨구고 기어들어 가는 목소리로 중얼거렸다.

유우키는 이를 꽉 물었다. 사야를 떨쳐낼 때마다 가슴에 못이 박히는 것 같았다. 하지만 지금 밀쳐내지 않으면 사야가 새로운 삶으로 나아갈 수 없다.

"…그래, 맞아. …처음부터 걸리적거렸어. 그러니까 돈 받고 나가. 가족 놀이는 이제 피곤해. 이 이상 짐을 지는 건 사양이야."

유우키는 한 호흡에 말을 뱉어내고는 고개를 숙였다. 사야의 얼굴을 똑바로 볼 수 없었다.

"…알았어." 사야는 조용히 말했다. "여기서 나갈게."

"…그래."

바라던 대답이었다. 하지만 가슴 중심에 커다란 구멍이 뚫린 것 같은, 견디기 힘든 허무함이 엄습했다.

"고개 들어!"

날카로운 목소리에 유우키는 반사적으로 고개를 들었다. 거기에는 표정을 지운 사야의 얼굴이 있었다.

"나갈게. 하지만 그 전에 내 질문에 솔직하게 대답해."

"질문?"

"약속부터 해. 거짓말하지 않겠다고."

"어, 어어."

사야의 박력에 유우키는 어정쩡하게 대답했다. 이런 순간에 무슨 이야기를 들을지 전혀 상상되지 않았다.

사야의 반듯한 입술에서 이번에는 돌변한 듯 가냘픈 말이 새어 나왔다.

"유우키, …병에 걸렸어?"

"무, 무슨…"

뺨을 맞은 듯한 충격에 말이 나오지 않았다.

"이미 못 고쳐? 고칠 방법이 없어? 유우키는 의사잖아."

사야가 강하게 물었다. 하지만 유우키는 그 물음에 입을 반쯤 벌린 채 대답하지 못했다. 거실이 정적에 휩싸였다.

뭐라고 대답해야 할까? 얼버무릴까? 아니면 사실대로 말할까? 잠시 후 유우키는 작게 한숨을 쉬고 입을 열었다.

"…그래, 이제 무리야. 누구한테 들었어?"

사야의 얼굴에서 무표정한 가면이 벗겨졌다.

"유우키가 떨어뜨린 약을 봤어. 알아보니까, …암에 걸린 사람한테만 쓴다고….”
"그랬구나. 나도 참 칠칠찮네." 유우키는 가볍게 쓴웃음을 지었다.
"입원, 안 해도 돼? 수술 같은 건?"
"이미 늦었어. 이제는 고통을 최대한 억누르는 게 전부야. 아직 입원할 만한 고통은 없어."
"앞으로….” 사야는 입가에 손을 대고 말을 잇지 못했다.
"길어도 3개월 정도. …더 짧을 수도 있고."
무슨 질문인지 깨닫고 유우키는 대답했다. 사야는 크게 숨을 삼켰다.
"그래서…, 그래서 나를 쫓아내려고 한 거야?"
"그래, 미안해. 아무 설명도 안 해서."
"하지만 내가 굳이 나갈 필요는 없잖아. 아직 건강해 보이는걸. 지금까지 같이 지낸 것처럼….”
"나는 말기암 환자야. 언제 무슨 일이 일어나도 이상하지 않아. 지금 이 순간에 갑자기 심장이 멈춰도 전혀 이상하지 않다고."
유우키는 담담하게 말했다. 틀림없는 진실이었다. 사야는 재차 숨을 삼켰다.
"언제 쓰러질지 몰라. 언제 병원에 실려 갈지 몰라. 조만간 일상생활도 못 하게 될 거야. 이런 내가 이 이상 너를 어떻게 지켜? 지키기는커녕 오히려 너한테 짐이 될 거야. 그러니까 지금 나가서 새로운 인생을 시작해. 그놈들은 내가 어떻게든 할 테니까."
유우키는 천천히 소파에서 일어나 자기 방으로 향했다.
"여기를 나가는 건 천천히 해도 돼. 이미 다 알아버렸으니까. … 그런 표정 짓지 마. 벌써 몇 개월 전부터 각오는 됐어. 이제 와서 무섭지도 않아."

유우키는 미소 지었다. 상상 이상으로 웃는 표정이 잘 지어졌다.

이제 됐다. 이제 사야도 수긍하고 안전한 곳에서 새 삶을 시작할 것이다.

"지금까지 고마웠어. 즐거웠어. 밥, 맛있었어."

유우키는 방 안으로 사라지기 직전, 사야에게 진심으로 감사의 말을 던졌다.

형광등이 꺼진 방에서 유우키는 침대에 누워 천장을 바라보았다. 어두운 천장에 빨려 들어갈 것 같은 착각이 들었다. 몸이 떠오르는 듯한 그 감각은 어딘가 '죽음'이라는 말을 연상시켰다.

유우키는 눈꺼풀을 내려서 시각을 차단하고 붕 뜬 듯 종잡을 수 없는 감각에 몸을 맡겼다. '죽음'을 의식하는데도 왠지 공포는 느껴지지 않았다. 공포를 극복한 것일까, 아니면 단순히 감각이 마비된 것일까. 어느 쪽이든, 속이 썩어 문드러지는 그 느낌을 맛보지 않아도 되니 좋은 일이었다.

이걸로 사야는 안전한 곳에서 인생을 다시 살 수 있다. 이제 사야의 친구를 죽인 놈들을 경찰에 고발하면 끝이다. SD카드 데이터가 있으니 어렵지 않을 것이다. 아, 그렇다. 우사미에게 특종감으로 넘겨줘도 되겠다. 그러면 기사로 잘 만들어 줄 것이다.

남은 것은 잭뿐이었다. 잭, 카와하라 죠타로를 어떻게 막을까?

그것도 어떻게든 될 것이다. 유우키는 자기 자신도 놀랄 만큼 낙관적으로 생각했다. 자신이 정말 걱정하던 일은 잭이 아니라 사야를 지키는 것이었음을 처음 깨달았다.

'죽음'은 무엇일까? 몇 개월 동안 피해 온 물음을 정면에서 응시했다.

사람은 언젠가 죽는다. 유우키는 수련의 시절에 만난 선배 의사를 떠올렸다. 50대 초반이던 그 의사는 췌장암을 앓았다. 화학 치료를 받았지만, 남은 생이 얼마 되지 않았음을 자각했다. 그 의사가 입원했을 때, 유우키는 수련의로서 지도의와 함께 그를 담당했다.

어느 날, 그 의사가 유우키에게 말했다. "너는 삶의 의미가 뭐라고 생각해?"라고. 유우키는 말문이 막혔다. 말기암 환자에게 인생관을 말할 수 있을 만큼 의사로서 경험을 쌓은 때가 아니었다. 굳은 표정을 보이는 유우키에게, 그 의사는 웃으며 "그렇게 심각한 표정 짓지 마" 하면서 등을 두드리고는 말했다.

"나는 말이야, 삶의 의미는 저세상에 가는 순간에 결정된다고 생각해."

유우키는 그 말뜻을 이해하지 못하고 고개를 갸웃했다.

"죽을 때 사람은, 다양한 표정을 짓거든. 말도 안 되게 괴로운 표정을 짓는 사람이 있는가 하면, 우는 것 같은 표정을 짓는 사람도 있어. 그리고 놀란 표정도. 근데 가끔 웃는 얼굴로 떠나는 사람이 있어. 죽는 순간에 의식도 없고 몸은 비명을 지르는데. 그런 사람들은 말이야, 다들 하나같이 인생에 만족하더라고. 해야 할 일은 했다. 미련은 없다. 그렇게 주변 사람들이 지켜보는 가운데서 떠나는 거야."

유우키는 그 말을 그때 그 순간에는 믿지 못했다. '죽음'을 피하기 위한 의학이라는 학문을 배워온 유우키에게 '죽음'은 패배인데, 그것을 웃으며 받아들이는 사람이 있다니, 도무지 상상할 수 없었다.

"뭐야, 그 의심하는 눈빛은?"

선배 의사가 건조한 입술을 삐죽이다가 곧 웃으며 유우키의 얼굴을 들여다보았다.

"좋아. 내 사망 선고는 네가 해줘. 잘 봐. 나는 웃으면서 죽을 거니까."

그리고 몇 주 후, 그 의사는 마약성 진통제 부작용과 전신 상태 악화로 의식을 잃어가면서도 미소 짓는 듯한 표정으로 숨을 거뒀다.

유우키는 그 경험을 통해 깨달았다. '죽음'은 결코 패배가 아니며, 무엇보다 중요한 것은 '죽음'으로부터 도망치는 것이 아니라 '죽음'을 받아들이는 순간까지 얼마나 의미 있는 '삶'을 살았느냐는 것이다.

대학교를 졸업하고 임상에 나와서 '의학자'가 아닌 '의사'가 되었을 때 처음 배운 가장 중요한 것. 그것을 어느새 잊은 채, 지난 몇 개월간 나는 '죽음'에 사로잡혀 있었다.

나는 아직 살아 있다. 앞으로 몇 주밖에 남지 않은 목숨이라 해도 그때까지 나는 뭐든 할 수 있다.

나는 웃으며 죽을 수 있을까? 유우키는 자문했다. 답은 나오지 않았다. 가능할 것도 같고, 역시 무리일 것도 같다. 다만 몇 개월 전이었다면, 웃는 얼굴로 죽음을 맞이하는 것은 상상할 수도 없었을 것이다. 의식이 졸음 속으로 낙하했다.

쿵, 쿵. 문을 두드리는 둔탁한 소리가 잠에 빠지려던 의식을 건져 올렸다. 유우키가 답하기도 전에 거칠게 문이 열렸다. 놀란 유우키가 상반신을 일으켜 보니, 방 입구에 가방을 끌어안은 사야가 서 있었다.
"왜 그래?" 유우키는 눈만 끔뻑거렸다.
사야는 침대로 성큼성큼 다가와서 두 손으로 안은 가방을 유우키에게 힘껏 던졌다. 유우키는 가슴으로 그것을 받았다. 힘에 밀려 침대에 쓰러질 뻔했다.
"왜 그러냐니까?"
감동적인 이별을 끝냈다고 생각한 참이라 사야와 얼굴을 보는 것이 어쩐지 어색해서 자기도 모르게 매정한 목소리를 내고 말았다. 사야는 작은 소리로 무언가를 중얼거렸다.
"안 들려. 더 크게 말해."
"웃기지 마!"
벽이 흔들릴 정도로 큰 소리가 방 공기를 흔들었다.
"뭐, 뭐가…."
"뭐가는 무슨. 이제 곧 죽을 거니까 돈이나 챙겨 가라고? 지금까지 고마웠다고? 나를 잊으라고? 자기한테 취해서 자기 하고 싶은 말만 하면 다야?!"
노발대발하며 쏘아붙이는 사야의 기세에 압도되어 유우키는 굳어 버렸다.
"내 입장은? 도움도 받고 돈도 받고, 그걸로 바이바이? 내가 어떻게 그래?! 나를 뭐라고 생각하는 거야!"
사야는 거친 숨을 쉬었다. 흥분해서 뺨이 주홍색으로 물드는 것이 어둑한 방에서도 또렷이 보였다.
"내가…, 걸리적거린다고?"
호흡이 정리되자, 사야는 돌변해서 사라질 듯 가냘픈 목소리로 방금과 똑같은 질문을 중얼거렸다. 사야는 유우키의 눈을 똑바로 보았다. 마음 밑바닥까지 들여다볼 것 같은 투명한 눈으로.
 유우키는 그렇다고 말하려고 했다. 여기서 긍정하면 사야는 나 갈 것이다. 비록 상처받는다 해도 사야의 미래에는 그러는 편이 바람직하다.
 말해. 어서 말하라고. 유우키는 입을 열었다.
 "아니, …걸리적거리지 않아."
 이성과는 달리 유우키의 입은 그렇게 말했다. 사야의 눈빛에 움츠러들어 더는 자신의 마음을 속일 수 없었다.
 "사실은 내가 여기 있었으면 좋겠지? 내 말이 틀렸어?"
 "…아니, 틀리지 않았어. 틀리지 않았지. 하지만 나는 곧…."
 사야는 미끄러지듯 침대에 다가오더니 유우키의 입술에 가느다란 손가락을 대서 말을 막았다.
 "그런 건 안 물어봤어. 나는 유우키의 마음을 알고 싶어."
 두 사람의 거리는 천천히 가까워졌다. 두 사람의 이마가 부딪혀 콩 하고 소리를 냈다. 이 세상에 둘만 남았다. 코앞에서 얽힌 시선이 뜨겁게 녹아 하나가 됐다.
 "나는…, 사야가…, 있어 줬으면 좋겠어."
 유우키는 망설이면서 한마디 한마디 더듬거리며 그 말을 전했다.
 "그럼 있어 줄게. 내가 계속 유우키 옆에 있어 줄게."
 사야는 문득 매우 어른스럽고 부드러운 미소를 짓더니, 유우키의 목에 두 손을 감았다. 어느 쪽이 먼저랄 것 없이 아주 자연스럽게 두 사람의 입술이 포개졌다.
 입맞춤을 나누며 끌어안은 채 천천히 두 사람의 몸이 침대 위에 쓰러졌다. 유우키의 손이 옷 위에서 사야의 봉긋한 가슴에 살짝 닿았다. 순간 사야의 온몸이 뻣뻣하게 긴장하더니 두 손이 유우키의 몸을 밀어내듯 앞으로 나왔다.
"미, 미안. 분위기에 휩쓸려서." 유우키가 튕겨져 나가듯 손을 물렸다.
"아, 아니야. 괜찮아. 그런 뜻이 아니야. 부탁이야. 계속해."
사야는 매달리듯 유우키의 목덜미를 끌어안았다.
"계속하라니…."
목에 팔이 감긴 채로 유우키는 망설였다. 말과는 달리 사야의 몸은 유우키를 거부하고 있었다. 만약 사야가 동정심으로 자신을 받아들이려고 하는 것이라면, 그런 것은 원치 않았다.
"무리하지 않아도 돼."
유우키는 사야의 등에 손을 대고 부드럽게 쓸었다.
"무리하는 거 아니야. 좀 당황한 것뿐이야. 나쁜 짓을 당한 뒤로는 이런 거 안 했으니까…. 그래서 긴장돼서…."
굳은 표정을 지은 사야에게 유우키는 다정하게 입을 맞췄다. 사야의 눈이 크게 뜨였다.
"괜찮아. 부드럽게 할게."
긴 입맞춤을 마치고 유우키는 미소 지으며 사야에게 말했다. 사야는 얼굴을 붉게 물들인 채 희미하게 "…응" 하며 고개를 끄덕였다.
그 가녀린 몸에서 힘이 빠졌다.

무거운 눈꺼풀을 들어 올리자, 커튼 사이에서 빛이 비쳐 들었다. 벌써 해가 떴나 보다. 아직 몽롱한 머리를 흔들며 유우키는 상반신을 일으켰다.

눈부신 아침 햇살로 하얗게 물든 시야에, 옆에서 몸을 둥글게 말고 자는 사야의 모습이 날아 들어왔다. 하얗고 가녀린 어깨 라인과 움푹한 쇄골이 드러나 있고, 그 밑에는 조심스럽게 부푼 가슴이 이불 속에서 보였다.

어제 일이 머릿속을 뛰어다녔다. 유우키는 사야의 뺨을 부드럽게 쓰다듬었다. 사야는 꿈이라도 꾸는지 조금 수줍어하며 몸을 꿈틀거렸지만, 잠에서 깬 것 같지는 않았다. 피곤하겠지. 어제는 이런저런 일이 너무 많았다.

유우키는 가볍게 고개를 흔들고 사야가 깨지 않도록 천천히 침대에서 일어나 옷을 입었다. 사야에게 어깨까지 이불을 덮어주고 방에서 나갔다. 거실에 나온 유우키의 배가 큰 소리를 냈다. 의식을 배에 쏟자마자 강한 허기가 느껴졌다. 유우키의 얼굴에 자연스레 미소가 번졌다. 가벼운 암성 복막염을 일으킨 뒤로는 소화관 움직임이 나빠서 거의 식욕을 느끼지 못했다. 그런데 오늘 아침에는 너무 배가 고프다.

유우키는 '병은 마음먹기에 달렸다'는 말이 본질을 꿰뚫고 있음을 실감했다. 암을 선고받은 뒤로 느껴 본 적 없을 만큼 마음이 밝았다. 그와 비례하듯 몸 상태도 상당히 좋은 느낌이었다. 정말로 병세가 호전된 것은 아니리라. 지금도 암세포는 분열을 거듭할 테고, 배에 가득 찬 복수는 조금씩 늘어가고 있을 것이다. 카운트다운은 계속된다. 그런데도 해방감을 느꼈다.

아무튼, 사야가 일어나기 전에 가벼운 아침 식사를 만들어놔야겠다.

우편물을 확인하려고 문에 설치된 우편함을 연 순간, 유우키는 움직임을 멈췄다. 밝았던 마음에 돌연 짙은 안개가 끼었다.

우편함에는 갈색 봉투가 들어 있었다. '미사키 유우키 귀하'라는 수신자 이름과 주소만 자로 잰 듯 네모난 글자로 적힌 봉투. 잭이 보낸 '지령'이 분명했다.

봉투를 꺼내서 거실에 돌아온 유우키는 가위로 봉투 윗부분을 자르고 안을 들여다봤다. 서류와 지도로 보이는 종이 몇 장과 중년 남자 사진이 있었다.

유우키는 내용물을 꺼내지도 않고 봉투를 얼굴 높이까지 들어 올려서 팔락팔락 흔들었다. 잭이 처음 보낸 봉투를 받았을 때는 무척이나 무겁게 느껴졌다. 하지만 지금 손에 든 물건은 그저 가벼운 종잇조각에 지나지 않았다. 유우키는 부엌으로 가서 가스레인지 불을 켜고 힘차게 타오르는 불에 아무 주저 없이 봉투를 갖다댔다.

연체동물처럼 불이 기어오른다. 유우키는 봉투를 싱크대에 던졌다. 봉투 전체에 번지던 불 속에서 쏟아진 사진이 몸부림치듯 일그러졌다.

이윽고 불은 꺼지고 나중에는 검은 재만 남았다. 힘껏 물을 틀었다. 수도꼭지에서 뿜어져 나온 물에 재가 배수구로 쓸려 내려갔다. 자연스레 웃음이 번졌다. 통쾌했다.

배수구를 바라보던 유우키는 다가오는 발소리를 듣고 뒤돌아보았다. 헝클어진 머리카락을 손으로 빗으며 쑥스러운 미소를 보이는 파자마 차림의 사야가 부엌 입구에 서 있었다.

"저기, …안녕. 으음, 뭐 해?"

눈을 마주치기 부끄러워하는 몸짓을 보이며 사야가 다가왔다.

"아아, 아니, 아침밥 만들려고."

"어? 괜찮아. 밥은 내가 만들게."

사야는 허둥지둥 부엌에 들어가서 냉장고를 열려고 했다.

"오늘 정도는 내가 할게. 괜찮아. 네 몫은 잊지 않고 많이 만들게. 괜찮으니까 가서 샤워하고 매무새 정돈하고 와."

유우키는 냉장고로 뻗은 사야의 손을 당기고 껴안더니 이마에 가볍게 입맞춤했다.

"뭐, 뭐야…."

사야는 볼을 분홍색으로 물들이며 도망치듯 욕실에 들어갔다.

사야의 뒷모습을 보던 유우키는 냉장고 안에서 달걀을 꺼내고 토스터에 빵을 넣은 다음, 기름을 두른 프라이팬을 불에 올렸다. 지난 몇 개월 동안 자신의 가슴에 둥지를 틀었던 안개가 어느새 완전히 걷혔다.

자신이 사는 이유, 살아온 이유, 드디어 그것을 찾은 느낌이었다.

나는 웃으며 죽을 수 있을지도 모른다. 유우키는 처음으로 그렇게 생각했다.

남은 시간을 전부 써서 사야를 지키고 행복하게 해줄 것이다. 그것이 '미사키 유우키'라는 한 사람의, 마지막 존재의 이유가 되었다.

5

카와하라 죠타로

 무슨 일일까. 카와하라 죠타로는 바닥에 뱉은 담배를 신발로 밟아 껐다.
 미사키 유우키에게 '지령'을 내린 지 벌써 2주가 지났다. 그 사이에 '잭 살인 사건'은 일어나지 않았다. 당연히 카와하라가 지정한 시간은 진작에 지나갔다.
 우편 사고로 전달이 되지 않았나? 미사키 유우키가 보복을 당했나? 갑자기 겁을 먹었나? 어느 쪽이든 있을 법한 일이다. 이번 타깃은 야쿠자 간부다. 이전과 비교하면 위험성이 높다. 다만 미사키 유우키가 자신의 명령을 거스를 것 같지는 않았다. 그런 짓을 하면 연쇄 살인마로 사형을 면할 수 없다는 사실을 알고 있을 것이다.
 미사키 유우키가 보복을 당해서 목숨을 잃었다면, 그건 그것대로 상관없었다. 나중에 미사키 유우키가 '잭'이었다는 증거만 잘 흘리면 된다. 지금까지 일어난 범행 중 일부는 미사키 유우키에게 알리바이가 있으니 수사가 그걸로 종결되지는 않겠지만, 적어도 경찰 수사를 혼란에 빠뜨릴 수는 있다. 그 틈에 자신은 범행을 이어가면 된다.

하지만 미사키 유우키가 무사하다면, 왜 '일'을 하지 않는지 알 필요가 있다.

카와하라는 눈에 띈 공중전화 부스에 들어가서, 주변에 사람이 없는지 확인하고 버튼을 누르기 시작했다. 통화 연결음이 울리는 수화기에 귀를 댔다. 몇 초 후에 전화가 연결됐다. 미사키 유우키는 살아 있었다.

"왜 일을 하지 않습니까?"

미사키 유우키가 말하기 전에 카와하라가 기선을 잡았다.

"…잭?" 전화 너머에서 미사키 유우키가 말했다.

"맞습니다. 왜 아직 '일'을 하지 않죠? 봉투는 받았잖아요?"

"그래, 받았어." 미사키 유우키는 부자연스러울 만큼 온화한 말투로 대답했다.

"그럼 왜 아직 그놈이 살아 있는 겁니까?"

"누구? 봉투째로 태워버려서 누군지 모르겠네."

그 말이 끝난 순간, 갑자기 전화가 끊겼다. 상상도 못 한 반응에 카와하라는 수화기를 응시했다.

스트레스를 견디다 못해서 미쳤나? 카와하라는 수화기를 내려놓으며 다음에 취할 행동을 생각했다. 미사키 유우키가 미쳤든 말든 해야 할 행동은 같았다. '미사키 유우키'라는 말은 이제 움직이지 않는다. 움직이지 않는 말에는 이용 가치가 없다. 남은 것은 확실히 처리하는 일뿐이다.

미사키 유우키를 경찰에 고발할 생각은 없었다. 미사키 유우키

살인의 이유 345

는 너무 많이 안다. 정보가 경찰에 새지 않도록 확실히 입막음할 필요가 있다.

아마 서로 정면에서 칼로 겨뤄도 자신은 지지 않을 것이다. 하지만 카와하라는 미사키 유우키와 정면에서 싸울 마음이 없었다.

상대는 자신의 정체를 모른다. 그러니 기회를 보다가 미사키 유우키에게 다가가서 목을 베면 된다. 미사키 유우키의 집에서는 지금까지 그가 '일'에 사용한 칼과 잭의 카드가 나올 것이다. 경찰 수사는 틀림없이 혼란을 겪을 것이다. 만에 하나 자신이 보낸 살인 지령서를 미사키 유우키가 처리하지 않았다고 하더라도 그 안에 자신을 가리키는 흔적은 전혀 없다.

사람 넷을 훌륭한 수법으로 죽인 전직 공범. 그의 목을 벨 때는 어떤 감각이 이 손에 남을까? 달콤한 기대감이 온몸을 뒤흔들었다.

카와하라는 전화 부스에서 나가려고 문을 잡았다. 그때, 주머니에서 진동으로 설정해 둔 스마트폰이 떨렸다. 안주머니에 손을 넣어 스마트폰을 꺼낸 순간, 카와하라는 길쭉한 눈을 크게 떴다.

액정 화면에 표시된 전화번호. 그것은 몇십 초 전에 자신이 공중전화로 누른 번호였다. 극심한 현기증이 덮쳐 왔다. 몇십 년 만에 맛본 감각이었다. 료코가 죽은 그 여름 이후 처음 느끼는 감각. 카와하라는 떨리는 손가락으로 통화 버튼을 눌렀다.

"…카와하라입니다." 그 목소리는 자기 입에서 나온 것이라고는 믿기 힘들 만큼 가냘팠다.

"그래, 너는 카와하라야. 카와하라 죠타로."

전화에서 익숙한 남자 목소리가 흘러나왔다. 그 목소리는 잠깐 입을 다물었다가 말을 이었다.

"그리고 네가 잭이야. 난 네가 어디서 일하는지도 알아."
"…어떻게 알았습니까?"
부정하지 않았다. 전화번호까지 들켰으니 부정해봤자 소용없다.
"아무렴 어때? 아, 혹시 몰라 말하자면, 사카모토 미츠오에 대해서도 알아."
어금니가 뿌드득 소리를 냈다. 잭 사건으로 인지되지도 않은 사카모토 미츠오 살인사건. 미사키 유우키는 그 진상까지 알아냈다. 완벽하게 정체를 숨겼는데. 자신을 알아낼 만한 증거는 하나도 남기지 않았는데. 그런데 대체 어떻게?
"…세가와 료코."
전화 너머에서 미사키 유우키가 중얼거렸다. 그 순간, 온몸의 털이 곤두서는 느낌이었다. 흉골 안쪽이 극심하게 쑤셨다.
"세가와 료코는 네 여자친구였지?"
"그 이름을 입에 올리지 마!"
카와하라는 격정에 휩쓸려 말을 내뱉었다. 30년 전에 텅 비어버린 줄 알았던 자신의 가슴에 아직도 이런 감정을 폭발시키는 불씨가 남아 있었다니 놀라웠다.
"그래, 미안해. 이제 말하지 않을게." 여유가 느껴지는 말투로 미사키 유우키가 말했다. "아무튼 이걸로 너랑 나는 대등해. 내가 체포되면 너도 체포돼. 반대로 네가 체포되면 나도 체포되겠지. 참 나, 역겨운 운명 공동체네."
"무슨 말을 하고 싶은 겁니까?"
카와하라는 낮은 목소리로 물으면서 필사적으로 냉정함을 되찾으려고 애썼다.
"나는 이 이상 너한테 관여하지 않을 거야. 나는 이제 사람을 죽이지 않아. 네가 시키는 대로 하지 않아. 나는 그냥 남은 인생을 조용히 살고 싶을 뿐이야."

"그 소녀랑 말입니까?"

지난 몇 주간 근무 중에 짬이 날 때마다 가능한 선에서 미사키 유우키를 조사했다. 어딘가 촌스러운 소녀와 함께 산다는 것도 알아냈다.

"…용케 알아냈네. 그래, 나는 그 녀석이랑 살 거야."

"…사람을 몇이나 죽여놓고 앞으로 몇십 년을 평온하게 살 수 있을 것 같습니까?"

그 말은 미사키 유우키를 향한 말이면서 동시에 자신을 향한 말이었다.

"몇십 년이라…."

숨죽인 웃음소리가 신경을 건드렸다.

"뭐가 우습습니까?"

"너, 조사가 부족해. 나는 말기암 환자야. 이제 몇 개월밖에 못 살아."

"뭐?"

카와하라는 예상치 못한 말에 살짝 숨을 삼키고, 곧바로 그 말이 진실인지 판단했다.

미사키 유우키는 몇 개월 전에 갑자기 병원을 휴직했다. 본인이 말한 대로 암에 걸려서였을까? 카와하라는 가늘게 숨을 뱉으며 곰곰이 생각했다.

그랬군. 말기암이라…. 카와하라는 확신했다. 미사키 유우키의 말이 진실임을.

미사키 유우키가 공범으로서 어떻게 그리 훌륭하게 일할 수 있었는지 이해했다. 일시적이기는 해도 자신이 왜 미사키 유우키에게 공감했는지, 그 이유를 알았다.

가장 사랑하던 연인을 무참히 잃은 자신의 가슴에서 자란 어둠. 그 어둠을 닮은 무언가를, 미사키 유우키는 젊어서 인생의 끝을 깨달음으로써 얻었으리라. 절망에 오래 노출된 자만이 가질 수 있는 어둠.

"너는 얌전히 내가 죽기를 기다려. 얌전히 있으면 너에 관해 발설하지 않고 죽어 줄게. 아, 혹시나 해서 말하는데, 나를 죽일 생각은 마. 내가 병사 말고 다른 방식으로 죽으면, 너를 고발하는 서류가 보도 기관에 보내지도록 손을 써놨어. 그 정도 머리는 돌아가거든."

카와하라는 자신의 완전한 패배임을 깨달았다. 미사키 유우키를 처리하는 최종 수단마저 봉쇄되고 말았다.

체크메이트. 아니, 끝없이 반복되는 비김수에 걸리고 말았다.

"아아, 그리고 이제 사람 죽이지 마." 가볍게 입술을 깨문 카와하라에게 미사키 유우키가 한 방을 더 먹였다.

"저도 말입니까?"

"그래, 너도. 네가 신나게 죽이고 다녀서 체포되면 나까지 귀찮아지잖아."

"만약…, 제가 살인을 하면 어떻게 할 생각입니까?"

"네가 잭이라는 증거를 언론에 뿌릴 거야."

"…무슨 소립니까? 제가 체포되면 당신도 체포됩니다."

"나는 곧 병세가 나빠질 거야. 침대 위에서 움직일 수 없게 되겠지. 인도적으로 구류는 못 해. 어떻게 되든 나는 구류되지 않고 병원에서 죽을 거야."

카와하라는 가벼운 두통을 느꼈다. 그 말대로였다. 죽음을 앞둔 이상 미사키 유우키에게 무서운 것은 없다. 카와하라는 마지막 저항을 시도하려고 입을 열었다.

"…제가 잭이라는 증거라도 있습니까?"

"글쎄, 어떠려나? 없을 수도 있겠다 싶으면 나를 죽여보든가. 답이 나오겠지. 근데 내가 어떻게 너에 관해 알아냈는지도 모르잖아? 너는 네가 생각하는 것만큼 완벽하지 않아."

미사키 유우키에게 정말 증거가 있는지는 모른다. 하지만 없다고 해도 고발되는 것 자체로 치명적이다. 경찰이라는 조직이 의심을 품고 진심으로 수사를 시작하면, 금방 증거가 찾아낼 것이다. 의혹의 눈길이 이쪽을 향하는 시점에 교수대로 이어지는 길이 펼쳐질 것이다.

"알겠습니다. 당신한테는 두 번 다시 관여하지 않겠습니다. 그리고 사람도 죽이지 않겠습니다. 그러면 됩니까?"

"그래. …그러면 돼."

미사키 유우키의 목소리에서는 안도하는 기색이 배어 나왔다. 카와하라는 그가 허세를 부렸다는 걸 그제야 깨달았다. 하지만 이미 늦었다. 승부는 이미 났다. 적어도 오늘은….

뚝 하는 소리와 함께 통화가 끊겼다.

카와하라는 스마트폰을 가만히 바라보았다. 유용한 장기말이라고 생각했던 놈이 가장 위험한 폭발물로 변해 버렸다. 잘못 처리하면 그 불길이 사정없이 자기 몸을 태워버릴 것이다. 어떻게 이 위험물을 처리해야 할까?

카와하라는 전화 부스에서 나가서 북적이는 거리로 사라졌다.

6
마츠다 코조

 어쩌라는 거야? 이시카와가 모는 차 조수석에 앉은 마츠다는 짜증 난다는 듯 구두 바닥으로 글러브박스를 찼다.
 잭의 마지막 범행이 있은 지 한 달 반 가까이 지났다. 지금까지 잭이 범행을 저지른 간격은 길어도 한 달 정도. 그런데 이번에는 잭이 한 달 반이나 사람을 죽이지 않았다.
 현장에 흉기를 남기는 바람에 신중해진 것이다. 사고를 당한 것이다. 다른 사건으로 체포된 것이다. 수사본부에서는 다양한 억측이 나왔지만, 어느 것도 상상의 영역을 벗어나지 않았다.
 그리고 보니 다나카 그놈은 '잭은 다른 사건으로 체포됐다'고 지껄였던가?
 마츠다는 라이벌 형사가 '잭 체포설'을 막힘없이 늘어놓던 모습을 떠올리며 크게 혀를 찼다. 부아가 치미는 이유는 수사본부까지 그 가능성이 가장 높다고 판단해서 지난 한 달 반 사이에 체포된 자들 중 잭의 성향과 비슷한 범죄자가 있는지 열심히 수사하고 있기 때문이다.

멍청한 놈들. 마츠다는 크게 혀를 찼다. 체포된 범죄자들 중에 잭과 비슷한 놈이 있을 리가 없다. 반년 넘게 전력으로 수사한 경시청에 꼬리도 밟히지 않고 살인을 거듭하던 놈이다. 그런 별난 재주를 부리는 괴인이 다른 시시한 범죄로 쉽게 체포됐을 리가 없다.

잭은 살인이 아닌 다른 범죄에 손대지 않을 것이다. 평소에는 선량한 일반 시민이라는 가면을 쓰고 이성적이고 침착하게 사냥감을 정하다가 사냥하는 순간에만 살인마의 민낯을 드러낼 것이다.

마츠다는 자기가 속으로 그린 잭의 이미지에 절대적인 자신감이 있었다. 그런데 지금 그 이미지가 무너지려고 한다. 마츠다가 상상하는 잭은 어떤 어려움이 있어도 결코 살인을 멈추지 않는다. 그렇다. 잭은 확실히 이성적이고 침착하며 지능이 높다. 그러면서도 명백한 쾌락 살인자다.

골초인 자신이 금연할 수 없듯, 잭도 절대 살인을 멈출 수 없다. 마츠다는 그렇게 확신했다.

정말 잭이 이대로 살인을 멈춘다면…. 마츠다의 가슴을 태우는 초조한 불꽃이 더 강해졌다.

잭이 이대로 살인을 저지르지 않는 것. 가장 바람직하게 여겨야 할 그 일을, 수사에 관여하는 모든 이들이 속으로는 두려워했다. 지금 잭을 밝혀낼 단서는 전혀 없다.

며칠 전 발견된 흉기에서도 잭을 가리키는 결정적인 증거는 찾지 못했다. 이대로 잭이 범행을 끝내면, 수사는 막힐 가능성이 크다.

잭의 범행을 막으려고 하면서도 동시에 잭이 다시 사람을 죽이고 증거를 남기기를 기대한다. 수사관들은 딜레마에 시달렸다.

사건은 신선식품과 똑같다. 시간이 지날수록 상태가 나빠진다. 단서는 적어지고 관계자의 기억은 옅어진다. 이대로 아무 단서도 얻지 못하면 이 세기의 연쇄 살인 사건은 미궁에 빠지고 만다.

마츠다는 문득 차창으로 밖을 보았다. 도로 옆 인도에서 산타클로스가 아이들에게 풍선을 나눠주고 있었다. 오늘은 크리스마스이브다. 하지만 이혼한 뒤로 딸들과 거의 만나지 못한 마츠다에게 크리스마스는 거리가 먼 행사였다.

요즘 마츠다와 이시카와가 하는 일은 유류품으로 발견된 칼과 똑같은 제품을 파는 가게를 탐문하러 돌아다니는 것뿐이었다. 오늘도 토코로자와에 있는 밀리터리 숍에 갈 예정이었다.

단서가 없나? 정말 그런가? 마츠다의 머릿속에 한 남자의 얼굴이 떠올랐다. 미사키 유우키. 그 외과의가 바로 잭을 밝혀낼 유일한 단서가 분명하다.

이제 시간이 없다. 사건이 미궁에 빠질 위기에 봉착한 지금이야말로 그 남자를 추적해야 한다.

"…오오츠카." 마츠다는 마음을 정하고, 부은 눈꺼풀을 들어 올렸다.

"네? 뭐라고 하셨어요?" 핸들을 쥔 이시카와는 곁눈으로 시선을 보냈다.

"토코로자와는 됐어. 오오츠카로 가."

"오오츠카요? 거기에 칼을 팔 만한 가게가…."

"멍청한 놈. 칼은 중요하지 않아. 잭이 그렇게 쉽게 발목 잡힐 짓을 했을 리가 없어. 미사키 유우키. 그놈 집에 가야 돼."

"하, 하지만 그 사람은 본부가…."
"본부, 본부. 네가 무슨 애새끼야? 뇌가 있으면 스스로 생각하고 행동해. 알아들어? 그놈은 분명히 뭔가 알고 있어."
"네? 근데 어떻게 그 사람한테서 정보를 끌어내요? 보니까 만만치 않은 놈 같던데."
"그렇게 완강하고 머리가 비상해 보이는 놈은 허점을 노려야 돼. 옆에서 잘 보기나 해."
마츠다는 턱을 당기고 입맛을 다셨다.

7
난바 사야

벌써 날이 저물어 간다. 사야는 서둘러 아파트로 향했다. 어디에서랄 것 없이 크리스마스 캐럴이 흘러나왔다. 크리스마스이브. 거리는 북적거렸다.

크리스마스 요리 재료를 고르는 데 시간을 너무 많이 썼다. 어서 돌아가서 요리를 만들어야 한다. 사야는 숨을 헐떡였다. 유우키와 보내는 첫 크리스마스. 그리고 아마도 두 사람의 마지막 크리스마스.

사야는 머리를 세게 흔들어 우울해지려는 기분을 떨쳐냈다. 모처럼 하는 파티다. 마음껏 즐겨야 한다. 어두운 표정을 지으면 유우키도 즐길 수 없을 것이다.

지난 며칠간 유우키의 몸 상태는 확실히 나빠졌다. 얼굴색은 창백하고 나른해 보였다. 기분 탓인지 살이 빠진 것도 같았다. 식사도 소량만 겨우 입에 댔다.

언제까지 유우키와 함께하는 생활을 이어갈 수 있을까? 이 행복한 생활을. 사야는 조금 속도를 늦추며 아파트로 걸었다. 문득 아파트 앞에 선 두 남자를 보고 사야는 걸음을 멈췄다. 그들은 사야에게 똑바로 시선을 던졌다.

몸에 긴장감이 흘렀다. 납치될 뻔한 이후로 여러 남자들의 시선이 동시에 쏟아지면 공포가 느껴진다. 사야는 순간 도망칠지 망설였다. 남자들, 특히 나이가 많은 쪽 남자는 일반인과 차원이 다른 위험한 분위기를 풍겼다. 그런데 그 남자들을 어디서 본 적이 있는 것 같았다. 납치될 뻔할 때가 아니라, 다른 때에….

마침내 두 사람의 정체가 생각났다. 전에 집에 찾아와서 유우키에게 질문한 형사들이었다. 상대가 경찰임을 깨닫자, 사야는 안심하면서 동시에 얼굴을 찌푸렸다. 경찰과는 가능한 한 이야기하고 싶지 않았다. 하지만 형사들은 억지 미소를 지으며 다가왔다.

"안녕하세요. 장 보고 오시는 길인가요? 아, 저 기억하세요? 전에 미사키 유우키 씨한테 뭘 물어보러 갔다가 뵀는데. 저는 마츠다라고 합니다."

마츠다라고 자신을 소개한 형사는 기분 나쁠 정도로 부드럽고 간사한 목소리로 말을 걸었다.

"무슨 용건 있으세요?"

사야는 경계심을 드러냈다. 이 두 사람은 분명히 자신을 기다리고 있었다. 가출은 했지만, 경찰에 쫓길 만한 짓을 한 기억은 없다. 남자들의 목적을 알 수 없었다.

"아뇨, 근처 지나가다가 들른 겁니다. 그런데 입시 학원을 다니는, 미사키 유우키 씨의 외가쪽 사촌 동생이라고 하셨죠, 아마?"

"…네, 맞아요."

유우키는 그때 사야를 그렇게 설명했다. 사야는 말을 고르며 신중하게 대답했다.

"그렇군요. 사촌 동생이요. 근데 제가 좀 찾아보니까 미사키 유우키 씨한테는 사촌이 없던데요."

마츠다는 마음속까지 꿰뚫어 볼 듯한 눈으로 사야를 쳐다보았다.

"여자친구예요." 사야는 눈을 피하지 않고 말했다.

"네?"

"사실은 제가 유우키의 여자친구라고요. 동거하고 있어요. 그게 뭐 문제인가요? 저는 이제 스무 살이에요. 남자친구랑 같이 산다고 잔소리 들을 나이가 아니라고요."

"그렇군요. 옳은 말씀입니다. 그럼 아까는 왜 거짓말을 하셨죠?"

"경찰이 싫으니까요."

"이야, 가차 없으시군요. 뭐, 좋습니다. 오늘은 미사키 유우키 씨에 관해서 잠시 이야기를 나누고 싶어서 왔습니다."

"유우키에 관해서요…?"

"네, 그렇습니다. 사실 저희는 미사키 유우키가 연쇄 살인범이 아닌지 의심하고 있습니다."

마츠다는 아무런 서론 없이 불쑥 말했다. 사야의 입이 반쯤 벌어졌다. 마츠다가 무슨 말을 하는지 이해되지 않았다.

"네, 사람들이 '잭'이라고 부르는 살인마요."

"잭…." 그 이름은 뉴스에서 여러 번 들었다.

"잭은 검의 달인이고 지적이며 냉정하죠. 커다란 칼로 사람을 죽입니다. 그러고 보니 미사키 유우키 씨는 검도 실력이 꽤 뛰어나다죠?"

"칼…."

처음 만난 날 유우키의 모습이 사야의 뇌리에 스쳤다. 우악스러운 칼을 손에 들고 선 유우키의 모습이. 유우키는 그 칼을 '바이크 수리에 쓴다'고 했다. 그냥 그런가 보다 했는데, 곰곰이 생각해보니 정말 그런 무시무시한 칼이 필요한지 의문이 들었다. 가슴이 옥죄이듯 괴로웠다.

"아, 그리고 말이죠, 잭은 살인 현장에 반드시 트럼프 카드를 두고 갑니다. 'R'이라고 적힌 잭 카드를요. 집에서 본 적 없나요?"

마츠다는 몰아붙이듯 말했다. 사야의 다리가 떨렸다. 긴장을 놓으면 그 자리에서 쓰러질 것 같았다. 더는 그 형사의 이야기를 듣고 싶지 않았다. 어서 도망치고 싶었다.

"실례하겠습니다."

사야는 갈라진 목소리로 말하고 도망치듯 아파트 입구로 뛰어 들어갔다. 형사들이 뒤를 쫓아오지는 않았다. 머리가 아팠다. 사야는 숨을 헐떡이며 엘리베이터를 타고 집으로 향했다.

현관문을 열고 안에 들어간 사야는 장바구니를 던져놓고 유우키의 방으로 향했다.

만약, 혹시라도 정말 무언가 중요한 물건을 유우키가 숨기고 있다면, 어디일지 안다. 잠긴 책상 서랍 속.

유우키의 방을 드나들게 되고 나서 눈치챘다. 자신이 책상에 다가가면 유우키는 묘하게 긴장했다. 거기가 틀림없다.

사야는 방에 들어가서 책장 맨 위 칸 오른쪽 끝에 있는 책을 꺼내 펼쳤다. 안에서 작은 열쇠가 떨어져 바닥에서 튀었다. 지난주, 사야가 아직 자는 줄 안 유우키가 그 책 안에 무언가 작은 물건을 숨기는 모습을 목격했다.

유우키가 살인범일 리 없다. 그렇게 자신을 타이르면서도 사야는 머뭇머뭇 서랍을 열었다.
 서랍이 열린 순간, 사야는 머릿속에서 유리가 깨지는 듯한 소리를 들었다.
 작은 행복이 부서지는 소리였다.
 서랍 안에는 손잡이에 핏자국이 묻은 우악스러운 칼이 있었고, 그 옆에서는 커다랗고 빨간 'R'이 적힌 잭 카드가 조소하듯 사야를 보고 있었다.

8
미사키 유우키

어깨에 멘 가방 무게에 진이 빠졌다. 가방 안에는 크리스마스를 축하하기 위한 작은 플라스틱 트리와 장식, 샴페인 같은 크리스마스 용품이 들어 있었다.

유우키는 작은 공원 벤치에 앉아서 크게 숨을 쉬었다. 기온은 낮은데 이마에는 구슬땀이 맺혔다. 오오츠카역에서 이 공원까지 기껏해야 1킬로 정도. 이렇게 지칠 만한 거리가 아니다. 명백히 체력이 떨어졌다는 증거였다.

몸 곳곳에서 증식하는 암세포가 염증을 일으켜 몸 안의 영양을 모조리 빼앗았다. 유일한 위안은 일주일 전까지 시달리던 통증을 지금은 거의 느끼지 않는다는 것이었다.

유우키는 허벅지에 붙은 마약성 진통제 패치를 옷 위에서 만졌다. 진통제를 경구 투여했을 때 얻어지는 통증 관리는 효과가 미미해서 마코토에게 처방받은 이 붙이는 마약성 진통제는 효과가 극적이었다. 통증이 거의 느껴지지 않는 데다 마약에 따라붙는 부작용인 지독한 변비와 강한 졸음도 사라졌다. 아무래도 이 진통제 패치가 유우키의 체질에 맞나 보다.

유우키는 가볍게 기지개를 켰다. 배 속에서 퐁당 하고 물이 튀는 소리가 들려왔다. 복강 안에 찬 복수 양도 확실히 늘었다. 이제 조금 있으면, 정기적으로 주삿바늘을 이용해 복수를 빼야 하는 시기가 올 것이다.

이미 아슬아슬한 지점까지 왔다. 위태로운 균형 속에서 어찌어찌 지금의 생활을 유지할 뿐이다. 어느 단계를 넘어서면 굴러떨어지듯 병세가 악화될 것이다. 그것은 사야와 함께하는 생활이 끝남을 의미했다.

1분 1초라도 길게 지금 생활을 이어가고 싶었다. 그것이 유우키의 유일한 바람이었다.

당연히 자신이 쓰러지고 난 뒤의 일도 생각해 뒀다. 사야에게 주려고 인출해둔 돈은 지금도 방에 있다. 마코토에게는 만에 하나 병세가 갑자기 나빠져서 자신이 사망하면 방 책상 서랍에 있는 봉투를 우체통에 넣어달라고 부탁했다. '주간 현대사회' 편집부 우사미에게 보낼 그 봉투 안에는 잭의 신분, 사야를 납치하려고 한 남자들의 정보, 그리고 자신이 잭의 공범으로서 무슨 짓을 했는지 상세히 적은 자료가 들어 있었다.

이제 곧 자신은 사야 앞에서 사라져 버릴 것이다. 그저 그때까지 사야와 둘이서 지내고 싶었다. 그리고 가능하면 자신이 이 세상에서 사라진 뒤에도 그녀의 기억 한편에 남고 싶었다.

이기적이라는 것은 안다. 떠난 사람은 잊고 새로운 인생을 사는 것이 사야에게 행복한 일인 것도 안다. 그래도 그렇게 바라지 않을 수 없었다.

유우키는 벤치에서 일어났다. 쉰 덕분에 조금은 체력도 돌아왔다. 집에 돌아가자. 사야가 파티 준비를 하고 기다리고 있을 것이다.

유우키는 이마에 맺힌 땀을 닦으며 무거운 다리를 옮겼다.

현관문 앞에 도착한 유우키는 열쇠를 꺼내 열쇠 구멍에 꽂았다. 손목을 돌리려고 했지만, 열쇠는 돌아가지 않았다. 문이 잠기지 않은 상태였다.

사야가 문 잠그는 걸 깜빡했나? 유우키는 고개를 갸웃하며 문을 열었다.

거기에 펼쳐진 광경을 보고 더 혼란스러워졌다. 현관에는 장바구니가 아무렇게나 놓였고, 내용물은 밖에 쏟아져 있었다. 이미 밖이 어두운데, 불도 다 꺼진 상태였다.

엄청난 불안이 엄습했다. 설마 그 남자들이 사야를 찾아서 납치하러 왔나? 유우키는 숨을 죽이고 현관에서 거실 쪽으로 복도를 나아갔다. 칼과 경찰봉은 서랍 안에 들어 있다. 무기는 없다. 하지만 유우키는 주저 없이 들어갔다.

긴장하며 거실에 들어간 유우키는 온몸에서 힘이 빠지는 느낌이었다. 사야가 있었다. 어두워서 제대로 보이지는 않지만, 열린 문 너머 유우키의 방 안에 혼자 선 사야의 모습이 보였다.

"뭐 해? 불도 안 켜고."

가슴을 쓸어내리며 말을 걸자, 사야는 부자연스럽게 고개를 돌려 유우키를 보았다.

공포를 담은 눈으로.

우두커니 선 사야의 손 쪽을 본 순간, 유우키는 몸을 떨었다.

잠가둔 서랍이 열려서 피 묻은 칼과 'R'이 적힌 트럼프 카드가 드러나 있었다.

"…뭐야? 이게 뭐야?" 사야는 떨리는 목소리를 짜냈다.

"잠깐만. 내가 설명할게."

"오지 마!" 사야는 유우키를 노려보았다. "형사가 그랬어. 유우키가…, 살인자일지도 모른다고."

"아니야…. 아니야…."

유우키가 한 걸음 뗀 순간, "오지 마!" 하며 사야는 두 손을 들었다. 그 손에는 유우키가 준 하트 모양 방범 경보기가 들려 있었다. 유우키는 그 자리에 얼어붙었다.

"아니라고? 뭐가 아닌데? 나랑 처음 만났을 때도 이 칼을 들고 있었잖아. 그때도 누구를, 누군가를, …죽이고 온 거야?"

유우키는 목소리를 낼 수 없었다. 그 말대로였다. 그날, 자신은 살인을 저질렀다.

거짓말이라도 좋다. 거짓말이라도 상관없으니 어서 아니라고 해야 한다. 하지만 유우키는 쇠사슬에 묶인 것처럼 움직일 수 없었다. 사야의 쌍꺼풀진 큰 눈이 서서히 젖어 갔다. 사야는 방범 경보기를 내던지고 뛰쳐나갔다. 문 앞에 있던 유우키의 가슴을 밀치고 현관으로 향했다. 다리 힘이 빠진 유우키는 그것만으로도 맥없이 엉덩방아를 찧었다.

넋을 잃었던 유우키는 현관문이 닫히는 소리에 정신을 차렸다. 쫓아가야 한다. 지금 쫓아가지 않으면 두 번 다시 사야를 못 볼 것이다. 거의 기어서 현관으로 향했다.

현관을 나가서 복도를 둘러봤지만, 사야는 없었다. 비상계단으로 간 유우키는 계단을 두 칸씩 뛰어 내려갔다. 약한 몸이 비명을 질렀다. 3층까지 내려갔을 때, 유우키의 눈은 아파트 입구에서 뛰어나가는 사야의 모습을 발견했다.

"사야!" 유우키는 있는 힘껏 소리쳤다. "기다려 봐! 그게 아니야!"

사야가 뒤돌아보았다. 순간 두 사람의 시선이 얽혔다. 하지만 사야는 얼른 입술을 세게 깨물고 다시 뛰었다.

유우키는 계단을 전력으로 내려갔다. 숨쉬기가 힘들었다. 눈앞이 하얘졌다. 1층에 거의 도착했을 즈음, 다리가 엉켰다. 주변 풍경이 크게 회전했다. 계단 스무 칸 정도를 한꺼번에 굴러떨어진 유우키는 콘크리트 바닥에 부딪혔다.

유우키는 쓰러진 채 필사적으로 고개를 들었다. 머리를 세게 부딪혀서 흐릿한 시야에 멀리서 걸음을 멈추고 걱정스럽게 바라보는 사야의 모습이 들어왔다. 하지만 사야는 무언가를 떨쳐버리듯 단호히 몸을 돌리고 등을 보이며 뛰어갔다.

이제 고개를 들고 있을 수도 없었다. 유우키는 힘없이 엎어졌다.

"어이, 왜 그래? 이봐, 괜찮아?"

머리 위에서 어딘가 익숙한 중년 남자의 목소리가 들려왔다. 하지만 고개를 들 수조차 없었다. 심장이 갈기갈기 찢어질 것 같았다. 목구멍 안쪽에서 뜨거운 것이 밀려 올라왔다. 유우키의 입에서 피가 섞인 위액이 터져 나왔다.

"이시카와, 구급차. 얼른 구급차 불러. 이놈 죽게 두면 안 돼."

유우키는 토사물 범벅이 되어 몸을 둥글게 말면서 작게 여러 번 사야의 이름을 불렀다.

제5장

수용

1
난바 사야

 어쩌다 여기에 와 버렸을까? 선글라스를 벗으면서 사야는 자신에게 물었다. 하지만 그 답은 나오지 않았다.
 사야는 가로수 그늘에 숨어서 몇십 미터 앞에 있는 아파트를 보았다. 한 달 전까지 미사키 유우키와 함께 살던 아파트를.
 유우키의 집을 뛰쳐나온 뒤로 사야는 막 도쿄에 왔을 때처럼, 에미를 만나기 전처럼 PC방을 전전하며 지냈다.
 그 서랍을 열었을 때 느낀 혼란은 아직 여전하다. 아파트를 뛰쳐나온 자신을 쫓아오다가 비상계단에서 굴러떨어진 유우키. 그 광경이 매일같이 눈꺼풀 뒤편에 되살아났다.
 나는 그때 도망치고 말았다. 유우키를 돕지도 않고 혼란에 빠진 채 달아났다. 유우키는 괜찮았을까? 그게 궁금했지만, 사야는 유우키의 집에 올 수 없었다. 서랍에 들어 있던, 손잡이에 피가 눌어붙은 커다란 칼과 불길한 트럼프 카드. 그것을 봤을 때 받은 충격이 유우키의 집에 돌아오는 길을 방해했다.

유우키의 정체는 연쇄 살인마. 믿을 수 없었다. 하지만 칼과 카드는 잔인하게도 그것이 진실임을 알려주었다.
생각하지 말자. 그렇게 다짐하지만, 자기도 모르는 새에 또 유우키 생각을 하고 있다. 정말 미칠 것 같았다. 그래서 오늘 살충등에 다가가는 벌레처럼 얼떨결에 아파트 근처로 오고 말았다.
그 서랍 안을 들여다본 순간부터 현실감이 옅어졌다. 사야는 그 형사의 말에 넘어가서 서랍을 열어 버린 것을 몇 번이나 후회했다. 그때 멈췄다면, 지금도 유우키의 옆에 있을 수 있었을 텐데. 하지만 자신은 판도라의 상자를 열어 버렸다. 아무리 후회해도 이미 늦었다.
사야는 눈을 가늘게 뜨고 유우키의 방 창문을 보았다. 하지만 커튼이 닫혀 있어서 안에 사람이 있는지는 알 수 없었다. 낮이라 전등에 불이 들어왔는지도 확실치 않았다.
순간 저 집에 가고 싶다는 충동이 몸을 스쳤지만, 그 충동을 훨씬 뛰어넘는 공포가 사야의 몸을 붙들어 맸다.
사야는 무서웠다. 유우키가 살인범이라는 증거를 확인하는 것이. 그리고 그 이상으로 병 때문에 고통스러워하는 유우키의 모습을 보는 것이.
자기혐오가 표정을 일그러뜨렸다. 불치병에 걸린 것을 알면서도 유우키와 함께 살기로 했을 때, 그가 아무리 고통스러워해도 옆에서 지켜봐 주겠다고 결심했다. 그런데 지금은 그러기가 겁난다.
몇 분간 창을 바라보다가 사야는 힘없이 고개를 흔들고 몸을 돌렸다.
여기에 오지 말 걸 그랬다. 집에 찾아갈 수도 없고 그저 괴로움만 커질 뿐임을 이미 알고 있었는데.

차가운 바람을 뺨으로 느끼며 터덜터덜 걷는 사야의 배가 꼬르륵 하고 크게 울었다. 사야는 배를 움켜잡고 씁쓸한 표정을 지었다. 오늘 아침에 패스트푸드점에서 식사한 뒤로 아무것도 못 먹었다. 한 번 의식한 허기는 사정없이 사야를 괴롭혔다. 사야는 가방에서 지갑을 꺼내더니 열어서 내용물을 확인했다. 지갑에는 천 엔짜리 지폐 몇 장과 동전밖에 없었다. 이대로면 오늘 밤 숙식도 해결하기 어렵겠다.

사실은 아르바이트라도 하고 싶었지만, 아무래도 아직은 자신의 이름을 어딘가에 등록하기가 무서워서 지난 한 달 동안 못 했다.

"…그 방법밖에 없나." 사야는 깊은 한숨을 쉬었다.

돈을 벌 수단으로 생각나는 것이 있었지만, 솔직히 거부감이 있었다.

얻는 것이 있으면 잃는 것도 있는 법. 마음을 굳힌 사야는 고개를 들고 걸음을 떼려고 했다. 그 순간, 어느 틈엔가 바로 앞에 와 있던 남자와 어깨를 부딪쳤다. 몸집이 작은 사야는 균형을 잃었다.

"죄송합니다. 제가 한눈을 파는 바람에."

높은 위치에서 정중한 목소리가 내려왔다.

"아, 네, 괜찮아요. 저야말로 죄송합니다."

사야는 사과하면서 남자에게 시선을 던졌다. 키가 큰 남자였다. 나이는 40대쯤일까. 주름 하나 없는 회색 정장을 한 치의 흐트러짐 없이 차려입고 검은 코트까지 걸쳤다. 입술은 칼날처럼 얇았고, 쌍꺼풀 없는 눈은 사야를 내려다보았다. 굳이 말하자면 단정하지만, 특징이 없어서 인상에 남지 않는 얼굴이었다.

"다치신 데는 없나요?" 남자가 미소 지었다.

뭔가 불편한 사람. 그렇게 생각하며 남자와 눈을 마주친 순간, 사야의 척추에 떨림이 일었다. 친절한 미소를 띤 남자의 얼굴에서 날카로운 눈이 유리알처럼 무표정한 빛을 발했다. 아무런 감정이 담기지 않은 차가운 빛을. 거대한 파충류가 노려보는 듯한 느낌이었다. 본능이 머릿속에서 최대급 경고음을 울렸다.

"아, 그…, 실례하겠습니다."

사야는 황급히 뒷걸음질 치며 남자에게서 멀어졌다. 남자는 그 이상 말을 걸지 않았다. 사야는 뒤돌아보지 않고 엉키려는 다리를 재빠르게 움직였다.

아무리 멀어져도 붙박인 듯 어쩐지 등에서 남자의 시선이 느껴졌다.

목적지가 보였다. 오래된 상가 건물, 어두운 지하로 이어지는 계단이 건물 옆에 보였다. 처음 만난 날 에미가 사야를 데려간 곳. 소녀의 속옷이나 음란물 영상을 파는 가게였다.

오오츠카역에서 야마노테선을 타고 신주쿠역까지 이동한 사야는 흐릿한 기억에 기대어 가부키초 안쪽에 있는 이 장소로 왔다. 계단을 내려간 사야는 무거운 문을 밀었다.

문을 빠져나간 사야는 표정을 일그러뜨렸다. 수상한 물건으로 넘치는 가게 안은 역시 거북했다. 좁은 가게 안에는 예전과 마찬가지로 거의 손님이 없었다.

"어서 오세요. …어라, 아가씨?"

안쪽에서 얼굴을 내민 통통한 가게 주인이 사야의 얼굴을 보고 눈을 동그랗게 떴다.

"안녕하세요. 저기, …이번에도 속옷을 가져왔는데, 매입해 주실 수 있나요?"

사야는 작은 종이 가방 안에 든 속옷 열몇 장을 가리켰다. 싸구려 속옷을 사서 한 번도 입지 않고 몇 번 빨아 사용감을 만들었다.

"아, 아아, 속옷. 당연히 매입하지. 너, 전에 에미랑 온 애지?"

"맞는데, 무슨 문제라도 있나요?"

에미의 이름을 듣자, 가슴에 통증이 번졌다.

"아니, 문제없어. 매입해달라고? 으음, 가격을 계산할 테니까 잠깐 기다려줄래?"

가게 주인은 어딘가 부자연스럽게 말하며 사야의 손에서 종이 가방을 받아 들고 가게 안쪽으로 사라졌다. 혼자 남은 사야는 거북함을 느끼며 가게 안을 둘러보았다.

사야는 계산대 옆에 있는 의자에 앉았다. 빽빽이 진열된 세일러복과 교복 재킷, 소녀의 속옷을 보고 있자니, 가슴속 불쾌감이 더 강해졌다. 사야는 기분을 전환하려고 스마트폰을 꺼냈다. 전철을 탔을 때 매너모드로 해놓아서 몰랐는데, 이제 보니 메시지가 와 있었다.

입가에 힘이 들어갔다. 유우키에게 온 메시지였다. 집을 나온 뒤로 매일같이 유우키에게 전화와 메시지가 온다. 사야는 전화를 받지도, 메시지에 답장을 하지도 않았다. 한 번이라도 유우키의 목소리를 들으면, 메시지를 주고받으면, 자신은 유우키를 만나지 않고는 못 배기게 될 것이다. 그 사실을 알고 있었다.

메시지를 속독으로 읽었다. 그 내용은 지난 한 달 동안 받은 다른 메시지와 똑같았다. 충격을 줘서 미안하다는 말과, 한 번만 다시 대화하고 싶다는 애원. 사야가 가장 궁금해하는 유우키의 지금 상태에 관한 내용은 전혀 없었다. 그만큼 유우키의 상태가 나쁘다는 뜻일지도 모른다. 가슴속에서 불안이 퍼졌다.

사야는 메시지를 삭제했다. 이 이상 보고 있으면 고민이 더 커질 것이다.

사야는 눈을 감고 유우키와 함께한 나날을 회상했다. 차례차례 머릿속에 떠오르는 것은 즐거운 추억뿐이었다.

벽에 걸린 시계가 땡 하는 소리를 울렸다. 사야는 퍼뜩 고개를 들었다. 시계는 오후 여섯 시를 가리켰다. 생각에 잠겨 있는 동안 시간이 많이 지났다. 가격을 계산하는 것치고는 시간이 너무 오래 걸리지 않나?

문밖에서 급하게 계단을 내려오는 발소리가 들리더니 곧 문이 열렸다. 사야는 그 너머에 펼쳐진 광경을 보고 뼛속까지 얼어붙었다. 검은 정장을 입은 남자. 몇 번이나 악몽 속에서 만난 남자가 사람을 몇 명 대동한 채 거기에 서 있었다.

"안녕, 아가씨 오랜만이네. 드디어 그물에 걸렸구나."

정장 남자 뒤에서 금발 남자가 소름 돋는 미소를 지었다.

"네 친구 집에 이 가게 영수증이 있었거든. 그래서 혹시나 하고 그물을 쳐놨어. 안됐네."

금발 남자가 의기양양하게 말하는 동안 사야는 의자에서 일어나 좁은 가게 안쪽으로 도망치려고 했다. 그런데 정장 남자 옆에 있던 빡빡머리 남자가 그런 거구에서 나온 속도임을 믿기 힘들 정도로 빠르게 다가와서 얼어붙은 사야의 턱에 오른 주먹을 가볍게 휘둘렀다.

사야의 턱끝과 남자의 주먹이 부딪혀 퍽 하고 가벼운 소리가 났다. 다리에서 힘이 빠졌다. 사야는 그 자리에 무릎을 꿇었다.
"미안해, 아가씨. 이런 데서 장사하다 보면 꼭 이런 인맥이 필요해지거든. 이해해 줘."

안쪽에서 사태를 지켜보던 가게 주인이 나오더니, 눈을 감은 채 남자의 손에 일으켜 세워진 사야를 향해 두 손을 맞대고 합장하듯 사과했다.

검은 정장 남자가 "가자"라고 구령처럼 말하자, 남자들은 움직였다.

"저기, 이 여자애가 무슨 짓을 했나요?"

가게 주인은 가게에 남은 검은 정장 남자에게 아첨하는 목소리로 물었다.

"넌 알 필요 없어."

남자는 정장 주머니에 손을 넣고 권총을 꺼내서 가게 주인을 겨눴다. 가게 주인은 순간 멍하게 있다가 겁을 집어먹고 무릎을 꿇으며 참회하듯 두 손을 모았다.

"왜, 왜 그러세요…. 저는 경찰에 일러바칠 생각은 추호도 없습니다. 그러니까…."

"…시간이 없어. 이제 절대 실패하면 안 돼."

남자는 마치 자신을 타이르듯 중얼거렸다.

울려 퍼지는 총성을 들으며 사야의 의식은 어둠 속으로 떨어졌다.

2
카와하라 죠타로

무슨 일이 일어난 거지? 떠나는 밴을 지켜보며 카와하라 죠타로는 머릿속으로 상황을 정리했다.

미사키 유우키에게 정체를 들킨 뒤로 카와하라는 '일'을 위해 쓰던 시간을 전부 미사키 유우키를 감시하는 데 썼다.

미사키 유우키가 말기암이라는 이야기는 믿었지만, 얌전히 있으면 잭의 정체를 묵과한 채 죽겠다는 구두 약속은 털끝만큼도 믿지 않았다. 죽음이 가까워지면 미사키 유우키는 누군가에게 정보를 넘기려고 할 것이다. 그렇게 확신했다. 자신의 정보를 어떻게 다룰지, 그리고 누구에게 전달할 계획인지, 카와하라는 그것을 알기 위해 미사키 유우키를 계속 감시했다.

한 달 전, 카와하라가 멀리서 감시하고 있을 때, 미사키 유우키는 달려가는 소녀를 쫓아가다가 아파트 계단에서 굴러 구급차에 실려 갔다. 그리고 지금도 병원에 있다. 부상 때문이라기에는 입원이 길다. 아마 암이 악화됐을 것이다.

미사키 유우키가 입원하고 나서도 카와하라는 최대한 그의 아파트를 감시했다.

카와하라는 조금 초조했다. 입원 중인 미사키 유우키에게 손을 댈 수는 없다. 이대로 미사키 유우키가 암으로 죽으면, 정보가 외부로 새어 나갈 가능성이 높다. 그리고 다른 문제도 있다. 형사들 중에 미사키 유우키에게 강한 의심의 눈길을 보내는 자가 한 명 있다. 그 형사를 내버려두면 미사키 유우키를 통해서 주범인 카와하라까지 알아낼 수도 있으니 그쪽도 대처가 필요했다.

미사키 유우키의 집에 침입해서 자료를 찾을까도 생각했다. 그런데 만에 하나라도 미사키 유우키가 알아차릴지 몰라서 경솔하게 움직일 수 없었다. 자료가 전부 집에 있는지 알 수 없기 때문이다.

참을성 있게 기다린 고생이 드디어 열매를 맺었다. 한 달 전까지 미사키 유우키와 함께 살던 소녀다.

계단에서 구르기 전에 소녀를 필사적으로 쫓아가던 미사키 유우키의 태도를 생각해 보면, 미사키 유우키에게 소녀는 더없이 중요한 존재일 것이다. 그 소녀를 인질로 잘 협상하면…

소녀를 미행해서 주소를 알아낼 생각이었다. 가부키초 변두리에 있는 건물에 들어간 소녀가 나오기를 기다리는데, 골목에서 무시무시한 속도로 날아온 하얀 밴이 건물 앞에 급정차했고, 안에서 험상궂게 생긴 남자들이 내렸다.

건물 지하로 사라진 남자들은 겨우 2, 3분 후에 기절한 소녀를 짐처럼 옮겨서 밴에 밀어 넣고 사라졌다.

남자들 중에 아는 얼굴이 하나 있었다. 쿠스노키 신이치. 암흑가와 관련 있는 자라면 한 번쯤은 이름을 들어봤을 유명인이다.

저 사람이 왜?

쿠스노키 조직은 인의를 중시하고 일반인에게 손대기를 꺼리는 올드한 조직이다. 말단 구성원이면 몰라도, 부두목인 쿠스노키가 소녀를 납치하는 데 손을 대다니, 원래는 있을 수 없는 일이다.

미사키 유우키가 쿠스노키 조직과 어떤 갈등을 빚었나? 자신이 지시한 '일'에는 쿠스노키 조직과 연관된 타깃이 없었을 텐데….

카와하라는 혼란스러워하며 안주머니에 손을 넣어서 작은 기기를 꺼냈다. 전원 버튼과 액정 화면만 있는 단순한 기기. 카와하라가 전원을 켜자, 액정 화면에 다섯 자리와 네 자리 숫자가 나타났다.

기기가 정상 작동하는 것을 확인하고 카와하라는 미소 지었다.

소녀와 부딪혔을 때, 감시용으로 준비한 발신기를 소녀의 겉옷 주머니에 몰래 넣었다. 발신기의 위치 정보가 이 수신기 화면에 표시된다.

"이제 어떡할까…."

수신기 전원을 끄고 안주머니에 넣은 카와하라는 이마에 주름을 잡으며 고민했다.

이유는 모르지만, 미사키 유우키와 협상할 때 이용하려고 한 소녀는 야쿠자들에게 납치됐다. 이 사건을 역으로 잘 이용해야 한다.

몇 분 후, 심각한 표정으로 고민하던 카와하라의 입술 양 끝이 서서히 올라갔다.

카와하라는 소리 죽인 웃음을 흘리며 주머니에서 스마트폰을 꺼냈다.

3
미사키 유우키

자기 방 침대에 누운 유우키는 천장을 멍한 눈으로 응시했다. 아파트 앞에서 쓰러져서 이 세이료 대학병원에 입원한 지 약 한 달. 나날이 체력이 약해진다.

일주일 전부터는 암성 복막염으로 장폐색을 일으켜서 식사는 커녕 물도 못 마시게 되었다. 비강에서 소장까지 이어진 관이 악취를 뿜는 진녹색 장 내용물을 몸 밖으로 배출해서 입으로 거듭 구토하는 것을 막았다.

이제 유우키의 생명 활동을 유지하기 위한 영양분은 목덜미에서 상대정맥까지 이어진 수액줄로 흘러 들어가는 중심 정맥 영양으로만 보충된다. 하지만 그 영양분도 대부분 몸 안에서 증식을 거듭하는 암세포에 먹혀서 몸이 비쩍 말라갔다.

모르핀 투여로 통증은 누그러졌지만, 그 부작용으로 권태감과 졸음이 대낮에도 온몸을 침범했다.

기어코 '죽음'이 바로 뒤까지 쫓아왔다. 유우키는 그 사실을 실감했다. 공포는 없었다. 한 달 전부터 텅 비어 있던 마음이 이제 공포를 느낄 능력마저 잃어버렸을 뿐이다.
 사야에게 몇 번이나 연락을 시도했다. 셀 수 없을 만큼 많이 전화를 걸고 그와 비슷한 빈도로 메시지를 보냈다. 하지만 지난 한 달 동안 한 번도 사야에게 답장이 오지 않았다.
 이대로 끝나 버리는 것일까? 이런 최악의 상태로.
 잭에게 협박당해서 사람을 죽인 것, 사야와 보낸 행복한 시간, 그리고 지금까지 살아온 자신의 인생 전부가 덧없는 허상처럼 느껴졌다.
 이대로 자신의 생명이 다한다면, 잭의 정체가 드러날 일도 없을 것이다. 우사미에게 연락해서 잭의 신원만이라도 알려줘야 한다. 하지만 그럴 기력조차 남아 있지 않았다.
 이제 전부 상관없어졌다. 몽롱한 유우키의 머리맡에서 스마트폰이 울렸다. 유우키는 힘이 들어가지 않는 손을 뻗어서 전화를 받았다. 전화 상대가 사야일 것이라는 희미한 가능성, 그것을 버릴 수 없었다.
 "오랜만입니다."
 스마트폰에서 낮은 목소리가 들려왔다. 얼굴이 굳어졌다.
 "잭…, 카와하라인가?"
 "네, 그렇습니다."
 "…무슨 용건이야? 내가 죽을 때까지 기다리기 힘들어?"
 "당신 여자친구가 납치됐습니다."
 카와하라는 아주 자연스럽게, 마치 날씨 이야기라도 하듯 말했다. 잠시 멍하니 있다가 그 말뜻을 이해하자 온몸에 소름이 돋았다. 가장 두려워하던 일이 현실이 되고 말았다. 흐름이 정체된 혈액이 다시 온몸을 돌기 시작했다.
"네 짓이야?"
"섭섭하군요. 우연히 발견해서 선의로 당신한테 알려주는 겁니다."
유우키의 어금니가 뿌드득 소리를 냈다. 우연은 무슨. 사야를 감시하던 것이 분명하다.
사야는 정말 납치됐나? 만약 납치됐다면, 그 범인은 카와하라? 아니면 쿠스노키 유코의 이복 오빠인 야쿠자인가? 머릿속에서 소용돌이치는 의문이 유우키를 몰아세웠다.
"범인은 쿠스노키 조직의 부두목 쿠스노키 신이치입니다."
유우키의 표정이 더 굳었다. 쿠스노키 유코에 관해 알 리 없는 카와하라가 그 이름을 꺼냈다. 카와하라가 하는 이야기의 신빙성이 순식간에 커졌다.
"그놈을 알아?"
"유명하거든요. 제가 모르는 데서 그 사람과 뭔가 갈등이 있었습니까?"
"…별개의 건이야. 그놈들의 목표는 사야가 갖고 있는 골수 기증자 정보야."
"골수 기증자요?"
"그놈은 백혈병에 걸린 여동생의 기증자를 찾으려고 적어도 두 명을 죽였어. 몇 개월 전에 아다치구에서 일어난 여성 총살 사건이랑 사이타마현에서 중년 카메라맨의 시신이 발견된 사건도 그놈 짓이야."
"…무슨 말인지 잘 이해되지 않는군요. 뭐, 이유야 아무래도 좋습니다. 아무튼 당신의 여자친구는 납치됐습니다. 믿을지 말지는 자유입니다."
"왜…, 나한테 그런 걸 알려주지?"
유우키는 갈라진 목소리로 말했다. 카와하라는 진실을 말하는 것 같다. 그런데 그 이야기를 왜 굳이 전하는지 알 수 없었다.
"말했잖습니까. 선의라고요. 지금은 갈라섰지만 한때는 동지였으니까요."
"거짓말 마. 아니잖아!"
"믿을지 말지는 자유입니다. 물론 지금 은혜를 베풀면 당신이 무덤까지 제 정체를 안고 가줄지도 모른다는 계산도 작용했습니다."
유우키는 더는 추궁하기를 포기했다. 아무리 질문을 되풀이해봤자 헛수고다.
"사야가, 그 아이가 어디로 끌려갔는지 알아?"
"글쎄요. 거기까지는 모르겠습니다. 직접 찾아보십시오. 그럼."
그 말을 끝으로 통화가 끊겼다. 유우키는 혀를 차고 스마트폰을 꽉 쥐었다.
"…반드시 구할 거야. 반드시."
자신을 구해준 소녀를 이 목숨을 바쳐서. 유우키는 결의를 굳혔다.
의식에 끼어 있던 뿌옇고 탁한 안개는 어느새 사라지고 없었다.

4
쿠스노키 신이치

흔들리는 밴 안에서 쿠스노키 신이치는 목을 돌려 뒷좌석에 누운 소녀를 보았다. 소녀의 목에 쿠스노키가 찾는 펜던트는 없었다. 당장이라도 펜던트가 어디에 있냐고 캐묻고 싶었지만, 조금 전 뇌진탕을 일으켜서 혹시 몰라 마취제까지 썼으니 소녀가 당장 입을 열 수는 없을 것이다. 지금은 가능한 한 빨리 납치 현장을 떠나서 목적지에 도착하는 것이 중요하다.

쿠스노키는 들뜨는 기분을 억누르며 밴 안에 있는 남자들을 둘러보았다.

자신을 포함해 여섯 명. 이번 사건에 관여한 거의 전원이다.

이미 일반인을 셋이나 죽였다. 만약 이 일이 밝혀지면 큰일로 번질 것이다.

조직의 두목인 아버지에게는 아무 말도 하지 않았다. 가족이라고는 하나, 여자애 하나를 위해서 조직 전체를 위험에 빠뜨리는 계획을 아버지가 허락할 리 없었다. 만약 체포된다면 자신들만 책임을 질 것이다. 조직 전체의 뜻이 아니라 말단들이 폭주한 것으로 정리되게 할 것이다. 그러기 위해서라도 적은 인원으로 모든 일을 처리해야 했다.

쿠스노키는 운전석에 앉은 빡빡머리 가와사키를 보았다. 진정한 의미에서 쿠스노키가 믿는 사람은 가와사키뿐이었다. 전직 권투 선수에 거리의 싸움꾼일 뿐이던 가와사키를 쿠스노키는 조직에 들여서 자신의 심복으로 삼았다. 벌써 5년이나 함께했다. 그 시간 동안 가와사키는 그야말로 멸사봉공이라는 단어에 걸맞은 업적을 보여줬다.

다른 사람들은, 금발 미야우치를 비롯해서 거리의 양아치들과 별반 차이가 없었다. 이 일에 협조하는 이유도 돈과, 장차 조직의 두목이 될 쿠스노키에게 환심을 사겠다는 계산 때문이었다. 하지만 그거면 충분했다. 계산으로 움직인다는 것은 바꿔 말하면 먹이를 주는 한 일한다는 뜻이다.

쿠스노키는 시선을 밖으로 던졌다. 납치한 지 약 한 시간. 아직까지 검문도 없고 누가 쫓아오는 기색도 없다. 그래도 안심할 수 없었다. 능숙하게 처리했다고는 하나 번화가에서 소녀를 납치했다. 목격자가 있을 가능성도 충분하다.

심각한 표정으로 밖을 보던 쿠스노키는 뒷좌석에서 들리는 천박한 웃음소리에 시선을 차 안으로 돌렸다. 뒷좌석에서 노골적으로 정욕이 묻어나는 추악한 얼굴로 미야우치가 소녀 위에 올라타려고 했다. 미야우치의 손이 소녀의 옷을 만지작거렸다. 나머지 세 놈도 미야우치와 별반 다르지 않은 표정으로 바라보았다. 쿠스노키는 그들이 하려는 짓을 보고 얼굴을 찌푸렸다. 하지만 그것도 그들을 계속 이용하기 위한 먹이다. 쿠스노키는 목구멍까지 올라온 욕설을 삼켰다.

"어? 뭐야, 이거. 아, 스마트폰이네."

소녀의 옷을 만지작대던 미야우치가 중얼거리며 치마 주머니에서 꺼낸 물건을 손안에서 굴렸다. 그것을 보고 쿠스노키는 무의식적으로 혀를 찼다.

제기랄. 스마트폰을 버리고 왔어야 했는데 깜빡했다.

"그거 내놔."

좌석에서 몸을 앞으로 빼고 미야우치의 손에 있는 휴대전화를 뺏어서 화면을 켰다. 매너 모드로 설정된 휴대전화 액정 화면에 부재중 전화 스물세 건이 표시됐다.

쿠스노키는 어금니를 꽉 물었다. 부재중 전화가 이렇게 많이 왔다는 것은 소녀가 납치된 사실을 눈치챈 자가 있다는 뜻이다. 쿠스노키는 내용을 확인하려고 메시지를 열었다. 액정 화면에 글이 떴다. 쿠스노키는 숨을 삼켰다. 그것은 '미사키 유우키'라는 발신자가 보낸 메시지였다.

'SD카드는 내가 갖고 있다. 그 여자한테 손대지 마. 당장 연락해. 그 여자한테 조금이라도 위해를 가하면 SD카드는 폐기한다. 그리고 네 여동생은 죽는다.'

글 마지막에는 090으로 시작되는 전화번호가 적혀 있었다.

"그만!"

쿠스노키는 미야우치에게 날카로운 목소리를 던졌다. 미야우치의 몸이 움찔하며 떨렸다.

"왜요? 형님." 미야우치는 아첨과 경외를 담은 시선을 보냈다.

"잔말 말고 그만해. 그 녀석한테는 손대지 마."
"너무하시잖습니까? 저번 여자 때도 결국 아무것도 못 했는데 형님이 죽여 버렸잖아요. 이번에는 좀 즐기게 해주셔야죠."
미야우치는 다시 소녀의 옷에 손을 대려고 했다.
쿠스노키는 안주머니에서 리볼버 권총을 꺼내 몸을 앞으로 빼더니, 추악한 미소를 띤 미야우치의 안면을 그립으로 내리쳤다. 미야우치는 입에서 피를 토하며 좌석에 쓰러졌다. 쿠스노키는 한 손으로 미야우치의 턱을 잡고 입안에 총구를 욱여넣었다.
"내 말이 말 같지 않아?"
쿠스노키가 격철을 젖혔다. 철컥 하는 무거운 소리가 차 안에 울렸다. 새파랗게 질린 미야우치를 노려보며 쿠스노키는 곁눈으로 소녀의 얼굴에 시선을 던졌다. 순간 여동생의 얼굴이 겹쳤다.
유코. 열다섯 살이나 어린 이복동생. 쿠스노키에게 유코는 이 세상에서 유일하게 '가족'이라고 부를 수 있는 존재였다.
쿠스노키는 어릴 때부터 자신이 '특별'하다는 것을 인지했다. 다들 자신을 '야쿠자의 아들', '조직의 후계자'로 봤고, 누군가는 경멸을, 누군가는 경외를 담아 자신을 대했다. 그중에 누구 하나도 쿠스노키를 '쿠스노키 신이치'라는 한 인간으로 대하는 자는 없었다. 자신의 인생은 항상 '조직'과 함께였다. 쿠스노키는 어릴 때부터 그 사실을 이해했고, 그리고 그것을 이상하게 생각하지 않았다. 그런 쿠스노키를 처음으로 '쿠스노키 신이치'라는 한 인간으로 봐준 사람이 유코였다.
쿠스노키가 중학생일 때 태어난 유코는 마치 처음 본 동물을 어미로 생각하는 새끼 오리처럼 쿠스노키의 뒤를 쫓아다녔다. 항상 "오빠, 오빠" 하며 뒤를 쫓는 유코를 때로는 귀찮아했지만, 어릴 때부터 조폭이라는 살벌한 세상에서 살아온 쿠스노키는 유코를 대할 때만은 자신이 편안하다는 것을 깨달았다. 유코가 옆에 있을 때만은 자신이 자신일 수 있었다.

어느새 쿠스노키는 유코를 위해서라면 조직을 빠져나와도 좋다는 생각까지 하게 되었다.

유코가, 자신의 어린 여동생이 일반인의 세상에서 행복하게 살았으면 했다. 유코가 자라는 모습을 지켜보던 쿠스노키에게는 그것이 가장 큰 바람이었다.

그래서 유코가 백혈병에 걸리고, 자신의 백혈구 유형이 유코와 맞지 않았을 때, 몸이 찢어지는 듯했다. 그리고 쿠스노키는 맹세했다. 무슨 짓을 해서라도 유코를 구할 것이라고. 설령 천벌을 받는다 할지라도.

"내가 괜찮다고 할 때까진 여자한테 손대지 마. 알았어?"

미야우치는 눈에 눈물을 글썽이며 세차게 고개를 끄덕였다. 쿠스노키는 미야우치의 입에서 권총을 빼고 정장 안주머니에 넣었다. 밴 안의 공기가 얼어붙었다. 쿠스노키는 메시지에 적힌 전화번호를 메모한 뒤, 창문을 열고 소녀의 스마트폰을 밖으로 던져버렸다.

난로에서 장작이 튀었다. 이 건물에 도착한 지 15분쯤 지났다. 소파에 앉은 쿠스노키는 의자 뒤쪽에 손을 묶인 소녀를 보았다. 소녀는 이미 의식을 되찾았지만, 눈에는 생기가 없었다. 이미 살기를 포기한 사람처럼.

쿠스노키는 여동생 또래인 소녀에게 동정심을 느꼈다. 이 소녀는 처리될 것이다. 적어도 죽기 전에 모욕을 당하게 하지는 말아야겠다.

가와사키를 포함한 부하들은 모두 이 2층 방에서 내보내 1층과 앞뒤 출입구에서 경계를 서게 했다.

쿠스노키는 테이블에 놓인 전화 수화기를 들고 메모해 둔 번호를 천천히 눌렀다.

통화 연결음이 한 번 울리기도 전에 전화가 바로 연결됐다.

"그 아이는 무사하지?"

이쪽이 누구인지 확인하지도 않고 젊은 남자 목소리가 재빠르게 말했다.

"너 누구야? 어떻게 내 동생 일을 알지?"

쿠스노키는 질문으로 답했다. 남자가 누구인지, 어떻게 유코를 아는지 알 수 없었다.

"네 동생 일은 펜던트에 든 SD카드로 조사해서 알아냈어. 참고로 나는 너랑 만난 적도 있어."

쿠스노키는 그 말을 듣고 곧바로 남자의 정체를 알아차렸다. 오른손 상처가 욱신거렸다.

"…바이크 타던 놈인가."

"맞아. 그 아이는 무사해?"

"그래, 무사하다. 네가 얌전히 SD카드를 돌려주면, 여자는 무사히 풀어주지. 단, 조금이라도 내 명령을 거스르면 그때마다 여자는 험한 꼴을 당할 거야. 협상은 없다."

"협상의 여지는 없다라…." 남자는 소리 죽여 웃음을 흘렸다.

"…뭐가 웃기지?"

"내가 어디 있는지 알아?"

"무슨 소리야?"

"세이료 대학병원이야. 네 여동생 바로 근처에 있지."

"아니야! 그럴 리가 없어!" 쿠스노키가 반사적으로 소리쳤다.

"진짜야. 네 여동생은 지금 중환자실 제일 안쪽 침대에 있어. 승압제로 어찌어찌 혈압을 유지하는 상태야. 홍수도 찼고. 꽤 힘들어 보여. 머리카락은 거의 빠졌고, 얼굴은 푸석하고 창백해서 참 딱하네."

"닥쳐. 닥치라고. 그 입 닥쳐!" 쿠스노키는 수화기에 대고 소리를 질렀다.

"이제 진짜라는 걸 알겠지? 나는 세이료 관계자야. 네 여동생 바로 옆까지 갈 수 있어. 반대로 너는 계속 중환자실에 있을 수조차 없지. 게다가 너는 내 얼굴도 몰라. 지키고 싶어도 누구한테서 지켜야 하는지 모르잖아. 알아들어? 그 아이한테 위해를 가하면, 나는 네 여동생한테 그보다 더한 짓을 할 거야. 이건 단순한 협박이 아니야. 정말로 할 거야. 가능하면 내가 그런 짓 하게 만들지 마."

"…너 이 새끼." 손에 쥔 수화기가 삐걱거리며 비명을 질렀다.

진정해. 쿠스노키는 자신을 타일렀다. 어떻게든 이놈을 불러내야 한다. 도쿄에는 아직 쓸 만한 말이 몇 있다. 그놈들을 이용해서 너무 많은 것을 아는 이놈을 처리하고 SD카드를 손에 넣어야 한다.

"인질을 소중히 다뤄. 그러면 SD카드를 넘길게. 서로 행복해질 수 있잖아? 알아들었지? 어설픈 협박은 하지 마. 이건…, 비즈니스야."

수화기에서 들려오는 목소리에서 굳은 결의가 넘쳐흘렀다.

5
난바 사야

　여기가 어디지? 감정을 드러내며 전화로 통화하는 남자를 사야는 멍한 눈으로 바라보았다. 벽에 걸린 시곗바늘은 열 시경을 가리켰다.
　정신을 차렸을 때는 밴 안에 묶여 있는 상태였다. 도중에 거의 정차하지 않은 것을 보면 고속도로를 탔을 것이다. 그리고 고속도로를 벗어나서 몇십 분 후 이 건물에 도착했다. 주변은 숲에 둘러싸였고, 엷게 눈이 쌓여 있었다. 도쿄에서 꽤 멀어진 것 같다. 밴에서 끌려 나왔을 때, 저 멀리 조명에 비친 스키장에서 스키와 스노보드를 즐기는 사람들이 자그마하게 보였다. 거기까지 생각하다가 사야는 그 이상 머리 쓰기를 포기했다.
　어디든 상관없다. 아무도 구해주지 않을 것이다. 나는 여기서 살해될 것이다. 에미와 마찬가지로.
　유우키의 집을 뛰쳐나오고 나서 마음 중심에 바람구멍이 뚫린 것 같았다. 그래서인지 그다지 무섭지 않았다.

SD카드는 넘기지 않을 것이다. 그것만은 속으로 다짐했다. 만약 남자들에게 SD카드를 넘기면, 우에노 유키코와 그 배 안에서 자라는 아기는 끔찍한 일을 당할 것이다. 사진에 찍혀 있던, 행복으로 가득하던 우에노 유키코의 웃는 얼굴. 그 웃음이, 행복이 무너져 버리는 그런 일은 있어서는 안 된다.
 게다가 지금 SD카드가 든 펜던트는 유우키의 집에 있다. 유우키를 끌어들이고 싶지 않았다. 아마 병마에 시달리고 있을 유우키를.
 사야는 자신이 아직 유우키를 사랑하고 있음을 강하게 자각했다.
 이렇게 될 줄 알았으면 한 번만 더, 전화로라도 좋으니 유우키의 목소리를 들을 걸 그랬다. 유우키가 살인마였다고 해도 상관없으니 대화를 나누고 싶었다.
 남자가 일어서서 전화기를 한 손에 들고 험악한 얼굴로 다가왔다. 공포로 숨이 거칠어졌다.
 "전화다." 예상치 못한 말이 남자의 입에서 나왔다.
 "전화?" 사야는 상황 파악이 되지 않아서 앵무새처럼 작게 되뇌었다.
 "위치는 말하지 마."
 남자는 눈만 끔뻑이는 사야의 귀에 수화기를 댔다.
 "사야, 사야야?"
 수화기에서 들려온 목소리를 들은 순간, 사야는 눈을 크게 떴다. 일그러져 보이던 세상이 직선을 되찾았다.
 "유우키?" 사야는 소리쳤다. 목소리가 높게 뒤집혔다.
 "맞아. 괜찮아? 무슨 짓 당하지 않았지?"

"응, 응…."

가슴에서 소용돌이치는 감정을 통제하며 사야는 그저 고개만 끄덕였다.

유우키, 유우키…. 괜찮다. 목소리가 아직 건강한 것 같다. 아직 나를 걱정해 준다.

"반드시 구해줄게. 너한테 아무 짓도 못 하게 할 거야. 그러니까 기다려줘."

"…응." 오열을 삼키며 사야는 목소리를 쥐어짰다.

"사야, 잘 들어. 지금부터 중요한 걸 물어볼 거야."

"아, 응. 알았어." 사야는 모든 신경을 청각에 집중시켰다.

"거기가 어딘지 알겠어? 긍정은 '응', 부정은 '네'라고 대답해 줘."

"아, 네." 유우키의 말뜻을 빠르게 이해한 사야가 대답했다.

"모르는구나. 거기는 번화가야?" "네."

"바다 근처야?" "네."

"그럼 산 쪽이야?" "응."

"산이구나. 차로 끌려갔구나. 고속도로를 지났어?"

"응."

"도쿄에서 거기까지 얼마나 걸렸어? 꽤 멀었어?"

"응, 네."

"가깝지도 멀지도 않다는 거구나. 두 시간 정도야?"

"네."

"세 시간?" "네."

"네 시간?" "응."

"네 시간. 네 시간 정도 걸려서 도착했구나."

"응."

거기서 유우키의 목소리가 끊겼다. 다음에 할 질문을 생각하는 모양이다. 하지만 예, 아니오로 대답할 수 있는 질문으로 이보다 많은 정보를 전달하기는 어려웠다.

"기억나? 우리 스키 타러 갔을 때. 주변에 건물도 거의 없는 숲 속 별장에서 둘이 묵었잖아. 엄청 즐거웠어."

사야가 말했다. 이 정도면 통했을 것이다. 유우키라면 알아들을 것이다.

"언제까지 얘기할 거야? 이제 끝이야." 정장을 입은 남자가 초조했는지 끼어들었다.

"꼭 만나러 갈게. 만나면 이번에는 전부 얘기할게. 나에 대해서 전부 얘기할게."

남자의 목소리가 들렸는지 유우키가 빠르게 외쳤다.

"응, 응. 유우키, 사랑해."

사야도 무의식적으로 외쳤다.

"나도, 사랑해." 유우키도 확실하게 사야의 말에 답했다.

서투른 유우키가 처음으로 뱉은 사랑의 말을, 사야는 눈물이 차오르는 눈을 감으며 들었다.

"이제 됐어."

정장을 입은 남자는 사야의 귀에서 수화기를 떼고 자기 귀에 댔다.

"내일까지가 기한이야. 밤 12시가 지나면 여자는 죽는다. 짭새한테 일러바칠 생각은 마. 만에 하나 짭새가 움직여서 여기를 찾아내면, 그때도 여자는 죽는다. 거래 장소는…."

남자는 SD카드를 주고받을 위치를 유우키에게 전달했다.

"너 운이 좋았네."

전화를 마친 정장 남자가 사야에게 시선을 던졌다. 사야는 그 시선을 정면으로 받아내며 똑바로 남자를 응시했다. 유우키가 구해줄 것이다. 절망적인 상황인데도 사야는 그렇게 확신했다.

그를 만나고 싶다. 만나서 또다시 이야기를 나누고 싶다.

이제 무서워하지 않을 것이다. 이 남자들도, 유우키를 만나는 것도.

사야는 각오를 굳히며 남자를 계속 응시했다.

6
우사미 마사토

늦은 밤 사무실에 혼자 남은 우사미 마사토는 원고에 빨간 펜으로 수정을 넣으면서 머릿속으로 사표에 적을 글을 구상했다.

편집장의 명령으로 약 한 달 전부터 연예인 불륜 기사를 쓰게 됐다. 자신은 사건을 다루는 기자로 여기에 취직했다고 편집장에게 열심히 항의해 봤지만, 묵살되었다.

지난 두 달 넘게 잭에 의한 새로운 살인은 일어나지 않았다. 그것은 동시에, 원래도 옅어지던 잭을 향한 세간의 관심이 거의 사라짐을 의미했다.

다시 잭 사건을 쓰고 싶었다. 하지만 사람들이 잭을 원하지 않는다.

우사미는 얼굴을 찌푸리고 머리를 싸안았다. 고뇌가 두개골을 옥죄어 무거운 두통을 일으켰다.

책상에 놓인 스마트폰이 진동했다. 모르는 번호로 온 전화였다. 순간 무시할까 하다가, 저속한 기사를 계속 쓰는 데에 넌더리가 난 우사미는 기분 전환이 될까 싶어서 전화를 들었다.

"오랜만입니다."

전화에서 들려온 목소리는 조금 웅얼거리는 느낌은 있어도 익숙했다. 사기꾼의 목소리다. 순간 화가 치밀었다.

"'오랜만'은 개뿔. 이제 네 얘기 들을 생각 없어. 나한테 궁금한 것만 다 가져가고 기사로 쓸 만한 정보는 안 주잖아. 더는 연대 못 해."

우사미는 분에 못 이겨 거칠게 말하고 전화를 끊으려고 했다.

"저는 네 명을 죽였습니다." 남자는 갑자기 그렇게 말했다.

"뭐?"

전화를 끊으려던 우사미가 얼어붙었다. 무슨 말인지 이해할 수 없었다.

"저는 네 명을 죽였다고요. 잭 사건으로 분류된 마스다 츠토무, 미나모토 노부히코, 야마다 코이치, 카마타 사다오. 이 네 사람 사건은 제가 범인입니다."

"잠깐, 기다려 봐. 그럼 역시 네가 잭이라는 말이야?"

"아니요. 저는 공범입니다. 그 네 사람을 제외하고 나머지를 죽인 주범은 카와하라라는 남자입니다. 카와하라 죠타로."

"카와하라…? 너 나를 놀리는 거야?"

농담으로밖에 들리지 않았다. 하지만 기자의 감이 특종의 냄새를 맡았다.

"제 이름은 미사키 유우키. 반년 전까지 세이료 대학병원에서 외과의로 일했습니다. 안 믿기면 병원 홈페이지를 보세요. 제1외과 의국 페이지에 제 프로필이 얼굴 사진과 함께 남아 있을 겁니다. 당신을 만났을 때는 선글라스를 꼈지만, 아마 분위기 정도는 알 수 있겠죠."

"이봐, 이봐, 너는 지금 신분을 밝히면서 네가 살인범이라고 말한 거야. 알고 있어? 정말 네 사람이나 죽였으면 사형이야, 사형."

"저는 말기암 환자입니다."

예상치 못한 한마디에 우사미는 숨을 삼켰다.

"말기암이면, …안 좋은 거야?"

"위암이 온몸으로 전이됐습니다. 앞으로 한 달도 안 남았을 겁니다."

마치 남의 일처럼, 남자는, 미사키 유우키는 말했다.

"그러니까…, 이건 마지막으로 죄를 고백하는, 뭐 그런 건가?"

"아니요. 그런 게 아닙니다. 당신이 계속 말했잖아요, 비즈니스라고. 이번에도 똑같습니다. 저는 제가 아는 걸 전부 알려드리겠습니다. 제가 왜 잭의 공범이 됐는지. 잭의 신원과, 그놈이 왜 사람을 죽이게 됐는지. 그리고 사람들은 아직 잭 사건인 줄도 모르는, 잭의 첫 살인도. 좋은 소재 아닌가요?"

"첫 살인? 아니, 그런 것까지 있어? 그래, 어마어마한 특종이야, 그 말이 사실이면."

"죽기 전에 거짓말은 안 합니다. 믿어달라고 제 이름까지 밝혔잖아요."

"잠깐 있어 봐. 혼란스러워. 잠깐 생각할 시간을 줘. 네 잘못이야. 내가 그렇게까지 협조했는데 여태 아무런 대가도 못 받았잖아."

"죄송합니다. 잭이 잡히면 공범인 저도 잡히니까 잭의 정체를 알려줄 수는 없었습니다."

"그럼 왜 이제 와서?"

"말했잖아요, 말기암이라고. 이렇게까지 상태가 나빠졌으니 경찰도 체포하지는 않겠죠. 내버려두면 금방 죽을 겁니다. 이제 신문을 받을 체력도 없어요."

우사미는 고민하듯 신음했다. 이 사람을 어디까지 믿어도 될까? 잭의 공범이라는 이야기는 매우 수상하다. 하지만 미사키 유우키가 잭과 어떤 관련이 있는 것은 확실했다. 잭의 범행 시간을 맞췄고, 트럼프 카드에 대해서도 알고 있었다. 만약 미사키 유우키가 정말 공범이고, 미사키 유우키가 가진 정보를 전부 얻을 수 있다면, 자신의 인생을 뒤바꿀 어마어마한 특종을 손에 넣는 셈이었다.

우사미는 책상 위에 있는 원고를 바라보았다. 저속하다는 개념을 현실로 구현한 것 같은 기사. 자신이 이런 글을 썼다고 생각하니, 두드러기가 날 것 같았다.

우사미는 결심했다. 칼을 뽑았으면 무라도 썰어야지. 이 비참한 상황에서 벗어나기 위해서라면 그 어떤 작은 가능성이라도 기대를 걸 것이다.

"말해봐. 뭐가 궁금해?"

"야쿠자 중에 쿠스노키라는 놈이 두목인 데가 있나요?"

"쿠스노키? 도쿄에서 활동하는 야쿠자지? 그래, 알아. 쿠스노키 조직. 사건기자를 우습게 보면 안 돼. 쿠스노키 조직은 거대 야쿠자인 키타가와 쪽 조직이야. 그게 왜?"

"두목의 아들도 거기 구성원인가요?"

"두목의 아들? 잠깐만. 지금 알아볼게."

우사미는 책상 서랍을 열고 난잡하게 들어 있는 자료 안에서 바인더로 철해진 서류를 꺼냈다. 야쿠자 자료를 모아둔 그 서류를 파라락 펼쳐서 '쿠스노키 조직'이라는 페이지에서 손가락을 멈추고 직접 적은 개성 강한 글자를 눈으로 좇았다.

"찾았어. 장남 쿠스노키 신이치. 지금은 부두목이네. 조만간 뒤를 이어서 두목이 될 거야. 이놈이 왜?"

"작년 가을에 일어난, 아다치구에서 프리터 여자가 사살된 사건을 아세요?"

"아아, 그게 아마… 의자에 묶인 채로 총 맞아 죽은 사건이지?"

"그 범인이 쿠스노키 조직의 부두목입니다."

"뭐? 잠깐만. 무슨 소리야? 잭이랑 쿠스노키 조직이 연관돼 있어?"

"아니요. 잭과는 관련 없습니다. 이건 제가 개인적으로 조사한 내용입니다. 쿠스노키 신이치였나요? 그놈이 백혈병에 걸린 여동생을 구하려고 사람을 적어도 두 명 죽였습니다. 뭐, 이 정보는 이자 같은 거라고 생각하세요. 당신이 정보를 주면 그 살인사건에 대해서도 자세히 알려드리죠. 잭만큼은 아니어도 이것도 꽤 특종이에요. 아무튼, 제가 알고 싶은 건 그 쿠스노키 조직의 부두목이 사람을 납치해서 감금한다면 어디에 감금할지입니다. 그 장소를 알고 싶습니다."

"감금 장소? 그놈들한테 그런 장소는 썩어나게 많지."

"신주쿠에서 네 시간 정도. 도중에 고속도로를 타고 가야 하고, 삼림 속에 있고, 주변으로부터 고립된 건물. 근처에 스키장이 있는 곳. 이 정도면 어떤가요?"

"그럼…, 대충 추릴 수 있을지도 모르겠어. 보증은 못 하지만 2, 3일만 주면…."

우사미는 야쿠자 정보를 잘 아는 동료 기자의 얼굴을 떠올렸다.

"다섯 시간입니다."

"뭐?"

"다섯 시간 안에 찾아주세요. 안 그러면 이 얘기는 없었던 걸로 하겠습니다."

"장난치지 마. 다섯 시간? 불가능해."

"해야 합니다. 인생을 바꿀 특종을 위해서요. 죽기 살기로 해보세요. 일류 사건기자잖아요? 알아내면 이 번호에 전화를 거세요. 다시 말하지만, 다섯 시간 만에 알아내지 못하면 이 얘기는 없었던 걸로 합니다."

그 말을 남기고 전화가 끊겼다. 우사미는 멍하니 스마트폰을 보았다.

다섯 시간이라니, 불가능할 것이 뻔하다. 그렇게 생각하면서도 어쩐지 감정이 끓어올랐다. 책상에 놓인 가십 기사 원고가 우사미의 시야에 들어왔다.

'일류 사건기자'. 미사키 유우키가 던진 그 말이 자존심을 강하게 자극했다.

그렇다. 나는 사건기자다. 가십 기자가 아니다. 뭐 어떤가. 해버리면 되지 않나. 우사미는 쓰던 원고를 두 손으로 거칠게 구겨서 힘껏 쓰레기통에 던져 넣었다.

7
미사키 유우키

유우키는 우사미와 통화를 마치고 침대에서 몸을 일으켰다. 복수로 부푼 배 속에서 액체가 이동하는 소리가 들렸다. 암성 복막염 염증, 악액질에 의한 혈청 알부민 저하, 암 침윤에 의한 문맥압 상승. 그것들이 맞물려서 유우키의 복강 내에 복수가 차는 속도는 나날이 빨라졌다.

수분이 복강 안으로 이동해서 혈관 내 탈수가 일어나 권태감이 더 강해지고 혈압 저하를 일으켰다. 몸 안의 암세포가 염증을 일으키고 탈진을 불러서 체력을 더 빼앗았다.

사야의 목소리를 들은 덕분에 기력이 솟았지만, 이런 몸으로는 일어서는 것마저 힘들었다. 제한 시간은 내일 밤. 그때까지 몸을 회복시켜야 한다.

유우키는 침대에서 일어나 코에서 몸 안으로 이어지는 호스를 억지로 두 손으로 잡아당겼다. 위액과 담즙이 묻은 호스가 목구멍 안에서 이동해 입안에 악취와 강한 자극이 퍼졌다. 인두 반사로 조금 구역질하면서 유우키는 1미터가 넘는 호스를 뽑아냈다.

이어서 유우키는 자신의 목에 이어진 중심 정맥 영양 선으로 손을 뻗었다. 수액을 멈추고 자기 몸과 가장 가까운 연결부에서 선을 뺐다. 이걸로 다시 연결하면 도로 수액을 맞을 수 있다.

홀가분해진 유우키는 한숨 돌리고 병실 문을 열었다. 좌우를 살펴보며 사람이 없는 것을 확인하고 복도로 나갔다. 복도에 걸린 시계는 오후 열 시 반을 가리켰다.

이 시간에 병동에 있는 직원은 야근 간호사 세 명뿐이다. 유우키는 들키지 않게 몸을 움츠리며 병동 복도를 지나 간호사실에서 가장 먼 병실까지 이동했다. 발소리를 죽이며 6인 병실에 침입했다. 소등 시간은 지났다. 닫힌 커튼 사이에서 잠자는 누군가의 숨소리가 새어 나왔다. 유우키는 커튼 사이로 안을 들여다보며 조건에 맞는 환자가 있는지 찾았다.

찾았다. 안쪽 침대에서 코를 고는 노인. 그 노인의 벌어진 환자복 틈으로 보이는 가슴에 심전도 전극이 붙어 있었다. 이 전극으로 기록된 심전도는 무선으로 간호사실에 있는 심전도 모니터에 뜬다. 유우키는 노인이 깨지 않게 침대에 다가가서 호출 벨을 눌렀다.

"왜 그러세요?" 곧장 스피커에서 간호사의 목소리가 대답했다.

"아파…. 도와줘."

유우키는 가능한 한 노인 목소리로 들리도록 연기하면서 괴로워하는 목소리를 냈다.

"아프세요? 어디가 안 좋으세요?"

간호사의 목소리에 초조함이 뱄다. 유우키는 그 질문에 대답하는 대신 천천히 노인의 가슴에 붙은 전극 리드선을 강하게 당겼다. 접착력이 강한 전극 패드가 노인의 피부에서 찌이익 소리를 내며 떨어졌다. 잠든 노인은 잠깐 불쾌한 듯 얼굴을 찌푸렸지만, 눈을 뜨지 않고 곧 다시 코를 골았다.

간호사실 간호사에게는 환자가 도움을 요청하는 호출 벨을 누른 뒤 심정지를 일으킨 것처럼 보였을 것이다. 틀림없이 바로 달려올 것이다.

유우키는 서둘러 병실을 나가서 옆 병실 입구 그늘에 몸을 숨겼다. 잠시 후 간호사 세 명이 응급 카트를 밀며 창백한 낯빛으로 달려와서 노인이 있는 병실에 들어갔다. 이제 간호사실에는 아무도 없다. 유우키는 무겁게 녹은 것 같은 몸에 채찍질하며 복도를 달려갔다.

아무도 없는 간호사실에 침입한 유우키는 기재 창고 문을 열었다. 18G 젤코 바늘, 수액줄, 생리식염수, 스테로이드 시린지, 필요한 것을 그러모았다.

두 팔 가득 의료 기구를 모았을 때, 유우키는 간호사실 구석으로 이동했다. 업무용 소형 엘리베이터 옆 선반을 열었다. 거기에는 대형 플라스틱 케이스 세 개에 든 대량의 수액 제제가 놓여 있었다. 내일 사용할 약품이다.

유우키는 분주하게 케이스 안을 뒤졌다. 첫 번째 케이스에는 유우키가 찾는 물건이 없었다. 유우키는 혀를 차면서 두 번째 케이스를 뒤졌다. 없다. 유우키는 초조해하며 마지막 케이스를 선반에서 꺼냈다.

중증 환자가 많은 이 병동이라면, 아마 매일 사용될 것이다. 그것이 없으면, 반은 죽은 상태인 이 몸을 회복시킬 수 없다. 유우키는 필사적으로 케이스를 뒤졌다. 유우키의 시야 끝에서 형광등 빛이 반사됐다.

찾았다! 유우키는 환희의 목소리를 높일 뻔했다.

작은 유리병 여섯 개가 상자 안에 들어 있었다. 헌혈 혈액에서 추출된 알부민 수용액. 저알부민혈증에 의한 혈관 내 탈수 증상을 개선하기 위한 생물 제제. 그것은 지금 유우키에게 가장 필요한 것이었다.

유우키는 유리병 여섯 개를 다른 의료 기구와 함께 팔로 안고 발소리를 죽이며 자신의 병실로 돌아갔다. 자신의 병실에 잽싸게 들어가서 거친 숨을 쉬며 쓰러졌다. 팔에서 떨어진 유리병이 바닥을 굴렀다. 그렇게 힘든 운동을 한 것도 아닌데, 종양세포에 잠아먹힌 몸은 비명을 질렀다.

시간이 없다. 유우키는 산소를 탐하면서 기듯이 침대로 다가갔다.

옆 테이블 위에 의료 기구와 약품을 놓고 상의를 벗은 다음 침대 위에 누웠다. 드러난 상반신에는 팔과 가슴에 아직 근육이 붙어 있었지만, 복수가 찬 배는 산달을 맞은 임산부처럼 불룩했다.

가져온 기재 안에서 수액용 젤코 바늘을 꺼냈다. 유우키는 알코올 솜으로 왼쪽 아래 복부를 닦고 그 부분에 바늘 끝을 댔다. 바늘을 피부에 수직으로 꽂았다. 마취하지 않은 복막을 바늘 끝이 뚫는 순간, 극심한 아픔에 고통스러운 목소리가 새어 나갔다.

손에 가벼운 반응이 느껴지더니, 복수가 바늘 안으로 역류했다. 유우키는 플라스틱 외관만 누르고 끝이 뾰족한 금속 내관을 뽑아 바닥에 던졌다. 외관 뒤쪽에서 뿜어져 나오듯 복수가 흘러나왔다.

상상을 뛰어넘는 기세에 유우키는 허둥지둥 외관을 수액줄과 연결하고 손잡이를 조작해서 배출량을 조절했다. 복수를 급하게 빼면 혈관 내 탈수를 악화시켜 급격한 혈압 저하를 일으킬 수도 있다. 가위로 자른 수액줄 끝을 침대 옆에 놓인 청소용 양동이에 늘어뜨려서 복수가 그 안에 떨어지게 했다.

다음으로 유리병을 링거 스탠드에 걸고 알부민 수액 라인을 준비한 뒤, 본체가 될 생리식염수 수액 라인을 만들었다. 우선 생리식염수 라인을 자기 목에서 뻗어 나온 관과 연결하고 이어서 측관에 알부민 라인을 연결했다. 수액 속도 조절용 장치를 열자, 생리식염수에 섞여서 알부민 용액이 천천히 라인을 지나 유우키의 상대정맥으로 흘러들어왔다.

알부민 제제 여섯 병. 보험상 환자 한 명이 한 달 안에 사용할 수 있는 최대량이다. 한 달 치 알부민을 하룻밤에 사용한다. 이렇게까지 하면 모든 복수를 뽑아내도 문제가 없을 것이다. 복수를 없애고 탈수도 개선할 수 있다. 추가로 유우키는 스테로이드 약을 생리식염수에 용해해서 그것을 수액 라인 측관에 시린지로 주입했다. 혈류를 타고 전신을 돌 대량의 스테로이드는 암으로 생긴 염증을 완전히 억눌러 전신의 권태감을 없애줄 것이다.

마지막으로 '생리식염수 500ml'라고 인쇄된 수액 본체의 플라스틱 봉지에 장관운동 촉진제와 비타민제를 주사기로 주입했다.

처치를 마친 유우키는 침대에 누웠다. 할 수 있는 일은 전부 했다. 몸이 얼마나 회복될지는 유우키 자신도 알 수 없다. 이제는 약이 효과를 보이기를 기다릴 뿐이다.

유우키는 순회하는 간호사가 수상하게 생각하지 않도록 방 전등을 끄고 눈을 감고 자신의 몸에 마법이 걸리기를 기다렸다.

수액을 맞은 지 몇 시간 후, 마지막 알부민 용액이 수액 라인에서 유우키의 몸으로 흡수되어 갔다. 유우키는 수액을 멈추더니, 상반신을 가볍게 일으키고 두 팔에 힘을 주었다.

어깨에서 위팔, 그리고 아래팔, 손끝에 이르기까지 모든 근육이 강하게 수축했다.

유우키는 침대에서 일어났다. 몸을 움직여도 배 속에서 액체가 이동하는 느낌이 없었다. 복수가 대부분 배출되었는지 주입된 알부민의 침투압에 이끌려 혈관 안으로 돌아간 모양이다. 권태감도 완전히 사라졌다.

유우키는 방 불을 켜고 배에 꽂힌 수액 바늘 외관을 뽑았다. 부풀었던 배는 평평해졌고 복근이 튀어나왔다. 노인처럼 건조하던 피부는 탄력 있게 퍼졌고 탈수를 벗어나서 커진 근육 위에 착 붙어 있었다. 유우키는 거울 앞에 섰다. 거기에는 죽을 지경에 이른 말기암 환자가 아니라 입원 전보다는 말랐지만 운동으로 단련된 선수 같은 몸이 있었다.

자연스레 얼굴에 웃음이 돌았다. 거울을 바라보던 유우키는 몸을 부르르 떨었다. 참기 힘들 만큼 강한 요의를 아랫배에서 느꼈다. 허둥지둥 화장실에 가서 변기 앞에서 바지를 내렸다. 힘차게 소변이 나왔다. 그것만으로도 유우키의 표정은 더 밝아졌다.

탈수 탓에 최근에 소변량이 극도로 줄었다. 이렇게 많은 소변을 보는 것은 오랜만이었다. 일시적으로 몸의 기능이 돌아왔다.

사흘쯤 지나면 이 한때뿐인 회복은 환영처럼 사라지고 반동으로 병세는 더 악화될 것이다. 하지만 그래도 괜찮았다. 앞으로 하루. 하루만 몸이 움직이면 된다.

유우키는 거울 앞에서 가위를 들고 목덜미에 수액줄을 연결한

실을 자르고 대정맥에서 튜브를 뺐다. 혈액 방울을 바닥에 떨어뜨리면서 목에서 줄이 뽑혔다. 이걸로 몸에 달려 있던 관은 전부 사라졌다.

이제 여기에는 볼일이 없다. 유우키는 옷장에서 옷을 꺼내 갈아입고 필요한 최소한의 물건만 가방에 챙겼다. 유우키의 등 뒤에서 침대에 놓인 스마트폰이 울렸다. 벽시계를 보니 우사미에게 전화한 지 거의 다섯 시간이 지난 상태였다. 짐을 챙기던 손을 멈추고 전화를 받았다.

"미사키 유우키입니다. 우사미 씨인가요?"

"맞아. 네 말이 진짜였어. 네 얼굴 사진이 정말 병원 홈페이지에 있었어. 그때 선글라스를 낀 상태로 만났지만 알아보겠더라."

"그보다 장소는 알아내셨어요?" 유우키가 채근했다.

"여전히 성격 급하네."

"저한테는 시간이 없거든요. 저한테는 당신이 느끼는 것보다 백 배쯤 시간이 귀중해요."

"그래, 미안해. 찾았어. 쿠스노키는 가루이자와 근처에 있는 별장지에 별장을 한 채 갖고 있어. 조건에도 딱 맞아. 아마 거기일 거야."

"확실한 정보인가요?"

"이봐, 누구한테 하는 말이야? 지금까지 내 정보가 틀린 적 있어? 쿠스노키가 이 별장을 갖고 있는 이유는 근처에 민가가 없어서야. 무슨 짓을 해도 누가 보거나 들을 걱정이 없거든. 무슨 말인지 알지? 피서용이 아니라고."

"거기 주소는요?"

"알려주기 전에 하나만 얘기해 둬야겠어. 이 정보 진짜 얻기 힘들었어. 그 분야를 잘 아는 놈들한테 엄청 돈을 들였다고. 이렇게까지 했어, 내가. 무슨 말인지 알지?"

"압니다. 그에 상응하는 정보를 넘기라는 거죠? 상응뿐이겠어요? 몇백 배나 더 가치 있는 정보를 넘기겠습니다. 잭의 정체와, 그 공범의 고백을요."

"믿는다. 만약 연락 없이 사라지면 너를 경찰에 신고할 거야."

그렇게 말하더니, 우사미는 별장 주소를 알려주었다. 유우키는 주소를 메모지에 받아적었다.

"큰 도움이 됐습니다. 정말 감사합니다. 사례는 오늘 낮까지 우편으로 보내죠. 내일쯤이면 당신은 어마어마한 특종을 손에 넣을 겁니다. 그걸 어떻게 발표하든 당신 자유예요. 내기에서 딴 상품이니까 보람 있게 쓰세요."

"그럴게. 그럼 이걸로 작별이네. 네가 뭘 하려는지는 모르겠지만, 뭐, 아무튼 열심히 해."

"네. 감사합니다."

유우키는 감사 인사를 하고 전화를 끊었다. 스마트폰을 재킷 주머니에 쑤셔 넣고 나머지 짐을 가방에 챙겼다. 애초에 개인 짐을 거의 가져오지 않았다. 계단에서 굴러떨어져서 그대로 응급 수송돼 입원했으니까.

유우키는 앞으로 해야 할 일을 머릿속으로 정리했다. 상대는 권총을 소지한 야쿠자들이다. 게다가 몇 명인지도 모른다. 물론 경찰에 신고할 마음은 없었다. 경찰에 은신처를 포위당해서 이제 여동생을 구할 수 없다는 판단이 서면 이미 사람을 둘이나 죽인 놈이 사야에게 어떤 행동을 할지, 그것을 상상하기만 해도 두려웠다.

그리고 문제가 하나 더 있다. 잭. 카와하라 죠타로다. 그놈이 왜 굳이 사야가 납치된 사실을 알려줬는지 모르겠다. 카와하라가 직접 말한 것처럼 선의였다고는 도무지 생각할 수 없었다. 야쿠자뿐만 아니라 카와하라도 조심해야 한다.

유우키는 곰곰이 생각하며, 입원 중에 원내 ATM에서 뽑은 만 엔짜리 다발을 지갑에서 꺼냈다. 가족이 없는 자신이 예금을 남겨둬봤자 쓸모없다. 유우키는 남은 모든 예금을 현금으로 바꿨다. 여기에 있는 돈과 집에 있는 가방에 든 2천만 엔, 그것이 유우키의 전 재산이었다.

유우키는 꺼낸 지폐 일부를 침대 위에 두었다. 이 정도면 입원비로는 충분할 것이다. 이제 이 병원에서 할 일은 끝났다. 익숙한 이 병원에도 더는 돌아오지 않을 것이다.

유일한 아쉬움은 지난 10년 동안 가장 가까이 있어 준 여자에게 작별 인사를 못 했다는 것이다. 그녀는 멋대로 나가는 것을 허락하지 않을 것이다.

마코토에게 편지라도 남기자. 유우키는 침대 옆 메모지에 손을 뻗었다. 그때, 갑자기 병실 문이 열렸다.

간호사에게 들켰나? 유우키는 몸을 경직시키며 문 쪽을 보았다.

"뭐 하는 거야?"

거기에는 흰 가운을 입은 마코토가 유우키를 노려보며 서 있었다.

8
시바타 마코토

병동 당직이던 마코토는 발열 환자에게 처방과 혈액 배양용 채혈을 마치고 당직실을 향해 계단을 내려갔다.

응급 당직에 비하면 병동 당직은 그나마 편하다. 운이 좋으면 몇 시간 잠을 잘 수도 있다. 계단 중간에서 마코토는 걸음을 멈췄다. 13층. 유우키가 입원한 층이다. 마코토는 조금 망설이다가 병동 문을 열었다. 유우키를 치료하는 데 조금 조정하고 싶은 부분이 있었다.

통증 관리는 거의 완벽했지만, 문제는 복수였다. 복부 팽만감은 견디기 힘든 데다가 마약성 진통제도 그다지 효과를 보이지 않았다. 근본적인 치료법으로는 복수 천자로 액체를 빼내는 수밖에 없지만, 혈관 내 탈수가 진행된 유우키의 복수를 빼는 행위는 탈수를 조장할 위험이 있다. 잘못하면 순환 부전을 일으킬지도 모른다.

복수를 어느 정도 빼내면 알부민 보급이 필요해지는데, 사용할 수 있는 알부민에는 한계가 있다. 이런 순간에 적당한 양을 맞추기는 좀처럼 어렵다.

독선적인 치료가 되지 않도록 다른 선생님들의 의견도 듣고 결정해야 한다. 마코토는 눈을 비비며 간호사실 안으로 들어갔다.

그 안에서는 익숙한 간호사가 얼굴을 붉히며 약품이 든 플라스틱 케이스를 뒤지고 있었다.

"왜 그래?"

"아, 선생님. 약 개수가 조금 안 맞아서요." 간호사는 아주 난처한 표정으로 대답했다.

"아아, 그런 일은 자주 있어."

"네, 자주 있는 일이지만, 저녁에 확인했을 때는 확실히 있었거든요. 그런데 안 보여서. 조제 쪽에도 확인해 봤는데, 틀림없이 보냈다고 했어요."

"흐음. 뭐가 없어졌는데?"

"오늘 쓸 예정이던 알부민이요." 간호사는 머리를 싸안았다.

"알부민? 고가라서 찾아야겠네. 급여에서 깎일지도 모르겠다."

"그러니까요. 아, 어떡하지? 여섯 병이나 없어지다니."

"뭐? 여섯 병?" 마코토는 자기도 모르게 되물었다. 골머리를 썩일 만도 하다.

"네. 무려 여섯 병이요. 엄청 난감해요, 지금."

간호사는 하소연하며 다시 플라스틱 케이스를 뒤졌다. 그 모습을 보면서 마코토는 왠지 불길한 예감에 휩싸였다.

알부민. 지금 유우키에게 가장 필요한 약. 그게 여섯 병이나. 심장이 시끄럽게 뛰었다.

설마. 그렇게 속으로 부정하면서도 불안은 커져만 갔다. 확인하지 않을 수 없었다. 간호사실을 나와서 잰걸음으로 어두운 복도를 지나 유우키의 병실로 향했다.

불투명한 유리로 된 병실 문에서 빛이 새어 나왔다. 1인실 환자는 취침 시간을 그다지 엄격하게 지키지 않아도 된다. 하지만 그래도 오전 네 시가 다 돼서까지 깨어 있는 것은 이상했다.

마코토는 문에 달린 작은 불투명 유리창 너머로 실내를 들여다보았다. 방 안에 사람 형체가 보였다. 아무래도 옷을 갈아입는 것 같았다. 상의를 벗은 듯한 그 상반신 실루엣을 보고 마코토는 예감이 현실이 되었음을 느꼈다.

역삼각형인 그 실루엣은 다량의 복수에 괴로워하는 남자의 몸이 아니었다.

마코토는 우두커니 서서, 실내의 실루엣이 스마트폰으로 누군가와 대화하는 모습을 불투명한 유리창 너머로 바라보았다.

실내에서 희미하게 들리던 대화 소리가 끊겼다. 통화가 끝났나 보다.

마코토는 입술을 깨물고 떨리는 손을 천천히 뻗어 조용히 문을 열었다.

마코토의 얼굴을 본 유우키는 마치 조각상으로 변한 듯 우뚝 멈춰 섰다. 양동이 안에 들어찬 빨강과 노랑이 섞인 대량의 액체. 바닥 위에 떨어진 스테로이드 앰플과 알부민 제제 유리병. 사용된 수액 세트. 그리고 몰라보게 회복된 유우키의 육체. 그것들을 보면 이 방에서 무슨 일이 있었는지는 명백했다.

"뭐 하는 거야?"

마코토는 필사적으로 감정을 억눌렀다. 방심했다가는 소리를 지를 것 같았다.

"…미안해." 유우키는 딱딱한 표정으로 말했다.

"나는 뭘 하냐고 물었어. 이렇게 막무가내로 회복해 봤자 금방 반동으로 원래보다 상태가 나빠지는 거 알잖아. 그런데 왜…."

따져 묻는데 목이 메었다. 마코토는 두 손으로 입을 막았다.

"마지막으로 할 일이 생겼어."

"그놈의 할 일, 할 일. 네 몸은 이미 그럴 상태가 아니라는 걸 모르겠어?"

"알아. 아니까 이런 거야."

"이런 짓을 해도 어차피 2, 3일이면 원래대로 돌아와."

"앞으로 하루면 충분해…." 유우키는 두꺼운 재킷을 걸쳤다.

"어디 가려고?" 마코토는 유우키에게 다가가며 날카로운 목소리로 물었다.

"…모르는 게 나아."

유우키는 마코토와 시선을 맞추지도 않고 말했다. 마코토의 오른손이 휙 움직이더니 손바닥이 강하게 유우키의 뺨을 때렸다. 짝 하는 시원스러운 소리가 병실에 울려 퍼졌다.

"그만 좀 해!" 필사적으로 억누른 감정이 터져 나왔다. "나는 너한테 뭐야? 주치의에, 친구에, 그리고… 여자친구였잖아. 그런 나한테, 모르는 게 낫다고?"

"…미안해."

유우키는 가방을 어깨에 메고 고개를 숙인 채 마코토 옆을 지나치려고 했다.

"어디 가는데?"

"정말 모르는 게 나아. 부탁이야. 가게 해줘."

"나는 네 주치의야. 주치의로서 너한테 외출 허가는 못 내줘."
마코토는 두 손으로 유우키의 몸을 자기 쪽으로 돌리고 노려보았다.
"알아. 그러니까 자진 퇴원하는 거야. 이러면 나한테 무슨 일이 생겨도 너한테는 책임 없어. 입원비는 저기 놔뒀으니까 아침에 원무과에 전해줘."
마코토는 다시 유우키의 뺨을 때렸다. 날카로운 소리가 울렸다.
"내가 책임지기 무서워서 이러는 것 같아? 네가 걱정돼서 이러는 거잖아!"
마코토는 내선 전화 수화기를 들었다.
"뭘 할 생각인지 알려줘. 안 그러면 경비원을 부를 거야."
"경비원한테 환자를 구속할 권리는 없어."
"그럼 정신과 당직을 불러서 너를 강제 입원시킬 거야. 병 때문에 착란이 와서 자기 자신을 해칠 가능성이 있다고 정신과 선생님한테 인정받으면 구속 가능해."
"마코토, 농담이지? 이러지 마." 유우키는 고개를 흔들었다.
"나는 더없이 진심이야. 폐쇄 병동에 갇히기 싫으면 말해. 네가 왜 이런 말도 안 되는 짓을 하는지."
유우키는 잠시 입술을 굳게 닫았다가, 바람이 불면 날아가 사라질 것 같은 가냘픈 목소리로 정적을 깼다.
"웃고 싶어. 내가…, 떠날 때, 웃으면서 죽고 싶어."
"웃으면서, 죽는다…." 마코토는 중얼거렸다.
"그래. 해야 할 일을 다 하고, 아무 미련도 없는 상태에서 끝을 맞고 싶어. 그러면 나는 웃으면서 떠날 수 있을지도 몰라."
"…지금 하려는 일을 해내면, 그렇게 된다는 말이야? 그렇게 중요한 일이야?"

"내가 구해야 하는 사람이 있어. 나를 기다리고 있어."

"…여자야?"

마코토는 조용히 물었다. 유우키는 고개를 끄덕였다.

"소중한 사람…이구나."

"응. 소중한 사람이야." 유우키는 다시 고개를 끄덕였다.

마코토의 가슴 안쪽에서 바늘에 찔린 듯 날카로운 아픔이 번졌다. 마코토는 이를 꽉 물고 날뛰려는 감정을 억눌렀다.

"바보 같은 소리인 건 알아. 하지만 이대로 죽을 수는 없어. 나는 살면서 아직 아무것도 이룩하지 못했어. 아무것도 남기지 못했어. 이대로 죽으면 내가 이 세상을 산 의미가 없어. 그러니까 제발 가게 해줘."

유우키는 정수리가 보일 정도로 깊이 고개를 숙였다.

병실이 다시 침묵에 싸였다. 시간이 조용히 흘러갔다.

잠시 후 마코토는 몸을 돌려 길을 터주었다.

"…가."

"마코토…."

유우키는 눈을 크게 뜨고 놀란 표정으로 마코토를 보았다.

마코토가 굳어 있던 표정을 풀며 부드러운 눈빛으로 유우키를 바라보았다.

"뭐야, 그 표정은? 이렇게 주치의 말을 안 듣는 환자는 나도 사양이야. 얼른 퇴원해서 어디든 가버려."

"미안해. 고마워. 마지막까지 민폐 끼쳤네."

"내 말이. 나는 왜 이런 나쁜 남자랑 엮인 거지?"

마코토는 농담을 던지며 미소 지었다.

"너는 최고의… 친구였어. 너를 만나서 정말 좋았어."

"나도 너를 만나서 좋았어."

마코토는 유우키의 가슴에 이마를 댔다. 유우키는 등에 두 손을 감고 다정하게 안아 주었다.

긴 포옹 끝에 두 사람은 천천히 몸을 뗐다.

"다녀올게."

유우키는 마코토에게 오른손을 내밀었다.

"응. 뒷일은 나한테 맡겨. 내가 잘 얼버무릴게. …힘내."

마코토는 그 손을 힘주어 잡았다. 검을 잡아서 생긴 굳은살이 박인 두꺼운 손바닥. 그 감촉을 마음속에 새기듯 마코토는 힘을 주었다. 두 손이 못내 아쉬워하듯 천천히 떨어졌다.

병실 밖으로 나간 유우키는 마지막으로 돌아보며 마코토와 잠깐 시선을 나눴다. 천천히 닫히는 문이 두 사람의 시선을 갈라놓았다.

마코토는 눈을 감았다. 몸에 남은 유우키의 체온이 사라지는 것을 느끼며.

뺨에 눈물 한줄기가 흘러내렸다.

9
미사키 유우키

약 한 달 만에 돌아온 집은 왠지 썰렁했다. 창문에서 비쳐 드는 밝은 햇살도 그 쓸쓸한 분위기를 없애지 못했다. 현관에는 한 달 전에 사야가 사 와서 방치해 둔 식재료가 부패해 있었지만, 계절이 계절인지라 방 온도가 낮아서 악취는 나지 않았다. 유우키는 천천히 거실에 들어갔다.

"사야…."

거실을 둘러보던 유우키의 입술에서 이 집에서 함께 시간을 보내던 소녀의 이름이 새어 나왔다. 유우키는 눈을 감고 가볍게 고개를 흔들었다. 지금은 감상에 젖을 여유가 없다.

그날 사야가 손에 들었던 하트 모양 방범 경보기가 덩그러니 바닥에 놓여 있었다. 유우키는 경보기를 줍고 자신의 방으로 들어가서 책상에 다가갔다.

열린 채 방치된 서랍에서 우악스러운 칼과 화려한 붉은 색으로 'R'이라고 적힌 트럼프 카드가 엿보였다. 이제 '일'을 하지 않을 테니 트럼프 카드를 버릴 걸 그랬다.

사실 트럼프 카드는 두 장을 제외하고 전부 부엌에서 하나하나 불태웠다. 잭을 고발할 때 쓰려고 증거로 남겨둔 두 장. 그것을 사야에게 들키고 말았다.

유우키는 칼을 칼집에서 뽑았다. 한 달 동안 방치했는데도 강철의 요사스러운 빛에는 한 점의 그늘도 없었다.

"마지막까지 함께해줘야겠다."

중얼거리며 칼집에 도로 넣은 칼을 청바지 뒤쪽에 꽂고 맨 아래 서랍을 열었다. 거기에는 예전에 사야가 퇴짜를 놓은 2천만 엔이 든 보스턴백과 봉투 하나가 놓여 있었다. 유우키는 봉투를 꺼내서 책상 위에 뒀다.

'주간 현대사회 편집부 우사미 마사토 귀하.'

그렇게 받는 이가 적힌 A4 사이즈 봉투에 유우키는 남은 잭의 카드 두 장과 우사미에게 보낼 편지를 넣고 단단히 봉했다.

이 봉투에는 유우키가 지금껏 카와하라 죠타로에 대해서, 그리고 쿠스노키 신이치에 대해서 조사한 내용을 전부 적은 자료가 들어 있다. 내일 이 봉투가 우사미에게 전달되면, 잭의 정체를 온 나라가 알게 될 것이다. 그리고 동봉된 카드는 이 자료의 신빙성을 비약적으로 높일 것이다.

거실로 돌아온 유우키는 예전에 바이크로 여행할 때 사용한 지도 몇 권을 책장에서 꺼내 테이블 위에 펼쳤다. 우사미가 알려준 주소가 적힌 메모지를 주머니에서 꺼내서 한 손에 들고 지도를 뒤졌다. 스마트폰으로 목적지 위치를 확인할 수도 있지만, 전파 상황에 따라 사용할 수 없을지도 모른다. 비상시에는 아날로그가 훨씬 믿을 만하다.

지도상에서 목적지를 발견한 유우키는 "여긴가…"라고 중얼거렸다. 가루이자와역에서 10킬로 정도 떨어진 곳인데, 스키장에서는 멀고 주변은 숲이 에워쌌고 좁은 길 하나가 다니는 것이 전부였다. 많은 별장이 밀집된 장소와도 꽤 거리가 있었다. 우사미가 말한 대로 비합법적인 일을 하기에는 최적의 장소였다.

유우키는 표시한 페이지를 찢어서 주머니에 쑤셔 넣고 주소가 적힌 메모지를 구겨 쓰레기통에 던졌다.

"…가볼까."

가방과 봉투를 챙긴 유우키의 시야에, 구석에 놓인 하얀 전자 피아노가 들어왔다. 작년 11월 8일, 사야의 생일에 선물한 물건. 기뻐하며 그 전자 피아노에 뺨을 비비던 사야의 표정이 뇌리를 스쳤다.

유우키는 구석으로 가서 전자 피아노를 챙겨 돈다발이 든 가방에 어찌어찌 밀어 넣었다. 사야는 돈보다 이 하얀 피아노를 더 좋아할 것 같았다.

유우키는 다시 집을 둘러보며 현관으로 향했다.

집을 나서기 직전, 유우키는 몇 년 동안 혼자 살고, 몇 개월간 사야와 산 집을 돌아보며 입을 열었다. 두 번 다시 이 집에 돌아올 일은 없을 것이다.

"고마웠어."

쥐 죽은 듯 고요한 집 벽에 목소리가 부딪혀 울렸다.

이케부쿠로역에 있는 물품 보관함을 닫고 열쇠를 뺀 뒤, 유우키는 크게 한숨을 쉬었다.

이제 준비는 끝났다. 남은 돈 전부와, 사야에게 선물한 전자 피아노, 사야에게 쓴 편지가 이 보관함에 들어 있다. 우사미에게 보낼 봉투는 이미 우편으로 부쳤다. 이제 사야를 구해내고 이 열쇠를 건네기만 하면 된다.

뒤에서 인기척을 느낀 유우키는 재킷 안주머니에 손을 넣고 거칠게 뒤를 돌아보았다. 뒤에 있던 중년 여성이 작은 비명을 지르며 몸을 뒤로 젖혔다.

"아, 죄송합니다."

당황하며 사과하자, 여자는 겁먹은 표정으로 잽싸게 멀어졌다.

카와하라는 왜 습격하지 않지? 떠나는 여자를 지켜보던 유우키의 가슴에서 의문이 소용돌이쳤다. 이른 아침, 병원을 빠져나온 뒤로 내내 카와하라가 습격할 것을 경계했다.

사야가 납치된 것을 알려서 유우키를 병원 밖으로 끌어내고 습격하는 것. 그리고 운이 좋으면 잭의 정체가 적힌 자료를 보관한 장소를 알아내서 처분하는 것. 그것이 카와하라의 계획인 줄 알았다. 그런데 카와하라는 아직 습격할 기미가 없다.

유우키는 손목시계로 시선을 떨어뜨렸다. 신변 정리를 하는 사이에 오후 세 시가 넘었다. 지금부터 바이크로 가면 늦어도 오후 일곱 시경에는 목적지에 도착할 것이다.

카와하라가 무엇을 노리는지는 모른다. 하지만 그것을 한가하게 고민할 시간은 없었다.

쿠스노키 신이치가 정한 SD카드 거래 장소와 시간은 밤 열두 시 정각, 가부키초 뒷골목에 있는 공원이었다. 당연히 그곳에 갈 생각은 없다. 쿠스노키는 SD카드를 넘기면 사야를 풀어주겠다고 했다. 하지만 거짓말임을 안다.

정체가 드러났으니 쿠스노키는 반드시 사야와 유우키를 살해할 것이다. 만약 유우키가 SD카드를 챙겨서 공원에 모습을 드러 낸다면, 틀림없이 그 자리에서 살해당하고 사야도 목숨을 잃을 것이다.

거래 시각이 오기 전에 별장을 기습하는 것. 그것이 작전이었 다.

유우키는 역 자판기에서 산 스포츠음료를 한 모금 머금고 입안 에서 잠시 굴린 다음 목구멍 안으로 흘려 넣었다. 차가운 액체가 몸에 스며든다. 일주일 동안 사용하지 않은 소화관은 역시나 고형물을 받아들이지 못했지만, 수분 정도는 조금씩 섭취할 수 있었다.

"…좋아. 가자."

유우키는 바이크를 세워둔 역 밖을 향해 걸음을 뗐다.

10
마츠다 코조

"미사키 유우키가 퇴원했다고?!"

마츠다는 스마트폰에 대고 목청을 높였다. 운전석에 앉은 이시카와가 놀랐는지 곁눈으로 시선을 보냈다.

전화를 거칠게 끊자, 이시카와가 "왜 그러세요?"라고 물었다.

"미사키 유우키가 병원에서 도망쳤대." 마츠다는 으르렁거리듯 말했다.

약 한 달 전, 아파트 비상계단에서 굴러 구급차에 실려 간 미사키 유우키는 그대로 입원했다. 마츠다 일행은 처음에 계단에서 굴러 뼈라도 부러졌나 했는데, 나중에 병원 직원에게 물어보니 무언가 심각한 병에 걸렸다고 했다. 하지만 의사들, 특히 미사키 유우키의 주치의인 젊은 여자 의사는 입이 무거워서 개인 정보 보호를 방패 삼아 아무런 정보도 주지 않았다. 게다가 미사키 유우키에 대한 짧은 면회조차 완전히 거부해서 어떤 병에 걸렸는지 정확히 알 수 없었다.

미사키 유우키가 퇴원하면 알려달라고, 소문을 좋아하는 병동 중년 간호사를 붙잡고 머리를 조아리며 부탁한 덕분에 퇴원한 정보는 어찌어찌 얻었다. 그런데 그 간호사가 오늘 야근이라 저녁에 출근한 탓에 미사키 유우키가 퇴원하고 상당한 시간이 흐른 뒤에야 마츠다에게 연락이 왔다.

"미사키 유우키의 집으로 가자. 서둘러." 마츠다는 이시카와에게 말했다.

"근데 이제 곧 수사 회의가…."

"그게 뭐? 얼른 차 돌려."

마츠다는 호통쳤다. 미사키 유우키가 사라진 것은 오늘 이른 아침. 벌써 한나절 넘게 시간이 지났다. 만약 미사키 유우키가 심각한 병에 걸렸다면, 자포자기해서 뭔가 무시무시한 일을 벌일지도 모른다. 그런 예감이 마츠다를 초조하게 했다.

"알, 알겠습니다."

마츠다의 목소리에 겁먹은 이시카와는 허둥지둥 핸들을 꺾었다.

"야, 뭐 하는 거야? 서둘러."

미사키 유우키의 아파트 앞에 차를 세우고 공동 현관으로 들어간 마츠다는 스마트폰으로 뭐어라 대화하는 이시카와에게 호통쳤다.

"아, 죄송합니다. 아니, …알게 되면 연락할게. 어, 그럼…."

마츠다를 향해 사과한 이시카와는 전화 상대에게 뭐어라 소곤거리고는 전화를 끊었다.

"뭐야, 여자야?" 마츠다는 거칠게 엘리베이터 버튼을 눌렀다.

"아니요. 콘노가…, 다나카 씨랑 파트너인 저희 관할서 형사인데….”
"뭐? 다나카 파트너가 왜?”
마츠다는 열린 문으로 엘리베이터를 탔다.
"다나카 씨랑 연락이 안 된대서요.”
"뭐, 다나카가? 파트너잖아? 같이 있는 거 아니야?”
"아뇨. 그 녀석은 보통 다나카 씨랑 따로 수사하다가 수사 회의 전에 만난대요. 다나카 씨는 관할서 형사가 자유롭게 수사할 수 있게 해주니까….”
"뭐라고? 나 들으라고 하는 말이냐?” 마츠다는 이글거리는 눈으로 이시카와를 노려보았다.
"아뇨. 그런 거 아닙니다.”
"흥. 그러시겠지.”
마츠다는 코웃음을 치며 거칠게 5층 버튼을 눌렀다.
다나카 그 새끼, 관할서 녀석들 비위까지 맞추기는.
미사키 유우키 사건까지 맞물려서 마츠다의 짜증은 더 강해졌다.
엘리베이터에서 내려 복도를 나아간 마츠다는 미사키 유우키의 집 앞으로 가서 거칠게 초인종을 눌렀다. 하지만 반응은 없었다. 손잡이를 돌려 보니 문이 열렸다.
문을 잠그지 않았다? 마츠다는 "미사키 유우키 씨, 들어갑니다” 하며 실내로 들어갔다.
"저기…, 이래도 되나요?” 뒤를 쫓아오던 이시카와가 말했다.
"시끄러워. 그런 걸 신경 쓸 때가 아니야. 문을 안 잠갔다는 건 이제 이 집으로 돌아올 생각이 없다는 뜻이야. 그놈, 뭔가 엄청난 짓을 저지르려는 게 분명해."

"집에 아직 안 온 걸 수도 있잖아요?"

"아니. 그 가능성은 낮아."

거실에 들어간 마츠다는 열린 문틈으로 보이는 침실을 가리켰다.

"봐. 책상 서랍이 그냥 열려 있잖아. 급하게 필요한 물건만 챙겨서 나간 거야."

마츠다는 거실 테이블 위에서 시선을 멈췄다. 깔끔한 집 안에서 거기에만 책 몇 권이 아무렇게나 널려 있었다. 마츠다는 한 권 한 권을 손에 들었다. 전부 지도였다. 차로 여행할 때 쓰는 도로 지도. 미사키 유우키는 가야 할 장소를 여기서 찾은 것이 분명하다. 거기가 어디일까?

마츠다는 사냥감을 찾는 육식동물 같은 시선으로 집 구석구석을 훑었다. 거실 구석에 있는 작은 쓰레기통이 그 시선을 사로잡았다.

마츠다는 달려들 듯 그 쓰레기통에 다가가서 안을 뒤졌다.

"뭘 찾으세요?"

이시카와가 당황스러움을 담은 말투로 물었다.

마츠다는 그 작은 플라스틱 원통을 두 손으로 정신없이 파헤쳤다.

"이거다!"

마츠다가 외치며, 구겨진 메모지를 의기양양하게 쓰레기통에서 꺼냈다. 거기에는 휘갈겨 쓴 글씨체로 나가노현에 있는 펜션 주소가 적혀 있었다.

11
미사키 유우키

바이크 엔진을 끈 유우키는 몸을 부르르 떨며 완전한 원형을 띤 달을 올려다보았다. 주변에 가로등은 적었지만, 보름달 빛이 주위를 어스름히 밝혔다.

방한을 철저히 했는데도 한겨울에 바이크 여행은 쉽지 않았다. 유우키는 도중에 고속도로 휴게소에서 산 일회용 핫팩으로 손을 녹였다. 최근에 눈이 내렸는지 샛길은 살짝 하얗게 물들었다.

유우키는 핫팩을 쥔 채 긴장을 풀 듯 가볍게 어깨를 돌렸다.

새벽에 병원을 나와서 말기암에 함락된 몸으로 내내 자지도 쉬지도 못하고 움직였지만, 몸 상태는 양호했다. 모르핀 부작용으로 생기는 졸음 대응책으로 처방받은 정신 흥분제를 평소 복용하던 양보다 많이 먹었기 때문이리라. 졸음과 권태감을 느끼기는커녕 입원 전보다 몸 상태가 훨씬 좋은 느낌마저 들었다. 마약성 진통제 패치를 가슴에 붙여서 통증도 전혀 느껴지지 않았다.

지금 상태가 강력한 약으로 만들어낸 일시적인 회복임은 안다.

하지만 죽음을 기다릴 뿐이던 그 상태에서 일시적으로라도 이렇게 회복되어 감격스러웠다.
이 마법의 효력은 아마 몇 시간 후면 완전히 사라질 것이다.
유우키는 바이크에서 내리고 고개를 들었다. 눈앞에는 울창한 숲이 펼쳐져 있었다. 지도에 따르면 이 숲에서 100미터 정도 떨어진 곳에 목적지인 쿠스노키 별장이 있다.
"사야…"
지난 한 달 동안 계속 생각해 온 소녀가 이제 손 닿는 곳에 있다. 체온이 올라갔다.
유우키는 숲속으로 나아갔다. 상대도 경계할 터였다. 정면으로 들어갈 수는 없었다. 달빛이 나무들에 가린 어둑한 숲속, 유우키는 하얀 숨을 뱉으며 눈 쌓인 땅을 한 걸음 한 걸음 천천히 나아갔다.

12
카와하라 죠타로

왔구나. 가루이자와에 있는 쇼핑센터의 북적이는 주차장. 난방이 돌아가는 따뜻한 차 안. 양손에 든 작은 기기 두 개의 화면을 보며 카와하라는 만족스럽게 미소 지었다.

화면에는 위도와 경도를 나타내는 숫자가 떠 있었다.

한 화면에 뜬 숫자는 움직이지 않았고 다른 화면 속 숫자는 위도와 경도가 조금씩 바뀌었다. 그리고 지금, 두 화면에 뜬 숫자는 시시각각 가까워지고 있다.

위치 정보를 보내는 발신기. 하나는 미사키 유우키의 아파트 앞에서 소녀의 주머니에 몰래 넣은 것이고, 다른 하나는 어젯밤 미사키 유우키에게 전화한 직후 아파트 주차장에 서 있던 미사키 유우키의 바이크에 붙인 것이다.

미사키 유우키는 지금 소녀가 감금된 장소로 가고 있다.

어젯밤 소녀가 납치됐다고 알렸을 때, 카와하라는 소녀가 끌려간 장소를 모른다고 했다. 소녀의 주머니에 몰래 넣어둔 발신기로 끌려간 위치를 알 수 있었는데도.

　만약 미사키 유우키가 자신에게 연락해서 소녀의 위치를 찾아 달라고 하면, 미사키 유우키를 인적 없는 장소로 유인해서 거기서 죽일 생각이었다. 하지만 카와하라는 그런 사태를 바라지 않았다. 그리고 카와하라가 바란 대로 미사키 유우키는 아무 연락 없이 감금 장소로 향했다.

　미사키 유우키에게는 유능한 정보 제공자가 있다. 카와하라는 전부터 어렴풋이 의심하던 것을 확신했다. 그리고 무엇보다 중요한 것은 그 정보 제공자가 바로 미사키 유우키가 잭의 정체를, 자신의 정체를 고발하려고 하는 상대일 가능성이 크다는 점이다. 이미 그 정보 제공자로 추측되는 이가 있다. 다만 명확하게 확인할 필요가 있었다. 어쩌면 그 사람의 목을 베야 할지도 모르니까.

　미사키 유우키가 어젯밤부터 오늘에 걸쳐 연락한 사람을 조사하면 정보 제공자를 알아낼 수 있을 것이다. 이제 미사키 유우키를 뒤쫓기만 하면 된다. 미사키 유우키가 성공적으로 소녀를 구해내든, 쿠스노키의 손에 처리되든 카와하라는 상관없었다.

　어느 쪽이든…, 전부 죽일 것이다.

　"…이제 가볼까."

　카와하라는 칼날처럼 얇은 입술 양 끝을 의미심장하게 올리더니, 기어를 드라이브로 바꾸고 액셀을 밟았다.

13
미사키 유우키

유우키는 굵은 나무줄기 그늘에 숨어서 눈을 가늘게 떴다. 약 30미터 앞에 2층짜리 통나무 건물이 서 있었다. 입구에는 체격 좋은 남자가 난로에 손을 쬐고 있다. 저 문지기 말고도 안에는 권총을 든 야쿠자들이 있을 것이다.
 이미 15분 정도 여기서 별장 상황을 살폈다.
 흥분해서 그런지 몸이 끓어올라서 추위는 느껴지지 않았지만, 언제까지고 이러고 있을 수는 없었다. 쿠스노키와 약속한 밤 열두 시가 되기 전에 행동을 시작해야 하고, 약으로 만들어 낸 마법도 언제까지 효과가 이어질지 알 수 없었다.
 안 돼. 아직은 안 돼. 유우키는 입술을 깨물며 조급해지는 기분을 억눌렀다.
 상대는 여러 명. 그것도 아마 권총으로 무장했을 것이다. 그와 대조되게 유우키는 혼자인 데다 무기는 칼밖에 없다. 정면으로 부딪쳐서 사야를 구해낼 가능성은 없다. 상대를 속일 양동 작전이 필요하다. 고민하던 유우키는 퍼뜩 고개를 들고 귀를 기울였다. 희미하게 자동차 엔진 소리가 고막을 흔들었다.
　누군가가 다가온다. 대체 누가? 극한의 긴장감과 얼어붙을 듯한 추위로 날카로워진 머리가 지금 일어나고 있는 일을 이해하기 시작했다.
　"…그렇군."
　유우키는 중얼거리고는 재킷 주머니에 손을 뻗어서 그 안에 있는 물건을 만졌다.

14
카와하라 죠타로

 어두운 숲속, 버려진 바이크와 연결된 눈 위 발자국을 쫓으며 카와하라는 앞으로 벨 사냥감들을 생각했다. 평소에는 겨울철 변온 동물처럼 차갑던 혈액의 온도가 올라갔다.
 별장에 있는 놈들. 소녀를 납치했고, 미사키 유우키의 말이 사실이라면 적어도 두 명을 살해했다. 사냥감에 걸맞은 악인들이다. 그리고 미사키 유우키. 한때 자신의 공범이던 자….
 카와하라는 순간 멈춰 서서 정장 주머니에 손을 넣어 칼자루를 쥐고 눈을 감았다. 이렇게 있으면 눈꺼풀 뒤편에 사카모토 미츠오를 죽였을 때 본 광경이 되살아난다.
 그놈의 목을 벴을 때 느낀 기분. 참으로 희한했다. 사정했을 때처럼 강한 쾌락이 한순간 전신을 꿰뚫었고, 그리고 이어서 해일 같은 허무함이 카와하라를 덮쳤다. 처음으로 사람을, 아버지를 죽였을 때와는 비교도 되지 않을 만큼 강한 허무함. 몸의 모든 세포에서 힘이 빠지는 감각. 그것이 무척이나 편안했다.

30년 동안 숙성을 거쳐 복수가 달성된 순간, 카와하라는 동시에 삶의 의미를 잃었다. '카와하라 죠타로'라는 그릇에서 바닥이 떨어져 나간 것처럼 복수심이 빠져나가서 텅 빈 껍데기만 남았다. 그 껍데기를 일시적으로라도 채우는 방법. 그것이 잭으로서 해온 '일'이었다. '일'을 할 때만큼은 충만해졌고, 일을 마치면 또다시 그 편안한 허무함에 에워싸일 수 있었다.

카와하라는 눈을 뜨고 다시 발자국을 쫓아 나아갔다. 저 멀리 우거진 상록수잎 사이로 희미하게 빛이 보였다. 감금 장소에 거의 다 온 모양이다.

카와하라는 눈을 가늘게 뜨고 발소리가 나지 않도록 조심하며 얇게 쌓인 눈 카펫 위를 걸었다. 미사키 유우키의 모습은 아직 보이지 않는다.

그렇게까지 가까이 갈 필요는 없다. 카와하라는 걷는 속도를 늦췄다. 우선은 미사키 유우키와 야쿠자들이 싸우게 두고 허점을 노려서 살아남은 자들의 목을 베면 된다.

숲속을 걷던 카와하라는 무릎 밑에서 저항을 느끼며 순간 자세를 무너뜨렸다.

뭐지? 뭐에 걸렸지? 비틀거리던 카와하라가 뒤돌아본 순간, 고막을 찢을 듯한 폭음이 옆에서 올라왔다. 동시에 눈부신 핫 핑크색 빛이 암흑에 숨어 있던 카와하라의 전신을 비췄다.

어둠에 익은 망막이 분홍빛으로 물들자, 카와하라는 잠시 경직되었다가 소리와 빛이 나는 근원으로 민첩하게 달려갔다. 그것은 손바닥에 들어오는 크기의 작은 기기였다.

카와하라는 얼굴을 돌리며 손에 든 기기 측면에서 촉감으로 찾은 버튼을 연타했다. 마침내 소리와 빛이 사라졌다. 카와하라는 웅웅거리는 머리를 가볍게 흔들며 손안에 든 물건을 보았다. 하트 모양 플라스틱 물체가 거기에 있었다.
"방범 경보기…인가."
카와하라는 얇은 입술 끝을 올렸다. 미사키 유우키가 자신의 행동을 읽었다. 그리고 부비트랩을 설치해서 야쿠자들의 주의를 돌리기 위한 미끼로 사용했다. 미사키 유우키의 행동을 통제할 생각이었건만, 마지막 순간에 뼈아픈 반격을 당하고 말았다.
"거기 누구야? 얼른 나와!"
숲 안쪽에 있는 건물 방향에서 고함이 들렸다. 카와하라는 미소를 띤 채 입고 있던 코트를 벗어서 옆에 있는 가지에 걸고 구두 신은 발을 별장을 향해 내디뎠다.
미사키 유우키와 야쿠자들이 먼저 서로 죽이게 할 생각이었는데 계획이 틀어졌다.
어쩔 수 없다. …즐기는 수밖에.
"어이, 누구냐고. 뭐야, 방금 그 소리는?"
건물 정문 옆에 있는 남자는 잡목림 안에서 나타난 카와하라의 모습을 보고 재빨리 일어섰다. 머리카락은 짧고 키는 그다지 크지 않지만 몸은 단단한 근육으로 덮여 있다. 오른쪽 뺨에는 큰 칼자국까지 있었다. 남자의 손이 상의 주머니에 들어갔다.
"이거 참 죄송합니다. 이 근처에서 차가 고장 났는데 여기서는 휴대전화도 안 터지네요. 죄송하지만 전화 좀 빌릴 수 있을까요?"
카와하라는 건물에 다가갔다.
"얼른 꺼져. 험한 꼴 당하기 싫으면." 남자는 상의 안에 손을 넣은 채 호통쳤다.
"1분이면 끝납니다. 회사에만 연락하면 돼요. 부탁드립니다."

카와하라는 남자에게 더 다가갔다.

"시끄러워. 너 이 자식, 정도껏…."

남자와 몇 미터까지 거리를 좁혔을 때, 카와하라는 갑자기 정장 주머니에 손을 넣더니 상체를 숙이고 땅을 차며 남자에게 달려들었다. 허를 찔린 남자는 허둥지둥 상의에서 손을 빼려고 했다. 우악스러운 리볼버의 모습이 카와하라의 눈에 잡혔다. 하지만 카와하라는 남자가 격철을 젖히고 카와하라를 조준하기 전에 품에서 칼을 꺼내 남자의 손목에 은색 궤도를 그렸다.

고통스러운 목소리와 함께 손목의 힘줄을 잘린 남자의 손에서 권총이 떨어졌다. 목제 바닥에서 튀어 오른 권총이 발사되며 귀청을 찢는 총성을 울릴 때, 카와하라는 지체 없이 필살의 일격을 남자의 목에 가했다. 남자는 목에서 피를 뿜으며 쓰러졌다.

카와하라가 바닥에서 구르는 리볼버를 들었을 때, 총성을 들었는지 별장 안에서 바닥을 쿵쿵 구르는 소리가 났다. 곧 권총을 뽑은 남자들이 문에서 튀어나올 것이다. 카와하라는 탄창을 열고 탄환을 빼낸 뒤 권총을 버렸다.

권총을 사용할 생각은 없었다. 권총으로는 그 감각을 느낄 수 없다. 자신의 존재를 유일하게 확인할 수 있는, 허무의 바다에 떠다니는 그 감각을.

카와하라는 숲을 향해 달렸다. 쌓인 눈에 미끄러지지 않도록 가볍게 달리며 숲 안쪽으로 향했다. 뒤에서 폭발음이 났다. 별장에서 나온 남자들이 발포한 것 같다. 하지만 이만큼 거리가 있으니, 훈련된 자라면 몰라도 일반인은 권총으로 목표를 맞추기 어렵다.

속도를 줄이지 않고 울창한 숲 안으로 뛰어 들어간 카와하라는 몇십 미터 나아가서 걸음을 멈추고는 자신이 만든 발자국 위만 주의 깊게 밟으며 몇 미터 돌아가서 굵은 침엽수 줄기 그늘에 몸을 숨겼다.

카와하라는 눈꺼풀을 내리고 귀를 기울였다. 남자들의 고함과 발소리가 다가왔다.

한 명, 두 명, 세 명…. 머릿속에서 인원을 셌다. 상대는 세 명. 아마 모두 권총을 갖고 있을 것이다. 그리고 이만한 인원과 목숨을 걸고 싸워본 경험은 카와하라에게도 없었다.

몸 안에서 불길이 타오르듯 고양감이 온몸을 채웠다.

남자들의 발소리가 더 가까워졌다. 눈 위에 남은 카와하라의 발자국을 쫓아올 것이 분명했다. 그대로 쫓아와 준다면, 카와하라가 몸을 숨긴 나무 앞을 지나게 될 것이다. 카와하라는 새끼손가락 쪽에 칼날이 오게 하고 칼자루를 감싸 쥐었다.

나무 그늘에서 바닥을 보며 발자국을 더듬는 통통한 남자의 모습이 드러났다. 카와하라는 줄기 그늘에서 튀어 나가서 아래로 잡은 칼을 남자의 가슴에 꽂았다. 칼은 늑골 사이를 미끄러져 들어가서 남자의 폐와 심장을 갈랐다.

남자는 단말마의 비명을 지르지도 못하고 손에서 권총을 떨어뜨리며 숨이 끊겼다.

통통한 남자를 바로 뒤쫓아오던 뽀글머리와 금발 남자가 눈을 휘둥그레 뜨더니 소리를 지르며 카와하라에게 권총을 겨눴다. 카와하라는 자기 몸 앞으로 칼에 찔린 남자의 몸을 데려왔다. 총성이 나무 사이에서 메아리쳤다. 총알의 충격으로 방패가 된 남자의 몸이 떨렸다. 총알 하나가 남자의 몸을 관통해 카와하라의 어깨를 스쳤다.

카와하라는 방패가 된 남자의 몸에서 칼을 뽑고 그 몸을 뽀글머리를 향해 밀었다. 뽀글머리가 본능적으로 쓰러지는 시체를 안아서 받았다. 그 순간, 카와하라는 시체 그늘에서 팔을 크게 휘둘러 뽀글머리의 목에 칼을 꽂아 넣었다. 경동맥을 절단한 느낌이 손에 전해졌다.

칼을 뽑자마자 심장 박동에 맞춰 선혈이 분수처럼 솟구쳤다.

"으, 으아, 아아아아." 얼굴에 혈액을 뒤집어쓴 금발 남자가 비명을 지르며 손에 든 권총을 내던지더니, 카와하라를 등지고 달려 나갔다.

"그게 정답이지."

카와하라는 손수건을 꺼내서 칼날에 묻은 혈액과 살점을 닦아 냈다. 인간의 기름은 생각보다 칼날을 금방 무디게 한다. 꼼꼼히 닦아야 일격에 목을 벨 수 있다.

카와하라는 기름을 다 닦고 금발 남자를 보았다. 공포로 혼란에 빠진 남자는 몇십 미터 앞에서 눈에 미끄러져 넘어졌다. 카와하라는 상반신을 기울인 채 다시 가볍게 달리며 남자를 뒤쫓았다. 눈 위라고는 믿기 힘든 속도로 쫓아온 카와하라를 보고 금발 남자는 또다시 눈에 미끄러져 넘어졌다.

카와하라는 민달팽이처럼 기는 금발 남자를 쫓았다. 남자는 가냘픈 비명을 지르며 카와하라를 올려다보았다.

"이, 이러지 마. 제발. 살려줘. 이제 너를 쫓지 않을게. 너, 그 여자를 구하러 온 거지? 저 건물 2층에, 쿠스노키 형님이랑 같이 있어. 그러니까 나를 죽일 필요는 없잖아. 안 그래?"

금발 남자는 기도하듯 무릎을 꿇고 두 손을 모으더니 아부를 담아 미소 지었다.

"죽일 필요가 없다라…."

카와하라는 입술 끝으로 작게 미소를 만들며 칼을 머리 위로 치켜들었다. 금발 남자의 눈에 칼날이 비쳤다.

"그보다는 네놈이 살아 있을 필요가 더 없어."

카와하라는 아주 자연스럽게 칼을 휘둘렀다. 남자의 단말마가 귀에 날아들었다.

하나의 물체로 변해 버린 금발 남자의 몸 옆에서 카와하라는 재차 칼날에 묻은 피와 기름기를 닦았다. 손질을 마친 칼을 도로 품에 넣으려는데 뒤에서 눈을 밟는 소리가 들렸다. 카와하라는 막 집어넣은 칼을 다시 꺼냈다.

"너 이 자식, 뭐 하는 거야!"

뒤에서 들려온 목소리에 카와하라는 천천히 고개를 돌렸다.

거기에는 익숙한 두 남자가 있었다.

15
미사키 유우키

　숲속을 크게 우회해서 건물 뒤편으로 돌아온 유우키는 멀리서 울리는 경보음을 듣고 주먹을 꽉 쥐었다. 카와하라가 트랩에 걸렸다.
　바로 십몇 분 전, 이렇게 외진 장소에 희미한 엔진 소리가 들리다가 멈춘 순간, 유우키는 그것이 카와하라의 차일 거라 확신하고 그의 작전을 간파했다.
　카와하라는 여기 위치를 알고 있었다. 보는 눈이 많은 도쿄가 아니라 이 산골에서 자신을 죽이려는 속셈이다. 아마 야쿠자들도 함께. 유우키와 야쿠자들이 싸워서 승부가 났을 때 카와하라는 '일'에 착수할 것이 분명했다.
　거기까지 생각한 유우키는 사야가 집에 놓고 간 방범 경보기와 사야가 억지로 쥐여준 뒤로 계속 갖고 다니던 반짇고리 실로 부비트랩을 만들었다. 재봉은 못 해도 실을 다루는 데에는 익숙했다. 외과 매듭으로 튼튼하게 고정한 트랩은 제대로 작동해서 야쿠자들의 주의를 카와하라에게 집중시켰다.
 권총 소리가 울렸다. 카와하라와 야쿠자들이 전투를 시작했나 보다. 이상적인 전개였다.
 건물 뒤편 숲에 도착한 유우키는 숨을 헐떡이며 나무 그늘에 숨어서 부엌과 실외를 연결하는 뒷문을 보았다. 거기에는 낯익은 남자가 서 있었다. 사야를 처음 만난 날, 사야를 납치하려고 한 세 사람 중 한 명. 권투를 쓰는 빡빡머리의 거구.
 유우키는 혀를 찼다. 기왕이면 빡빡머리가 밖을 순찰했기를 바랐다. 몇 개월 전 저 빡빡머리와 싸웠을 때, 결과만 놓고 보면 유우키의 압승이었지만, 실제로는 간발의 차로 결정 난 승부였다. 빡빡머리가 내지른 주먹은 중량급이라고 생각하기 힘들 만큼 재빨랐고, 유우키는 그 펀치를 운 좋게 피했을 뿐이었다. 다시 겨뤄서 이긴다는 보증은 어디에도 없다. 심지어 지금은 암 때문에 그때와 비교할 수 없을 만큼 체력이 떨어졌다.
 연달아 울린 총성을 들은 빡빡머리는 잠시 실내를 들여다보았지만, 곧 시선을 정면으로 되돌렸다. 마치 유우키의 존재를 알아차린 것처럼.
 유우키는 체념했다. 저 남자는 자신의 위치를 떠나지 않을 것이다.
 시간이 없다. 가자. 유우키는 품에서 칼을 뽑고 숲에서 나갔다.
 숲에서 나타난 유우키의 모습을 보고도 빡빡머리의 표정은 거의 변하지 않았다. 느릿한 걸음걸이로 짧은 계단을 내려가서 눈이 남아 있는 뒷마당으로 내려가자, 빡빡머리는 두 손을 들어 준비 자세를 취했다.
 "안에 들여보내 줘. 펜던트를 갖고 왔어."

"아무도 들이지 말라는 명령을 받았다." 남자는 간격을 좁혀 왔다. "나는 명령에 따를 뿐이야."

"그래…."

유우키는 깨달았다. 이 사람에게 협상의 여지는 없다. 그 주먹으로 쿠스노키의 명령을 충실히 수행하는 것. 그것이 이 사람의 방식이다. 유우키는 설득을 포기하고 칼을 들었다.

두 사람의 거리가 서서히 줄어들었다. 유우키는 칼을 들었지만, 두 사람의 리치에는 별 차이가 없었다. 그만큼 체격으로는 빡빡머리가 압도적이었다. 서로 공격이 닿을 만큼 거리가 가까워졌다.

남자는 거의 움직이지 않고 레프트 잽을 날렸다. 유우키는 몸을 피하면서 그 잽을 검도 기술인 손목치기로 봉쇄하려고 했다. 하지만 칼이 주먹에 다가간 순간, 주먹이 민첩하게 뒤로 빠졌다. 교대하듯 감아 들어오는 라이트 훅이 유우키의 머리를 덮쳤다.

유우키는 몸을 숙여서, 직격할 뻔한 주먹을 아슬아슬하게 피했다. 쉭 하고 주먹이 머리를 스치는 소리가 들리며 시야가 크게 기울었다. 살짝 스쳤을 뿐인데 가벼운 뇌진탕을 일으켰다. 그 주먹의 위력에 유우키는 전율을 느꼈다.

균형을 잃은 유우키를 보고 남자는 단숨에 간격을 좁혔다. 유우키는 반사적으로 머리를 두 손으로 감쌌다. 그 수를 미리 읽은 것처럼 남자의 레프트 보디블로가 유우키의 간을 파고들었다. 몸이 산산조각 나는 듯한 충격이 오른쪽 옆구리에서 온몸으로 퍼졌다. 몸 안에서 울려 퍼지는 늑골이 부서지는 소리를 들으며 유우키의 몸은 멀리 날아가서 눈 위를 굴렀다. 입에서 타액과 위액을 흘리며 눈 위에서 몸부림쳤다.

남자가 두 팔을 들어 올린 채 다가왔다. 이렇게 유리한 상황인데도 전혀 방심하지 않는 남자를 보며 유우키는 호흡을 정리했다. 늑골이 부서졌다. 이대로 싸워봤자 더 험한 꼴만 볼 것이 뻔했다. 유우키는 한쪽 무릎을 꿇은 채 남자를 노려보았다. 도박 같은 승부수를 띄우는 수밖에 없었다.

　유우키는 몸을 숙이고 남자를 향해 달렸다. 그 모습을 보고 남자는 두 다리를 벌려 체중을 밑으로 내렸다. 남자의 공격 범위에 들어가기 직전, 유우키는 슬라이딩하듯 남자의 발치로 다리부터 미끄러졌다. 권투 선수의 공격이 닿지 않는 발밑 위치, 거기로 비집고 들어갔다. 놀라서 눈을 휘둥그레 뜨면서도 민첩하게 반응한 남자는 미끄러져 오는 유우키를 향해 땅을 기는 듯한 어퍼컷을 날렸다. 망치 같은 주먹이 유우키에게 들이닥쳤다. 하지만 그 주먹은 유우키의 코앞을 스쳐 허공으로 올라갔다.

　눈 위를 미끄러진 유우키는 남자의 가랑이 사이를 빠져나가면서 머리 위로 칼을 휘둘렀다. 더없이 예리하게 갈린 칼날이 남자의 두 발목을 벴다. 강철 칼날은 남자의 아킬레스건을 아주 쉽게 끊었다.

　짐승 같은 소리를 내며 남자는 앞으로 엎어졌다. 유우키는 눈 위에서 거친 숨을 쉬며 상체를 일으켰다. 늑골이 부러진 옆구리가 타는 것처럼 아팠다. 다리로 체중을 지탱할 수 없게 된 남자는 기면서 유우키를 노려보았다.

　"…죽여." 남자가 유우키를 올려다보며 말했다.

　"죽고 싶으면 알아서 죽어. 나는 안 해."

　유우키는 가볍게 칼을 흔들어 피를 털어내고 남자를 등지며 건물로 향했다. 뒤에서 자신의 사명을 다하지 못한 남자의, 고뇌에 찬 신음 소리가 들렸다.

"SD카드는 가져왔나?"

카와하라 덕분에 아무도 없는 1층을 빠져나가서 계단을 오른 유우키를 맞이한 것은 총격도 고함도 아닌, 사야의 머리에 총을 겨눈 남자의 조용한 질문이었다.

"사야!"

사야의 모습을 본 유우키는 자기도 모르게 소리쳤다. 한 달 동안 가슴에 담아둔 마음이 끓어올라서 다음 말이 떠오르지 않았다. 사야는 뒷짐 진 자세로 손이 묶인 상태였지만 그 이상의 구속은 없었고, 피로한 기색은 엿보여도 낯빛은 나쁘지 않았다.

지금 당장 달려가서 끌어안고 싶다. 온몸에 강한 충동이 번졌다.

"…유우키." 사야가 울먹거리는 눈으로 유우키를 바라보았다.

"가져왔어. 약속대로 사야를 풀어줘."

유우키는 주머니에서 펜던트를 꺼내 들었다.

"직접 가져다준다고 약속하지는 않았을 텐데. 여기를 어떻게…. 아니, 그건 상관없어. 우선 그 펜던트를 넘겨. 그러면 이 여자는 데려가도 좋다."

쿠스노키는 권총의 격철을 젖혔다.

"웃기지 마. 풀어주는 게 먼저야. 안 그러면 넘기자마자 우리 둘을 죽일 거잖아."

"잔말 말고 넘기지 않으면 이 여자의 다리를 쏜다."

쿠스노키는 총을 내려 사야의 허벅지를 겨눴다. 사야의 표정이 굳었다.

"먼저 말해 두지만, 네가 사야를 쏘면 나는 그 순간 이 펜던트를 밟아서 부서뜨리고 너를 죽일 거야. 나는 보복을 당할지도 모

살인의 이유 441

르지만, 어찌 되든 이 펜던트 안에 있는 건 가루가 될 거야."

"…너 이 새끼." 쿠스노키는 총구를 유우키에게 향했다.

"나를 쏠 거면 한 발에 끝내. 만약 빗나가면 내가 이 펜던트를 부술 거니까."

쿠스노키는 혀를 차며 권총을 다시 사야에게 겨눴다.

교착 상태로 시간이 흘러갔다. 손대면 끊어질 듯 팽팽한 공기가 방을 가득 채웠다. 어느 쪽도 다음 행동을 취하지 못한 채 신경만 닳아갔다.

"이봐…, 이제 그만하자. 이런 한심한 짓."

유우키는 갑자기 한숨을 쉬며 몸에서 힘을 뺐다.

"한심한 짓?" 쿠스노키의 얼굴이 분노로 일그러졌다.

"그래. 이런 의미 없는 짓 그만하자고."

유우키는 칼을 가죽 재킷 안주머니에 넣고 두 손을 들었다.

"의미가 없어? 네놈이 뭘 알아?"

"다 알아. 적어도 너보다는."

유우키는 과장되게 어깨를 들먹였다.

"닥쳐!"

쿠스노키는 소리치더니 총구를 다시 유우키에게 향하고 방아쇠에 손가락을 걸었다.

"네 여동생은 이제 못 살아. 받아들여!"

유우키는 말을 칼날처럼 쿠스노키에게 던졌다. 쿠스노키의 몸이 떨렸다.

"너도 사실은 알잖아? 주치의도 설명했을 거야. 여동생을 고칠 방법이 없다고. 이미 이식할 수 있는 상태가 아니야."

"시끄러워. 해보기 전에는 몰라!"

"네가 지금 정말로 해야 할 일은 이런 게 아니야. 지금 당장 병원에 가서 여동생 옆에 붙어 있어."

"그럴 필요 없어. 그 아이는 나을 거야. 내가 고칠 거야."

쿠스노키의 눈에는 빗발이 섰고 권총을 쥔 손에는 힘이 들어가서 조준이 맞지 않았다.

"동생을 어디까지 몰아넣어야 속이 시원하겠어?"

유우키는 동정을 담은 눈빛을 쿠스노키에게 던졌다.

"네 동생은 지금까지 애썼어. 이 이상 힘들게 하지 마. 네가 받아들이지 않으면 네 동생은 마음 놓고 떠날 수 없어."

"시끄러워! 입 다물어."

쿠스노키는 뒤집힌 목소리로 히스테릭한 고함을 질렀다.

"너는 동생을 위해서 이런 짓을 하는 게 아니야. 단순한 자기만족에 동생을 끌어들인 거야."

최후의 일격 같은 유우키의 말에 쿠스노키는 온몸을 떨었다. 헐떡이듯 숨을 거칠게 몰아쉬며 떨리는 입술을 열었다.

"닥쳐! 얼른 펜던트나 내놔. 당장 이 여자의 머리를 날려버리기 전에!"

그 목소리는 어린아이의 울음소리처럼 들렸다. 쿠스노키는 총구를 사야의 관자놀이에 들이밀었다.

이제 때가 됐다. 그렇게 판단한 유우키는 움직였다.

"그렇게 원한다면 줄게."

유우키는 펜던트를 들어 올렸다가 던졌다. 불길이 타오르는 난로 쪽으로.

쿠스노키는 소리 없는 비명을 지르며 그 펜던트를 잡으러 달려갔다. 사야에게 총구를 대는 것도 잊은 채.

살인의 이유 443

펜던트가 불길 속으로 사라지기 직전, 뻗어 나온 쿠스노키의 손이 체인에 걸렸다. 그 순간, 유우키가 쿠스노키에게 전력으로 몸을 부딪쳤다. 늑골이 부러진 옆구리에 극심한 통증이 번졌다.

펜던트에 온 정신을 쏟던 쿠스노키는 균형을 잃고 머리부터 벽에 부딪혔다. 충격으로 쿠스노키의 손에서 권총이 떨어졌다. 유우키는 잽싸게 바닥에 떨어진 권총을 걷어찼다. 투박한 철 덩어리가 바닥 위를 미끄러져 구석까지 굴러갔다.

유우키는 다시 칼을 뽑아서 쿠스노키의 등에 들이밀었다. 하지만 쿠스노키는 눈치채지 못했는지 황급히 펜던트에서 마노를 뺐다.

마노가 빠졌다. 쿠스노키의 움직임이 멈췄다.

"미안. 안에 아무것도 없어." 유우키가 쿠스노키의 모습에 연민을 느끼며 말했다.

SD카드는 버리고 왔다. 최악의 결과가 나왔을 때, SD카드가 없으면 그나마 협상의 여지를 만들 수 있을 것이라고 생각했다. 그리고 무엇보다 출산을 앞두고 행복해하는 여성을 위험에 빠뜨릴 수는 없었다.

"거짓말이야. 거짓말…"

쿠스노키는 몸을 둥글게 말고 혼이 빠져나간 사람처럼 중얼거렸다. 유우키는 칼을 물렸다. 권총이 있든 없든 이제 쿠스노키는 공격할 수 있는 상태가 아니었다.

사야에게 달려간 유우키는 사야의 손에 묶인 밧줄을 칼로 잘랐다.

"유우키!"

사야는 자유로워진 두 손을 유우키의 목에 감고 힘껏 매달렸다. 유우키는 그 가녀린 몸을 끌어안았다.

한 달이라는 시간을 메우듯 두 사람은 서로의 체온을 확인했다.

말은 필요 없었다. 상대를 안는 팔의 힘이, 서로의 체온이 마음을 전했다. 세상에 둘뿐인 것 같은 행복감이 두 사람을 감쌌다.

두 사람의 시간을 방해하듯 방 안에 전자음이 울렸다. 유우키와 사야는 서로 껴안은 채 얼굴을 소리가 나는 방향으로 돌렸다.

난로 옆 테이블에 놓인 전화기가 벨 소리를 울렸다. 입을 반쯤 열고 공포를 담은 표정으로 쿠스노키가 기듯이 전화기로 다가갔다. 쿠스노키는 떨면서 수화기를 귀에 댔다. 짧은 침묵 후, 그 표정이 얼어붙었다. 수화기가 바닥에 떨어져 건조한 소리를 냈다.

유우키와 사야는 숨을 멈추고 그 광경을 지켜보았다. 전화가 어디에서 걸려 왔는지, 어떤 내용을 전했는지, 두 사람은 상상도 되지 않았다.

쿠스노키의 반쯤 열린 입에서 목소리가 새어 나왔다.

"…유코가, 죽었어."

쿠스노키의 표정이 불길에 닿은 양초처럼 일그러졌다.

유우키는 눈을 감았다. 신의 장난 같은 타이밍이었다. 병세가 그리 심각했으니 오히려 용케 지금까지 버텼다고 표현해도 이상하지 않다.

"왜…, 왜, 나는 유코 옆에 있지 않았지? 나는 뭘 한 거지…?"

쿠스노키는 잠꼬대처럼 중얼거리더니 자기 발목으로 손을 가져갔다. 바짓단을 걷어 올리자, 발목에 감긴 권총집이 드러났다. 쿠스노키는 권총집에서 손안에 들어오는 크기의 작은 권총을 꺼냈다.

큰일이다. 유우키는 눈을 부릅뜨며 진작 쿠스노키의 몸을 확인하지 않은 것을 후회했다. 권총을 든 쿠스노키의 손이 올라갔다.
"엎드려!"
유우키는 외치면서 사야를 바닥에 밀어 넘어뜨렸다. 방패가 되어 사야 위를 덮었다. 그런데 엎드린 자세에서 뒤돌아본 유우키의 눈에 들어온 광경은 뜻밖의 모습이었다. 쿠스노키는 꺼낸 권총 총구를 두 사람에게 겨누지 않고 천천히 자기 입에 넣었다.
"안 돼!" 유우키가 외쳤다.
"…내가 폐 끼쳤네."
총을 입에 문 채 웅얼거리듯 말하는 쿠스노키의 얼굴에 떠오른 미소는 꺼지기 직전의 향불 같았다. 그리고 귀청을 찢는 총성이 방 안에 울렸다.
총성의 메아리가 사라질 때까지, 유우키와 사야는 움직이지 않고 바닥에 엎드려 있었다.
"…사야, 가자."
폭발음의 잔향이 귀에서 가시기를 기다렸다가 유우키가 몸 아래에 있는 사야에게 말했다.
"그 사람은…."
"죽었어. 저쪽은 보지 마."
유우키가 사야에게 손을 빌려주며 말했다. 일어선 사야는 창백한 얼굴로 고개를 끄덕였다.
"얼른 뒷문으로 도망치자."
유우키는 사야의 손을 당기며 빠른 걸음으로 계단을 내려갔다.
"아직 저 사람의 동료가 있어?" 사야는 불안한 표정을 지었다.
"아니. 저 자식의 동료가 아니야. 훨씬 위험한 놈이야. …비교가 안 될 정도로."

 1층으로 내려온 유우키는 주변을 경계하며 부엌과 실외를 연결하는 문을 천천히 열었다. 바깥의 광경을 본 사야가 비명을 질렀다. 문밖에는 목에서 피를 흘리며 눈을 감은 빡빡머리 남자의 시신이 있었다.

16
마츠다 코조

 미사키의 집에서 네 시간 가까이 차를 몰아 메모에 적힌 주소에 온 마츠다와 이시카와를 맞이한 것은 몇 번의 총성이었다. 차 안에서 길을 확인하던 두 사람은 순간 시선을 교환하고 허둥지둥 차에서 내려서 총성이 들린 숲속으로 달렸다.
 길이 험한 숲 안쪽으로 나아가는데, 나무들 너머에 사람 형체가 보였다.
 흐릿하게 달빛이 비쳐 드는 숲속에서 보이는 광경에 두 형사는 눈을 의심했다. 어두운 숲속에서 키 큰 남자가 권총을 든 남자들을 베어 죽이고 있었다.
 두 남자를 죽인 그 인물은 칼에 묻은 피를 털어내고 도망친 금발 남자를 쫓아서 숲 안쪽으로 갔다. 너무나 현실감 없는 광경에 마츠다는 멍하니 서 있었다. 눈앞에서 사람이 참살당하는 괴이한 광경이 펼쳐졌기 때문만은 아니었다. 마츠다는 키 큰 남자를 안다. 아주 자연스럽게 적의 급소에 칼을 꽂아 넣는 그는 마츠다가 잘 아는 사람이었다.

저 사람이 왜 여기에 있지? 게다가 두 남자를 죽이던 그 손놀림….

그가 검도의 달인이라는 사실은 소문으로 들어 알고 있었다. 전일본 검도 선수권, 일본 최고의 검객을 정하는 대회에도 출전했다고 들었다. 하지만 아무리 달인이어도 그렇게 망설임 없이 사람을 벨 수는 없다. 그것은 분명히 여러 번 사람을 죽여본 자의 솜씨였다.

미사키 유우키는 틀림없이 잭과 관련이 있다. 하지만 잭 본인은 아니라고 짐작하고 있었다. 그렇다면…. 마츠다의 머릿속에 한 가지 결론이 떠올랐다.

"저놈이…. 이시카와, 가자."

이시카와에게 말하며 남자의 뒤를 쫓으려던 순간, 숲 안쪽에서 비통한 단말마가 울려 퍼졌다. 마츠다는 뽀글머리의 시신 옆에 떨어진 권총을 주워서 숲속으로 나아갔다. 이시카와도 멍한 표정으로 뒤를 쫓아왔다.

몇십 초 나아가자, 목에서 많은 피를 흘리며 힘없이 늘어진 금발 남자 옆에 키 큰 남자가 서 있었다. 마츠다는 그 등에 총구를 겨눴다.

"너 이 자식, 뭐 하는 거야!"

마츠다의 호통이 숲을 울렸다. 남자는 천천히 뒤를 돌아보았다.

"칼 버려. 살인 현행범으로 너를 체포한다."

"…마츠다 씨? 용케 여기까지 알아내셨군요."

남자는 우악스러운 칼을 든 채 미소 지었다. 옅게 비쳐 드는 달빛에 반사된 그 인공적인 미소를 보자, 마츠다의 몸이 떨렸다.

"이시카와, 수갑 준비해 놔. 절대 저놈한테서 눈을 떼지 마. 저놈이 잭이야. 상대는 미친 살인범이고, 심지어 검도의 달인이야."

마츠다는 옆에 선 이시카와에게 작은 소리로 말했다.

"잭이요? 네? 저 사람이요? 그게 무슨…."

아직 상황을 이해하지 못한 이시카와는 허둥대며 수갑을 꺼내고는 마츠다와 남자를 몇 번 번갈아 보았다.

"마츠다 씨도 봤잖습니까, 저놈들이 든 무기를. 그래요, 지금 당신이 든 그겁니다. 그 권총으로 무장했단 말입니다. 이건 정당방위예요."

남자는 두 사람을 향해 유유히 걸어왔다.

"움직이지 마. 칼 버려. 그렇게 무식하게 커다란 칼을 휘두르면서 뭐? 정당방위? 잠꼬대도 정도껏 해. 마지막 놈은 도망치는 걸 쫓아가서 죽였잖아."

마츠다는 입에서 침을 튀기며 소리쳤다. 몇 번이나 지옥 같은 현장을 헤쳐 나온 마츠다의 감이 최대급 위험 신호를 보냈다. 지금 당장 여기에서 벗어나라고.

"그건 설명하겠습니다. 이유가 있습니다."

"이유는 취조실에서 얼마든지 들어줄게. 그러니까 움직이지 마. 움직이면 그때는 진짜 쏜다. 난 알아. 안다고."

마츠다는 침을 삼키며 남자를 노려보았다.

"네놈이 잭이잖아! 안 그래? 다나카!"

남자의 얼굴에서 웃음기가 가셨다. 표정이 사라진 그 얼굴이 마츠다에게는 데스마스크처럼 보였다.

17
카와하라 쵸타로

"카와하라입니다."
 카와하라는, 경시청 형사부 수사1과 제3강행범수사 제6계 소속 카와하라 쵸타로 순사부장은, 십몇 미터 앞에서 권총을 든 동료 마츠다에게 말했다. 평소와 다름없이 지나치게 정중한 말투로.
 "뭐? 무슨 소리야?"
 탁한 목소리로 외치는 마츠다의 이마에는 이 얼어붙을 듯한 추위에도 땀이 맺혀 있었다.
 "제 이름이요. 다나카가 아니라 카와하라입니다. 카와하라 쵸타로."
 "뭐? '카와하라'? 네놈은 다나카잖아. 무슨 소리를 하는 거야?"
 그게 내 진짜 이름이야. 카와하라는 살짝 눈을 가늘게 떴다. 살의가 조금 새어 나가고 말았는지 마츠다가 움찔하며 몸을 떨었다.
 카와하라는 두 형사와 대치한 채 과거를 떠올렸다. 자신이 아버지를 죽인 지 2년쯤 지났을 때, 어머니는 재혼했다. 작은 우체국 국장이던 다나카라는 이름의 재혼 상대는 변변찮기는 해도 성실한 남자였다. 아버지와는 전혀 다른, 마냥 선량한 일반인이었다. 그래서 어머니의 재혼을 진심으로 기뻐할 수 있었다. 그리고 카와하라는 어머니가 강하게 원해서 그 재혼 상대에게 입양되어 '다나카 죠타로'가 되었다.

희한하게도 아버지의 성인 '카와하라'를 버리자, 사춘기부터 늘 몸을 채웠고, 아버지를 죽인 이후에도 사그라들기는커녕 부풀어만 가던 파괴 충동이 신기루처럼 사라졌다.

어머니가 재혼했을 때 이미 검도부 담당 교사가 추천한 대로 경시청에 들어가 있던 카와하라는 어머니의 새로운 삶에 방해가 되지 않도록 가능한 한 다나카 가문과 거리를 두었다. 그리고 어머니가 행복하기를 바랐다.

검도 실력을 인정받아 기동대에 배속됐지만, 경시청에 들어온 뒤로 늘 형사가 되기를 희망한 이유는 여자친구의 목숨을 앗아간 범인의 단서를 찾을 수 있지 않을까 하는 엷은 기대가 있어서였을 것이다. 그런데 경찰관이 된 지 몇 년이 지나서야 소망이 이루어졌고, 관할서 형사가 되자마자 그것이 얼마나 비현실적인 기대였는지 깨달았다. 경찰본부가 대규모로 수사했는데도 찾지 못한 범인을 하루하루 근무에 쫓기는 일개 경찰관이 찾아내는 것은 애초에 불가능했다.

마음속 깊은 곳에서 여자친구를 죽인 범인에 대한 증오의 불꽃이 남아 있음을 느끼면서도 '카와하라'라는 이름을 버린 자신은 복수하겠다는 충동에 몸을 맡기지도 못하고 그저 담담히 주어진 일을 해 나갔다.

사랑하던 여자를 잃고 가슴에 깃든 어둠을 잃어서 텅 비어 버린 자신에게 남은 삶의 이유는 대가 없는 사랑을 부어준 어머니의 행복뿐이었다.

그래서 자신에게서 세가와 료코를 빼앗은 사카모토 미츠오가 재작년에 TV에서 자신만만하게 사건을 이야기했을 때, 그놈이 법으로 심판받지 못하는 불합리함에 몸서리쳤을 때, 가슴속에서 증오가 불타오르는 것을 느끼면서도 사카모토의 목을 벨 생각은 하지 않았다.

형사로서 오랫동안 쌓아온 경험을 통해 범죄자의 가족이 얼마나 혹독한 취급을 받는지 뼈아플 정도로 알고 있었다. 사카모토 미츠오를 죽이고 자신이 체포되면 이제야 작은 행복을 손에 쥔 어머니가 또다시 나락으로 떨어질 것이다.

참았다. 가슴속 깊은 곳에서 날뛰는 어두운 욕망을 필사적으로 억누르며 유일한 가족인 어머니를 위해 참았다. 하지만 그런 어머니가 사라지고 말았다. 작년 1월, 남편과 함께 새해 첫 참배를 다녀오던 길에 어머니는 갑자기 두통을 호소하다가 의식을 잃었다.

지주막하출혈이었다. 병원으로 응급 수송됐지만 의식은 돌아오지 않았고 몇 시간 후에 어머니는 허무하게 세상을 떠났다.

자신은 전부를 잃었다. 가슴속에서 키워오던 괴물을 묶어둘 족쇄마저도….

어머니가 돌아가신 뒤에 바로 양아버지와 논의해서 파양 절차를 밟았다. 다시 친아버지의 성을, '카와하라'를 되찾아야 했다. 그 남자의 성을 되찾음으로써 30년 동안 필사적으로 억눌러온 가슴속 깊은 곳에서 꿈틀대는 악마를 완전히 풀어놓기 위해.

그리고 '카와하라 죠타로'로 돌아왔을 때, 진짜 자신으로 돌아왔음을 실감했다.

성을 '카와하라'로 되돌렸다는 사실은 절차상 반드시 알려야 하는 사람에게만 알렸다. 그래서 지금도 수사1과에서는 다들 자신을 '다나카'라고 부른다. 그런데 이제 그 이름으로 불릴 때마다 미간이 찌푸려질 정도로 위화감이 든다. 그것은 자신의 진짜 이름이 아니니까….

"이름은 상관없어. 네놈이 잭이야. 드디어 찾았다. 각설하고 칼 버려."

침묵의 중압감을 견디기 힘들었는지 마츠다가 자신을 고무하듯 큰 소리로 외쳤다.

카와하라는 시선을 마츠다가 든 총에 쏟았다. 방아쇠에 손가락이 걸려 있다. 쏘겠다는 말은 단순한 협박이 아니다.

카와하라는 뺨 근육을 살짝 움직였다. 처음 알게 된 뒤로 계속 자신을 적대시해 온 저 형사. 하지만 카와하라는 속으로 마츠다를 형사로서 더없이 높게 평가했다.

마츠다가 행동 기반에 두는 형사의 감. 그것은 정말 훌륭했다. 그 증거로 갈팡질팡하는 수사본부에서 유일하게 마츠다는 미사키 유우키에게 의심의 눈초리를 던졌고, 다소 느리기는 해도 확실히 사건의 진상에 다가섰다.

마츠다가 이상하리만치 자신을 싫어한 이유를 카와하라는 알고 있었다.

그 형사의 감이 내 가슴속에서 꿈틀대는 어둠을 감지했겠지. 실로 뛰어난 후각이다. 마츠다는 수사본부에서 유일하게 경계해야 할 존재였다.

그래서 나는 일부러 사건 현장에 흉기를 남겼고 마츠다의 평가를 떨어뜨려서 수사의 중심에서 멀어지게 했다. 그런데도 어찌 된 일인지 그는 이 전장에 와서 마침내 잭의, 나의 정체를 밝혀냈다.

그는 뼛속까지 '형사'다. 그렇다면….

"너는 유능해…."

카와하라는 다시 미소 지었다. 몇십 초 전에 보여주던 가식적인 미소가 아니라 살인범 '카와하라'의 진짜 미소를.

살기에 관통된 마츠다의 전신이 경직되는 것을 눈으로 포착한 순간, 카와하라는 몸을 숙이고 미끄러지듯 움직여서 순식간에 간격을 좁혔다.

"제기랄!"

마츠다는 소리치면서 권총을 쐈다. 무성한 잎사귀가 보름달을 감춘 밤하늘을 향해서.

"그래, 첫 발은 위협사격. 형사 매뉴얼 대로군."

마츠다의 몸에 바싹 붙어 들어온 카와하라는 칼을 아래쪽으로 겨누며 말했다.

얼굴을 찌푸린 마츠다는 하늘로 들어 올린 권총 그립으로 카와하라의 측두부 쪽을 내리쳤다. 하지만 그립이 관자놀이를 때리기 직전, 카와하라는 왼손을 들어 마츠다의 팔꿈치 안쪽을 가볍게 눌렀다. 균형을 잃은 타격은 카와하라의 머리 옆을, 허공을 가르며 떨어졌다.

"너는 정말 유능한 형사였어."

카와하라가 미소 지으며 말했다. 마츠다의 눈이 희미한 달빛을 창백하게 반사하는 칼날에 빨려 들었다. 다음 순간, 달빛이 번득였다.

"이시카와 도망쳐!"

목덜미에 칼이 들어가기 직전, 마츠다는 온 힘을 끌어모은 목소리로 절규했다. 그 목소리를, 마츠다의 왼쪽 목덜미에 꽂힌 일격이 잘라냈다.

마츠다의 목덜미에서 혈액이 뿜어져 나왔다. 떨어지는 혈액을, 카와하라는 피하지 않았다. 감미로운 저릿함이 남는 오른팔을, 마츠다의 혈액이 따뜻하게 적셨다.

"아아…"

하늘을 올려다본 카와하라의 얇은 입술 사이에서 황홀한 한숨이 새어 나왔다.

쾌감의 파도에 몸을 맡긴 카와하라의 고막을, 눈 밟는 소리가 흔들었다.

극도의 행복을 방해받은 카와하라는 미간에 주름을 잡으며 소리가 난 방향을 보았다. 마츠다와 파트너인 젊은 관할서 형사 이시카와가 죽을힘을 다해 도망치고 있었다.

하는 수 없다. 카와하라는 가볍게 혀를 차고 발치에 떨어진 권총을 주웠다.

저래 봬도 형사라고 이시카와는 눈길에도 휘청거리지 않고 건물 쪽으로 나아갔다. 카와하라는 몸을 숙이고 달렸다. 숲을 빠져나가서 이시카와를 쫓아 별장 뒤편으로 나갔다.

별장 뒤편에 펼쳐진 광경을 보고 카와하라는 작은 실망을 느꼈다. 뒷문 근처에 빡빡머리 거구가 쓰러져 있었다. 처음에는 미사키 유우키가 남자를 죽인 줄 알았다. 하지만 그 남자는 눈 위를 애벌레처럼 기어서 건물을 향해 가고 있었다.

왜 끝내지 않았지? 사람을 넷이나 죽였으면서 이제 와서 적에게 연민을 느낀다고? 어찌 이리 무르단 말인가. 이곳은 이미 전장인데.

이시카와는 건물 맞은편 숲으로 도망치려고 했다. 숲에 들어가면 귀찮아진다. 카와하라는 권총을 두 손으로 잡고 세 번 방아쇠를 당겼다. 총성이 메아리쳤다.

탄환 세 발 중 한 발이 이시카와의 허벅지를 꿰뚫었다. 작은 동물 같은 비명이 터졌다.

성공적이다. 카와하라는 만족했다. 사격에는 그다지 능하지 않다. 한 발이라도 맞춰서 움직임을 막았으니 충분하다.

이시카와는 허벅지를 누르며 눈 위를 굴렀다. 출혈은 심하지 않았다. 운 좋게 동맥은 피한 모양이다.

"아니, …운이 나쁜 건가."

카와하라는 중얼거렸다. 동맥에 맞아서 과다출혈로 죽었다면, 지금부터 맛볼 공포를 느끼지 않아도 됐을 텐데. 카와하라는 이시카와보다 먼저 건물 근처에 쓰러져 있는 빡빡머리에게 다가갔다. 남자는 권총을 들고 다가오는 카와하라를 보고도 표정을 바꾸지 않았다.

남자의 발목에 시선을 던졌다. 양발 아킬레스건 근처에서 큰 상처가 입을 벌리고 있었다. 카와하라는 손에 든 권총을 던지고 칼을 꺼냈다. 붉은 피가 희미하게 남은 칼날을 보고도 빡빡머리는 여전히 표정을 바꾸지 않았다.

"훌륭하군. 고통스럽지 않게 보내주지."

카와하라가 칼을 아래로 잡고 휘두르자, 동시에 빡빡머리는 두 손으로 상반신을 밀쳐 올려서 망치 같은 주먹을 내질렀다. 하지

살인의 이유 457

만 하반신에 가속이 붙지 않은 그 펀치는 인간의 반응 한계를 뛰어넘는 속도로 다가오는 죽도 끝을 40년 가까이 봐온 카와하라에게 슬로모션처럼 보였다.

카와하라는 머리를 살짝 움직여 그 주먹을 피하면서 칼을 아래로 잡은 채 포옹하듯 남자의 목에 팔을 감았다. 칼끝이 남자의 연수에 빨려 들어갔다.

생명 활동의 중추가 파괴된 남자의 몸은 크게 한 번 경련하고 카와하라 쪽으로 축 늘어졌다. 카와하라는 남자의 몸을 경쾌하게 피한 뒤, 지금까지 난투를 벌이느라 흐트러진 넥타이를 깔끔하게 바로잡았다. 남자의 거대한 몸이 땅에 부딪혀 무거운 소리를 냈다.

카와하라는 정돈된 넥타이에 만족하며 이시카와에게 시선을 던졌다. 괴이한 기대를 담은 시선. 몇십 미터 앞에서 쓰러진 이시카와가 공포에 찬 비명을 질렀다. 그 목소리는 카와하라의 귀에 아름다운 클래식 선율처럼 기분 좋게 울렸다.

이제 벨 상대가 범죄자든 아니든 상관없었다.

사회를 위해 범죄자를 벤다는 명목은 마츠다를 벤 순간에 무너졌다. 하지만 딱히 동요를 느끼지는 않았다. 속으로는 '사회를 위해서'라는 대의명분이 넘칠 듯 끓어오르는 살인 충동을 합리화하기 위한 한낱 소품임을 알고 있었다. 범죄자를 희생양으로 삼은 이유는 단순히 그러는 편이 강한 쾌감을 얻을 수 있어서였다. 하지만 마츠다를, 그 동물적인 후각으로 활약하던 동료 형사의 목을 벤 순간, 범죄자들을 벴을 때를 뛰어넘는 쾌감을 얻었다.

카와하라는 몸 안에서 꿈틀대는 살인 충동을 억누르겠다는 생각을 이미 접었다. 가슴에 깃든 이 악마는 언젠가 자신의 목을 조를 것이다. 하지만 그래도 상관없었다. 생명이 다할 때까지 이 충동에 몸을 맡기리라. 일그러진 미소를 지은 카와하라의 뇌리에 한 남자가 떠올랐다.

미사키 유우키. 자신과 똑같은 살인자. 자신과 똑같은 허무를 가슴속에서 키우는 자. 그의 목을 베면, 틀림없이 아버지를, 사카모토를, 그리고 마츠다를 죽인 순간을 능가하는 쾌감을 얻을 수 있을 것이다. 감미로운 기대감으로 카와하라의 전신이 떨렸다.

그렇다면, 우선 방해꾼을 처리하자. 카와하라는 이시카와를 향해 걸음을 뗐다. 카와하라는 걸으면서 칼날을 보았다. 오늘만 해도 이미 다섯 명의 피를 흡수한 칼날에서 살짝 이가 빠졌다. 아무리 강도 높은 군용 칼이어도 날은 무뎌진다.

뭐, 상관없다. 베야 하는 자는 이제 많지 않다.

이시카와 옆에 도착한 카와하라는 희롱하듯 천천히 칼을 치켜들었다. 이시카와가 굳게 눈을 감았다.

아픔 따위 느낄 틈도 없을 것이다. 칼을 내리치려고 팔에 힘을 준 카와하라의 귀에 문이 삐걱거리며 열리는 소리가 들려왔다.

칼을 치켜든 채 건물 쪽을 보았다. 뒷문이 열려 있었다. 문 앞에서 소녀를 보호하듯 선 미사키 유우키가 날카로운 눈으로 카와하라를 노려보고 있었다.

18
미사키 유우키

"이, 이 사람, 유우키가, 이런 거야?"

사야가 빡빡머리의 시신을 보며 떨리는 목소리로 물었다.

"아니. 나는 아니야. 나는 발목을 벤 게 다야. 죽이지 않았어."

대답한 유우키의 시선은 이미 빡빡머리가 아닌 다른 곳으로 옮겨갔다. 15미터쯤 앞에 선, 뜬금없게 느껴질 정도로 정갈한 정장을 입고 오른팔을 피로 검붉게 물들인 키 큰 남자에게로. 그 발치에는 젊은 남자가 쓰러져 있었다.

키 큰 남자가 고개를 들고 이쪽을 보았다. 유우키와 남자의 시선이 부딪혔다. 그 순간, 유우키는 확신했다. 그가 잭, 카와하라 죠타로임을.

끝이 보이지 않을 정도로 깊고 어두운 두 눈. 유우키는 그 눈에 익숙했다. 카와하라가 조종하는 대로 살인을 범하던 당시, 거울 속 자신이 내뿜던 것과 똑같은 어둠을 품은 눈.

키 큰 남자, 카와하라는 십년지기와 마주친 것 같은 미소를 지었다. 그 눈에 어두운 욕망이 이글거리는 것을 보자 등골이 오싹했다.

"그럼 누가 이런 짓을…."

중얼거리며 시신에게서 눈을 돌린 사야가 유우키의 시선 끝을 보고 카와하라의 존재를 알아차렸다.

"어?" 사야는 작게 소리를 냈다.

"왜 그래?"

"저 사람…, 만난 적 있어. 어제 아파트 앞에서 잠깐 마주쳤어…."

"…그랬구나."

카와하라는 역시 사야와 접촉했다. 저놈에게 사야를 찾아내는 것쯤은 큰일도 아니었을 것이다.

아이러니하게도 저놈은 경찰관, 경시청 형사부 수사1과 형사니까.

약 두 달 전, 요시다 마사코에게 카와하라의 직업을 들은 순간, 유우키는 납득했다. 잭이 어떻게 그렇게 범죄자들을 꿰고 있었는지, 어떻게 그렇게 범죄를 저지르고도 꼬리를 잡히지 않았는지. 카와하라가 형사라서 잭에 대한 수사가 어떻게 돌아가는지 알고 있었다면, 그랬을 만하다.

문득 유우키는 카와하라의 발치에 쓰러져 있는 남자를 보았다. 살아 있기는 하지만, 거의 움직이지 않는 것을 보니 다친 모양이다. 처음에는 야쿠자인가 했는데, 정장을 입은 남자의 모습은 도무지 야쿠자 같지 않았다.

유우키는 눈을 가늘게 떴다. 어쩐지 남자의 얼굴이 낯익었다.

"…아야."

남자가 누구인지 떠올랐다. 예전에 집에 찾아온 그 형사 두 명 중 한 명. 어떻게 이곳을 알아냈는지 모르지만 유우키를 쫓아왔을 것이다.

카와하라는 이제 상대가 경찰이어도 주저 없이 죽이려고 한다. 악인만, 범죄자만 죽인다는 명목을 이미 저버렸다.

유우키는 옆에 선 사야에게 시선을 던졌다.

"사야…, 도망가."

"뭐? 무슨 말이야?"

"설명할 시간이 없어. 저놈은 위험해. 저놈이 연쇄 살인범 잭이야. 제발, 도망쳐. 뒤쪽 숲을 빠져나가면 도로가 나오는데 거기서 2킬로 정도 내려가면 민가가 있어. 거기서 경찰을 불러."

유우키는 주머니에서 물품 보관함 열쇠를 꺼내서 사야의 손에 쥐여 주었다.

"이케부쿠로역에 있는 물품 보관함이야. 그 안에 필요한 물건이 전부 들어 있어. 여기서 도망쳐서 경찰을 부른 다음에 바로 거기로 가."

"잠깐만. 잭이라니, 무슨 말이야? 유우키는 어쩌려고?"

유우키의 상의 자락을 붙잡으며 사야는 필사적으로 물었다.

"바로 뒤따라갈게. 보관함 안에 만날 장소랑 시간을 적은 종이가 있어. 그러니까 지금은 도망쳐."

거짓말이었다. 보관함 안에 둔 편지 내용은 사야를 향한 마음과 감사, 그리고 지금까지 자신이 저지른 죄의 고백뿐이었다.

아직 사야와 있고 싶었다. 사야에게 작별 인사를 하고 싶었다. 하지만 지금은 무엇보다도 사야를 이 전장에서 멀어지게 하는 것이 중요했다.

유우키는 사야의 몸을 밀었다. 카와하라가 이쪽을 향해 걸음을 뗐다.
"잠깐만, 유우키. 싫어. 혼자 도망치기는 싫어." 사야가 매달렸다.
"도망가. 제발 도망가. 안 그러면 둘 다 죽어. 어서 가!"
유우키는 사야를 떼어내고 소리쳤다. 그 기세에 눌려 사야가 뒷걸음질 쳤다. 가야 할지 망설이고 있다.
"어서 가. 나를 위해 가줘."
유우키는 사야의 눈을 보고 조용히 말했다. 두 사람의 시선이 부드럽게 얽혔다.
사야는 입술을 깨물고 몸을 돌려 카와하라와 반대편에 있는 숲으로 달렸다.
몇 번이나 뒤를 돌아보며 나무들 사이로 사라지는 사야의 뒷모습을 바라보다가 유우키는 품에서 칼을 뽑았다.
"처음 뵙겠습니다, 라고 해야 하나요?"
몸의 중심을 낮추는 유우키를 향해 천천히 간격을 좁힌 카와하라가 말을 걸었다.
"가까이 오지 마." 유우키는 칼을 쥔 손에 힘을 주었다.
"뭘 그렇게 겁냅니까? 우리는 원래 파트너잖아요. 게다가 저 소녀가 납치된 걸 알려준 사람은 접니다."
"그래, 너한테 고마워. 이제 너를 고발하지 않을게. 네가 범인이라는 증거도 전부 넘길게. 그러니까 얼른 다른 데로 꺼져."
유우키는 칼을 정중앙에 들고 자세를 취하며 말했다. 하지만 카와하라는 걸음을 멈추지 않았다.
"거짓말이죠."

카와하라는 입꼬리를 올리며 무감정한 미소를 만들었다. 두 사람 사이의 거리는 몇 미터까지 가까워졌다.
"당신은 거짓말을 하고 있어요."
"나를 죽이면 네가 범인이라는 증거가 다른 사람 손에 넘어갈 거야."
유우키는 작게 한숨을 쉬며 요동치는 심장을 진정시켰다. 어떻게든 저놈과의 전투는 피하고 싶었다.
"당신을 죽이든 죽이지 않든 결국에는 누군가에게 넘어가는 것 아닙니까? 아니, 이미 넘어갔을지도 모르죠."
카와하라는 아직 공격 자세를 취하지 않고 한 걸음 더 다가왔다. 한 걸음만 더 나오면 서로 공격이 닿는 범위에 들어온다. 카와하라의 눈에 떠오른 광기를 보고 유우키는 각오를 굳혔다. 앞에 있는 놈과 피로 피를 씻는 추한 목숨 쟁탈전에 임하겠다고.
살인마끼리 죽고 죽이는 것. 우리 같은 악인들에게는 그게 어울린다.
"그래, 네가 말한 대로야. 사건의 진상을 기록한 자료를 어떤 사람한테 보냈어. 네가 무슨 짓을 하든 너는 교수대 행이야."
유우키는 도발하듯 말했다. 카와하라의 집중력을 조금이라도 흩트리고 싶었다.
"그렇지도 않습니다." 카와하라의 말투에서 동요하는 기색은 보이지 않았다.
"무슨 소리야? 끝이라니까. 너는 체포될 거야."
"우사미 마사토…."
혼잣말처럼 조용히 뱉은 말에 허를 찔려 유우키는 경직됐다.
"어떻게…?"

"실망입니다. 그렇게 뻔히 보이는 반응이라니. 역시 그 사람이었군요. 당신을 죽이고 휴대전화 통화 기록을 뒤져볼 생각이었는데, 수고를 덜었습니다."

그저 떠보는 말이었음을 깨닫고 유우키는 표정을 구겼다.

"당신이 정보를 너무 많이 줬습니다. 그 사람은 수사본부에 함구령이 떨어진 트럼프 관련 정보를 폭로한 것도 모자라서, 최근에는 잭에게 공범이 있을 가능성은 없냐고 수사관들을 들쑤시고 다녔습니다. 누가 봐도 너무 많이 알고 있었죠. 우선 당신을 죽이고 그다음에 방금 도망친 소녀와 우사미를 죽이러 가겠습니다."

"…진심이야?" 유우키는 카와하라를 노려보았다.

"당연히 진심이죠. 제가 안 그럴 것 같습니까?"

"…아니, 그럴 것 같아." 유우키는 가볍게 고개를 흔들었다. "너는 자경단도 뭣도 아니야. 그냥 쾌락 살인자야. 사람을 죽이고 싶어서 못 견디겠지? 정의를 위해 악인을 죽인다고? 미친놈이 자기를 포장하고 있는 거잖아."

"쓰레기는 누군가가 정리해야 합니다."

카와하라의 얼굴에서 인위적인 표정이 사라졌다. 두 눈이 빈 구멍처럼 깊고 검어졌다.

"누구를 죽이고 누구를 살릴지를 왜 네가 결정하지?"

"놈들이 죽는 편이 훨씬 좋다는 건 누구나 압니다."

"우사미랑 방금 도망친 여자아이. 그 둘도 죽어야 하는 사람이라는 뜻인가?"

"당신이 자초한 일입니다. 어쩔 수 없습니다." 카와하라는 칼을 중간 높이로 들고 자세를 취했다.

"나도 죽어야 하는 놈을 알아. 살인자. 너랑…, 나야."

유우키는 비스듬하게 든 칼끝을 카와하라에게 겨눴다.
"당신과 나는 서로 이해할 수 있을 줄 알았습니다. 아쉽군요."
"너를 이해할 수 있는 인간은 없어. 이제 너 혼자서는 멈출 수 없지? 내가 멈추게 줄게."
"…네, 그렇습니다. 저는…, 나는 이제 멈추지 않아. 막고 싶으면 그 칼로 막아 봐!"
두 사람은 칼을 겨눈 채 눈 위에서 재빠르게 가까워졌다. 몇 센티미터까지 거리가 좁아지자, 두 사람의 공격 범위가 겹쳤다. 두 사람은 동시에 움직였다.

19
난바 사야

부드러운 눈이 쌓인 숲은 상상 이상으로 걷기 힘들었다. 보름달 빛도 무성한 잎에 가려서 숲속은 어둠으로 가득했다. 사야는 몇 번이나 발을 헛디뎠다.

그 사람은 누굴까? 커다란 칼을 한 손에 들고 오른손을 피로 물들인 채 표정 없는 얼굴로 이쪽을 보던 중년 남자. 유우키는 그 남자가 '잭'이라고 했다. 정말 그 말이 사실일까? 유우키는 그 남자와 어떤 관계일까?

그 남자를 떠올리자, 추위와는 다른 이유로 몸이 떨렸다. 작은 동물이 육식동물을 봤을 때 느끼는 근원적인 공포. 그 남자는 위험하다. 사야의 본능이 그렇게 말했다.

"유우키…" 사야는 걸음을 멈추고 뒤를 돌아보았다.

유우키가 강한 것은 안다. 하지만 그 남자와 싸우고도 무사할 것 같지는 않았다. 그는 병을 앓고 있다. 죽음에 이르는 병을.

"바로 뒤따라갈게." 유우키가 그렇게 말했을 때, 사야는 그 말이 거짓임을 눈치챘다. 그와 몇 개월을 함께 살면서 거짓말 정도는 알 수 있게 되었다.

유우키는 목숨을 버려서라도 나를 구하려고 한다. 그것이 그의 마지막 소원임을, 유우키의 눈을 본 순간 알았다. 그래서 유우키가 시키는 대로 도망쳤다.

하지만 그래도 괜찮은 걸까?

계속 도망만 쳤다. 이모네 가족에게서 도망쳤고, 고향에서 도망쳤고, 에미를 구하는 것으로부터 도망쳤고, 그리고 유우키의 진짜 모습을 아는 것으로부터도 도망쳤다.

무엇 하나 제대로 마주하려고 하지 않고, 계속 도망쳤다. 만약 여기서도 도망치면 살아남아도 평생 후회를 짊어지게 될 것이다. 사야는 굵은 나무줄기에 손을 짚었다. 내뱉은 숨이 하얗게 얼었다.

"안 돼! 그런 건 절대 안 돼!"

사야는 외쳤다. 자신의 망설임을 떨쳐내듯이.

이제 도망치지 않을 것이다. 설령 목숨이 위험해지더라도. 사야는 몸을 돌려 암흑이 떠도는 숲속을, 자신의 발자국에 기대어 왔던 길을 되돌아갔다.

다시 한번, 사랑하는 사람을 만나기 위해서.

20
미사키 유우키

　잘려 나간 가죽 재킷 왼팔 부분에서 피가 흘러나왔다. 운 좋게 동맥은 피한 것 같지만, 그래도 출혈은 적지 않다. 유우키는 숨을 헐떡이며 카와하라를 보았다. 카와하라는 호흡을 흐트러뜨리지도 않고 무표정하게 칼끝을 유우키에게 겨눴다.
　실력 차이가 너무 크다. 유우키는 힘의 차이를 인정할 수밖에 없었다. 암 때문에 체력이 극단적으로 떨어진 것을 제하더라도 그 차이는 분명했다.
　카와하라는 유우키의 공격을 간파한 것처럼 그때그때 적절히 반격했다. 아니, 실제로 간파했을 것이다. 유우키의 몸이 어렴풋이 보이는 예비 동작, 시선의 움직임, 그것들이 카와하라에게 다음 공격을 알렸다.
　유우키가 온몸에 상처를 입으면서도 아직 서 있을 수 있는 이유는 사람을 여럿 벤 카와하라의 칼날이 몹시 둔해졌기 때문이었다. 그리고 카와하라가 무리하게 밀고 나가지 않고 확실하게 이기려고 하기 때문이었다.

유우키는 이미 승리를 포기했다. 사람을 몇이나 베면서 경험을 쌓아 온 자. 그런 자를 쓰러뜨리는 것은 불가능하다.

다만 이길 수는 없어도, …무승부라면 어찌어찌 가능할지도 모른다.

암으로 떨어진 체력, 자신보다 훨씬 실력이 뛰어난 적. 이 절망적인 상황에서 유일하게 유리한 점. 그것은 살아남으려고 하지 않는다는 점이다. 내가 약해진 것을 보고 카와하라는 틀림없이 마지막에 확실히 숨통을 끊어낼 일격을 가하려고 할 것이다. 그 순간이다.

유우키는 자신의 목숨을 앗아갈 일격을 피할 생각이 없었다. 그 일격으로 급소가 뚫린다고 해도 그와 동시에 카와하라의 목을 벨 생각이었다. 유우키는 휘청거리며 카와하라에게 다가갔다. 더는 반격할 힘이 없는 척하면서.

"이제 때가 됐군…."

카와하라는 칼을 수평으로 들더니 달려들 듯 유우키를 향해 왔다. 둔해진 칼날로 확실하게 숨통을 끊으려면 찌르는 수밖에 없다. 유우키의 예상대로였다.

다가오는 칼날을 그대로 가슴에 받아들이고 그와 동시에 칼을 휘두르면 된다. 유우키는 오른손을 크게 들었다.

칼날이 가슴을 파고든다. 유우키는 힘을 쥐어짜서 칼을 휘둘렀다. 하지만 혼신의 힘을 다한 공격은 허무하게 허공을 갈랐다. 칼끝이 유우키에게 닿기 직전, 카와하라가 칼을 물렸기 때문이다.

"어려."

속임수에 걸려서 허공을 가르며 자세를 무너뜨린 유우키의 옆구리에 카와하라는 돌려차기를 박아 넣었다. 구두 끝이 복근에 박혀서 내장을 찔렀다. 하필 빡빡머리가 부러뜨린 늑골 부분이었다.

숨이 막혔다. 유우키는 위액을 토하며 눈 위를 굴렀다. 손을 짚고 죽을힘을 다해 상체를 일으키면서 유우키는 절망에 떨었다. 카와하라가 한 수, 아니, 두 수는 더 위였다. 무승부를 노리는 수를 읽혔다. 이제 더는 승산이 없다.

배에 발차기를 맞은 아픔과는 다른 고통이 솟아올랐다. 공기가 빠지듯 온몸에서 힘이 빠졌다. 알부민과 스테로이드를 투여한 지 이미 20시간 넘게 지났다. 마법의 시간이 끝날 때가 다가왔다.

유우키는 다시 위액을 뱉었다. 발차기의 충격 때문인지 아니면 장폐색이 재발했는지 자신도 알 수 없었다.

카와하라가 다가왔다. 유우키는 이제 저항할 기력도 없었다. 카와하라와 암. 두 강적 앞에 유우키는 패배를 인정했다.

아무쪼록 이렇게 번 시간으로 사야가 안전한 곳으로 도망쳤기를 바랐다. 유우키는 참수를 기다리는 죄인처럼 고개를 떨구고 마지막 순간을 기다렸다.

다가온 카와하라가 유우키 앞에서 걸음을 멈췄다. 유우키는 푹 숙인 고개를 들었다. 카와하라는 유우키에게서 시선을 떼고 건물 쪽을 보았다. 그 시선을 쫓아간 유우키는 거기에 펼쳐진 광경을 보고 눈을 의심했다.

유우키는 자신의 망막에 비친 광경이 환영이기를 바랄 수밖에 없었다.

"움직이지 마!"

십몇 미터 떨어진 장소에서 사야가 떨리는 손으로 총을 들고

서 있었다.
"그걸로 쏠 생각입니까?" 카와하라가 사야에게로 몸을 돌리며 말했다.
"움직이지 말라고 했어. 진짜 쏠 거야."
사야가 있는 힘껏 허세를 부리며 경고했다.
"그 거리에서 총을 쏴봤자 일반인은 못 맞춥니다. 게다가 그 총은 거기 떨어져 있던 거죠? 탄환은 남아 있나요?"
카와하라의 말투는 장난친 학생을 나무라는 교사 같았다.
"그만둬, 사야!"
유우키가 무릎을 꿇은 채 외쳤다. 구해주러 오기를 바란 적 없다. 사야가 도망쳤으면 그저 그걸로 충분했다. 어차피 얼마 남지도 않은 목숨, 사야만 구할 수 있다면 죽어도 아무 여한이 없었다. 그런데 왜?
카와하라는 이제 유우키를 보지 않는다. 어차피 곧 죽을 유우키보다 권총을 든 사야가 더 위험하다고 판단한 것이리라.
카와하라의 말에 동요했는지 사야는 리볼버 탄창을 들여다보았다. 총구가 카와하라에게서 벗어났다. 그 순간, 카와하라는 몸을 숙여 사야를 향해 달렸다. 고양잇과 맹수 같은 유연한 움직임. 허를 찔린 사야는 총을 제대로 겨누지도 못하고 멍하니 서 있다. 머리보다 몸이 먼저 움직인 유우키는 땅을 차며 달려 나갔다.
살인마는 약간의 망설임도 없이 사야를 향해 칼을 휘둘렀다. 칼날이 사야의 흰 피부에 닿으려는 순간, 유우키가 옆에서 달려 들어 사야의 몸을 감쌌다.
등에 불타는 듯한 통증이 번졌다. 손에서 미끄러진 칼이 눈 위에 떨어졌다.

"…사야, 괜찮아?"

카와하라의 공격을 등으로 받아낸 유우키는 사야 위를 몸으로 덮으며 다정하게 말했다. 가죽 재킷의 두꺼운 옷감 덕분에 가까스로 치명타는 입지 않았다.

"…아, 아. 유우키. …미안해. 미안해요." 사야는 유우키의 얼굴에 손을 뻗었다.

"음악해야지. 이런 거 쏘면 소중한 손가락이 상하잖아."

유우키는 사야의 손을 감싸면서 권총을 빼냈다. 권총을 손에 든 유우키의 뒤통수, 연수 바로 위 피부에 차가운 금속이 닿았다.

"그 총을 어쩌려고? 그런 재미없는 물건을 쓸 생각은 아니지?"

카와하라의 목소리가 바로 뒤에서 내려왔다.

"쓰고 싶어도 총을 겨누기도 전에 살해당하겠지." 유우키는 뒤돌아보지 않고 말했다.

"그래, 맞아."

"내가 졌어. 네가 원하는 대로 해. 하지만 이 아이만은 죽이지 말아줘. 이 아이는 아무 짓도 안 했어. …나나 너랑은 달라."

"안 돼." 얼음처럼 온도가 없는 말이 돌아왔다. "그 아가씨는 내 얼굴을 봤어. 그러니 처리해야지."

카와하라가 그렇게 대답할 줄 알고 있었다. 다만 조금이라도 시간을 벌어야 했다. 팔 안에 있는 사랑스러운 소녀만이라도 살릴 방법을 생각할 시간이.

이 총을 카와하라에게 겨누는 기색이 보이면, 그 순간 바로 연수가 뚫릴 것이다. 그래서 카와하라는 권총에 딱히 주의하지 않는다.

그런데 만약 보이지 않게 총을 겨눌 수 있다면…. 유우키는 자신의 몸으로 카와하라에게 보이지 않도록 감추면서 권총을 반대로 잡고 총구를 천천히 돌렸다.
 자신의 배로. 뒤쪽에 있는 카와하라를 향해서.
 유우키가 그렇게 행동하는 의미를 이해한 사야의 눈이 커졌다.
 "괜찮아. 걱정하지 마."
 총구가 배 안쪽에 있는 딱딱한 것에 닿았다. 암종. 몸 안에 깃든 살인 청부업자.
 총구를 조금 위쪽으로 올리고 거기에 조준을 맞춰 방아쇠에 엄지손가락을 걸었다.
 유우키는 마음속으로 자신의 목숨을 앗아가려는 덩어리를 향해 말을 걸었다.
 아쉽게 됐네. 네가 나를 죽이기 전에 내가 너를 죽여줄게.
 "안 돼!"
 유우키의 행동을 막으려고 사야가 총으로 손을 뻗었다. 하지만 그 손이 닿기 전에 유우키는 이를 꽉 물고 방아쇠를 당겼다.
 굉음이 울렸다. 화약 폭발로 음속에 필적하는 속도까지 가속된 탄환이 피부와 근육을 뚫고 그 너머에 있는 종양 덩어리를 산산이 부쉈다.
 충격이 배에서 온몸으로 퍼졌다. 머리가 크게 울렸다. 유우키의 배에서 혈액과 함께 소량의 복수가 터져 나왔다. 사야의 비명과 동시에 뒤에서 카와하라의 신음이 들렸다.
 유우키는 달려들 듯 눈 위에 떨어진 칼을 주웠다. 배가 뜨거웠다. 하지만 이상하게도 아픔은 느껴지지 않았다. 유우키는 칼을 한 손에 들고 뒤로 돌았다. 거기에는 왼쪽 어깨에서 피를 흘리며 고통스러운 표정을 지은 카와하라가 오른손으로 크게 칼을 치켜

들고 있었다.
 늦었다. 그렇게 생각했다. 자신이 공격하기도 전에 먼저 카와하라가 움직였다. 그런데도 유우키는 카와하라에게 칼을 겨누고 뛰어올랐다. 이제 자신에게는 시간이 없다. 움직일 수 있는 것도 앞으로 몇 초뿐. 끝까지 휘두르는 수밖에 없다.
 카와하라를 향해 칼을 내지르며 유우키는 이상한 감각을 맛보았다. 마치 시간이 멈춘 것 같았다. 땅을 차는 발가락 끝에서 칼 끝까지가 하나의 선으로 연결된 것처럼 잇따라 움직였다. 검이 몸의 일부가 된 것 같은, 몸이 검의 일부가 된 것 같은 느낌. 세상이 자신이라는 한 점으로 모인다. 발에서 생긴 힘이 가속하며 몸통을 통과해 칼날 끝으로 전달됐다. 검도인으로서 이상적인 일격.
 카와하라의 칼이 유우키의 목덜미 피부에 닿을 때, 동시에 유우키가 내지른 칼이 카와하라의 가슴 중심을 찔렀다.
 우악스러운 서바이벌 나이프의 강인한 칼날은 단단한 흉골을 꿰뚫고 그 안쪽에서 뛰는 심장을 파괴했다. 그리고 칼날은 역할을 다했다는 듯 칼자루 부근에서 부러졌다.
 카와하라는 눈을 크게 뜨더니, 다음 순간 악령이 떨어져 나간 것처럼 온화한 표정을 만들며 눈 위에 쓰러졌다.
 눈 위에 붉은색이 퍼져 나갔다. 마치 꽃봉오리가 벌어지듯이.
 카와하라가 쓰러진 것을 끝까지 보다가 유우키도 앞으로 엎어졌다.
 "유우키!" 사야가 눈을 흩날리며 쓰러진 유우키에게 달려갔다. "조금만 참아. 지금 구급차 부를게."
 사야는 전화기가 있는 건물로 돌아가려고 했다. 그 겉옷 자락을 유우키가 힘없이 붙잡았다.

"괜찮아. 여기 있어 줘."

이제 구급차를 불러도 소용없다. 그저 사야가 옆에 있어 줬으면 했다.

그 순간이 올 때까지….

"하지만 이렇게 피가 많이 났는데…."

"괜찮아. …아직 괜찮아. 그보다 내가 죽으면, 바로 산을 내려가. 아까 가르쳐준 물품 보관함 안에 앞으로 생활하는 데 필요한 물건이 전부 들어 있어. 어딘가에 방을 빌려서 음악 학교에 들어가."

유우키는 기침했다. 기침과 함께 피가 눈 위에 흩뿌려졌다.

"…네 꿈을 이뤄줘."

"그런 건 아무래도 좋아. 그런 건 필요 없어. 그러니까 같이 집에 가자."

사야의 눈에서 눈물이 마구 흘러넘쳤다. 투명하고 따뜻한 눈물방울이 유우키의 뺨에 떨어졌다.

"미안해. …이제 무리야. 애초에 시간이 얼마 남아 있지 않았어."

"아니야…." 사야는 떼쓰는 아이처럼 고개를 흔들었다.

"괜찮아. 사야만 무사하면 괜찮아. 이걸로 만족해."

"왜 나 같은 것 때문에…." 사야의 목소리가 갈라졌다.

"미안해. 조금 더 같이 있고 싶었는데. 용서해 줘."

"왜 사과해? 내가 유우키한테 훨씬 못되게 굴었는데. 유우키는 나를 구해주기만 하고…, 마지막까지…."

"울지 마. 나도 사야한테 구원받았어. 사야 덕분에 살아갈 의미를 깨달았어. …고마워."

"나도 유우키 덕분에 행복했어. 엄청 행복했어."

그래, 내 인생은 헛되지 않았다. 짧았을지언정 내 인생은 무의미하지 않았다. 사랑하는 여자를 구할 수 있었으니까. 내가 죽어도 그녀는 살아가 줄 테니까.

나는 최선을 다해 생을 엮어나갈 수 있었다. 그리고 소중한 것을 남길 수 있었다.

유우키에게는 바로 앞에 있는 사야의 얼굴이 흐릿하게 보였다. 눈물 때문인지, 아니면 제한 시간이 다가오기 때문인지 알 수 없었다.

"사야, 그 노래 불러 줘. 전에 들려준 노래."

유우키가 가냘프게 말했다. 입이 마음처럼 움직이지 않았다. 몸이 차가웠다. 그래도 가슴속은 뜨겁게 채워졌다.

"…응."

사야는 유우키의 뺨에 자신의 뺨을 대고 노래를 시작했다. 따뜻한 노랫소리가 유우키를 감쌌다.

유우키는 힘을 빼고 멜로디에 몸을 맡겼다. 이제 아픔도 추위도 느껴지지 않았다.

사야가 노래를 멈추고 무어라 말했다. 이제 유우키의 귀에 그 말은 들리지 않았다. 다만, 그래도 마음은 전해졌다.

"고마워…. 행복해야 해…."

유우키는 사야를 향한 마지막 말을 속삭이다가 미소 짓고는, 남은 힘을 다해 사야의 뺨에 손을 뻗었다.

사야의 온기와 선율의 여운에 싸여서 유우키의 의식은 달이 빛나는 밤하늘로 훌쩍 날아올랐다.

1
우사미 마사토

"벌써 1년인가…."

컴퓨터 화면에 뜬 원고를 보면서 우사미 마사토는 어깨를 주물렀다.

세상을 떠들썩하게 한 잭 사건이 막을 내리고 1년이라는 시간이 지났다. 범인이 카와하라 죠타로라는 현직 경시청 수사1과 형사라는 사실이, 사건에서 유일하게 살아남은 이시카와라는 형사의 증언으로 밝혀졌다.

지난 1년 동안 다양한 변화가 있었다. 우사미는 사건기자로 명성을 떨쳐 출판사를 그만뒀다. 잭 사건과 쿠스노키 조직의 부두목이 여동생을 위해 저지른 연쇄살인 사건. 그 두 사건의 특종을 잡은 우사미에게 연일 원고 의뢰가 쏟아졌다. 수입도 껑충 뛰어서 값싼 공동주택에서 이렇게 제법 전망 좋은 아파트로 이사도 했다. 지겹게 우사미를 괴롭히던 두통도 최근에는 전혀 일어나지 않았다. 이 모든 것이 한 남자 덕분이었다.

미사키 유우키. 카와하라 죠타로와 결투한 끝에 목숨을 잃은 청년. 그가 죽기 직전에 보낸 자료는 우사미에게 당첨된 복권이나 다름없었다. 잭의 정체와 그의 생애, 쿠스노키 신이치가 일으킨 사건의 진상, 그리고 미사키 유우키가 직접 유서처럼 남긴 수기.

우사미는 카페에서 만났던 미사키 유우키를 떠올렸다. 그의 수기는 '자신이 잭의 공범이라는 사실을 밝혀도 된다'는 말로 끝났다. 말기암이던 그는 어떤 결론에 이르든 그때 자신이 이 세상에 없을 것임을 알고 있었다. 하지만 우사미는 미사키 유우키가 저지른 범행을 공개하지 않았다. 그래서 미사키 유우키는 지금도 사건 현장에서 사망한 '수수께끼의 인물'로 취급된다.

피의자가 사망한 데다 그 피의자가 경찰이기도 해서 경찰 수사에는 거의 진전이 없었다. 미사키 유우키의 범행이 밝혀질 일은 아마 이제 없을 것이다.

미사키 유우키를 동정한 것은 아니다. 다만 이런 생각이 들었다. 저널리스트의 특권으로 세상에서 자신만 아는 진실이 하나쯤 있어도 되지 않나 하는 생각.

경시청 형사가 저지른 전대미문의 연쇄 살인. 그 사건의 진상을 진정한 의미에서 아는 사람은 지금 이 세상에 살아 있는 자들 중에는 자신뿐이다. 그거면 됐다. 이것이 목숨을 걸고 사건을 해결한 남자에 대한 경의다.

그렇다. 동정이 아니라 경의.

우사미는 다시 키보드를 두드렸다. 다다음 달에 출간될 예정인 잭 사건의 논픽션 단행본 마감이 다가오고 있다. 우사미는 글자를 치면서, 이 사건에서 자신이 유일하게 모르는 내용에 대해 생각했다.

미사키 유우키의 수기에 적힌, 쿠스노키에게 납치된 소녀. 사건 이후, 현장에 소녀는 없었다. 미사키 유우키가 얼마 남지 않은 목숨을 걸고 구하려 한 소녀는 어떻게 됐을까? 무사히 살아남았을까? 그것이 우사미의 마음에 유일하게 걸렸다.

기왕이면 살았으면 좋겠다. 미사키 유우키를 위해서라도.

우사미는 만난 적도 없고 이름도 얼굴도 모르는 소녀의 행복을 기원하며 키보드를 두드렸다.

2
시바타 마코토

 1월 후쿠시마의 추위는 마코토의 상상보다 훨씬 혹독했다. 피부를 찌르는 바람의 찬 기운을 뺨으로 느끼며 마코토는 코트 앞을 여몄다. 후쿠시마시의 시가지에서 택시로 15분 정도 떨어진 곳에 있는 작은 묘지. 유우키는 여기에 부모님과 함께 잠들었다.
 정확히 1년 전 오늘, 유우키는 나가노현 산림에 있는 별장지에서 목숨을 잃었다. 그리고 유우키가 목숨을 잃은 현장에는 유우키 말고도 여러 명이 죽어 있었다. 게다가 그중 한 명은 '잭'이라고 불리는 연쇄 살인범이었다.
 유우키가 죽음을 각오하면서까지 해내야 했던 일, 그것이 무엇이었는지 마코토는 1년이 지난 지금도 모른다. 아마 그것을 알 방법은 이제 없을 것이다.
 가까운 친척이 없던 유우키의 장례식은 유우키가 소속된 제1외과의국이 중심이 되어 치렀다. 마코토는 자원해서 유우키의 유골을 이 후쿠시마 묘지로 옮겨다가 묻었다.

유우키에게는 피로 이어진 가족이 없었다. 하지만 마코토와 의 국 의사들이라는 식구가 있었다. 그는 고독하지 않았다. 그렇게 생각하고 싶었다.

묘지 안쪽에 있는 유우키의 묘로 걸어가던 마코토는 걸음을 멈췄다. '미사키 가문의 묘'라고 적힌 묘비 앞에 조금 사이즈가 큰 코트를 입은 자그마한 소녀가 서 있었다. 마코토의 귀에 기분 좋은 노랫소리가 들려왔다. 그것이 유우키의 묘 앞에 선 여자의 입에서 흘러나오는 소리임을 마코토는 잠시 알아차리지 못했다.

한없이 섬세하고 맑은 노랫소리. 마코토는 자기도 모르게 눈을 감고 선율에 빠져들었다.

몇 분 후 여자는 노래를 마쳤다. 그 모습을 보고 마코토는 여자에게 다가갔다. 여자도 마코토가 오는 것을 느꼈는지 고개를 돌려 바라보았다. 엷은 화장을 한 그 얼굴은 여자인 마코토가 봐도 멈칫할 정도로 매력적이었지만, 아직 어린 느낌이 남아 있었다. 한 스무 살쯤 됐을까.

"미사키 가족묘를 찾아오셨어요?" 마코토는 여자에게 말을 걸었다.

"아, 네. 그쪽도요?" 여자도 붙임성 있는 미소를 보였다.

"네. 아는 사람이거든요."

이 여자는 미사키 가문의 친척일까? 마코토는 그녀의 얼굴을 봤지만, 거기에 유우키와 비슷한 점은 없었다. 친척이어도 혈연관계가 짙지는 않을 것 같다.

"노래를 엄청 잘하네요. 곡도 되게 좋던데. 근데 처음 들어본 곡이었어요. 그거 누구 노래예요?"

"으음, …제 노래인데, 아직 발표는 안 됐어요."

그녀는 쑥스러운 듯 얼굴을 붉혔다.

"네? 자작곡이에요? 대단하다. 가수군요."

"일단은 새내기 싱어송라이터 비슷한 거예요. 곧 데뷔할 예정이지만요."

"그렇군요. 그럼 지금 엄청 바쁘지 않아요?"

마코토가 별생각 없이 묻자, 그녀는 사랑스럽게 묘비를 바라보며 광택이 있는 그 표면을 살짝 손가락으로 만졌다.

"네. 하지만 누구보다 먼저 그 사람한테 알려주고 노래를 들려주고 싶었어요."

그녀의 얼굴에 떠오른 무척이나 슬프고, 그런데도 무척이나 따뜻한 표정을 보고 마코토는 문득 깨달았다.

그녀가 바로 유우키가 말한 '지키고 싶은 사람'임을.

"이제 가야겠다. 또 올게…, 유우키."

그녀는 묘비를 쓰다듬고는 못내 아쉬운 듯 가녀린 손을 물렸다.

"그럼 저는 이만 가볼게요. 이야기 나눠서 좋았어요."

그녀는 마코토에게 미소 지었다. 마코토도 미소로 화답했다.

"네, 저도요. 파이팅."

그녀는 "네!"라고 쾌활하게 대답하고는 묘지 출구를 향해 천천히 사라졌다. 소녀의 등을 끝까지 지켜본 마코토는 묘비로 몸을 돌렸다.

"능력 좋네, 유우키. 저렇게 귀여운 애를 낚아채고."

마코토는 농담을 던지며 묘 앞에 꽃다발을 두었다. 구름 한 점 없는 이 하늘처럼 마음이 맑았다.

그래, 유우키는 마지막 순간에 해낸 것이다. 그가 목숨을 걸고 해내려 한 일을. 그리고 유우키는 전혀 고독하지 않았다.

마코토의 흑발을 바람이 흐트러뜨렸다. 유난히 강한 그 바람은 꽃다발에 있던 꽃잎 한 장을 하늘로 띄워 올렸다.

붉게 물든 꽃잎은 맑고 푸른 하늘을 향해 끝없이 높이 떠올랐다.

옮긴이 **권하영**

한국외국어대학교 일본어통번역학과를 졸업하고, 이화여자대학교 통역번역대학원에서 한일번역을 전공하였다. 번역작으로《전남친의 유언장》,《루팡의 딸2》,《루팡의 딸3》,《루팡의 딸4》,《루팡의 딸5》,《내가 나를 버린 날》,《치유를 파는 찻집》,《한밤중의 마리오네트》등이 있다.

살인의 이유

초판 1쇄 2025년 6월 23일
저자 치넨 미키토
옮긴이 권하영
편집 나다연 **디자인** 배석현
ISBN 979-11-93324-57-8 03830

발행인 아이아키텍트 주식회사
출판브랜드 북플라자
주소 서울시 강남구 학동로 329 북플라자 타워
홈페이지 www.bookplaza.co.kr

오탈자 제보 등 기타 문의사항은 book.plaza@hanmail.net으로 보내주세요.
잘못된 책은 구입하신 서점에서 교환해 드립니다.